U0033478

呼　吸

姜峯楠第二本小說集

Exhalation

姜峯楠　著
陳宗琛　譯

鸚鵡螺文化

SFMASTER

鸚鵡螺，典故來自不朽科幻經典《海底兩萬哩》中的傳奇潛艇，未來，鸚鵡螺將在無限的時空座標中，穿越小說之海的所有疆界，深入從未有人到過的最深的海域，探尋最頂尖最好看的，失落的經典。

目錄

商人與鍊金術師之門

噢，偉大的哈里發，信士的長官。小民如此卑微，竟然得以面見尊貴的陛下，得此無上榮寵，這輩子不可能再有更大的奢求了！我要對陛下說的，是一個非常怪異的故事，而故事裡提到的幾件事，如果能夠鉅細靡遺的完整說清楚，本身就已經非常不可思議，不需要描述得多生動，因為，只要聽了這個故事，謹慎的人就會心生警惕，而虛心受教的人就會得到啟發。

我名叫弗亞德伊本阿貝斯，從小就在這裡出生長大，我們的巴格達，和平之城。我父親是一個糧商，而我自己大半輩子做的是高級布料生意，進口大馬士革的絲綢，埃及的亞麻布，還有摩洛哥的鑲金邊圍巾。我的生意很興旺，賺了不少錢，但我內心卻很苦惱，而且無論生活過得多奢華，施捨多少錢給窮人，都無法平撫心中的苦惱。而此刻，站在陛下面前的我，已經身無分文，但內心卻無比平靜。

當然，世間的一切都是從真主開始的，不過，如果陛下恩准，這個故事，我要從我去逛金屬工藝市場那天說起。我必須買一份禮物，送給一個和我有生意往來的顧客，而且聽說他可能喜歡銀製的盤子，所以我就去了那個市場。逛了一個多鐘頭之後，我注意到，市場裡最大的幾家店舖其中一家已經換了老闆。那裡是市場的黃金地段，頂下那個店面一定花了不少錢，所以我就進去看看裡面有什麼好東西。

店裡各式各樣的珍品，真是令人嘆為觀止，這輩子從來沒見過。一進門就看到前面擺著三樣東西，第一樣是一具星盤，上面有七片鑲銀的圓盤，那是航海時用來測量星星之間的距離，計算船隻的方位。第二樣是一座水鐘，每隔一個鐘頭就會響一次，第三樣是一隻黃銅製的夜鶯，風一吹就會鳴叫。再往裡面走，看到更多更精巧的器械，看得我目瞪口呆，彷彿小孩看到有人在變戲法。這時候，有個老人從最裡面的一扇門走出來。

「老闆您好，歡迎光臨小店。」他說。「我叫畢夏拉茲，需要我為您服務嗎？」

「你店裡賣的東西真是令人大開眼界。我和來自天涯海角的商人做過生意，買過五花八門的貨，可是卻從來沒見過像你店裡這樣的東西。能不能告訴我，你這些貨是從哪裡找來的？」

「您過獎了，真是感謝。」他說。「您看到的這些，都是我自己的工坊製造的，有些是我親手做的，有些是我指導徒弟做的。」

我很驚訝，沒想到這個人竟然這麼多才多藝。我問個不停，問他店裡各式各樣的器械是做什麼用的，他娓娓道來，說得頭頭是道，展現出淵博的學識，占星學、數學、風水學，無所不知。

我們聊了一個多鐘頭，我聽得如癡如醉，越聽越是佩服得五體投地，一直到後來，當他說到他正在進行的鍊金術實驗，我才感到自己像是被潑了一盆冷水。

「鍊金術？」我問。我有點意外，因為他看起來並不像那種招搖撞騙的江湖術士。「你的意思是，你可以把一般的金屬變成黃金？」

「我做得到。不過，事實上，大多數人想要的，並不是用鍊金術變出黃金。」

「那麼，大多數人想要的是什麼？」

「他們想要的，是比從地底下挖金礦便宜的黃金。鍊金術確實有辦法做出黃金，可是那過程實在太困難，比較起來，從山底下挖金礦反而容易多了，就像從樹上摘桃子一樣輕而易舉。」

我微微一笑。「你回答得很有技巧。毫無疑問，你這個人學識淵博，不過，提到鍊金術，我實在不敢苟同。」

畢夏拉茲看著我，考慮了一下。「我最近做了一種東西，你看過之後，說不定就會改變對鍊金術的看法。這東西我還沒讓人看過，你是頭一個。有興趣看看嗎？」

「非常樂意。」

「請跟我來。」他帶我穿過最裡面那扇門，進到隔壁房間。那裡就是工坊，裡面擺著各式各樣的裝備，只不過我看不懂那是做什麼用的。一根根的金屬棒纏著密密麻麻的銅線，而那些銅線加起來的長度大概可以拉到天邊。另外有一片圓形的花崗石板浮在水銀上，上面鑲著好幾面鏡子。畢夏拉茲從旁邊走過去，卻連看都不看一眼。

他帶我直接走到一座基座前面。那基座高及胸口，上面豎立著一座厚重的金屬拱門，門寬大約是兩臂伸展的長度，門柱很粗，恐怕要全世界最壯的人才抬得動。那金屬顏色黝黑，不過卻打磨得很光滑。換成是別的顏色，那金屬面亮得簡直可以當鏡子用。畢夏拉茲叫我站在拱門側邊，他自己站在拱門前面。

「你仔細看。」他說。

從我站的位置看過去，畢夏拉茲在拱門右邊。他把手臂伸進門裡，但奇怪的是，手臂並沒有從左邊伸出來。乍看之下，彷彿他的手臂從手肘的位置被切斷了。他手臂上下擺了幾下，然後從門裡縮回來。手臂還是完整的。

沒想到像他這麼有學問的人竟然會在我面前變魔術，不過確實表演得很不錯。基於禮貌，我拍拍手。

接著他往後退了一步說：「你再等著看。」

過了一會兒，我看到一條手臂從伸出來，可是並沒有連在身體上，只見半截手臂懸在半空中，而那袖子和畢夏拉茲長袍的袖子一模一樣。接著，那半截手臂上下擺了幾下，然後就縮回門裡。

先前他手伸進門裡，看起來像是精采的魔術，可是眼前這一幕就更神奇了，因為基座和門柱明顯不夠大，人不可能躲在裡面。「太精采了！」我大叫。

「謝謝你，不過，這可不是在變魔術。門右邊的時間比門左邊早幾秒鐘，而穿過拱門意味著瞬間就過了那幾秒鐘。」

「我不太懂。」

「我再示範一次給你看。」他又把手臂伸進門裡，於是整條手臂都不見了，接著他露出笑容，手臂在門裡伸進伸出，彷彿在和誰拉扯繩子。沒多久，他把手臂抽出來，舉到我面前，攤開手掌，手上有一枚戒指。我一眼就認出那是誰的。

「那是我的戒指！」我低頭看看自己的手，卻發現手指也套著同樣的戒指。「你變出了一枚同樣的戒指！」

「不對！這就是你的戒指，你等著看！」

沒多久，一條手臂又從左邊門口伸出來。我很想搞清楚這魔術的手法，於是就猛然抓住那隻手，結果發現那並不是假手，而是和我一樣有血有肉的溫熱的手。我用力拉，而那隻手也往回拉，雙方來回拉扯，後來，那隻手忽然拔掉我手指上的戒指，動作像扒手一樣靈巧，然後飛快縮回門裡消失無蹤。

「我的戒指不見了！」我驚叫一聲。

「不是不見了。」他說。「你的戒指在這裡。」他把手上那枚戒指遞給我。「跟你開個玩笑，請多包涵。」

我把戒指戴回手上。「戒指還沒被你拿走的時候，就已經在你手上了。」

就在這時候，一條手臂忽然從門裡伸出來，這次是從右邊。「怎麼回事！」我驚呼一聲。在手臂又縮回去之前，我認出那袖子。是他的手。但問題是，我並沒有看到他手伸進門裡。

「提醒你。」他說。「門右邊的時間比左邊早幾秒鐘。」說著他走到左邊門口，把手臂伸進門裡。同樣的，手臂一伸進門裡就消失了。

我想，陛下一定早就明白這是怎麼回事了，但我卻直到那一刻才想通：無論你在拱門右邊做了什麼，幾秒鐘之後，那動作就會在拱門左邊完成。「這是魔法嗎？」我問。

「不是。這東西跟精靈什麼的扯不上關係。就算真的讓我遇上精靈，我也不敢把這種工作託付給它。這是鍊金術的一種作用。」

接下來他解釋給我聽。他說，他想在真實世界的表面尋找小漏洞，打個比方，就像在一塊木頭上尋找蟲蛀的小洞。後來，他真的找到了一個小漏洞，接下來，他把這漏洞擴大延長，就像玻璃工把一團熔化的玻璃吹成一根長長的管子。然後，他讓時間像水一樣從一頭的開口流進去，流到另一頭的時候，時間就會凝聚，變得像糖漿一樣濃稠。老實說，我不太懂他在說什麼，也無法驗證他說的是不是真的，所以當時我只能對他說：「你做出來的東西真的很驚人。」

「謝謝你。」他說。「不過，這還不是我想讓你看的東西。這只是個開場。」於是他叫我跟他走進更裡面的另一個房間。那房間正中央豎立著一座環型的門，材質是和那座拱門一樣的光亮黑色金屬。

「剛剛你看到的那座拱門，是『秒之門』。」他說。「現在這座是『年之門』，兩邊門口的時間差距是二十年。」

老實說，當時我並沒有馬上就聽懂他這樣說是什麼意思。我還以為他是要從右邊把手伸進門裡，等二十年之後，手才會從左邊門口伸出來，可是，這樣看起來會像是莫名其妙的魔術。我把心裡的想法告訴他，他卻大笑起來。「當然啦，我確實也可以這樣做。」他說。「不過，我是要你想像一下，穿過這座環門，結果會怎麼樣。」他站在右邊門口，比了個手勢要我靠過去，然後伸手指向門裡。「你看。」

我看向門裡，發現門另一邊的地上有幾條毯子和幾個枕頭。剛剛進房間的時候，我就注意到那裡有毯子和枕頭，可是和門裡看到的不一樣。

「你在門裡看到的是二十年後的房間。」畢夏拉茲說。

人在沙漠裡看到水的幻影，會不由自主的眨眨眼，然後那幻影就會消失。我眨眨眼，但眼前的景象並沒有消失。「你的意思是，我可以從這座門穿過去？」我問他。

「可以。跨過去之後，你就會進入二十年後的巴格達。你可以去找二十年後的自己，跟他聊聊。然後，你可以再穿過這座年之門，回到今天。」

聽了畢夏拉茲的話，我感覺四周彷彿一陣天旋地轉。「你試過嗎？」我問。「你自己曾經穿過這座門嗎？」

「有。而且，我有數不清的顧客也進去過。」

「可是剛剛你不是說，這東西你還沒讓別人看過，我是頭一個？」

「沒錯，你是頭一個看到這座門的人。不過，從前我在開羅開過一家店，開了很多年，而我就是在那裡造了第一座年之門。我讓很多人看過那座門，很多人進去過。」

「那些人和二十年後的自己聊過之後，知道了什麼？」

「每個人都有不同的領悟。如果你有興趣的話，我可以告訴你其中一個人的故事。」於是畢夏拉茲跟我說了那個故事。如果陛下有興趣，我就說給陛下聽。

第一個故事：幸運的製繩師

從前有個年輕的製繩師，名叫哈山。他穿過年之門，想看看二十年後的開羅。一到那裡，看到開羅竟然變得如此繁榮，他嚇了一跳，感覺自己彷彿走進了織錦壁毯上那種華麗繽紛的景象。儘管開羅還是一樣的開羅，然而，即使看著那些最尋常的東西，他還是很驚奇。他一路閒逛，經過開羅老城倖存的一座大門，看到有人在表演劍舞，有人在吹笛耍蛇。這時忽然有個占星師叫住他。「嘿！年輕人！想不想知道你的未來？」

哈山笑著說：「我已經知道了。」

「我相信你一定想知道自己會不會發財，對吧？」

「我是個製繩師，所以我知道自己不可能會發財。」

「你就這麼確定嗎？就像那個很有名的商人哈山安哈本，從前也是個製繩師，你又怎麼說呢？」

這下子哈山感到好奇了。他在市場裡到處打聽，看看有誰認識這個很有錢的商人，結果發現，大家幾乎都知道這號人物。有人說，他住在比加坦芬湖附近的豪宅區。於是哈山就走到那裡，拜託人把安哈本家指給他看，結果發現，安哈本家是那條街上最大的一座豪宅。

他過去敲門，僕人把他帶進一間寬敞豪華的大廳，裡面應有盡有，中央有一座噴水池。僕人去請主人的時候，他就在那裡等候。然而，哈山看到四周全是亮晶晶的黑檀木和大理石，忽然覺得自己和這麼豪華的地方格格不入，打算要走了。就在這時候，二十年後的他出現了。

「你終於來了！」那個人說。「我等了你好久！」

「你在等我？」哈山嚇了一跳。

「那當然。當年我就曾經去拜訪二十年後的自己，就像你現在這樣。不過那已經是很久以前的事了，我不太記得是哪一天。來，陪我一起吃飯吧。」

他們走進一間餐廳，僕人端上一道道的佳餚，有填塞了開心果的雞肉，有浸泡蜂蜜的油炸餡餅，還有石榴汁調味的烤羊肉。老哈山大略提了一下自己的人生狀況，像是他做很多種生意，賺了一些錢，不過他並沒有提到自己是怎麼變成商人。他提到他太太，不過他說目前暫時還不能讓小哈山見到她，因為時機未到。他自己說的不多，卻一直要小哈山說一些小時候的惡作劇讓自己回味一下。一聽到那些自己幾乎已經遺忘的陳年往事，他笑得好開心。

後來，小哈山終於問他：「你是怎麼扭轉命運，變得這麼飛黃騰達？」

「現在我只能告訴你：平常你去市場買大麻纖維的時候，都是沿著黑狗街的南側走。記得，下次再去，要沿著北側走，千萬別走南側。」

「這樣我就會飛黃騰達了嗎？」

「照我說的去做就對了。好了，你該回去了，你還有繩子要做呢。等下次再來找我的時候，你就會明白了。」

於是小哈山回到他的年代。他去市場的時候，儘管街道北側會曬到太陽，但他還是遵照老哈山的指示，沿著北側走。幾天後，他看到街道正對面有一匹發瘋的馬沿著南側狂奔，踢到不少人，撞飛了一大罐棕櫚油，沈重的油罐砸傷了一個人，甚至還有另一個人被牠踩在腳蹄底下。騷亂平息後，小哈山向真主祈禱，祈求受傷的人會好起來，死者能夠安息。另外，他也感謝真主讓他逃過一劫。

第二天，小哈山又穿過年之門去找老哈山。「那天你經過街道的時候，是不是受了傷？」他問老哈山。

「沒有，當年我聽了年老的自己的警告，有特別留意。別忘了，當年的我就是你。你碰上的每一種狀況，我都同樣碰到過。」

於是老哈山又交代了小哈山一些事，小哈山都乖乖遵從。他平常都固定在同一家雜貨店買雞蛋，但這次回去，他就沒去那裡買，就此逃過了一劫，因為那家店裡有一籃雞蛋壞掉了，很多顧客買回去吃，結果都生病。另外，他額外買了很多大麻纖維囤積起來，後來，運送纖維的商隊在路上耽擱了，導致市場上原料短缺，其他人都深受其害，唯獨他還有原料可以做繩子。因為聽從了老哈山的交代，小哈山躲過了不少麻煩，但他還是有點納悶，為什麼老哈山不肯告訴他更多事。他會和誰結婚？他為什麼會變得那麼有錢？

後來有一天，哈山在市場上賣光了所有的繩子，錢包異乎尋常塞得滿滿的。他帶著錢包在街上走的時候，撞上一個小男孩。他立刻去摸錢包，發現錢包不見了，趕緊轉頭大喊一聲，目光在人群裡掃來掃去，尋找那個小賊。一聽到他大喊，那小男孩拔腿就跑，一路穿過人群。哈山注意到那小男孩長袍的袖子破了，在手肘的部位，但那男孩很快就失去蹤影。

哈山愣了好一會兒，因為老哈山竟然沒警告他會發生這種事。但他內心的驚訝很快就轉為怒氣，於是就去追那小男孩。他一路狂奔擠過人群，四下搜尋那個衣袖有破洞的小男孩。後來，哈山發現那小賊蹲在一輛水果車底下，立刻一把抓住他，而且放聲大喊，告訴在場的人他抓到賊了，要他們去叫衛兵過來。那小男孩怕被衛兵抓走，立刻丟下錢包大哭起來。哈山盯著那小男孩看了好一會兒，氣漸漸消了，於是就放他走了。

後來，當他再見到老哈山的時候，開口就問：「為什麼你沒警告我有人會扒走我的錢包？」

「難道你不喜歡這次的經歷嗎？」老哈山問他。

小哈山本來想矢口否認，但最後還是改口了。「我確實喜歡。」他老實承認。當初追那小男孩的時候，他根本不知道自己追得上追不上，感覺全身熱血沸騰。他已經好幾個星期沒有這樣的感覺了。後來，看到那小男孩痛哭流涕，他忽然想起先知的教誨，寬恕是一種美德。於是他選擇放走小男孩，覺得這樣做是高尚的行為。

「難道你寧願我預先警告你，讓你沒有機會遇上這件事？」

人年輕的時候，會覺得某些處理事情的方式似乎沒什麼道理，要等年紀大了才會明白為什麼要那樣做。此刻哈山終於明白，隱瞞和說出真相都是同樣有好處的。「不，你是對的，我很高興你沒警告我。」

老哈山發現他已經懂了，於是就說：「好，現在我要告訴你一件很重要的事。回去以後，你去租一匹馬，然後去開羅西邊山腳下的某個地方，我會告訴你怎麼走。到了那裡，你會看到一小片樹林，其中有一棵樹被雷劈過。你到那棵樹底下去找一顆你翻得動的最重的石頭，翻開石頭，開始挖土。」

「你要我找什麼？」

「看到之後你就明白了。」

第二天，哈山騎馬到山腳下，找了好半天，終於看到那棵樹。樹底下的地面上全是大石頭，哈山翻開一顆石頭，開始挖，接著翻開一顆又一顆，後來，鏟子終於碰到土裡有別的東西。他把泥土鏟開，發現那是一口銅箱，裡面裝滿了金幣和各式各樣的珠寶。哈山這輩子沒見過這麼多財寶。他把銅箱放到馬背上，騎回開羅。

後來他又去找老哈山，開口就問：「你怎麼會知道那裡有寶藏？」

「是年老的我告訴我的。」老哈山說。「就像你一樣。至於，我們怎麼會知道那裡有寶藏，我也無法解釋，只能說，那是真主的旨意。除此之外，你有更好的解釋嗎？」

「我對天發誓，我一定會好好運用真主恩賜的財寶。」小哈山說。

「我這輩子始終奉行這個誓言。」老哈山說。「這是我們最後一次見面了。現在，你已經知道該如何找到自己的道路。願你此生內心永遠平靜安詳。」

於是，哈山回去了。有了那些黃金，他買到了大批的大麻纖維，而且用高薪聘請工人做繩子，讓所有需要繩子的人都買得到，而他也賺到了錢。他娶了一個聰明又漂亮的女人，而且在她的建議下，開始跨足到別的行業，做各種買賣。後來，他變得很有錢，成為一個深受敬重的商人，而且一生活得正直高尚，樂善好施，接濟窮人。就這樣，哈山一生過得無比幸福，直到死去那一天才告別了人世的喜悅。

……

「這故事很精采。」我說。「也許有人會質疑該不該動用這座年之門，不過，聽了哈山的故事，他們自己可能都會很想試試看。」

「你對年之門持保留態度，顯示你是一個有智慧的人。」畢夏拉茲說。「如果你一心向善，真主就會賜福給你，如果你多行不義，真主就會懲罰你，就算運用年之門也無法改變真主對你的評斷。」

我點點頭，覺得自己已經懂了。「所以，就算你知道年老的自己遭遇過什麼災禍，藉此躲過那些災禍，也無法確保你不會碰上別的災禍。」

「不是這樣。請原諒我年老糊塗，沒把話說清楚。跨過年之門並不是像抽籤那樣，每次抽到的籤都不一樣。相反的，跨過年之門就像經由一道神祕的門進去一個房間，那會比你從正門進去快。不過，不管你從哪個門進去，房間還是一樣的房間。」

我很驚訝。「這麼說，未來已經註定了，就像過去一樣無法改變？」

「有句話說，只要你真心懺悔贖罪，就可以彌補過去的一切。」

「這話我聽過，可惜到目前為止我還沒有親身體驗到這句話是真的。」

「很遺憾聽你這樣說。」畢夏拉茲說。「我也只能告訴你，未來是無法改變的。」

聽了他的話，我想了好一會兒。「這麼說，就算你知道二十年後自己已經死了，可是，不管你怎麼做，都無法躲過死亡的命運，是這樣嗎？」他點點頭。他的反應令我感到非常沮喪，不過我忽然又想到，或許這也不是絕對的。於是我說：「假如你知道自己二十年後還活著，那麼，這就代表接下來的二十年裡，你無論如何都不會死。這樣一來，就算上了戰場，你也可以不顧一切的拚命，因為你絕對不會死。」

「有可能是這樣。」他說。「不過，如果你在跨進門之前，心裡就已經認定自己絕對不會死，那麼，很有可能當你第一次跨進門之後，卻發現年老的自己已經死了。」

「哦。」我說。「這麼說來，只有個性謹慎的人才見得到年老的自己嗎？」

「還有另一個人也進過那座門。我把他的故事告訴你，然後你自己再判斷那個人算不算小心謹慎。」於是畢夏拉茲跟我說了那個故事。如果陛下有興趣，我就說給陛下聽。

第二個故事：偷自己錢的織毯師

有個年輕的織毯師，名叫阿吉布，他靠編織地毯維生，生活還過得去。不過，他很羨慕有錢人的奢華生活，很想嚐嚐那種滋味。阿吉布聽了哈山的故事之後，立刻跨過年之門，想去找年老的自己。他深信，老阿吉布一定像老哈山一樣，有錢又慷慨。

一到二十年後的開羅，他立刻就去比加坦芬湖的豪宅區，找人打聽阿吉布伊本塔黑爾住在哪裡。他已經盤算好，要是碰到有人認識老阿吉布，而且注意到他和老阿吉布長得很像，那他就會說他是老阿吉布的兒子，剛從大馬士革來到開羅。然而，這些編出來的謊話根本沒機會說，因為根本沒人聽過老阿吉布的名字。

後來，他決定回老家那一帶，看看有沒有人知道老阿吉布搬去哪裡。他來到他住的那條街，攔住一個小男孩，問他知不知道那個叫阿吉布的人住在哪裡。小男孩指向阿吉布的老家。

「他本來住在那裡。」阿吉布說。「現在搬去哪裡了？」

「他昨天還住在那裡，如果是昨天搬走的，那我就不知道了。」小男孩說。

阿吉布不敢置信。難道二十年後，老阿吉布還住在同一棟房子裡？這就代表老阿吉布一直沒發財，所以也就沒辦法給他什麼建議，或者說，就算有什麼建議，聽了也沒什麼好處。和那個幸運的製繩師比起來，他的命運為什麼差這麼多？不過，他還是抱著一線希望，希望是那男孩搞錯了。於是他守在屋外等著看。

後來，他終於看到一個男人從屋裡走出來。他一眼就認出那就是老了的自己，整個心立刻往下沈。有個女人跟在老阿吉布後面，應該就是他太太，但阿吉布根本沒去留意她，因為他滿腦子只想到自己人生失敗了，沒有飛黃騰達。他心裡很沮喪，愣愣的看著那對老夫妻身上那不起眼的衣服，一直看著他們消失在視線外。

他內心忽然湧現一股好奇，那種好奇就像有人忍不住會想去看犯人被砍掉的頭。在好奇的驅使下，阿吉布走進自己的家。屋裡的家具不一樣了，不過卻是更簡陋，破破爛爛。看到眼前的一切，阿吉布心裡很難受。難道他連好一點的枕頭都買不起嗎？

他突然衝動起來，走到一口木箱前面。平常他都是把存下來的錢放在裡面。他打開鎖，掀起蓋子，發現裡面是滿滿的金幣。

阿吉布嚇了一跳。年老的他有一整箱的金幣，可是竟然穿著毫不起眼的衣服，在同一棟小屋裡住了二十年！阿吉布心裡想，年老的他一定是一個吝嗇小氣、很不快樂的人，有這麼多錢，卻不懂得享受。阿吉布從小就明白，錢再多，死了也無法帶進墳墓，難道老了以後反而忘了這個道理？

阿吉布認為，懂得享用的人才應該擁有這麼多錢，而那個人就是他，更何況，拿走老阿吉布的錢，等於是拿走自己的錢，並不算偷。於是他把箱子扛到肩上，然後費了好大的力氣才勉強扛著箱子穿過年之門，回到二十年前的開羅。

他把一部分錢存進錢莊，不過總是隨身帶著錢包，裡面塞滿了沈甸甸的金幣。他換上了一身名貴服飾，像是大馬士革的長袍，馬臀皮製的頂級便鞋，還有大呼羅珊頭巾。他在富豪區租了一棟豪宅，屋裡的裝潢擺設用最上等的地毯和長椅，還聘了一個廚師為他料理山珍海味。

長久以來，他一直很愛慕一個叫塔希拉的少女，於是他就去找塔希拉的哥哥。她哥哥是一個藥師，開了一家藥舖，塔希拉在店裡幫忙。阿吉布偶爾會去買藥，目的就是為了藉機和塔希拉說話。有一次，塔希拉的面紗掉了，阿吉布看到她的眼睛又黑又漂亮。塔希拉的哥哥原本不可能會同意她嫁給一個織毯師，但現在，阿吉布覺得自己已經有資格登門求親了。

塔希拉的哥哥同意了，而塔希拉自己早就芳心默許，因為長久以來她也一直愛慕著阿吉布。阿吉布極盡奢華之能事辦了一場婚禮。開羅南邊的運河上有很多豪華的遊河船，他租了一艘，在船上辦了一場豪華婚宴，而且還請了一群樂師和舞者。在婚禮上，他給塔希拉戴上一條名貴珍珠項鍊。這場婚禮後來成為整個富豪區茶餘飯後的焦點話題。

錢帶給阿吉布和塔希拉無比的歡樂，他們沈浸其中。整整一個星期，兩人狂歡度日。後來有一天，阿吉布回到家的時候，發現有人闖進過家裡，金銀器皿都被劫掠一空。先前廚師嚇得躲起來，這時才出來告訴阿吉布，強盜綁架了塔希拉。

阿吉布憂心如焚，不斷向真主禱告，最後實在累壞了，終於睡著了。第二天早上，他被一陣敲門聲驚醒。他打開門，看到門口有個陌生人。「有人要我傳話給你。」那人說。

「傳什麼話？」阿吉布問。

「你妻子目前平安無事。」

阿吉布又害怕又憤怒，胃裡一陣翻攪。「你們要多少贖金？」他問。

「一萬枚金幣。」

「我沒這麼多錢啊！」阿吉布驚叫起來。

「少跟我討價還價！」那劫匪說。「我親眼看到你花錢像灑水一樣。」

阿吉布跪倒在地。「我揮霍了太多錢。我以先知之名發誓，我真的沒那麼多錢。」他說。

那劫匪仔細打量他。「把你剩下的錢都準備好。」劫匪說。「明天這個時間我會來這裡拿。要是我覺得你暗藏一筆，你妻子就死定了。要是我覺得你夠老實，我的手下就會把她帶回來給你。」

阿吉布別無選擇。「我答應你。」他說。於是劫匪就走了。

第二天，他去錢莊把剩下的錢全部領出來，交給劫匪。劫匪看到阿吉布那種絕望的眼神，心裡明白他已經把錢全部交出來了，於是也遵守約定，當天晚上就把塔希拉送回來了。

兩人緊緊抱在一起，然後塔希拉說：「我真不敢相信，你竟然為我付出那麼多錢。」

「失去了妳，錢再多又有什麼意思。」阿吉布說。話一出口，他才發覺自己說的是真心話。

「可是現在，我再也沒辦法買好東西給妳了。我覺得很遺憾。」

「以後你再也不需要買什麼給我了。」她說。

阿吉布忽然頭往下垂。「我總覺得這是真主在懲罰我，因為我做錯了事。」

「做錯了什麼事？」塔希拉問。但阿吉布沒吭聲。「有一件事我一直沒問你。」塔希拉說。「不過我知道，你有那些錢，並不是因為你繼承了什麼財產。老實告訴我，那是你偷來的嗎？」

「才不是！」他說。他不想告訴她真相，而心裡也不願意承認自己偷了錢。「那是有人給我的。」

「這麼說，錢是借來的？」

「也不是。那些錢不必還。」

「難道你不想還錢？」塔希拉嚇了一跳。「這豈不是等於，我們婚禮的錢是他花的，我的贖金也是他付的，這樣你能心安？」說著她幾乎快哭出來了。「這樣一來，我究竟是你妻子，還是那個人的妻子？」

「妳當然是我妻子。」他說。

「可是連我這條命都是欠人家的，我還能算是你妻子嗎？」

「不要懷疑我對妳的愛。」阿吉布說。「我發誓，我一定會把錢還清，一毛都不欠。」

於是阿吉布和塔希拉搬回他的老家，開始努力存錢。兩人都到塔希拉哥哥的藥鋪去工作，後來，哥哥改行去賣香水給有錢人，阿吉布和她就接管了藥鋪的生意，賣藥給病人。賣藥是會賺錢的生意，但他們卻儘可能的省錢，生活很節儉，家具壞了就修一修，捨不得買新的。在往後的歲月裡，每當阿吉布把一枚金幣丟進木箱，他都會露出笑容對塔希拉說，這會讓他想起他是多麼珍惜她。他說，就算有一天木箱裝滿金幣，他還是會一樣愛她。

然而，一次只丟幾枚金幣，木箱是很難裝得滿的。他們本來只是生活節儉，到後來變成吝嗇小氣，本來只是錢花在刀口上，到後來變成一毛不拔。而更糟糕的是，因為有錢不能花，日子久了，阿吉布和塔希拉對彼此的感情也逐漸變淡，甚至互相怨恨。

就這樣，一年一年過去了，阿吉布漸漸老了，一輩子都在等著自己的金幣再次被拿走。

…………

「這故事很奇特，而且很感傷。」我說。

「確實。」畢夏拉茲說。「你覺得阿吉布算不算是精明謹慎的人？」

我遲疑了一下，然後才說：「我不夠資格對他品頭論足。他做了那件事，就必須自己承擔後果。我自己也一樣。」說完我沈默了一會兒，接著又說：「不過，我很欣賞阿吉布的坦率，他竟然願意把自己的所作所為全部告訴你。」

「哦，不過，阿吉布並不是年輕的時候告訴我的。自從他帶著那箱金幣從門口出來之後，我就再也沒見到過他，直到二十年後他才來找我。他來找我的時候，已經老了。他回到家，發現那箱金幣不見了，知道自己總算還清了債，這才覺得時候到了，可以告訴我過去的一切。」

「真的？那麼，前一個故事裡的老哈山是不是也回來找過你？」

「沒有。他的故事是年輕的哈山告訴我的。老哈山從來沒再到過我店裡，不過，一個和他有關係的人倒是來找過我。那人跟我說了一個故事，而那個故事，老哈山絕對沒辦法說。」接著畢夏拉茲又跟我說了那個故事，如果陛下有興趣，我就說給陛下聽。

第三個故事：妻子和她的情人

拉妮亞和哈山結婚已經很多年，他們過得非常幸福。有一天，她看到丈夫和一個年輕人吃飯，一眼就認出那人和當年剛結婚時的哈山一模一樣。她太震驚，差點就忍不住衝出去打斷他們談話。那年輕人走後，她逼問哈山那人是誰，於是哈山就跟她說了一個很不可思議的故事。

「你跟他提到過我嗎？」她問。「當年我們第一次見面的時候，你就已經知道我們會結婚嗎？」

「第一次見到妳的時候，我就下定決心一定要娶妳。」哈山微微一笑。「不過，那並不是因為有人告訴過我。老婆，我相信妳一定不希望有人剝奪年輕的我對妳一見鍾情的美好時刻，對吧？」

於是，拉妮亞一直沒去和那個年輕的哈山說話，只是躲在一旁偷聽他們談話，偷瞄他。看著他那青春洋溢的容貌，她不由得心頭小鹿亂撞。人很容易被記憶戲弄，眼前看到的人，總是像記憶中那麼美好。而此刻，看著那兩個男人面對面坐著，她才真正意識到年輕的哈山帥氣得如此真實。到了晚上，她會躺在床上睡不著覺，滿腦子想的都是他。

年輕的哈山走了以後，過了幾天，老哈山離開開羅，到大馬士革和一個商人談生意。老哈山曾經跟拉妮亞提到過年之門那家店，於是，拉妮亞趁他不在的時候來到那家店，穿過年之門，回到二十年前的開羅。

她記得當年的哈山住在哪裡，很快就找到了他，跟蹤他。這些年來，她對老哈山一直充滿激情，但此刻，看著年輕的哈山，她感覺那股慾望更熾熱了，腦海中清晰浮現出兩人年輕時激情纏綿的情景。她對老哈山一直很專情，忠貞不二，但眼前卻是一個大好機會，可以重新體驗一次當年的激情。這樣的機會不會再有第二次。於是，拉妮亞決定要放縱自己的慾望，採取行動。她租了一間房子，然後接連幾天買了一些家具裝潢佈置。

房子打點好之後，她開始偷偷跟蹤哈山，拚命想鼓起勇氣上前跟他說話。來到珠寶市場，她看到他找上一個珠寶商，拿出一條項鍊，問珠寶商願意花多少錢買。那條項鍊上鑲了十顆寶石，拉妮亞一眼就認出來了。當年婚禮結束後，過了幾天，哈山送給她的就是那條項鍊。她一直都不知道哈山竟然曾經想賣掉那條項鍊。她站在他們旁邊不遠的位置，一邊豎起耳朵聽他們說話，一邊假裝在看戒指。

「你明天再把項鍊帶過來，我用一千金幣買下來。」年輕的哈山覺得這價錢不錯，於是就走了。

拉妮亞看著他漸漸走遠，突然聽到旁邊有兩個人在說話。

「你有沒有看到那條項鍊？那是我們的。我們那箱珠寶裡，其中就有那條項鍊。」

「你確定嗎？」另一個人問。

「非常確定。挖走我們箱子的，就是那王八蛋。」

「好，我們去找老大，告訴他這件事。等這傢伙賣掉項鍊，我們就搶走他的錢，再把珠寶全部搶回來，然後幹掉他。」

於是那兩人走了，完全沒留意到旁邊的拉妮亞。她站在那裡心臟怦怦狂跳，可是卻渾身僵住動彈不得，就像一隻嚇壞的鹿，眼看老虎已經走遠了，卻還僵在原地不動。她忽然明白，哈山挖到的那箱珠寶，是一夥強盜埋的。剛剛那兩個人也是強盜一夥的。現在他們就是在監視開羅的珠寶商，想找出那個偷了他們珠寶的人。

拉妮亞心裡明白，既然那條項鍊還在家裡，那就表示哈山並沒有賣掉它。她也知道，哈山後來並沒有被強盜殺掉，不過，她相信真主一定不是要她袖手旁觀。真主會引導她來到這裡，一定是想透過她來完成祂的旨意。

於是拉妮亞回到年之門前面，跨過門回到二十年後的開羅，回到家從珠寶盒裡拿出那條項鍊，然後又回到年之門的店鋪裡。她又一次跨過年之門，不過這次並不是從左邊進去，而是從右邊，這樣一來，她進到又二十年後的開羅。她找到更老的自己，而那時候的自己已經是個老婦人了。老拉妮亞很親切的接待她，再從珠寶盒裡拿出那條項鍊，然後兩人開始演練要怎麼幫助年輕的哈山。

第二天，那兩個強盜帶著另一個人回到市場。拉妮亞猜那人應該就是強盜頭目。哈山把項鍊拿給珠寶商的時候，那三個人都盯著看。

珠寶商仔細檢查項鍊，這時拉妮亞忽然走上前說：「怎麼那麼巧！老闆，我也有一條同樣的項鍊要賣。」說著她從身上的皮包裡拿出項鍊。

「太神奇了！」珠寶商說。「這輩子沒見過兩條項鍊長得這麼像！」

接著老拉妮亞也走上來。「老天，這是什麼！我一定是眼花了！」說著她也拿出另一條一模一樣的項鍊。「當初賣的人還信誓旦旦保證，說這項鍊絕對是獨一無二的。看樣子，我被騙了。」

「也許妳應該把項鍊退回去。」拉妮亞說。

「也許有別的辦法。」老拉妮亞說。接著她問哈山：「他出多少錢買你的項鍊？」

「一千金幣。」哈山一臉困惑的說。

「真的！嘿，老闆，你要不要把我這條項鍊也一起買下來？」

「呃，我必須重新估價了。」珠寶商說。

老拉妮亞和哈山開始跟珠寶商討價還價，這時拉妮亞往後退了幾步，離那幾個強盜不遠，正好聽得到他們在竊竊私語。「你們這兩個蠢蛋。」頭目說。「那只是普通的項鍊！你們這樣搞，開羅有一大半的珠寶商恐怕會莫名其妙被我們殺掉，然後我們就會被衛兵追殺。」他打了那兩人的頭，帶著他們走了。

拉妮亞又回頭去看珠寶商。他已經不肯買哈山的項鍊了。老拉妮亞說：「好吧，那我只好想辦法把項鍊退還給原先賣我的人。」於是老拉妮亞轉身走了。她臉上罩著面紗，但拉妮亞隱約看得到她在偷笑。

拉妮亞轉身對哈山說：「看樣子，今天我們兩個人項鍊都賣不掉了。」

「那只好改天吧。」

「我要把項鍊拿回家收好。」拉妮亞說。「你可以陪我走嗎？」

哈山答應了，於是就陪著拉妮亞走回家。她邀他進門，請他喝葡萄酒。兩人喝了一些酒之後，拉妮亞帶他進了房間。她放下厚厚的窗簾，熄掉所有的燈火，房間裡變得一片漆黑。這時她才掀開面紗，帶他上床。

拉妮亞一直在期待這夢寐以求的一刻，然而她卻發現哈山的動作扭捏又笨拙，心裡很納悶。當年新婚之夜的情景依然歷歷在目，當時的哈山充滿自信，他的愛撫令她如癡如醉、春心蕩漾。算算時間，再過不久，哈山就會遇見年輕時的她，那麼，此刻那麼笨拙的他，怎麼會轉變得如此之快，在新婚之夜就能夠讓她如此銷魂？她一時想不通為什麼，但轉念一想，忽然明白了。

於是，接下來的幾天，拉妮亞每天下午都在這間租來的房子裡和哈山約會，教他什麼是性愛的最高境界。在這過程中，她讓哈山見識到，女人，絕對是真主創造出來的最神奇的傑作。她告訴哈山：「你自己能享受到多大的快樂，就要看你能夠讓對方多快樂。」話一說出口，她立刻就意識到這話真是太貼切了，不由得暗暗露出笑容。哈山領悟得很快，沒多久，他的技巧已經達到她記憶中的境界。她享受到前所未有的歡愉，那種激情，甚至比年輕的時候更強烈。

美好的時光總是流逝得特別快，沒多久，離別的日子終於來臨。拉妮亞告訴年輕的哈山，她該走了。他心裡明白自己不應該追問她為什麼，不過，他問她以後還會不會再見到她。她很溫柔的告訴他，不會了。她把所有的家具賣給房東，然後穿過年之門回到二十年後的開羅。

老哈山談完了大馬士革的生意，回到開羅，拉妮亞很親切的迎接他，但祕密永遠藏在心裡。

…………

畢夏拉茲說完了故事，我有點失魂落魄，沈浸在自己的思緒裡，好一會兒才聽到他說：「看樣子，比起前面兩個故事，你對第三個故事似乎更感興趣。」

「你說對了。現在我明白了，雖然過去是無法改變的，但回到過去，我們還是會有意想不到的遭遇。」

「沒錯。過去未來都是一樣的，現在你該明白了吧？過去和未來都是無法改變的，不過我們可以有更深的領悟。」

「我明白了。你確實令我大開眼界，不過，現在我想用一下這座年之門，應該付你多少錢？」

畢夏拉茲揮揮手。「跨過年之門是不收費的。到我店裡的人，都是真主帶來的，我很樂意接受真主的差遣。」

說這話的人如果是別人，我會以為那人是在討價還價，但聽他說了那麼多故事之後，我知道他說的是真心話。「你不但學識淵博，而且胸襟開闊，慷慨熱心。」說著我向他鞠了個躬。「我是做布料生意的，如果哪天需要我服務的話，請別客氣，儘管來找我。」

「謝謝你。不過，我們還是先來談談用這扇門該注意些什麼。在你進入二十年後的巴格達之前，有些事我必須先告訴你。」

「我並不想去未來。」我對他說。「我想從另一個方向進門，去看看年輕時候的我。」

「噢，那真是很抱歉。從這扇門沒辦法回到過去。是這樣的，這扇門我才建好一個星期，所以二十年前這扇門還不存在，你根本過不去。」

我大失所望，說話的時候口氣聽起來像個被遺棄的孩子。我說：「可是，如果從左邊跨進門，會進到什麼地方？」說著我繞過環門，從左邊看著門的另一邊。

畢夏拉茲也繞過來站到我旁邊。透過門看到的另一邊的景象，和沒透過門看到的完全一樣，然而，當他伸出手想穿過門，手卻被擋住，彷彿碰到一堵隱形的牆。我仔細一看，發現桌上有一盞銅製的油燈，但那火焰並沒有搖曳，而是固定不動的，彷彿門另一邊的房間整個被封在巨大的透明琥珀裡。

「你透過門看到的，是一星期前的房間。」畢夏拉茲說。「要等二十年後才能從左邊穿過門回到過去。或者……」他帶我繞到門的另一邊。「我們可以從右邊穿過門，去看看二十年後的你和我。」

「你不是還有另一座門在開羅？現在還能用嗎？」

他點點頭。「門還在那裡。那家店目前是我兒子在經營。」

「這樣的話，我可以去開羅，從那座門回到二十年前，然後再回到巴格達。」

「沒錯，如果你想這樣做的話，確實是可以。」

「我就是想這樣做。」我說。「能不能告訴我開羅那家店在哪裡？」

「有些事我還是必須先告訴你。」他說。「我不會問你究竟打算做什麼，我想，等你準備好了，自己就會告訴我。不過我還是要提醒你，過去發生的一切，是不可能重新來過的。」

「這我知道。」我說。

「還有，你註定要經歷的苦難，是無法逃避的。只要是真主的旨意，你都必須坦然接受。」

「這道理我很久以前就明白了。」

「這樣的話，我會盡我所能協助你。這是我的榮幸。」

他拿出紙筆和墨水瓶，開始寫信。「我會寫一封信交給你，讓你到那裡之後一切更順利。」

他把信摺好，在邊緣滴了幾滴燭蠟，然後用戒指在上面壓了一下。「到了開羅，把這封信交給我兒子，他就會讓你穿過那裡的年之門。」

像我這樣的生意人，要說出一些冠冕堂皇的感謝的話，是駕輕就熟的，但這大半輩子，我從來不曾像此刻這樣由衷感謝畢夏拉茲，句句都是肺腑之言。他告訴我開羅那家店在什麼地點，而我向他保證，回來之後一定會把所有的事情詳細告訴他。我正要走出店門的時候，忽然想到一件事。「這裡的年之門可以通向未來，所以說，你可以確定二十年後這座門和這家店都還在這裡。」

「是的。」畢夏拉茲說。

我想問他有沒有見過二十年後的他自己，但還沒開口就趕緊把話吞回去。如果他說沒有，那一定是因為二十年後的他已經死了，而我一定會接著問他是什麼時候死的。這個人幫了我這麼大的忙，而且沒追問我打算做什麼，那麼，我憑什麼問他這種問題？從他的表情，看得出來他知道我想問什麼，於是我趕緊對他鞠躬道歉。他點點頭表示沒關係，於是我就回家開始安排旅行的事。

我跟著商隊走了兩個月才抵達開羅。旅途中，過去的事一直纏繞在我腦海中，而那正是我並沒有告訴畢夏拉茲的。現在，我要告訴陛下了。二十年前我結過婚，我的妻子叫娜吉亞。她身材婀娜多姿，有如搖曳的楊柳，臉蛋美得像月亮，然而，真正令我著迷的，是她溫柔善良的天性。我們結婚的時候，我才剛開始做生意沒多久，雖然家裡沒什麼錢，但我們還是過得很幸福，並不覺得缺少什麼。

有一天，我準備啟程前往巴斯拉和一個船長見面。當時我們結婚才一年，我忽然有個機會可以買賣奴隸賺點錢，但娜吉亞並不贊成。我提醒她，古蘭經並沒有禁止我們蓄奴，只要好好對待他們。更何況，就連先知家裡也有奴隸。可是她說，我們怎麼知道買奴隸的人會不會好好對待他們？所以，我們還是買賣商品就好，不要去買賣奴隸。

啟程的那天早上，娜吉亞和我吵了一架。我對她說了一些難聽話，如今回想起來都覺得慚愧，在陛下面前實在羞於啟齒，請陛下見諒。我氣沖沖的走了，沒想到這一走就再也見不到她了。我走了以後，過了幾天，清真寺圍牆倒塌，她受了重傷。她被送去醫院，可是醫生卻救不了她，沒多久就死了。過了一個星期，我回到家才知道她死了。我覺得她彷彿是被我親手殺害的。

接下來的幾天，我傷痛欲絕，深受煎熬，心裡想，在地獄受折磨會更痛苦嗎？當時我幾乎就要知道答案了，因為我傷心過度，差點就死去。當時的煎熬，一定很像身在地獄，因為悲傷就像地獄之火，會焚燒你的靈魂，卻不會要你的命，只會讓你內心變得更脆弱，更容易受傷害。

後來，痛苦終於過去了，但我內心卻只剩一片虛空，整個人像一具空皮囊，有如行屍走肉。我把買回來的奴隸全部放走，改行做布料生意。幾年後，我賺了很多錢，可是卻一直沒有再婚。有些顧客想把妹妹或女兒介紹給我當妻子，他們說，女人的愛可以讓你忘掉痛苦。也許他們說得對，只不過，那還是無法讓你忘掉你帶給別人的痛苦。每當我開始想像自己娶了另一個女人，我就會回想起最後一次見到娜吉亞那天。當時，她的眼神是那麼的痛苦。一想到她的眼神，我的心就再也容不下別人了。

我曾經去找一位導師，把自己的所作所為全部告訴他。他告訴我，懺悔贖罪可以撫平過去的傷痛。於是在往後的二十年裡，我盡我所能懺悔贖罪，努力做一個正直高尚的人，長年累月禱告，齋戒，救濟窮人，而且還到麥加去朝聖，然而，愧疚依然纏繞著我的心。真主是慈悲的，所以我知道，無法撫平過去的傷痛，是我自己的錯。

先前要是畢夏拉茲開口問我打算做什麼，我一定說不出口。他說的故事已經證明我沒辦法改變過去發生的事。最後一次見到娜吉亞的時候，另一個我並沒有出現，阻止年輕的我和娜吉亞吵架。然而，哈山的故事裡還暗藏著拉妮亞的故事，而哈山一直都不知道拉妮亞做過什麼。這故事讓我懷著一線希望。趁年輕的我出門做生意的時候，說不定我可以做些什麼。

有沒有可能當年有人搞錯了，娜吉亞並沒有死？說不定當年裹著壽衣被埋葬的，是另一個女人的屍體。說不定我可以及時救了娜吉亞，把她帶回二十年後的巴格達。我心裡明白，這樣做是很魯莽的，因為經歷過人世滄桑的人都知道，有四種東西是回不來的：說出口的話、射出去的箭、死去的人、錯過的機會。我心裡明白，這是至高無上的真理。然而，我還是不肯放棄那一線希望，希望真主認定我二十年來的懺悔贖罪已經夠了，願意賜予我一次機會找回失去的愛。

商隊的旅程一路順利，經歷了六十次日出日落，禱告了三百次之後，我終於抵達了開羅。比起和平之城巴格達井井有條的街道網絡，開羅的街道簡直就像迷宮一樣錯綜複雜，我必須不斷問路，甚至找人帶路，找了半天才終於來到班艾爾卡斯蘭街，那是開羅法蒂瑪人區的主幹道。我從那裡出發，終於找到了那家店所在的街道。

我告訴店老闆，我在巴格達和他父親見過面，然後我把畢夏拉茲的信交給他。他看過信之後，就把我帶進裡面的房間。那房間正中央豎立著另一座年之門。他伸手指向門左邊，要我從那裡進去。

我站在那巨大的金屬環門前面，忽然感到一陣寒意。我暗罵自己緊張過頭了。我深深吸了一口氣，跨過門，發現房間還是一樣的房間，只不過家具擺設不太一樣。要不是因為發現家具不一樣，我一定會誤以為那座門只不過是一座普通的門。接著我發現，我會感覺到那股寒意，只是因為這房間比較冷，因為這裡的天氣不像二十年後那麼熱。我可以感覺到一股熱氣從背後的門口吹出來，彷彿輕輕的嘆息。

那老闆跟在我後面出來大喊了一聲：「爸，有客人要找你！」

我看到一個人走進房間。那一定是畢夏拉茲。除了他還會是誰。他的模樣比我在巴格達看到的他年輕了二十歲。「歡迎歡迎。」他說。「我是畢夏拉茲。」

「你不認得我嗎？」我問。

「不認得。你見過的一定是二十年後的我。對我來說，這是我們第一次見面。但不管怎麼樣，我還是很榮幸能夠為您服務。」

陛下，我這輩子的毛病就是後知後覺，很多事情都是過了很久以後才想通。我必須坦白承認，從巴格達到開羅的這段旅程中，我完全沈浸在哀傷的情緒裡，根本沒想到當初在巴格達跨進店門的時候，畢夏拉茲很可能就已經認出我了。我在店裡看著水鐘和銅製夜鶯的時候，他應該就已經知道我會去開羅，而且也知道我最後有沒有達到目的。

而這一切，眼前這位畢夏拉茲當然不會知道。「老闆，我要再次感謝您的慷慨熱心。」我說。「我叫弗亞德伊本阿貝斯，剛從巴格達來的。」

畢夏拉茲的兒子回去了，我和畢夏拉茲開始談起來。我問了他當天的日期之後，發現時間還很充裕，絕對來得及回到巴格達。我告訴他，回來之後，我一定會把事情的經過詳細告訴他。年輕的他和二十年後的他都是同樣親切和藹。「期待您回來之後我們可以好好談談，也期待二十年後可以再為您服務。」

聽他這樣說，我愣了一下。「在此刻見到我之前，你是不是曾經打算去巴格達開店？」

「您為什麼這樣問？」

「我在巴格達認識你的那一天，時間正好還來得及我趕到開羅，用這座門回到過去做一件事。這實在太巧了，我很驚訝。現在我開始懷疑，這一切根本不是巧合。是不是因為今天我來到這裡，你才會想到二十年後要去巴格達開店？」

畢夏拉茲微微一笑。「巧合和刻意就像一張壁毯的兩面，你或許會比較喜歡某一面，但你卻不能一口咬定那一面才是真的，另一面是假的。」

「你的話永遠都是這麼有哲理，會啟發人思考。」我說。

我謝過他，跟他道別。我正要走出店門的時候，有個女人和我擦身而過，匆匆走進店裡。聽到畢夏拉茲稱呼她拉妮亞，我心頭一驚，立刻停下腳步。

當時我就站在門口聽到那女人說：「項鍊我拿來了。希望二十年後的我沒把項鍊弄丟。」

「我相信她一定會把項鍊收得好好的，等妳去找她。」

我立刻就明白她就是畢夏拉茲故事裡提到的拉妮亞。她正要去找二十年後的自己，然後兩人一起回到二十年前，用兩條一模一樣的項鍊捉弄那些強盜，解救她們的丈夫。有那麼一會兒，我感到很困惑，分不清這一切究竟是真的還是在做夢，因為我感覺自己彷彿走進了故事裡。一想到自己也許可以和故事裡的人說話，我感到一陣暈眩。我忽然有一股衝動想上前去跟她說話，看看自己是否會成為故事裡的一個幕後角色。但我轉念一想，我的目的應該是要在自己的故事裡扮演一個幕後角色。於是我一聲不吭就走了，去找商隊安排回巴格達的行程。

陛下，古話說得好，人算不如天算。人再怎麼盤算，總是會受到命運的無情嘲弄。一開始我還以為自己是天底下最幸運的人，因為前往巴格達的商隊月底之前就會出發，我可以加入他們。在接下來的幾個星期裡，我開始咒罵自己所謂的幸運，因為商隊的行程一再延誤。商隊從開羅出發之後，沒多久就到了一個小鎮，但那小鎮的井都乾了，商隊只好派人回開羅取水。後來到了另一個小村莊，保護商隊的士兵感染了痢疾，我們只好停下來等他們復原，等了好幾個禮拜。每延誤一次，我就必須重新估算抵達巴格達的日期，越算越焦慮。

接著，商隊又遇上了沙塵暴，感覺彷彿真主在警告我。這下子，我開始懷疑自己的行動是否太愚蠢。沙塵暴剛開始的時候，我們還算幸運，及時躲到庫法西邊的驛站休息，可是，我們在那裡停留的時間越來越長。一次又一次，當沙塵暴平息，我們才剛把貨物重新裝到駱駝背上，天空立刻又變暗了。行程的延誤從幾天變成幾個星期。娜吉亞遇難的日子眼看就要到了，我越來越絕望。

我輪番找上每一個駕馭駱駝的人，哀求他們，想找個人載我先出發，可是卻沒人願意。後來，我出了驚人的高價，終於有個人願意把他的駱駝賣給我。雖然那價錢遠超過駱駝的市場行情，但他既然願意賣，我還求之不得。然後我就獨自出發了。

毫無意外，迎著沙塵暴，我行進的速度很慢，不過，只要沙塵暴稍有停息，我立刻就加快腳步。然而，沒有商隊士兵的保護，我很容易就會成為強盜的目標。出發兩天後，我果然遇上強盜了。他們搶走了我的錢和駱駝，不過卻饒了我的命。不知道那是因為他們可憐我，還是因為懶得殺我。於是我只好開始走路回去找商隊。那時候，天空放晴了，萬里無雲，但火毒的太陽卻是另一種折磨。後來，商隊發現我的時候，我舌頭都腫了，皮膚裂得像是被太陽曬乾的泥土。從那以後，我已經別無選擇，只能配合商隊的速度跟著走。

隨著日子一天天過去，我懷抱的希望逐漸凋零，有如一片片掉落的花瓣。商隊還沒抵達巴格達，我就已經知道一切都太遲了。不過，我們進城的時候，我還是忍不住問守城門的衛兵有沒有聽說清真寺倒塌。有一個衛兵說他沒聽說，那一剎那，我心裡又燃起一絲希望，希望是自己記錯了意外發生的日子，希望自己真的及時趕到。

接著另一個衛兵告訴我，昨天卡爾克區確實有一間清真寺倒塌了。他的話像劊子手的斧頭一樣刺進我的心。我走了這麼遠，結果只是再次聽到這一生最悲慘的消息。

我走到清真寺，只見原本的圍牆變成一堆堆的磚頭。過去二十年來，那景象有如噩夢一樣糾纏著我。我不由得閉上眼睛，然而，當我再度睜開眼睛，卻感覺那景象清晰得咄咄逼人，令我難以承受。我轉身離開，漫無目的地走著，對周遭的一切渾然無覺。後來，我不知不覺走到老家門口。那是我和娜吉亞從前住的地方。我站在門口的街上，腦海中纏繞著往日記憶，哀痛欲絕。

我在那裡站了不知道多久，後來才意識到有個少女走到我旁邊。「您好。」她說。「請問弗亞德伊本阿貝斯的家在哪裡？」

「就是這裡。」

「請問您就是弗亞德伊本阿貝斯嗎？」

「我就是，不過，麻煩妳讓我一個人靜一靜。」

「很抱歉，我叫瑪伊穆娜，是醫院的醫生助手。您的妻子過世前，都是我在照顧的。」

我猛然轉過去看著她。「妳照顧過娜吉亞？」

「是的。我在她面前發過誓，要幫她轉達幾句話給您。」

「她說了什麼？」

「她要我告訴您，在嚥下最後一口氣之前，她心裡想的就是您。她要我告訴您，雖然生命如此短暫，但跟您在一起的這些年，她過得很快樂。」

她看到我的眼淚沿著臉頰往下流。「真對不起，如果我說的話令您感到痛苦，請您原諒。」

「孩子，說什麼原諒呢？妳知道妳轉達的這些話對我有多重要嗎？我真不知道要怎麼感謝妳。就算一輩子感激妳，我還是覺得虧欠妳。」

「看您這麼傷心，還說什麼虧欠呢？但願您內心能夠平靜。」

「我也祝福妳。」我說。

她走了之後，我在街上遊蕩了好幾個鐘頭，淚流滿面，因為長久以來內心的煎熬終於解脫了。我一直想著畢夏拉茲說的話，越想越覺得有道理：過去和未來是一樣的，都是無法改變的，只能讓你得到更深的領悟。這次回到過去，並沒有改變什麼，但我領悟到的，已經足以改變一切。我終於明白一切註定是如此。如果我們的人生是真主說的故事，那麼，我們既是聽故事的人，也是故事裡的人。我們必須親身經歷過那個故事，才能夠領悟一切。

黑夜降臨了，開羅開始宵禁，但我卻還在街上遊蕩，渾身衣服髒兮兮。衛兵看到我，問我是什麼人，我告訴他們我叫什麼名字，住什麼地方。於是衛兵就帶我去找我的鄰居，問他們認不認識我，可是他們都不認得我，於是衛兵就把我關進監牢。

我把自己的故事說給衛兵隊長聽，他覺得很有趣，可是根本不相信。又有誰會相信呢？後來我忽然想到二十年前我最傷心的時候聽到的一些消息。於是我告訴他，陛下的孫子快出生了，他會是個白化症的孩子。過了幾天，隊長真的聽到傳言說陛下的孫子是白化症，於是就帶我去見那一區的長官。長官聽了我的故事，就帶我進皇宮見陛下的總管。總管聽了我的故事，就把我帶到聖殿這裡，所以我才有如此榮幸面見陛下，訴說我的故事。

故事只能說到這裡了。此時此刻，我的故事和我的人生已經合而為一，接下來會怎麼發展就看陛下怎麼決定。我知道在接下來的二十年裡巴格達會發生什麼事，可是接下來我的人生會如何，我就不知道了。我已經沒有錢再回開羅去用那座年之門，不過我還是覺得自己是天底下最幸運的人，因為我有機會回到過去，面對自己的錯誤，而且得到真主恩賜的平靜。如果陛下覺得應該問未來會發生什麼事，那麼，只要是我知道的，我都會很樂於告訴陛下。這是我的榮幸。不過對我來說，我領悟到的最珍貴的道理是：

過去是無法抹滅的，不過我們可以懺悔，可以贖罪，可以得到寬恕。就只有這樣了，但這樣也就夠了。

呼吸

長久以來，大家都說空氣是生命的泉源（也有人說是氬氣）。但事實並非如此。我留下這份記錄，是為了讓大家知道我是如何發現生命真正的泉源，而總有一天，生命也會因為這個泉源而結束。這是必然的結果。

絕大多數的歷史都記載我們是從空氣獲取生命，這已經描述得很清楚，不需要再強調。每天我們都會消耗滿滿兩個肺的空氣，每天，我們都會把空的肺從胸腔裡取出來，換上充滿空氣的肺。如果有人不小心導致肺裡的空氣容量降得太低，他就會感到肢體沈重，迫切需要換上新的肺。通常，在兩個肺的空氣都耗盡之前，大家都能夠及時換上新的肺，至少換一個。連一個肺都沒辦法換的情況是非常罕見的。不過，這種悲慘的狀況確實曾經發生過。如果有人被困住，無法動彈，而旁邊正好沒人可以救他，那麼，幾秒鐘內他就會因為空氣耗盡而死。

不過在日常生活中，我們根本不會去想到自己需要空氣。確實，很多人會說，滿足自己對空氣的需求根本就是雞毛蒜皮的小事，去充氣站根本就不是為了充氣，因為充氣站是最主要的社交場所，聊天的聖地。去那裡，不只是為了滿足生理上的需求，也是為了滿足感情上的需求。其實我們家裡都有充滿氣的肺當備份，可是，當你獨自一人的時候，打開胸腔換肺會像是無聊的例行公事，而相反的，跟別人在一起，那就會是大家一起換，共享樂趣。

如果有人太忙，或是懶得跟人打交道，那麼，到了充氣站，那個人就只會拿起充滿氣的肺換上，然後把空的肺放在充氣站另一頭。不過，如果有個幾分鐘空檔，他就會把空的肺接上充氣閥，充滿空氣，留給下一個人用。這是一種基本禮貌。不過，目前絕大多數人都會在那裡多待一會，享受一下與眾同樂的氣氛，和朋友熟人聊聊當天的新聞，邊聊邊把充滿氣的肺拿給對方。嚴格說來，這種舉動算不上是分享空氣，不過卻展現出一種同袍情誼，因為大家都知道所有的空氣都源自同樣的地方。所有的充氣閥都只是輸氣管的末端。輸氣管連接到深埋地底的空氣庫，也就是巨大的「世界之肺」，我們生命養分的來源。

很多人都會在隔天把空的肺送回原來的充氣站，不過，每當有人去鄰近的地區，也有很多空的肺會被送到別的充氣站。所有的肺外觀都一樣，鋁製的圓筒，表面平滑。所以，你拿到的肺究竟是當地的，還是遠地來的，沒人搞得清楚。肺會在不同的人和不同的地區之間流通，而同樣的，各種消息和流言也是這樣互相傳來傳去。這樣一來，根本不需要出門就可以聽到遙遠地區的消息，甚至世界邊緣的消息。但儘管如此，我還是很喜歡旅行。我曾經千里迢迢跑到世界的邊緣，親眼目睹那道巨大堅固的鉻牆從地面一直連綿到天際。

第一次聽到那些流言，是在一座充氣站。就是因為聽了那些流言，我才會開始展開研究，最後終於發現生命的真相。最初是我們這一區的公告宣導員說了一些話，一切就這樣不知不覺開始了。每年第一天的中午，宣導員都會朗誦一首長詩。這是一個悠久的傳統，而那首詩是很久以前特別為這個年度慶典寫的，朗誦起來要整整一個小時。宣導員說，他上次朗誦的時候，詩還沒唸完，塔樓的鐘不到一個小時就響了。這種情況過去從來不曾出現過。另一個人說這實在太巧了，因為他剛從鄰區回來，那邊的宣導員也在抱怨同樣的狀況。

然而，大家都只是注意到這種現象，卻沒人想太多。後來過了幾天，另一區也傳來消息，宣導員的朗誦還沒結束，塔樓的鐘也提前響了。這時終於有人提出說，這種時間的差異顯示所有塔樓的鐘很可能都出現機件故障，不過比較奇怪的是，為什麼時鐘是變快而不是變慢。時鐘技師檢查了那些出問題的鐘，可是再怎麼檢查都看不出毛病。他們拿出校正時間專用的標準鐘做比較，卻發現那些塔樓的鐘時間很準確。

我對這種現象有點好奇，但我太專注於自己的研究，不想費神去思考別的問題。從以前到現在，我一直在研究解剖學，所以，為了讓大家明白為什麼後來我會展開調查，我必須先簡單說明一下我和解剖學的關聯。

我們族類壽命很長，軀體強韌，不容易受傷害，而致命的意外事故又極罕見，所以很難得見到死亡。說起來是很幸運，但這卻導致解剖學的研究困難重重，尤其是，在那種嚴重到足以致命的事故中，受難者的遺骸多半殘破不堪，根本無法用來研究。如果肺在充滿空氣的時候爆裂，那爆炸的威力足以令我們的身體支離破碎。雖然我們的身體是鈦金屬構成的，但在那爆炸的威力下，就算是鈦金屬也會變得像錫一樣脆弱。從前，解剖學家都專注在研究手腳四肢，因為那是意外事故中最有可能保持完整的部位。一個世紀前，我第一次上解剖課的時候，老師讓我們看一截斷掉的手臂。手臂的外殼已經拆掉，露出裡面細長圓柱形的活塞連桿結構。手臂的基座已經破損，但幾根傳動連桿還銜接在上面。實驗室的牆上裝著一具肺，老師把手臂的主氣管接到肺上，那些連桿開始伸縮，帶動手指，於是手掌忽而攤開，忽而握拳。

而在接下來的一個世紀裡，解剖學的研究有長足進展，解剖學家已經能夠修復受損的手足，有時甚至還能把手足接回軀體上。而也就是在這段期間，我們開始有能力研究活體的生理結構。當年第一次上解剖課看過老師分析斷手的結構，後來我自己換了一種活體的方式示範給學生看。我拆掉自己手臂的外殼，動動手指，叫學生注意看那些連桿隨著手指的動作收縮或伸展。

解剖學雖然已經有長足進展，但根本上還是有一個大謎團尚未解開：記憶之謎。雖然我們對腦的結構已經有了初步認識，但想研究腦的生理機能還是難如登天，因為腦實在太脆弱。最典型的狀況是：致命意外發生的時候，頭殼炸裂，腦被炸得粉碎，化成一團霧一般的金絲碎屑，根本沒辦法用來檢驗。有一種流行了幾十年的理論說，人的經驗記憶都被刻錄在無數的金箔上，而意外事故後看到的那些金絲碎屑，就是被炸碎的金箔。那種金箔非常薄，光可以穿透。解剖學家收集那些金箔碎屑，花了好幾年時間嘗試把碎屑拼湊起來，恢復成原來的整片金箔，希望能夠解讀上面的符號。那些符號記錄著死者最近的經驗。

這就是大家都知道的「刻錄推論」，但我並不認同這種理論。為什麼呢？理由很簡單：如果我們的經驗真的都被刻錄下來，那麼，為什麼我們的記憶並不完整？支持「刻錄推論」的人對這種遺忘的現象提出了一套解釋。他們說，時間久了，金箔就會偏移，導致讀取記憶的針頭無法對準，到最後，那些最老舊的金箔會偏移得更嚴重，讀取針頭根本碰觸不到。這套迷人的說法，我很欣賞，可是卻說服不了我。我自己也曾經花了好幾個鐘頭用顯微鏡觀察那些金箔碎片，心裡想著，當我轉動顯微鏡的微調鈕，看著金箔上的符號漸漸變得清晰，那該有多開心啊！

更何況，要是能夠讀懂那些最老舊的金箔上的符號，找出那些連死者自己都已經遺忘的記憶，那該有多棒啊！我們能記得清楚的，只有過去一百年內的事，而更久遠以前的事，根本沒人記得。超過一百年前的事雖然都有記載成歷史，卻也只記錄了幾百年，而且我們甚至不太記得自己曾經寫過歷史。在書寫歷史出現之前，我們已經活了多久？我們是從哪裡來的？我們腦中都潛藏著一股渴望，一定要找出答案，而這也就是為什麼「刻錄推論」會如此迷人。

我支持的思想學派反對「刻錄推論」的說法。我們學派的理論是，我們的記憶儲存在某種媒介中，而在這種媒介上，記憶不難儲存，但也很容易遭到刪除。這些記憶，在大腦機制運轉的過程中，或是在開關不斷切換的過程中，都有可能會流失。這種理論意味著，任何被我們遺忘的記憶，就真的是徹底消失了。我們的圖書館儲存著很多歷史，可是在我們的腦子裡，更久遠以前的歷史已經徹底消失了。這種理論的優點是，它對某種現象提出了更合理的解釋。每當有人空氣耗盡死去，我們會把新的肺裝進死者體內，他就會醒過來，可是他的記憶會徹底消失，變成癡呆，彷彿死亡的衝擊徹底改變了他腦部的運轉機制和開關機制。刻錄推論學者宣稱，死亡的衝擊只不過是導致讀取頭無法對準金箔。要解決這種爭議，唯一的辦法就是殺掉一個活人，解剖他的腦，可是沒人願意幹這種事，就算被殺的人是癡呆也不行。我想出了一個實驗，說不定能夠找出真相，平息爭議，可是那實驗有風險，必須深思熟慮之後才能進行。我猶豫了很久很久，直到後來又聽到更多時鐘異常的消息，我才終於下定決心進行實驗。

消息是從一個更遠的地區傳來的，那裡的宣導員也注意到，他的新年長詩還沒有朗誦完，塔樓的鐘就響了。但這消息會特別引人注意，是因為那座鐘的機件結構和別的地區不同，計時的機制是將水銀灌注到容器裡。這樣一來，那裡的時間差就不能說是和其他地區一樣，都是同樣的機件故障引起的。大多數人都懷疑那是造假，是有人在惡作劇，但我懷疑那另有原因，一個更可怕的原因。我不敢說出來，但我決定採取行動，開始做實驗。

一開始我用的是一種最簡單的工具。我在實驗室裡放了一座像門框一樣的直立框架，兩邊上下各裝了一個三稜鏡，總共四個。四個稜鏡排列成一個精準的四角形，每個稜鏡的頂端正好位在四個角。這樣的排列，如果你用一道光束照射下方的一個稜鏡，光束會向上折射到上方的稜鏡，再水平折射到另一邊上方的稜鏡，再向下折射，最後折射回原來的稜鏡。就這樣，當我坐在框內，眼睛的高度正對著第一個稜鏡，我就會清楚看到自己的後腦勺。這套循環折射的裝置就是未來進一步實驗的基礎。

接著我用傳動連桿做了另一套類似的四角形裝置，擺在稜鏡裝置旁邊。連桿裝置的周邊比稜鏡裝置大得多，但設計還是同樣單純。但另一方面，這兩種裝置的末端都各自加裝了一種更精密的設備。在稜鏡裝置的最後一個稜鏡前面，我放了一座支架，上面裝了一具雙眼顯微鏡。支架的接頭可以讓顯微鏡上下左右轉動。至於連桿裝置，我在最底下那根連桿末端裝了好幾隻精密的機械手，有大有小。不過，這樣的說明實在不足以形容這些裝置的藝術境界。解剖學家擁有靈巧的雙手，而且因為長年累月的研究，對身體結構瞭如指掌。機械手正是這兩者的結晶。這些機械手就像我自己的手一樣靈巧，只要是我的手做得到的，機械手都辦得到，只是活動的範圍比較小。

組裝這些裝置耗費了好幾個月，可是不這樣也不行，因為不能有絲毫差錯。等一切準備就緒，我就能夠用兩手操作面前數不清的旋轉鈕和操縱桿，控制我頭後面那兩隻機械手，而且可以透過稜鏡和顯微鏡看兩隻機械手的動作。這樣一來，我就能夠解剖自己的腦。

我知道，這構想聽起來瘋狂到極點，要是告訴我的同事，他們一定會阻止我。問題是，我不能要求別人冒生命危險接受解剖手術，所以我只能自己接受解剖，而另一方面，我又不想呆呆坐在那裡讓人解剖我的腦，因為我想親自動手。所以，唯一的辦法就是自己解剖自己。

我把十二個充滿氣的肺拿進實驗室，全部連接到分叉管上，放在工作檯底下，再裝上一條充氣閥管。到時候，我會坐在工作檯前面，把閥管直接接到我胸腔裡的進氣閥門上，這樣一來，空氣就足夠我用六天。不過，也有可能我無法在六天內完成實驗，所以，我已經安排我的同事在最後一天到我家來。然而，根據我的評估，如果我真的無法在六天內完成實驗，唯一的原因就是我在手術過程中害死了自己。

我們的頭殼是由四片鈦金屬罩組成的，分別是面罩、後罩，和兩片側罩。後罩是深弧形，從頭頂一直延伸到後頸，而兩片側罩弧度比較淺。我先卸下後罩，再慢慢卸下兩片側罩，只留下面罩沒拆。面罩邊緣鎖在密封的托架上，所以我沒辦法透過稜鏡看到面罩內側，只看得到自己的腦。整個腦是由十幾個零件組成的，外面分別覆蓋著各種形狀複雜的護罩。我把顯微鏡湊近不同零件之間的縫隙，勉強瞥見腦內的美妙結構。雖然只是勉強看得到，但還是看得出來那真的是我這輩子見過最美麗最複雜的引擎，遠遠超越我們族類造出來的任何東西。毫無疑問，這一定是神創造的。那景象令人驚嘆，也令人目眩。我用一種純粹審美的角度欣賞了好幾分鐘，然後才開始進行實驗。

根據大多數人的推測，腦是由一具引擎和其他附屬零件組成的。引擎位於頭部中央，執行認知的機能，而周邊的一系列零件負責儲存記憶。這種推論符合我觀察到的景象，因為那些附屬零件看起來幾乎都是一個模樣，只有最中央那個零件不一樣，結構比較複雜，而且活動的部位比較多。然而，整個腦組裝得太緊密，零件之間的縫隙太窄，我沒辦法看清楚所有零件的運作。如果想要有更深入的了解，我就必須更近距離觀察。

每個零件都附帶一個微型儲氣槽，用一條管子連接到腦子底部的調節器。我把顯微鏡對準最靠近的那個零件，然後操作機械手用最快的速度拆掉那條管子，換上一條更長的管子。這個動作，我不知道練習了多少次，所以幾秒鐘就完成了。但儘管如此，我還是無法確定自己是不是在儲氣槽空氣耗盡之前及時接上管子。後來，我注意到零件的運作並沒有因為更換管子而中斷，這時才放心繼續進行。我把那條長管子撥到旁邊，這才看到縫隙裡有更多管子連接著旁邊的零件。我把最小的一雙機械手伸進狹窄的縫隙，將那些管子逐一換成更長的管子。那個零件四周有很多管子和我腦子其他部位相連，最後，那些管子全部被我換掉了。那個零件原本是在我後腦勺的位置，現在我終於能夠把那零件從框架上拆下來，移到別的地方，露出那個空間。

我知道，這個動作很可能傷害到我的思考能力，而且自己無法察覺。於是我在腦海中做了一些簡單的計算，結果算出來的數字都是正確的，這代表我的腦子沒有受損。我把那個零件吊在頭上方的掛勾上，現在，我終於清楚看到腦中央那具認知引擎。但問題是，那空間還不夠大，顯微鏡伸不進去，沒辦法近距離觀察。為了能夠徹底研究我腦子的運作，我至少要拆掉六個零件。

我費了不少工夫，小心翼翼換掉了其他零件的管子。我把一個零件往後拉，另外兩個往上拉，再另外兩個拉到旁邊，最後，六個零件全部吊在我頭上方的掛勾上。完成之後，我的腦子看起來像是爆炸後那一瞬間的凍結畫面，想到這個，我忽然又感到一陣暈眩。但不管怎麼樣，認知引擎終於完全顯露出來了。有兩條管子和兩根傳動桿從下方的身軀延伸出來，支撐著引擎。現在，顯微鏡已經有足夠的空間可以三百六十度旋轉，觀察我先前移開的零件內側。這時候，我眼前看到的，是一個黃金機械內部的顯微景象，看到無數細小的旋轉桿和來回移動的圓柱。

看著眼前的景象，我忽然有點困惑，分不清自己身在何處。我透過傳動裝置操控機械手，透過稜鏡裝置用顯微鏡觀察，而我的眼睛和雙手是透過線路連接到我的腦。此刻，這兩個裝置和那些線路，本質上功能沒什麼兩樣。在實驗的過程中，這些機械手不就等於是我的手嗎？稜鏡尾端的顯微鏡不就等於是我的眼睛嗎？此刻，我感覺整個世界彷彿是內外顛倒的，我的身體縮小得就像碎屑一樣，置身在無比巨大的腦子裡。

我把顯微鏡轉向其中一個記憶零件，開始研究它的結構設計。我並沒有期待自己能夠解讀自己的記憶。我只是想，說不定我有辦法弄清楚這些記憶是怎麼記錄下來的。我猜得沒錯，零件上看不到一片片的金箔，不過出乎意料的是，我也沒看到整排的齒輪和開關。事實上，整個零件似乎是一個由無數微氣管組成的容器，而透過微氣管的縫隙，我隱約瞥見容器裡有一陣陣的波動。

我放大顯微鏡的倍數，仔細觀察，發現那些微氣管分叉成更小的毛細氣管，和整片的細密線網交織在一起。線網上有一片片的細小金葉，感覺像是縫在上面。毛細氣管洩出空氣，而在氣流的吹動下，金葉會豎立，角度各自不同。但那並不是一般所謂的「開關」，因為沒有氣流的支撐，金葉無法維持豎立，不過根據我的推斷，這些金葉就是我尋找的「開關」，也就是儲存記憶的媒介。先前我看到的波動，一定是我正在「回憶」，讀取那無數金葉不同豎立角度的排列方式，傳送回腦子裡。

觀察到這種現象之後，我把顯微鏡轉過去對準認知引擎。我看到引擎表面也是密密麻麻的線網，不過，上面的金葉並不是豎立成固定的角度，而是以驚人的速度不斷來回擺動，幾乎看不清楚。乍看之下，整具引擎似乎都在動，而且，引擎本身似乎全是線網構成的，看不到什麼毛細氣管。我心裡很納悶，空氣究竟是怎麼有系統的轉送到所有的金葉？我仔細觀察了好幾個鐘頭，終於發現那些金葉本身就具有毛細氣管的功能，它們會變成臨時的氣管和閥門，在短暫的瞬間把空氣傳送給其他的金葉，然後那功能就消失了。這是一具不斷轉變的引擎，不斷調整自己的功能，而這也是整體運作的一部分。那線網本身並不像是機器，而比較像是機器用來書寫的頁面。機器持續不斷的在頁面上書寫。

可以這麼說，那無數金葉不同豎立角度的整體排列方式，就是一種編碼，形成我的意識。不過，說得更準確一點，金葉的角度是空氣操控的，所以，空氣那不斷變化的形態才是真正的編碼，形成我的意識。看著那不斷擺動的金葉，我忽然明白，空氣並不只是提供動力讓引擎創造我們的思想。事實上，空氣本身就是思想的原料。我們的整體意識就是一種空氣流動的形態。我們的記憶，並不是刻在金箔上的符號，也不是開關切換的位置，而是持續流動的氬氣。

我終於明白這種線網機制是什麼了。那一剎那，我立刻又接連領悟了更多道理。我最先想通的是，構成我們腦子的原料為什麼只能是黃金這種可塑性延展性最強的金屬。從腦子運作的機制來看，唯有極薄的金葉才有辦法這樣高速擺動，也唯有最細微的金絲才有辦法將金葉固定在線網上。此刻，我正在銅板上刻寫這份記錄，筆尖刮出許多銅屑。寫完一頁之後，我用手撥開那些銅屑。跟那些金葉比起來，銅屑真是又粗又重。真的也只有黃金這種材料才有辦法讓腦子高速記錄和刪除記憶。相形之下，如果是透過開關切換或齒輪運轉，速度都會慢得離譜。

緊接著我也想通了另一件事。每次有人因為空氣耗盡死去，我們會把充滿氣的肺接到死者身上，但那個人為什麼不會再活過來？現在我明白了。線網上的金葉有兩邊的氣流持續不斷的支撐，所以能夠保持平衡。這樣的設置會讓金葉飛快擺動，但也意味著，如果氣流停止，腦中的一切都會消失，所有的金葉會全部下垂成同樣的狀態，所有的排列模式也就隨之消失，而這些模式形成的意識也就被清除了。所以，就算空氣恢復供應，那些瞬間消逝的一切也無法再重新創造。這就是速度必須付出的代價。如果用比較穩定的金屬材料來儲存這些排列模式，我們意識的運作就會慢很多。

這時我終於想到，時鐘變快的問題有辦法解決了。我已經發現，金葉擺動速度的快慢，是由氣流的支撐力來決定的。如果氣流充足，金葉的擺動幾乎不會有摩擦。如果擺動的速度比較慢，那就是因為金葉受到摩擦，而金葉會受到摩擦，唯一的原因就是空氣的支撐力變弱，氣流穿過線網的力量不夠。

所以，時間的差異，並不是因為塔樓的鐘走得比較快，而是因為我們腦子的運作變慢了。塔樓的鐘是由鐘擺驅動的，而鐘擺的速度永遠不會變。至於那些由水銀驅動的鐘，水銀流過管子的速度也永遠不會變。然而，我們的腦子卻是由氣流驅動的，如果氣流變慢，我們的意識也會變慢，這樣一來，我們就會感覺時鐘走得比較快。

我擔心的，就是我們腦子的運作可能變慢了。就是這種憂慮促使我決定要進行自體解剖。雖然我們腦子的認知引擎是由空氣驅動的，但我還是假設，認知引擎本質上還是一種機械結構，可是因為金屬疲乏，某些機件正逐漸毀損，才會導致運作變慢。這是很嚴重的問題，不過最起碼我還可以抱著一線希望，說不定可以修復那些機件，讓我們腦子的運作恢復原來的速度。

然而，如果我們的意識純粹只是空氣流動的各種狀態，而不是齒輪運轉，那問題就更嚴重了，因為，究竟是什麼導致每個人腦子裡空氣流動的速度變慢？是充氣站的充氣閥管的壓力變低了嗎？當然不可能，因為充到我們肺裡的空氣壓力極大，必須先通過好幾個調節器，減壓之後才可以輸送到腦子。我的判斷是，氣流力量減弱，一定是外在環境的因素：我們大氣的氣壓正逐漸變高。

可是，怎麼會這樣呢？才剛開始想這個問題，我立刻就想到答案了。唯一可能的原因是：天空的高度並不是無限的。我們的世界四周環繞著一道鉻牆，一直延伸向天空，到了肉眼看不見的高度，牆開始往內彎，形成一個圓頂，所以，我們的宇宙是一個密閉空間，而不是無限的空間。空間裡的空氣正在逐漸累積，總有一天，氣壓會和地底下的空氣庫完全平衡。

這也就是為什麼我會在這份記錄的開頭提到，空氣並不是我們生命的泉源。空氣無法創造，也無法摧毀，宇宙裡的空氣總量是永恆不變的。如果我們只需要空氣就能活下去，那我們永遠不會死。然而，生命真正的泉源是「氣壓的差異」，是氣流。空氣會從氣壓高的地方流到氣壓低的地方。我們腦子的運作，我們身體的動作，還有我們創造的任何機器的運轉，都是氣流驅動的。空氣會在氣壓不同的區域之間流動，讓整體氣壓達到平衡，而氣流會產生動力。總有一天，整個宇宙每個區域的氣壓會變得完全一樣，到那時候，空氣就會靜止不動，無法利用。總有一天，我們四周的空氣會靜止不動，變成廢物。

我們的身體根本沒有吸收空氣。我們每天都會從新的肺裡吸取空氣，而所有的空氣都會從我們的手腳關節和身體外殼的縫隙洩漏出去，也就是說，那些空氣會全部灌注到大氣中。所以，我們的身體只是把高壓的空氣轉換成低壓的空氣。我們身體的每一個動作，都會使得整個宇宙的氣壓慢慢達到平衡。我的每一個思緒都會讓氣壓更快達到致命的平衡。

如果是在別的情況下發現這個真相，我一定會馬上從椅子上跳起來衝到外面的街上。但此刻，我的身體被綁在束縛架上，我的腦子有一半被拆解，吊在上面的掛勾上。在這種情況下，我當然不可能跳起來。此刻，我腦中思緒翻湧，而我注意到我腦子上的金葉因此擺動得更快，於是就更緊張了，因為我整個人被綁住，動彈不得。這是惡性循環。此時此刻，驚慌可能會要了我的命，因為身體被困住，而我卻又嚇得驚慌失措，我會拚命掙扎，到最後耗盡空氣。就在這時候，不知道是碰巧還是有意，我的手碰到前面的操縱桿，顯微鏡忽然被移開，我看到的不再是引擎上的線網，而是我的工作檯。看不到那畫面，煩亂的思緒漸漸平息，情緒也漸漸恢復平靜。最後，我終於夠冷靜了，開始重新組裝我的腦，組裝了好久好久。後來，腦子終於組裝好，恢復原狀，頭殼的鈦金屬罩也都裝回去了，我才解開身上的束縛架。

我把我發現的真相告訴其他解剖學家，但一開始他們都不相信。不過，後來的幾個月裡，越來越多人相信了。越來越多人解剖腦子做檢驗，越來越多人測量大氣壓力，結果證明我說的都是真的。我們宇宙的大氣壓力確實變高了，導致我們的意識變慢。

後來，這件事公開了，大家都知道了，這時候，大家才第一次意識到死亡是無法避免的。最初那幾天，恐慌到處蔓延。很多人呼籲大家要減少活動，這樣才能夠把大氣壓力增高的速度降到最低。很多人開始指責別人浪費空氣，後來越演越烈，很多人失去理智爆發衝突，某些地區甚至有人被打死。後來，因為出了人命，大家開始感到愧疚，另外大家也想到，大氣壓力和地下空氣庫的壓力還要等好幾個世紀才會平衡。於是，驚慌的情緒也就漸漸平息了。然而，我們還是無法確定那究竟要幾個世紀，另一方面，大家也開始議論紛紛，在未來剩餘的時間裡我們該做些什麼。

有一派學者全心投入研究，目標是「逆轉」操作，讓氣壓無法達到平衡。很多人支持他們。那學派的機械技師製造了一種引擎，用來蒐集大氣的空氣，灌進更小的空間，那過程他們稱之為

「壓縮」。那引擎裡儲存的壓縮空氣，氣壓和空氣庫完全一樣。「逆轉」學派很得意的宣稱，這種引擎未來會發展成新形態的充氣站，為大家的肺灌注空氣，這樣不但有益每個人的健康，也會讓我們的宇宙恢復活力。很不幸的是，經過仔細檢驗，他們發現那種引擎有一個致命的缺點。引擎的動力來自空氣庫，所以，當它吸收大氣的空氣壓縮灌滿了一個肺之後，它本身消耗掉的並不只是等量的空氣庫的空氣，而是更多。這樣一來，引擎不但沒有逆轉氣壓趨向平衡的過程，反而讓情況更惡化。

面臨這樣的挫折，有些支持者感到幻滅，但逆轉學派並沒有因此罷休。他們設計出一種替代方案，不再用空氣當作壓縮機的動力，而是改用發條，或是墜落的重物。只可惜，這種機制並沒有比較好，因為轉緊發條的人會釋放出更多空氣，而要把重物從地面抬到高處，抬東西的人也會釋放出更多空氣。也就是說，宇宙間的萬事萬物，所有的動力最終還是來自氣壓的差異，而整體來說，任何一種引擎都會導致氣壓差異變小，毫無例外。

但儘管如此，逆轉學派依然滿懷自信，繼續努力，相信總有一天他們一定能夠發明一種引擎，可以讓壓縮的空氣超過被消耗掉的空氣，總有一天，他們一定會找出一種永恆的動力來源，讓整個宇宙恢復原先的活力。不過，我可沒他們那麼樂觀。我相信，氣壓終究還是會達到平衡，那是無法抗拒的。總有一天，整個宇宙的空氣會徹底平均分佈，濃度完全一致，再也無法驅動活塞，轉動機器，吹動金葉。沒有氣壓，就沒有動力，我們就會喪失意識。到時候，整個宇宙會達到一種完美平衡。

我們研究自己的腦，沒想到最後發現的，並不是過去的奧祕，而是未來的命運。很多人覺得這很諷刺，但我還是認定我們對過去確實有一個很重大的發現。現在我們已經知道，宇宙剛形成的時候，就彷彿是一大口憋住的氣，無比巨大的一口氣。沒有人知道為什麼，不過，無論原因是什麼，我還是很高興宇宙是這樣形成的，因為多虧了那口氣，才有我的存在。宇宙慢慢吐出那一大口氣，在我腦子裡形成小小的氣流漩渦，而我所有的慾望，所有的思想意識，都只是那小小的氣流漩渦。只要那一大口氣還沒吐完，我的意識就不會消失。

解剖學家和機械技師已經在設計新型的腦部調節器，能夠逐漸增強腦內的氣壓，讓腦內氣壓永遠比大氣壓高一點。所以，就算大氣壓變高了，只要啟用這種調節器，我們的意識大致就還能維持同樣的速度。不過，那並不代表我們的生命能夠這樣永遠持續下去，永遠不變。有一天，等氣壓的差異小到一定的程度，我們的肢體會變得軟弱無力，我們的動作會變得遲緩。到那時候，也許我們可以嘗試減緩意識的速度，這樣就比較不會明顯感覺到肢體動作的遲緩，可是連帶的，我們會感覺四周的一切速度越來越快。我們會看到鐘擺高速擺動，感覺時鐘的滴答聲聽起來像高速的噠噠聲。當我們看到東西掉到地上，會覺得那像是高速撞到地上。一條電線緩緩晃動，看起來會像是一條猛甩的鞭子。

到最後，我們的肢體會完全不動。當一切快結束的時候，會出現許多現象。我不確定那些現象出現的順序會是什麼，但我可以想像，我們的腦子會持續運作，所以我們還是會有意識，只不過，意識會像是凍結了一樣，而我們的肢體會像雕像一樣動彈不得。到那時候，也許我們還能說話，因為比起肢體，發聲盒的運作需要的氣壓差異比較小，所以說話的能力會持續久一點，但問題是，身體動彈不得，我們根本沒辦法去充氣站，而僅剩的空氣必須用來維持意識，每說一句話，空氣就會消耗得更快，導致我們的意識更快喪失。那麼，我們該怎麼做？是不是應該閉嘴，延長我們的意識？或者，我們應該繼續說話，直到最後那一刻？我不知道。

在我們身體快要無法動彈的前夕，有些人或許還有辦法去充氣站，直接把充氣閥管接到腦子的調節器上，於是，巨大的世界之肺就成了他們的肺，再也不需要換了。這樣一來，他們的意識就能夠維持到氣壓完全平衡的最後一刻，也就是說，整個宇宙的最後一絲氣壓就會被用來維持個人的意識。

接下來，我們的宇宙就會陷入一種絕對平衡的狀態，所有的生命和意識都會消失，時間也停滯了。

然而，我還是抱著最後一線希望。

我們的宇宙是一個密閉空間，被一層圓頂型的鉻金屬包圍著，然而，說不定那並不只是一層圓頂，而是一團巨大到難以想像的鉻金屬。說不定，我們的宇宙旁邊就有另一個空氣庫，另一個更大的宇宙。也許，我想像中的那個宇宙，氣壓可能和我們一樣，甚至更高，不過，也說不定那裡的氣壓比我們低得多，甚至是真空。如果真是這樣呢？

就算真是這樣，我們和那個宇宙之間還隔著又厚又硬的鉻金屬，根本無法穿透，所以我們根本過不去，沒辦法把我們高壓的大氣釋放到那個宇宙，藉此重新得到動力。不過我又想到，說不定隔壁那個宇宙也有人住，說不定他們能力比我們強。說不定他們有辦法在兩個宇宙間鑿出一條通道，裝上氣閥，把我們的空氣釋放到他們的宇宙。說不定他們可以把我們的宇宙當成空氣庫來用，接上閥管給他們的肺充氣，利用我們的空氣來驅動他們的文明。這一切有可能嗎？

空氣是我生命的動力，而有一天，這些空氣也有可能會成為別人生命的動力。空氣在我體內流動，所以此刻我才能刻寫這份記錄，而有一天，這些空氣也有可能在別人體內流動。想到這一切，我感到很欣慰。我不會欺騙自己，認為這樣就代表我又能重新再活一次，因為我並不是空氣，而只是空氣呈現出來的一種暫時的形態。呈現為我的這種空氣形態，還有我們這個世界所有的空氣形態，最終都會消失。

另外，我甚至還有一個更渺茫的期望，希望那裡的人不只是用我們的宇宙當空氣庫。有一天，等這裡的空氣用光了，說不定他們會有辦法鑿一條通道，到我們的宇宙來探勘。也許有一天，他們會走在我們的街道上，看到我們凍結的身體，觀察我們擁有的一切，想像我們的生活形態。

這就是為什麼我要在銅板上留下這份記錄。但願，你就是來探勘的人當中的一個。但願你會找到這些銅板，看得懂刻在上面的文字。我不知道你是否也和我一樣，腦子也是用空氣當動力，但無論是否如此，當你讀著這些文字，你腦海中會形成某種形態的意識，而那正是很久以前曾經在我腦海中形成過的意識。就這樣，因為你模擬我的意識，我等於又活了一次。

也許，和你一起來探勘的人會找到我們留下的另外一些書，那麼，當你們一起想像我們過去的生活，我們的整個文明也就等於又活了一次。那時我們宇宙的每個地區都已經是一片死寂，而你們會漫遊其中，想像那裡昔日的模樣：塔樓的鐘每隔一個小時就響一次；充氣站裡擠滿了人，大家在閒聊；宣導員在公共廣場上朗誦詩篇；解剖學家在課堂上講解。如果你們能夠在腦海中想像出這樣的情景，那麼，當你再度看著四周凍結的世界，那世界又會在你們腦海中變得生氣蓬勃。

探勘的人，我要祝福你們，但我還是不由得會想：我們最後的命運是否也會降臨到你們身上?我只能悲觀的認為，那是必然的，因為趨向平衡並不是我們宇宙獨有的特性，而是所有宇宙的共同特性。不過，也說不定是因為我的思考能力不夠，所以才會有這種結論。說不定你們族人會找到一種真正永恆不滅的氣壓來源。只是，我實在克制不了自己的狂野想像。我還是認為，總有一天你們的意識也會消失，只是無法估算那會是多久以後。就像我們一樣，你們的生命也會終結。所有的生命都會終結，而一切都會趨向平衡，無論是多久以後。

如果你們也有這樣的領悟，希望你們不要悲傷。我希望，你們出來探勘，並不只是為了尋找別的宇宙當作空氣庫。我希望，你們出來探勘，只是基於對知識的渴望，渴望知道宇宙呼出的一大口氣究竟形成了什麼，因為宇宙的壽命是可以估算的，但宇宙形成的生命形態卻是無窮無盡。我們建造的每一座高樓，我們創造出來的每一幅畫、每一首音樂和每一首詩篇，還有我們曾經擁有的生活，那一切都是無法預料的，因為那一切都不是絕對必然的。也許我們的宇宙會漸漸趨向平衡，最後只剩一聲輕輕的嘆息，一切歸於沈寂。不過，我們的宇宙卻繁衍出如此紛繁多樣的形態，這真是奇蹟。你們的宇宙也會孕育出你們的一切，而那也會是同樣偉大的奇蹟。

當你讀到這份記錄的時候，我已經死去很久了，但儘管如此，我還是要把我的告別辭獻給你。存在是多麼令人驚嘆，如果你能這樣想，你就會很欣慰自己曾經存在。我覺得我有資格告訴你這一切，因為，在我刻寫這份記錄的此時此刻，我感到無比的欣慰。

天註定

這是一篇警告訊息，請大家仔細讀。

現在，大家可能都已經見過「預知器」。你讀到這篇警告的時候，預知器已經賣出了好幾百萬個。如果有人還沒見過預知器，我就先說明一下。預知器很小，和你的汽車搖控器差不多，而且構造很簡單，表面只有一個按鈕和一個很大的 LED 綠燈。你按下按鈕，燈就會亮起來，不過奇特的是，你還沒按下按鈕，燈就會提前一秒先亮起來。

絕大多數人都說，他們第一次嘗試的時候，感覺像在玩奇怪的遊戲。他們以為這遊戲是要你看到燈亮就按下按鈕，很容易玩。可是，當你想改變遊戲規則的時候，卻發現自己根本改變不了。如果你沒看到燈亮就想按下按鈕，那一剎那燈會立刻亮起來，無論你動作多快，你永遠都是在燈亮一秒之後才按下按鈕。如果你故意不按，等燈自己亮起來，結果是，燈永遠不會亮。無論你怎麼做，燈永遠是還沒按下按鈕就亮起來。沒人騙得了預知器。

預知器的核心是一個電路晶片，具有「逆時延遲」的功能，它會傳送一個訊號回到一秒前的過去。再過一段時間，等「逆時延遲」的功能大於一秒的時候，這種科技造成的影響就會更明顯。不過，這並不是這篇警告的重點。預知器顯現出來的迫切問題是：人根本沒有所謂的自由意志。一直有人宣稱自由意志是一種幻覺。有些人是根據嚴謹的物理推演得出這個結論，也有些人是根據純粹的邏輯。大多數人都承認這種推論是無法辯駁的，可是卻沒半個人真的接受這種結論。每個人都感覺得到自己有自由意志，那種感覺是很強烈的，再怎麼推論也無法動搖。想證明這種推論，唯一的辦法就是展現給大家看，而預知器就是最有力的展示。

玩預知器的人有一個典型的模式，一開始，他會沈迷好幾天，到處拿給朋友看，想盡辦法要戰勝機器。幾天後，那個人表面上似乎失去興趣了，但其實根本忘不了那機器代表什麼。未來是永恆不變的。接下來的幾個星期，這概念會深深滲透進他腦海中。大家忽然明白，做任何選擇都是毫無意義的，所以有些人乾脆就拒絕做選擇。大家都變得像梅爾維爾的小說《錄事巴托比》裡那個抄寫員一樣，什麼事都不肯做。到最後，所有玩過預知器的人，有三分之一被送進醫院，因為他們不肯吃東西，最後的結果就是變成「不動不語症」。人是醒的，可是卻像昏迷了一樣陷入癡呆。他們的眼睛會隨著移動的物體轉動，身體也偶爾會改變姿勢，但別的什麼都沒了。他們的身體還能動，可是卻完全不想動。

在大家開始玩預知器之前，「不動不語症」是很罕見的。那是大腦的「前扣帶回」受損所造成的。如今，「不動不語症」就像認知能力的瘟疫一樣到處蔓延。究竟是什麼引發了那種病，大家曾經有很多揣測。有人懷疑那是某種概念，那種概念摧毀了人類的思考能力，像一種難以形容的恐怖神話般的夢魘，或是像「哥德爾不完備定理」一樣，壓垮了人的邏輯體系。結果大家發現，那個摧毀人類認知能力的概念就是大家都聽過的：自由意志並不存在。這個概念，要等你相信了以後才會造成傷害。

某些病人對交談還有反應的時候，醫生拚命想說服他們。醫生對他們說，從前我們也都沒有自由意志，可是大家還不是一樣活得很快樂，充滿活力？既然如此，你們又何必改變自己呢？「你覺得今天你沒辦法依據自由意志做一件事，可是，一個月前你做的事，不也同樣並非出於你的自由意志嗎？」醫生可能會說。「所以，今天你還是可以像一個月前那樣行動啊。」然而，所有的病人都毫無例外的回答：「當時我不知道。現在我知道了。」有些病人甚至從此以後就不再說話。

有些人推論說，既然預知器會導致大家的行為出現變化，那豈不是表示我們還是有自由意志？機器人是不會感到沮喪的，只有具備自由思考能力的生物才會感到沮喪。有些人淪落到變成「不動不語症」，不過有些人並沒有，這種差別不就表示自由選擇很重要嗎？

可惜的是，這種推論有漏洞。任何一種行為都可以用命定論來解釋。一個動態系統可能會陷入吸引域，最後變成一個固定的點，而另一個動態系統展現出無窮的混沌特性，然而，這兩者都是絕對必然的，都受到決定論的宰制。

這篇警告聲明，是我從大約一年後的未來傳送給你們的。收到這篇長訊息的時候，電路晶片的「逆時延遲」功能已經達到百萬秒，而且應用在通訊設備上。這是第一篇，接下來還會有更多訊息傳達其他的課題。我要傳達給你們的訊息是：你們要假裝自己有自由意志。儘管你們知道做任何決定都是沒有意義的，但你們還是要假裝自己的決定是有用的，這非常重要。重要的不是真相，而是你們相信什麼。而且，唯有欺騙自己才有辦法避免自己淪落到變成「不動不語症」。如今，人類文明必須仰賴自欺。說不定一直都是這樣。

然而我知道，就因為自由意志是一種幻覺，所以，誰會淪落到變成「不動不語症」，誰不會，一切都已經註定了。任何人都無能為力。預知器會對你造成什麼影響，是你無法選擇的。你們當中，有些人會被預知器壓垮，有些人不會，而且，就算我傳送這篇警告聲明，也無法改變這兩種人的比率。既然如此，為什麼我還要傳？

因為我沒得選擇。

虛擬生物的生命週期

第一章

她的名字叫安娜阿瓦拉多。今天，她的運氣背到極點。她一直在找工作。幾個月下來，一直到今天才好不容易有機會可以進行視訊面試。為了這次面試，她準備了一整個禮拜。可是面試才剛開始，主考官的臉在顯示幕上露了幾下，忽然就告訴她，公司決定聘用別人。為了面試，她穿著漂亮的套裝坐在電腦前面，結果是一場空。她漫不經心的傳送訊息給其他公司，應徵職缺，但立刻就收到自動回覆的拒絕郵件。她一直傳送訊息，就這樣過了一個鐘頭之後，她終於覺得自己需要找點別的事來做，轉移一下心思。她打開「異次元」遊戲網站的視窗，開始玩她目前最喜歡的遊戲：「銥紀元」。

灘頭堡擠滿了人，但她在遊戲裡的化身穿著的珍珠母色澤的戰鬥盔甲，非常耀眼。沒多久，別的玩家就開始問她要不要加入他們的戰鬥團隊。燃燒的車輛冒出濃煙，瀰漫了整個戰鬥區。他們越過戰鬥區，花了一個鐘頭掃蕩螳螂族的一座要塞。以安娜現在的心情，這是最完美的任務。任務不難，她有信心可以戰勝，但同時也充滿挑戰，玩起來也過癮。安娜的隊友已經準備要接受下一個任務，這時顯示幕的角落忽然跳出電話視窗。那是她的朋友羅萍打來的語音電話，於是她把麥克風拿過來，接了電話。

「嗨，羅萍。」

「嗨，安娜。面試還順利嗎？」

「給你個暗示。我正在玩鋐紀元。」

羅萍淡淡一笑。「今天早上不太順，是吧？」

「可以這麼說。」然後安娜告訴她，面試臨時被取消了。

「嗯，我要告訴妳一個消息，妳聽了心情應該會比較好。等一下可以上『虛擬地球』跟我碰面嗎？」

「當然好。等我一分鐘，我先登出『異次元』。」

「我在家裡等妳。」

「好，待會兒再聊。」

安娜跟隊友們說聲抱歉，關掉「異次元」的視窗，登入「虛擬地球」。視窗忽然縮小到她上次所在的地點。那是一間舞廳，座落在一面巨大的懸崖岩壁上。「虛擬地球」有自己的遊戲大陸——歐比斯特蒂斯的艾德瑟隆。那是知識型的遊戲大陸，實在不是安娜的菜，所以她多半待在社交型的大陸。她的化身還穿著上次的宴會禮服，於是她換上居家的衣服，然後打開入口，進入羅萍虛擬住家的位置。一進去，她已經到了羅萍的客廳。羅萍的家是一艘飛船，飄浮在一道半圓形的瀑布上。那瀑布將近有兩公里寬。

兩人的化身互相擁抱。「妳到底要告訴我什麼？」安娜問。

「『藍色伽瑪』上線了。」羅萍說。「我們最近剛募到一大筆資金，所以現在開始徵人了。我把妳的履歷拿給大家看，大家都迫不及待想見妳。」

「想見我？我有什麼驚人的資歷嗎？」安娜最近才剛上完軟體測試的認證課程，而羅萍是入門課程的老師。兩人就是這樣認識的。

「沒錯，就是這樣。就是因為妳的上一份工作，他們才看上妳。」

安娜在動物園工作了六年。動物園歇業了，她只好回學校上課。「我知道公司剛開始的時候都會亂得像動物園，不過，相信我，你們還不至於需要動物園的訓練技工。」

羅萍咯咯笑起來。「我還是先讓妳看看妳要做的工作是什麼吧。他們說，只要妳輸入 DNA 識別碼，確認妳的身分，我就可以讓妳看一些東西。」

看樣子，「藍色伽瑪」非同小可，因為羅萍到目前為止都還沒告訴她任何工作內容。安娜輸入 DNA 識別碼，接著羅萍打開了一個入口。「我們有一座私人小島，來，進來看看。」於是，她們的化身走進入口。

視窗更新的時候，安娜本來以為會看到一個奇幻世界，沒想到她的化身卻走進一個截然不同的地方。乍看之下，那像是一間育幼中心，再多看一眼，發現那有點像童話世界的場景。她看到一隻仿人形的小老虎。它面前有一個方框，框裡有很多條線，線上串著彩色珠子。小老虎正把線上的珠子移來移去。一隻熊貓正拿著一輛玩具車仔細研究。還有一隻卡通造型的黑猩猩正在玩一個發泡橡膠球，把球滾來滾去。

螢幕上的身分資訊視窗顯示這些動物都是「數位寶」，也就是「虛擬地球」這種虛擬世界裡的數位生物。不過，這種「數位寶」是安娜從來沒見過的。對那些沒辦法養真動物的人來說，這種數位寶並不是理想的寵物，很難吸引他們。這些數位寶並不可愛，動作很笨拙，而且看起來完全不像「虛擬地球」生物區那些動物。安娜曾經進去過「盤古大陸群島」，看過那裡的單腳袋鼠和前後雙頭蛇。那是從不同的溫室裡培養出來的，而眼前這些數位寶顯然不是從那裡出來的。

「這就是『藍色伽瑪』做的東西嗎？數位寶？」

「對，不過這不是普通的數位寶。妳等著看。」羅萍的化身走向那隻黑猩猩，蹲到它面前。

「嗨，龐哥，你在做什麼?」

「龐哥玩球。」那個數位寶說。安娜嚇了一跳。

「你在玩球嗎?很好啊。我可以玩一下嗎?」

「不要，龐哥的球。」

「拜託嘛。」

黑猩猩轉頭看看兩邊，說什麼都不肯放開球。它搖搖晃晃走到一堆積木前面，把一塊積木推向羅萍。「羅萍玩積木。」它往後坐下。「龐哥玩球。」

「好吧。」羅萍走回安娜旁邊。「妳覺得怎麼樣?」

「太神奇了。沒想到數位寶已經發展到這種程度。」

「這都是最近才發展出來的。去年我們的研發團隊去聽了一場學術研討會，後來就把在場的幾個博士聘請到公司來。於是，我們研發出一種基因組驅動程式，叫『神經原』。『神經原』的認知能力發展效能非常強，比外面任何一家公司發展出來的都要強得多。這幾個——」她伸手指向那幾個數位寶。「是目前我們做出來的數位寶當中最聰明的。」

「那你們打算把他們當寵物賣嗎?」

「是有這個計畫。廣告的時候，我們會強調它們是可以陪你說話的寵物，你可以教它們玩一些很酷的把戲。我們已經想出一些非正式的宣傳口號，在公司裡私下流傳，比如：『擁有這隻猴子，歡樂無限，屎尿再見』。」

安娜露出笑容。「我已經開始明白為什麼你們需要訓練動物的人。」

「沒錯。有時候，我們真拿它們沒轍。它們不是永遠那麼乖乖聽話，而且，我們實在分不清楚，它們那種叛逆的表現，有多少是基因造成的，有多少是因為我們訓練的方法不對。」

安娜看著那個熊貓數位寶。它用一隻腳掌抓起那輛玩具車，看著車子底下，然後用另一隻腳掌小心翼翼拍拍輪子。「這些數位寶剛做出來的時候懂多少東西？」

「什麼都不懂。來，我讓妳看看。」羅萍打開育幼中心牆上的一面螢幕，上面播放的影片裡是一個房間，裝潢佈置用的是紅黃藍綠之類的幾個主要顏色，地上躺著幾個數位寶，外型和育幼中心這幾個沒什麼兩樣，不過它們偶爾才會動一下，看起來像抽搐。「那幾個是剛做出來的，它們要花好幾個月才能學會一些基本的東西，例如，怎麼辨認視覺的變化，怎麼活動四肢，辨認堅硬物體的特性。在那個階段，我們把它們放在溫室裡，加速它們的成長，所以他們一個禮拜就學會了。等他們可以開始學習語言和社交互動的時候，我們就把它們放在一般的環境裡。這個階段就需要妳的長才了。」

熊貓把那輛玩具汽車放在地上推來推去，推了好幾次，然後叫了幾聲。哞，哞，哞。安娜知道那個熊貓在笑。

羅萍又繼續說：「我知道妳在學校唸的是靈長類溝通，現在，妳有機會可以學以致用了。怎麼樣？有沒有興趣？」

安娜有點猶豫。當年上大學的時候，她想像中的未來，並不是做這樣的工作。有那麼一剎那，她忽然想到，她的人生怎麼會走到這一步。她的偶像是動物學家黛安弗西和珍古德。小時候，她曾經夢想追隨她們的腳步去非洲，然而，等到她研究所畢業的時候，非洲的猩猩已經所剩無幾，所以，她能找得到的最好的工作，就在動物園。如今，眼前的工作機會，是訓練虛擬寵物。在她的事業歷程中，大自然越縮越小，小到幾乎快看不見了。

她揮開那些思緒，告訴自己，或許這不是妳心目中的理想工作，不過，這畢竟是軟體產業領域的工作。先前回學校去修課，不就是為了這個嗎？更何況，訓練虛擬猴子說不定比測試軟體好玩得多。所以，只要藍色伽瑪付得起像樣的薪水，那何樂而不為？

……………………

他的名字叫戴瑞克布魯克斯，他的工作是為藍色伽瑪的數位寶設計虛擬化身，然而，他不太喜歡公司這次派給他的任務。通常他很喜歡自己的工作，可是，昨天經理交給他的工作，他覺得很不妥。他很想說出自己的想法，只可惜，這件事輪不到他來做決定。所以，現在他也只能想辦法把工作做好。

戴瑞克在學校學的是動畫，所以從某方面來看，設計虛擬角色正是他的專長。可是從另一個角度來看，他的工作和傳統的動畫師完全不一樣。從前當動畫師的時候，他的工作是設計角色的走路動作和各種姿勢，而現在，他的工作是設計一種身體，而這種身體的動作姿態必須讓人一看就知道是數位寶特有的。這樣的差異導致很多動畫師不肯從事虛擬生物的設計工作，包括戴瑞克的太太溫蒂。然而，戴瑞克喜歡這種工作。他認為，對動畫師來說，最刺激的工作莫過於讓一種新的生命形態有能力表達自己。

他很認同藍色伽瑪的人工智慧設計哲學：經驗是最好的老師。研發人工智慧產品的時候，通常會先問一個問題：你希望它懂什麼，然後再根據這個設定去設計程式。然而，與其這樣做，還不如讓你的產品擁有學習能力，讓客戶自己教它們。如果你希望顧客會渴望親自教它們，那麼，數位寶必須在各方面都設計得很吸引人。首先，它性格必須很迷人。這是研發人員的工作。再來，它外型必須很可愛。這就是戴瑞克的任務。然而，他不能把數位寶設計成大大的眼睛，短短的鼻子。要是數位寶看起來像卡通造型，沒人會把它們當一回事。相反的，如果它們看起來太像真的動物，那麼，會說話而且表情太豐富反而會讓人覺得怪異。這兩者之間必須保持一種微妙的平衡，所以，他花了不知多少時間看幼小動物的影片，不過，他設計出來的臉必須有點像真的動物，同時又很可愛，而且不能可愛過頭。

不過，他這次接到的任務不太一樣。目前的產品只有貓、狗、猴子和熊貓，產品部高層覺得這樣還不夠。他們認為公司需要更多樣化的數位寶化身，不能只有幼小的動物。他們建議設計機器人。

戴瑞克搞不懂他們為什麼會有那種想法。藍色伽瑪的策略完全建立在顧客對動物的喜愛上。數位寶就像真的動物一樣，也是要有主人的肯定才有學習的動力。表現得好，就會得到主人的獎勵，像是摸摸頭，或是餵它吃虛擬點心。主人對動物化身做這些事，感覺是理所當然的，可是如果對象是機器人化身，感覺會很滑稽，很不自然。如果公司賣的是實體玩具，那機器人當然比較佔優勢，因為造價比有模有樣的動物便宜。可是在虛擬產品的領域裡，根本不需要考慮製造成本，更何況，動物造型還可以賣更高的價錢。產品正式推出的時候，機器人化身似乎很容易就會被競爭對手仿冒。

這時忽然有人敲他辦公室的門，打斷了他的思緒。是安娜，測試小組的新成員。

「嗨，戴瑞克，你最好看一下今天早上訓練數位寶的影片，很有意思。」

「謝謝妳。我會看看。」

她轉身正要走開，忽然又停下腳步。「看樣子，你今天好像不太順。」

戴瑞克一直認為，請一個從前在動物園工作的人來幫忙，真是個好主意。她不但能夠為數位寶設計訓練課程，而且還提出很棒的建議，改善它們的食物。

其他數位寶廠商提供的數位寶點心，種類很有限，而安娜則是建議藍色伽瑪全面開發各式各樣的數位寶食物。她強調說，在動物園裡，各式各樣的點心會讓動物更開心，而且遊客觀賞餵食的時候會覺得更有趣。公司高層接受了她的建議，於是，研發小組重新編寫了數位寶獎勵模式，增加了更多類型的數位寶食物。他們沒辦法模擬不同食物的化學成分，因為「虛擬地球」的虛擬環境不夠好，沒辦法那樣做。不過，他們為虛擬食物增加了更多的味道和質感，而且為餵食軟體設計了一種介面，讓玩家可以自行調配食譜。結果證明這種作法非常成功，每種數位寶都各自有最愛的食物，而驗收測試人員表示他們很樂於滿足數位寶的喜好。

「公司高層認為光有動物化身還不夠。」戴瑞克說。「他們還想要機器人化身。妳敢相信嗎？」

「這構想還不錯啊。」安娜說。

戴瑞克嚇了一跳。「妳真的認為這構想不錯？我還以為他們比較喜歡動物化身。」

「公司裡所有的人都覺得數位寶是動物。」她說。「事實上，數位寶的表現並不像真的動物。它們具有非動物的特性，所以感覺上就像我們幫它們穿上馬戲團的戲服，讓它們看起來像猴子或熊貓。」

聽到有人把他精心設計的化身拿來和馬戲團的戲服比，他有點難過。安娜一定是注意到他表情不對，趕緊補充說：「一般人是看不出來的，只不過，我和動物相處的時間比一般人長得多。」

「沒關係，我不介意。」他說。「我也想聽聽不同的意見。」

「真不好意思。說真的，你設計的化身看起來很棒。我特別喜歡那隻小老虎。」

「我真的不介意。」

她有點不好意思的揮揮手，然後就沿著走廊走了。戴瑞克開始思考她說的話。

也許他對動物化身投注了太多感情，所以不由自主的開始把數位寶當成真的動物了。當然，安娜說得沒錯，數位寶確實不像真的動物，不過，它也不是傳統的機器人，那麼，它究竟是動物還是機器人，有誰說得準呢?這種新的生命形態可以展現出動物的樣子，但同樣也可以展現出機器人的樣子，兩者都是很好的展現方式。只要他能夠從這個角度想，執行他的工作，那麼，他還是可以設計出他喜歡的數位寶。

……………………

過了一年，藍色伽瑪已經準備要正式推出它劃時代的產品，時間就在幾天後。安娜正在她的小辦公室裡工作，而隔著走廊，對面就是羅萍的辦公室。此刻，安娜和羅萍背對背坐著，不過在她們面前的螢幕裡，她們的化身並肩站在「虛擬地球」的世界裡，十二個數位寶在她們旁邊的遊戲場跑來跑去互相追逐，爬上一小段樓梯，然後溜滑梯下去。這些數位寶都是可能推出的產品，正在做最後篩選。大約再過幾天，顧客就可以在「虛擬地球」的網站上買到。

在這個階段，安娜和羅萍已經不再教數位寶新的東西，而是讓它們練習已經學會的東西。她們進行到一半的時候，馬赫西正好從兩間辦公室中間的走廊經過。他是藍色伽瑪的聯合創辦人之一。他停下來看。「不用管我，妳們繼續進行。今天學什麼？」

「辨認形狀。」羅萍說。她的化身把幾塊彩色積木撒在面前的地上，然後朝其中一個數位寶喊了一聲：「羅莉，你過來。」一隻小獅子從遊戲場那邊搖搖晃晃走過來。

這時安娜也把她的數位寶賈克斯叫過來。賈克斯是一個新維多利亞風格的機器人，外殼是亮晶晶的銅。它是戴瑞克的傑作，從四肢到臉型都設計得很棒。安娜覺得賈克斯很迷人。她也把幾塊不同形狀的彩色積木丟到地上，叫賈克斯看。

「賈克斯，有沒有看到那些積木？藍色是什麼形狀？」

「三角形。」賈克斯說。

「很好。紅色是什麼形狀？」

「正方形。」

「很好。綠色是什麼形狀？」

「圓形。」

「太棒了，賈克斯。」安娜給了它一塊零食，它吃得津津有味。

「賈克斯很聰明。」賈克斯說。

「羅莉也很聰明啊。」羅莉也不甘示弱。

安娜微微一笑，摸摸它們的後腦勺。「對，你們都很聰明。」

「都很聰明。」賈克斯說。

「我就是喜歡看這個。」馬赫西說。

這些候選的產品是經過無數次實驗篩選出來的，是學習能力最強的一群。篩選實驗的過程，除了要找出智力最高的產品之外，還要找出性格最理想的。所謂理想性格，就是不能讓顧客產生挫折感，而理想性格的一項特點就是能夠和別人玩得很融洽。研發團隊竭盡全力降低數位寶的等級意識，因為藍色伽瑪希望賣給顧客的，是乖乖聽話的產品，不會導致主人必須再三強調自己的支配地位。然而，這並不表示數位寶之間不會彼此競爭。數位寶喜歡別人注意它。如果有個數位寶注意到安娜稱讚另一個數位寶，它就會想湊一腳。在大多數情況下，這是沒關係的，不過，如果有數位寶表現出它討厭其他同伴，或是討厭安娜，安娜就會記錄下來，然後，研發下一代產品的時候就會剔除那種基因組。這樣的過程有點像是在培育狗，不過更像是在一間巨大的廚藝實驗室裡做實驗，烤了無數批的蛋糕，品嚐每一批的口感，找出完美的烘培配方。

目前這些候選產品會被留下來當吉祥物，顧客可以買複製品，不過，公司估計大多數顧客會買更年輕的、還不會講話的數位寶。養數位寶的樂趣，有一大半是來自教它們說話。這些吉祥物主要是拿來當樣本，讓顧客看他們能達到什麼樣的成果。藍色伽瑪目前的人力只夠用來培養說英語的數位寶，不過，不會說話的數位寶甚至可以賣到非英語系國家。

安娜叫賈克斯回遊戲場，然後把那個名叫馬可的熊貓數位寶叫過來，準備測驗一下它的形狀辨識能力，這時馬赫西忽然指著安娜螢幕的角落。「嘿，妳看。」有幾個數位寶正在遊戲場旁邊的小山丘上，從斜坡滾下來。

「哇，太酷了！」安娜叫了一聲。「我從來沒看過它們玩這個。」她的化身朝小山丘走過去，賈克斯和馬可跟在後面，然後跑過去和其他數位寶一起玩。賈克斯試第一次的時候，身體滾了一圈就滾不動了。它練習了幾次，終於成功滾到山丘底下。它滾了幾次，然後就跑回來找安娜。

「安娜看到嗎？」賈克斯問。「賈克斯滾下來！」

「我看到了。你從山丘上滾下來！」

「從山丘上滾下來。」

「你很棒喔。」她又摸摸它的後腦勺。

賈克斯跑回山丘上，繼續往下滾。羅莉也開始玩這種新遊戲，玩得津津有味。有一次，它滾到山丘底下之後，又繼續在平地上滾，結果撞到玩具橋。

「啊，啊，啊。」羅莉大叫。「媽的。」

突然間，所有的人全都看著羅莉。「它是從哪裡學來的？」馬赫西問。

安娜關掉麥克風，她的化身走過去安撫羅莉。「我不知道。」她說。「它一定是無意間聽人說過。」

「嗯，會罵『媽的』的數位寶是不能拿出去賣的。」

「我正在查。」羅萍說。她在螢幕的另一個視窗裡點出訓練過程的檔案，開始搜尋音軌。「看樣子，這是第一次有數位寶說出那個字眼。至於是哪個工作人員說過……」搜尋結果不斷條列在視窗裡，三個人都盯著看。結果顯示，罪魁禍首是史德凡，藍色伽瑪澳洲分公司的訓練師。藍色伽瑪在澳洲和英國都設有分公司。當美國西岸總公司下班後，那邊的工作人員就會繼續訓練數位寶。數位寶不需要睡覺，或者，說得更精確一點，模擬睡眠的整合程序可以高速進行，所以，公司可以二十四小時訓練它們。

在幾次訓練的過程中，史德凡都罵了「媽的」那個字眼。她們檢查那幾次訓練的影片，發現最誇張的一次是三天前。光是看影片裡史德凡的化身，很難看出端倪，不過聽起來像是他的膝蓋撞到桌子。另外幾次是在幾個星期前，不過並沒有罵得很大聲，也沒有罵個不停。

「你要我們怎麼做？」羅萍問。

此刻馬赫西顯然必須權衡利害了。產品推出的日期已經迫在眉睫，他們已經沒時間再花幾個星期重新訓練。另外，史德凡三天前罵了「媽的」，影響到數位寶，不過幾個星期前那幾次，說不定沒有影響，但問題是，他敢賭嗎？馬赫西考慮了一下，然後做了決定。「好，把它們全部重新設定，回到三天前的狀態，重新來過。」

「全部都要嗎？」安娜問。「只重新設定羅莉不行嗎？」

「我們不能冒險。全部重新設定。另外，從現在開始，所有的訓練過程都要做關鍵字標記，下次只要有人罵了髒話，就全部重新設定，回到上一個檢驗點。」

於是，所有的數位寶都失去了三天的學習經驗，包括它們第一次從山丘上滾下來的經驗。

第二章

藍色伽瑪的數位寶推出後造成轟動。推出的第一年裡就有十萬個顧客買了產品，而且更重要的是，他們持續教養他們的數位寶。藍色伽瑪冒險採用了「刮鬍刀與刀片」商業模式，因為光是賣數位寶無法賺回研發的成本，必須依賴顧客的後續消費。每當顧客自己做數位寶食物，公司就會向他們收費。這樣一來，只要數位寶能夠持續贏得顧客的歡心，公司就會有源源不斷的收益。而到目前為止，顧客都非常喜歡他們的數位寶，一天二十四小時持續在線上養育它們。大多數的顧客都會把整合程序進行的速度放慢，這樣數位寶就會睡一整晚，不過也有些顧客會讓程序高速進行，所以他們的數位寶幾乎整夜都醒著。他們會和其他時區國家的人合作養育數位寶，讓它們更快成長。「虛擬地球」的幾個社交大陸裡，各地的遊戲場和育幼中心都有數位寶的得分紀錄。大眾活動行事曆上記滿了團體遊戲的日期，訓練課程的日期，還有才能競賽的日期。有些主人甚至會把他們的數位寶帶去賽車區，讓它們開他們的車。整個虛擬世界變成一個養育數位寶的地球村，一個由新品種寵物編織成的社交網路。

藍色伽瑪賣出的數位寶當中，有半數是賣斷的。這種數位寶在公司培育的時候就已經設定了成長範圍，不過在這個範圍內，它們會隨機產生新的基因組。而另外一半則是吉祥物的複製品，不過公司還是不厭其煩的提醒顧客，每個複製品還是會因為環境不同而有不同的發展。為了向顧客解釋這一點，銷售團隊特別用馬可和波羅當例子。馬可和波羅都是公司的吉祥物，有共同的基因組，而且都是熊貓型的化身，然而，它們的性格卻截然不同。波羅創造出來的時候，馬可已經兩歲，所以波羅老是黏著馬可，把它當哥哥。現在，它們兩個已經分開了。馬可個性比較外向，波羅個性比較拘謹，而且沒人認為波羅很快就會變得像馬可一樣。

藍色伽瑪的吉祥物是第一代「神經元」數位寶，公司高層本來希望測試團隊能透過它們先預測出數位寶未來的行為，免得日後顧客碰到問題。但實際上這方法根本行不通，因為根本不可能預估數位寶在成千上萬不同的環境裡會發展成什麼樣子。最真實的情況是，每個數位寶的主人都是在探索全新的未知領域，所以他們會互相求助。他們紛紛成立線上論壇，分享各種趣事，互相討論，提出建議，尋求建議。

藍色伽瑪有一位顧客連絡員專門負責閱讀論壇上的內容，不過戴瑞克下班後還是會自己去看論壇。有時候，他會看到顧客在討論數位寶的表情，不過，就算顧客討論的不是那個，他還是很喜歡看他們分享的趣事。

發文者：柔伊阿姆斯壯

你們一定不敢相信我的娜塔莎今天做了什麼。我們在遊戲場玩的時候，另一個數位寶不小心跌倒，痛得哭起來。娜塔莎過去抱了它一下，它心情就好多了。我拚命稱讚它，幾乎把它捧上天了。沒想到後來它竟然故意去推倒一個數位寶，害它大哭起來，然後再去抱它一下，轉頭看著我，要我稱讚它。

接下來看到的那篇發文引起了他的注意。

發文者：安德魯阮

是不是有些數位寶不像其他的那麼聰明？我看到過很多數位寶，主人叫它做什麼，它就做什麼，可是為什麼我的數位寶不是這樣？不管我叫它做什麼，它都沒反應。

他看看那位顧客的個人簡介，注意到那個人的化身很奇特，看起來像數不清的金幣不斷撒落，形成一個人形。金幣互相碰撞彈跳，導致那人形看起來很不真實。那種動畫化身令人眼花撩亂。戴瑞克懷疑那位顧客根本沒有認真看過藍色伽瑪的使用手冊。使用手冊裡有很多如何養育數位寶的建議。他立刻發文回覆。

發文者：戴瑞克布魯克斯

你和數位寶玩的時候，是不是用你個人簡介上那個化身？如果是的話，這會造成一個問題：你的化身沒有臉。用你的攝影機捕捉你的表情，然後設計一個能夠展現那些表情的化身。這樣的話，你的數位寶就會有反應了。

接著他又繼續看論壇上的發文。過了一會兒，他又發現另一個很有意思的問題。

發文者：娜塔莉范斯

我的數位寶是羅莉型的，名叫可可，今年一歲半。最近它很頑皮，不管我叫它做什麼，它都不理我，簡直快把我逼瘋了。幾個禮拜前，它還乖得像小天使一樣，所以我把它重新設定，回到檢驗點的狀態，可是效果並沒有持續很久。到目前為止，我已經重新設定了兩次，可是最後它還是一樣變得很頑皮。（不過第二次效果持續比較久。）請問誰有類似的經驗嗎？如果你也有一個羅莉型的數位寶，我會很希望聽聽你的意見。究竟要把它們重新設定到多久以前的狀態，才能解決這個問題？

很多人發文回覆。有人告訴她有哪些方法可以找出可性格改變的原因，然後解決這個問題。他本來想發文回覆說，數位寶不是電腦遊戲，不是要讓你反覆重玩，玩到最高分為止。就在他正要發文的時候，忽然看到安娜回覆了。

發文者：安娜阿瓦拉多

我了解妳的心情，因為我看到過同樣的狀況。其實，各種數位寶都有這樣的狀況，並不只是羅莉型才有。當然啦，妳可以繼續這樣反覆重新設定，不過我認為這種性格的轉變是無法避免的。妳這樣辛苦了幾個月之後，結果只會發現妳的數位寶完全沒長大。另一個辦法是，妳可以努力熬過這個艱苦的階段。等熬過了，妳就會發現妳的數位寶變得更成熟了。

看到她的回覆，他整個人都振奮起來。很多人對待有意識的生物就像對待玩具一樣，這種現象是很普遍的，而且不光是對寵物而已。有一次，戴瑞克去他姊夫家參加節慶派對，看到一對夫妻帶著一個八歲的小男孩。那孩子是試管嬰兒，是用他爸爸的基因複製出來的。每次看著那男孩，戴瑞克都會為他感到難過，因為在他眼裡，那孩子就彷彿只是一團會走路的神經，只是他爸爸自戀狂的產物。就算是數位寶也應該要得到尊重。數位寶不是玩具。

他發了一條私訊給安娜，謝謝她發文回覆。接著他注意到那個用錢幣化身的顧客已經回覆了他的發文。

發文者：安德魯阮

聽你鬼扯。這化身是我花了大錢買的，是去社交型大陸的時候要穿的。我才不會為了要跟數位寶玩就換掉這個化身。

戴瑞克嘆了口氣。他恐怕沒辦法勸這個人改變心意，不過，他暗暗希望那個人只會關掉數位寶，而不是用更惡劣的方式對待它。藍色伽瑪已經想盡辦法預防凌虐可能造成的傷害。所有的神經原數位寶都有疼痛阻斷迴路，就算被凌虐也不會感到痛，這樣一來，虐待狂就會失去興趣，不會再繼續虐待數位寶。不幸的是，他們沒辦法防止數位寶受到其他類型的凌虐，例如冷落。

………………

到了第二年，其他公司也開始推出他們的基因組驅動程式，而且也同樣具有語言學習能力。在「虛擬地球」平台上，沒有一家公司的產品能夠像「神經原」數位寶那麼受歡迎，不過，其他平台的狀況就不一樣了。在「異次元」平台上，具有主導地位的是「紙鶴」驅動程式。在「無限」平台上，最受歡迎的是「彩蛋」驅動程式。這些公司都是受到藍色伽瑪的啟發才推出自己的產品，不過還好，他們推出產品並不只是為了和藍色伽瑪競爭，有些產品是可以和藍色伽瑪的數位寶相輔相成的。

今天，全公司有一半的人都擠在接待大廳，包括管理階層、研發人員、測試人員和設計師。他們會聚集在這裡，是因為有一個他們期待已久的東西今天終於送來了：接待櫃台前面的地上擺了一個快遞紙箱，大小和公務手提箱差不多。

「打開吧。」馬赫西說。

安娜和羅萍抓住紙箱上的垂邊用力一拉，整個紙箱立刻攤開，襯裡泡棉分散成八塊，露出裡面的東西。那是一個機器人，剛剛從組裝廠送來的。這機器人是人形的，不過很小，不到一公尺高。這樣的設計，是為了減輕它四肢活動的慣性，讓它行動靈活一點。它的外殼又黑又亮，頭大得異乎尋常，而且幾乎整個頭就是一個環形的顯示幕。

這機器人是「機甲玩具公司」製造的。目前有很多公司紛紛創立，鎖定數位寶的顧客推出產品，不過做的都是軟體。「機甲」是第一家推出實體產品的公司。他們寄這件樣品給藍色伽瑪，是希望得到他們的支持。

「哪一個吉祥物得分最高？」馬赫西問。他指的是動作靈活度測驗。上個禮拜，他們根據機器人的重量分配和肢體活動範圍，給每一個數位寶設計了測驗用的化身。每天他們都會花一點時間讓數位寶用那個化身練習各種動作。昨天，安娜為每個數位寶進行各種動作測驗，然後打分數。她叫它們仰面躺到地上，坐起來，爬樓梯，下樓梯，用一條腿站著，然後換另一條腿。這種測驗，乍看之下彷彿是在給幾個還在學走路的幼兒做酒駕測試。

「賈克斯。」安娜說。

「好，讓它準備好。」

櫃台的服務人員立刻把座位讓給安娜。安娜用櫃台的電腦登入「虛擬地球」，把賈克斯叫過來。賈克斯很幸運，因為測驗用的化身和它本來的化身很像，雖然比較重，但軀幹和四肢的比例差不多。相形之下，小熊貓和小老虎造型的數位寶動作就笨拙多了。

羅萍看看機器人身上的狀態顯示幕。「應該可以開始了。」

安娜打開螢幕裡體育館的入口，朝賈克斯比了個手勢。「好了，賈克斯，進去吧。」

螢幕裡，賈克斯走進入口，接待大廳裡的小機器人忽然動了，頭上的顯示幕立刻亮起來，出現賈克斯的臉，乍看之下，那個巨大的頭彷彿變成了它的頭盔。這樣的設計是要讓數位寶感覺自己就像在用原來的化身，不需要再另外製作專用的化身。賈克斯看起來就像一個銅製的機器人穿著黑黑亮亮的盔甲。

賈克斯轉身看看四周整間大廳。「哇！」賈克斯忽然不轉了。「哇哇哇！聲音聽起來怪怪的！哇哇哇！」

「沒關係，賈克斯。」安娜說。「還記得嗎，我告訴過你，到了外面的世界，你的聲音聽起來會有點不一樣。」機甲玩具公司的使用手冊有特別提到這一點。聲音透過外殼的金屬塑膠材質傳導之後，聽起來會和原來的化身不一樣。

賈克斯抬頭看著安娜。安娜看著眼前的賈克斯，感覺很不可思議。她知道賈克斯並不是真的在這個機器人裡。它的程式還在網路上跑，而這個機器人只不過是一種精巧的周邊設備。然而，眼前的機器人看起來好真實。儘管她常常在「虛擬地球」裡和它說話，但此刻，賈克斯就站在她面前，看著她的眼睛，她還是感到異常激動。

「嗨，賈克斯。」安娜說。「是我。我是安娜。」

「妳今天用的化身不一樣。」賈克斯說。

「在外面的世界，這叫做身體，不叫化身。而且在外面，大家不會換身體，只有在虛擬地球裡才會換。在外面，我們永遠都是用同樣的身體。」

賈克斯沒說話，想了一下。「所以，妳看起來一直都是這樣子嗎？」

「呃，我會換不一樣的衣服，不過，沒錯，我看起來永遠都是這樣。」

賈克斯湊近她仔細看，安娜立刻蹲下去，手肘撐著膝蓋，這樣她和賈克斯就變得一樣高。賈克斯盯著她的手和前臂。她穿著短袖衣服。它把她的手拉過去，安娜聽得到機器人的鏡頭眼睛正在調整焦距，發出細微的嗡嗡聲。「妳手臂上有很小的毛。」它說。

她忍不住笑起來。她化身的手臂皮膚細嫩得像嬰兒。「對，我手臂上有毛。」

賈克斯抬起一隻手，伸出拇指和食指去抓她手臂上的毛。它試了幾次，可是手指卻一直滑開，就像夾娃娃機裡的爪子一樣夾不住東西。後來它不小心夾到她的皮膚，趕緊把手縮回去。

「噢，好痛！賈克斯。」

「對不起。」賈克斯盯著安娜的臉。「妳臉上有好多小洞。」

安娜感覺得到旁邊的人都覺得好笑。「那叫毛孔。」說著她站起來。「我們等一下再來聊皮膚。現在，你要不要先參觀一下這間大廳？」

賈克斯轉身繞著大廳慢慢走，乍看之下彷彿一個小太空人在探索外星世界。它注意到有一面窗戶朝向停車場，於是就走過去。

午後的陽光透過窗玻璃照進來。賈克斯一走進陽光照射的範圍就猛然往後退。「那是什麼？」

「那是太陽。虛擬地球裡也有有太陽啊。」

賈克斯小心翼翼踏進陽光照射的範圍。「不像。這裡的太陽亮亮亮。」

「沒錯。」

「太陽不需要這樣亮亮亮。」

安娜笑起來。「我想，你說得對。」

賈克斯走回她面前，盯著她褲子上的布料。她試探著伸手摸摸它後腦勺。機器人身上的觸覺感應器顯然有作用，因為賈克斯立刻把頭往後仰，靠在她手上。她感覺得到它的重量，它頭的動態。接著，賈克斯抱住她的大腿。

「我可以養它嗎？」她對其他人說。「我想帶它回家。」

大家都笑起來。「妳現在當然會這樣說。」馬赫西說。「等哪天它把妳的毛巾丟進馬桶，我看妳會怎麼說。」

「我知道，我知道。」安娜說。藍色伽瑪一開始就鎖定虛擬產品，不想投入研發實體產品，是有原因的。儘管實體產品成本低，容易推廣，但風險是容易造成顧客的財物損傷。藍色伽瑪可不希望看到賣給顧客的寵物會扯爛百葉窗，把美乃滋擠得到處都是，或是咬爛地毯。「我是覺得賈克斯這模樣看起來很酷。」

「沒錯，它確實很酷。不過，妳跟它互動過程的記錄影片看起來最好夠酷，因為那是要給機甲玩具看的。」機甲玩具並沒有打算把機器人賣給顧客。機器人只用來出租，一次幾個小時。機甲玩具在大阪城外有一個場地。他們會在那裡讓數位寶連線到機器人身體，然後帶它們去戶外旅行，而顧客只能待在家裡透過機器人身上的攝影鏡頭觀看。此刻，安娜忽然有一股衝動想去機甲玩具工作。看著眼前賈克斯的模樣，她忽然懷念起從前在動物園和動物朝夕相處的感覺，而且更深深體會到那種差異：在螢幕裡互動和在真實世界裡面對面接觸，感覺差太多了。

戴瑞克問馬赫西：「你想不想讓所有的吉祥物輪流用那個機器人？」

「可以，不過它們必須先通過靈活度測驗。要是搞壞了這個機器人，機甲玩具可不會免費再送我們一個。」

現在賈克斯在玩安娜的運動鞋，拉扯鞋帶的尾端。安娜並不會經常希望自己很有錢，但此刻，當她感覺到自己的鞋帶被賈克斯拉緊，她忽然好渴望自己真的很有錢，因為，如果她買得起這樣的機器人，她馬上就會買一個。

幾個工作人員輪流帶吉祥物去看看外面的世界。戴瑞克通常都是帶馬可或波羅。他第一個念頭就是帶它們去外面，繞著藍色伽瑪總部外圍的公園散步，讓它們看看隔開停車場的草叢和灌木叢。有一具螃蟹型的小機器人正在除草。他指著那小機器人叫它們看。最早期的時候，數位寶就是和那種第一代機器人連線，被帶到外面世界。那種小機器人有一把像短劍一樣的小鏟子，用來割草，而且天生就是來割草的。「虛擬地球」網站有許多數位寶會進行園藝競賽，一代代不斷演化，產生勝利者。目前和小機器人連線的數位寶，就是那些勝利者的後代。戴瑞克很好奇，這些吉祥物聽了除草小機器人的故事之後，究竟會有什麼反應？它們會不會認出這些小機器人其實和它們一樣都是來到外面世界的數位寶？結果，它們對那些機器人根本毫無興趣。

他發現，吉祥物最感興趣的，是觸摸的質感。「虛擬地球」的環境表面，視覺上很細膩，可是卻平滑到幾乎感覺不到摩擦。很少有玩家會用包含觸感的控制介面，所以廠商也就懶得為他們的虛擬環境表面設定質感。可是現在，數位寶已經能夠在真實世界感覺到表面的質感，所以，就算是最簡單的東西都會讓它們感到很新奇。馬可用過機器人身體之後，回來就整天說地毯和裝潢摸起來如何如何。波羅目前正在和機器人連線，可是卻一直在樓梯間爬上爬下，感覺樓地板那種粗糙的質感。看樣子，他們眼前的當務之急，就是把機器人手指上的感應片換掉。

馬可注意到的第二件事，就是戴瑞克的嘴和它自己的不一樣。在虛擬世界裡，數位寶的嘴只是表面上有點像人的嘴。數位寶說話時候，嘴唇雖然會動，但它們說話的驅動程式並沒有設定實體感。馬可很想學習如何動嘴唇說話，所以戴瑞克說話的時候，它一直摸他的嘴唇。而波羅則是注意到戴瑞克吃東西的樣子。它發現戴瑞克吃東西的時候，東西真的會吞進喉嚨裡，而不是像數位寶的食物那樣憑空消失。戴瑞克很擔心數位寶會發現它們身體的限制，會很沮喪，但沒想到，它們只是覺得很好玩。

能夠親眼看到數位寶用機器人的身體，還有一個意想不到的好處，就是能夠更仔細看它們的臉，比在虛擬世界裡看到的更清楚。這樣一來，戴瑞克就更能夠欣賞自己為數位寶設計的表情。

有一天，安娜跑到他辦公室來告訴他：「你太厲害了！」

「呃……謝謝？」

「我剛剛看到馬可出現一個表情，實在太好笑了！你一定要看看！要不要我幫你開檔案？」

安娜指著鍵盤。戴瑞克立刻把椅子往後推，讓出空間給安娜用鍵盤。她在他的螢幕上開了兩個影片視窗，一個是機器人身上攝影鏡頭的錄影畫面，呈現數位寶的視野，另一個是機器人頭上顯示幕的畫面。從第一個畫面看來，她和馬可又去停車場了。

「上禮拜它去參加機甲玩具辦的戶外旅遊。」安娜解釋說。「當然，它很喜歡，所以現在它覺得停車場很無聊。」

畫面上的馬可說。「我要去公園。我們去戶外旅遊。」

「這裡也很好玩啊。」螢幕上，安娜朝馬可比了個手勢要它跟她走。

螢幕一個視窗的畫面忽然晃來晃去，因為馬可拚命搖頭。「才不一樣。公園比較好玩。我帶妳去看。」

「我們沒辦法去公園。那裡太遠了，我們要走很久才有辦法到那裡。」

「打開入口不就好了嗎？」

「很抱歉，馬可，在外面的世界，我沒辦法打開入口。」

「好，你注意看它的臉。」安娜說。

「試一下，拜託妳，努力試一下嘛。」馬可那張熊貓臉上露出哀求的表情。戴瑞克愣了一下，然後大笑起來，因為他從來沒看過那種表情。

安娜也笑著說：「繼續看。」

螢幕上的她說：「馬可，不管我怎麼努力嘗試也沒用，因為外面的世界根本沒有入口。只有虛擬地球裡才有入口。」

「那我們去虛擬地球，打開那裡的入口。」

「如果公園那裡有你可以用的身體，那你打開入口就可以進去，可是我沒辦法用另一個身體。如果要去公園，我只能用這個身體去，那要很久的時間才到得了。」

馬可想了一下，然後露出不敢置信的表情。「外面的世界太笨了。」

安娜和戴瑞克狂笑起來。她關掉視窗，對戴瑞克說：「你真的太厲害了。」

「哪裡。另外還要謝謝妳讓我看這個。我一整天心情都會很好。」

「不用客氣。」

戴瑞克很高興有人告訴他，他從前設計的東西現在看到成果了。他很開心，因為他最近的工作實在有點無聊。「紙鶴」和「彩蛋」已經開始推出各式各樣的虛擬化身，像是幼龍、鷹頭獅和各種神話裡的生物，所以藍色伽瑪也想為神經原數位寶設計類似的化身，但新的化身只是根據現有的去修改，不需要再設計新的表情。

事實上，他目前的工作是要設計出完全沒有表情的化身。有一群業餘愛好者對人工智慧非常沈迷，一般人都說他們是「ＡＩ迷」。他們很欣賞神經原基因組，認為那有很大的發揮空間，而且他們根本沒耐性等候數位寶發展出真正的人工智慧款式。於是他們就委託藍色伽瑪幫他們設計人工智慧外星生物。研發人員設計出一種獨特的性格類型，和藍色伽瑪現有的產品截然不同。另外，戴瑞克幫他們設計出一種三條腿的化身，沒有雙臂，只有一對觸鬚，還有一條能用來捲東西的尾巴。有些ＡＩ迷還想要更奇怪的化身，甚至還要不同結構的虛擬環境，但戴瑞克提醒他們，養育數位寶的時候，他們自己也必須使用化身，而化身的觸鬚是非常難操控的。

ＡＩ迷為這種全新品種的虛擬生物取了一個名字叫「異形」，而且還設立了一個專屬的大陸叫「虛擬火星」，打算憑空創造出一個外星文化。戴瑞克對那個文化很好奇，可是卻沒辦法進去看，因為那裡的數位寶使用的是一種特殊的人工智慧語言，叫「邏輯語」。另一方面他也很好奇，那些ＡＩ迷對這個計劃的熱度究竟能持續多久，因為「虛擬火星」有巨大的語言障礙，難以親近，更何況，養育「異形」的樂趣有限，遠遠比不上馬可帶給他和安娜的那種快樂。ＡＩ迷能夠從「虛擬火星」得到的滿足，純粹是一種知性上的滿足，然而，長遠看來，這樣夠嗎？

第三章

第二年，藍色伽瑪已經預料到市場的前景必將是一片黯淡，再也無法像前一年那麼旺盛。新的顧客逐漸減少，而更糟糕的是，餵食軟體的盈利也下滑了。越來越多客戶關掉了他們的數位寶。

為什麼會這樣呢？問題出在，神經原數位寶脫離幼年期之後，變得越來越難纏。當初藍色伽瑪開始培育數位寶的時候，目標是要創造出又乖又聰明的產品，然而，基因組天生就有不穩定的因素，就算是數位基因組也一樣，於是，研發人員的目標落空了。養育數位寶，就像在玩一種高難度的電腦遊戲，既要有樂趣，又要有挑戰性，兩者之間必須維持平衡。而現在，這種平衡已經傾斜，大多數人開始覺得養數位寶越來越難，越來越不好玩，所以就關掉了數位寶。養狗的人如果買了一種他應付不了的品種，那他也只能怪自己沒有事先做功課，但他們卻不能這樣責怪藍色伽瑪的顧客，因為藍色伽瑪自己也沒有預料到數位寶會演變成這樣的狀況。

有些熱心人士紛紛創立了「中途之家」，收留那些被遺棄的數位寶，希望能為它們找到新的養主。這些熱心人士運用各種策略來達到目的。有人選擇讓數位寶繼續成長，不加干預。也有人重新設定數位寶回到檢驗點的狀態，免得它們發展出令人厭惡的特性，沒人願意認養。然而，這兩種策略都不怎麼成功，沒有吸引到太多潛在的養主。雖然偶爾會有人願意嘗試收養這些脫離幼年期的數位寶，可惜都無法持續太久。久而久之，這些「中途之家」幾乎都成了數位寶倉庫。

安娜對這種趨勢感到難過，但由於從前的工作，她很了解動物被棄養的殘酷現狀：你救不了全部。她只希望公司裡的吉祥物不會被某個工作人員關掉，然而，棄養的現象實在太普遍，所以就連這樣卑微的期望都很難實現。她常常帶一群數位寶去遊戲場，但每次都會有一個數位寶注意到有個玩伴不見了。

沒想到，今天來到遊戲場卻有意外的驚喜。一大群吉祥物逐一穿過入口進到遊戲場，但還沒全部進來，賈克斯和馬可就已經注意到另一個機器人化身的數位寶。它們同時大喊了一聲「寶弟！」，然後就朝它衝過去。

寶弟和那些吉祥物一樣，也是第一代的數位寶，目前負責養它的人是驗收測試員卡爾頓。一個月前，他關掉了寶弟。安娜很高興看到他又重新打開了寶弟。一群數位寶正在嘰嘰喳喳聊天的時候，安娜的化身走到卡爾頓的化身前面和他聊起來。他說當初寶弟變得越來越難纏，所以他關掉寶弟，讓自己休息一下，現在他已經準備好了，可以多花點心思關注寶弟。

後來她帶那群數位寶離開遊戲場，回到藍色伽瑪的島上，這時賈克斯才告訴她它和寶弟聊了些什麼。「我告訴它，它不在的時候我們玩得多開心。我告訴它我們去動物園，好好玩。」

「沒跟你們一起去動物園，它會不會很難過？」

「不會啊。它還跟我吵呢。它說上次戶外旅行是去購物中心，不是去動物園。可是，購物中心不是一個月前去的嗎？」

「那是因為寶弟被關掉了一整個月，所以他以為上個月那次戶外旅行是昨天的事。」

「我就是這樣告訴它。」賈克斯說。安娜有點驚訝，因為她沒想到賈克斯竟然明白什麼叫做被關掉。「可是它不相信。後來馬可和羅莉也是這樣告訴它，它才不再吵，開始有點難過。」

「嗯，我相信以後我們還會再去動物園。」

「它難過不是因為沒去動物園，而是因為它少掉了一個月。」

「哦。」

「我不想被關掉。我不想少掉一個月。」

安娜拚命安慰它。「賈克斯，不用擔心，你不會被關掉的。」

「妳不會把我關掉吧？」

「不會。」

賈克斯似乎相信她了，她鬆了一口氣。賈克斯還不懂得要逼她許下承諾。她雖然有點慚愧，但也暗暗慶幸自己不需要承諾什麼。她知道，如果公司打算把吉祥物關掉一段時間，他們一定會全體關掉，這樣一來，群體裡就不會有經驗上的差異。同樣的，如果公司打算把數位寶重新設定回到更早的階段，也會全體重新設定。每當有顧客感覺到數位寶變得太難纏，藍色伽瑪會提供許多建議，其中之一就是把數位寶重新設定，而且大家曾經討論過，公司應該要以身作則，把吉祥物重新設定，這樣才能足以說服顧客跟進。

安娜注意到時間差不多了，於是就啟動了幾個遊戲，準備讓吉祥物自己去玩。她該去訓練藍色伽瑪新一代的數位寶了。自從神經原基因組驅動程式設計出來之後，在接下來的幾年裡，研發人員又寫了很多複雜的工具程式，用來分析基因組裡各個基因之間的互動，因此對基因組的特性有了更深入的認識。最近他們研發出一種認知能力可塑性比較低的基因組類型，而用這種基因組做出來的數位寶，性格很快就可以達到穩定，而且會一直都很乖。研發人員對這個產品充滿信心，不過，要想確認成效，唯一的辦法就是讓顧客買去養幾年，看看結果如何。公司一開始的目標是要設計出複雜的數位寶，而這種產品顯然徹底偏離了原先的目標，不過，面臨環境的劇變，當然要採取激烈的手段。藍色伽瑪打算靠這些新產品補足營利的損失，所以安娜和測試小組的其他成員正在密集訓練它們。

眼前這些吉祥物被她訓練得很好，它們都在等安娜說可以之後才會開始玩遊戲。「好啦，大家去玩吧。」她才說完，那些吉祥物全都衝過去玩它們最喜歡的遊戲。「等一下再來找你們。」

「我不要。」賈克斯猛然停住腳步，回頭走向她的化身。「我不想玩。」

「什麼？你怎麼會不想玩？」

「我不想玩。我想找工作。」

安娜忍不住笑起來。「什麼？你怎麼會想找工作？」

「因為我想賺錢。」

她注意到賈克斯說話的時候看起來並不開心，表情悶悶不樂。於是她也認真起來問它。「你要錢做什麼？」

「我不需要錢。我想給妳錢。」

「你為什麼要給我錢？」

「因為妳需要錢。」它一臉認真的表情。

「我有說過我需要錢嗎？我什麼時候說過？」

「上禮拜，我問妳為什麼去陪別的數位寶玩，不陪我玩，妳說公司付錢給妳，就是要妳陪它們玩。如果我有錢，我就可以付錢給妳，然後妳就可以多陪我玩。」

「噢，賈克斯。」她一時說不出話來。「你真是太窩心了。」

…………

又過了一年，藍色伽瑪公司終於正式宣告要結束營業。沒幾個顧客願意嘗試用永遠乖乖的數位寶。許多人提出不同的方案在公司內部討論，例如，研發出一種聽得懂主人說話但不會說話的數位寶。然而，一切都太遲了。目前，公司的基本顧客只剩一群鐵桿數位寶迷，從他們身上的獲利不足以支撐公司。公司會發行免費的餵食軟體，讓他們在公司停業之後能夠繼續養數位寶，想養多久就養多久，但其他方面，他們只能靠自己了。

公司的員工即將面臨失業，那滋味是不好受的，不過，他們從前多半都經歷過公司倒閉的狀況，所以對他們來說，藍色伽瑪也只不過是他們在軟體產業生涯裡的一段插曲。然而對安娜來說，公司倒閉，感覺就像當年動物園關閉，是她一生中最痛心的經歷。每當她回想起當年和她的黑猩猩分別的那一刻，她還是會熱淚盈眶。當年，她好渴望牠們能夠明白她為什麼要離開牠們，好渴望牠們能夠適應新家。後來，當她決定投入軟體產業的時候，她很慶幸這種新工作讓她再也不需要面對那種分離的痛苦。但此刻，她完全沒想到自己又再度面臨類似的狀況。

狀況類似，但並不完全一樣，因為藍色伽瑪不需要為十幾個吉祥物找到新家。吉祥物只需要關掉就好，不至於像動物那樣必須安樂死。安娜自己就曾經關掉過好幾千個培育中的數位寶，而它們並沒有死，也不會感覺到被遺棄。然而，如果要她關掉這些吉祥物，她會感到難過，因為它們是她一手訓練出來的。過去這五年來，安娜每天都和這些吉祥物在一起，她捨不得跟它們說再見。還好，公司有另一個替代方案：任何一位員工都可以在「虛擬地球」裡認養一個吉祥物。當年，她根本不可能在自己家裡養一頭猩猩，比較起來，養吉祥物就沒什麼問題。

就是因為太容易了，所以安娜覺得奇怪，為什麼大多數員工都不肯認養一個吉祥物。她知道戴瑞克一定會認養一個，因為他和她一樣，很關心吉祥物。令她感到意外的是，大多數訓練師都不太情願。他們都喜歡數位寶，可是多半都覺得認養數位寶就像沒領薪水做白工。安娜本來很確定羅萍一定會想養一個，沒想到吃午飯的時候，羅萍就迫不及待告訴她一個喜訊。

「本來我們還沒打算要告訴別人。」羅萍悄悄說。「不過，偷偷告訴妳……我懷孕了。」

「真的？恭喜妳啊！」

羅萍露出笑容。「謝謝妳。」她開始連珠炮般說了一大串她憋了很久沒說的事。她和她的伴侶琳達想要孩子，考慮過很多方案，最後決定賭一把，試試「卵融合」術，沒想到運氣太好，一次就成功了。接著安娜和羅萍開始討論找工作和育嬰假的問題，最後才回到認養吉祥物的話題。

「看樣子，接下來妳會忙翻天。」安娜說。「不過，妳有沒有想過認養羅莉？要是羅莉看到妳懷孕，不知道會有什麼反應。那一定很有意思。」

「我沒想過。」羅萍搖搖頭說。「我已經不想再碰數位寶了。」

「不想再碰？」

「現在我想面對真正的東西。妳應該明白我的意思。」

安娜小心翼翼的說：「老實說，我不太明白。」

「大家老是說每個人早晚都會想要孩子。從前我覺得那根本就是鬼扯，不過現在我相信了。」

羅萍臉上顯露出無比的熱情，沈浸在對孩子的渴望裡，說話的時候彷彿是在對自己說。「貓啊，狗啊，數位寶，這些只不過是替代品，不是我們真正應該關懷的東西。總有一天妳也會明白孩子代表什麼，孩子真正的意義是什麼。當妳明白之後，一切就不一樣了。然後妳就會發現，從前對動物的那種感覺並不是——」羅萍說到一半忽然停住，過了一會兒才又說：「我的意思是，對我來說，對動物的感覺讓我明白了自己真正要的是什麼。」

像安娜這種照顧動物的女人常常會聽到這樣的話，說她們對動物的愛根本就是源自養孩子的渴望。這種陳腔濫調令安娜感到厭煩。她確實喜歡小孩，可是她反對用小孩當標準來衡量其他的成就。照顧動物本身就是很有意義的工作，不需要妄自菲薄。剛開始在藍色伽瑪工作的時候，她對數位寶並沒有這麼強烈的感覺，但現在她終於明白，她愛數位寶就像從前愛動物一樣。

第四章

藍色伽瑪結束營業後的那一年裡，戴瑞克的人生經歷了許多改變。他進了他太太溫蒂工作的那家公司，用動畫製作電視裡的虛擬演員。他運氣很好，因為他製作的節目劇本都寫得很棒。然而，無論對白寫得多麼機智，用字遣詞多麼巧妙，口氣腔調多麼生動，終究還是精心編造出來的。在製作動畫的過程中，那些台詞他聽了不下百次。節目完成後呈現出來的效果雖然盡善盡美，但他卻感覺那一切都只是虛有其表，沒有生命。

相形之下，跟馬可和波羅在一起，驚喜源源不絕。他同時認養馬可和波羅，是因為它們兩個不想分開。雖然現在他已經不在藍色伽瑪工作，沒辦法像從前那樣有很多時間陪它們，可是以目前的狀況，養數位寶反而變得更好玩。有些顧客到現在還是繼續養數位寶，他們組成了一個「神經原養主群組」，維持聯繫。這個群組的人數不像從前那麼多，可是成員比較熱心積極，而且他們的努力逐漸有了成果。

這天是週末，戴瑞克正開著車去公園，右座上是馬可。此刻它用的是機器人身體，身上繫著安全帶，直挺挺的站在座位上，這樣它才看得到窗外。它一直在搜尋一些東西。那些東西它只在影片裡看過，可是「虛擬地球」裡根本沒有。

「消防柱。」馬可指著一個東西說。

「那叫消防栓。」

「消防栓。」

「對了。」

馬可用的機器人本來是藍色伽瑪公司的。藍色伽瑪結束營業後，沒多久機甲玩具公司也倒閉了，從此以後吉祥物就沒辦法再去戶外旅行了。於是安娜就用折扣價買下了這個機器人給賈克斯用。她目前在一座碳封存處理廠工作，負責軟體測試。上星期她把機器人借給戴瑞克，現在他正要拿回去還給她。安娜今天會在公園裡待一整天，把機器人借給其他養主，讓他們的數位寶輪流用。

「下次做工藝的時候我要做消防栓。」馬可說。「用圓柱體，再用圓錐體，再用圓柱體。」

「聽起來很有意思。」戴瑞克說。

目前群組每天都有一段時間讓數位寶做工藝。幾個月前，有一位養主把虛擬地球的線上編輯工具改寫成一個軟體，讓數位寶可以在虛擬地球的環境裡操作，製作東西。數位寶只要操控儀錶台上的轉鈕和滑桿，就可以做出各式各樣的物體，可以改變顏色，而且還有十幾種方式可以組合變造。數位寶都樂翻天了，因為他們感覺自己彷彿被賦予了神奇的魔力。由於這個編輯軟體讓數位寶不再受到虛擬地球環境的限制，所以從這個角度來看，它們確實有了魔力。每天下班後，戴瑞克登入虛擬地球的時候，馬可和波羅就會把當天做的東西拿給他看。

「然後我會教波羅怎麼做——公園！公園到了嗎？」

「還沒到。」

「可是標誌上寫著『漢堡公園』。」馬可指著路邊的標誌說。「標誌上寫的是『漢堡花園』。『花園』和『公園』不一樣。公園還沒到。」

數位寶目前也在上閱讀課。馬可和波羅從前都沒有注意到文字這種東西，因為虛擬地球裡幾乎看不到文字，除了顯示幕上的說明文字。但問題是，數位寶看不見顯示幕上的文字。有一位養主把指令寫在教學抽認卡上，很成功的教數位寶學會了認字，其他養主紛紛群起效尤，嘗試教他們的數位寶認字。一般來說，神經原數位寶學習認字的情況還不錯，但它們老是搞不清楚什麼字母讀什麼音。這種閱讀困難的狀況是神經原基因組特有的。別家公司的數位寶也有類似的養主群組，他們說，「紙鶴」數位寶輕而易舉就學會了認字，可是「彩蛋」數位寶完全不識字，怎麼教都沒用。

跟賈克斯一起上閱讀課的，還有馬可、波羅和另外幾個數位寶，它們似乎上得津津有味。數位寶從小就沒有睡前讀故事的習慣，所以它們不像人類的小孩那樣對文字那麼著迷。不過，它們天生就很好奇，而且學會認字的時候主人會稱讚它們，所以它們自然就會想去探索文字的用處。戴瑞克對此感到很興奮，但心裡也有一點小小的遺憾：可惜藍色伽瑪撐得不夠久，來不及看到這些成果。

他們終於到了公園。安娜看到戴瑞克在停車，立刻朝他們走過來。車停好之後，戴瑞克開門讓馬可下車。馬可抱了一下安娜。

「嗨，安娜。」

「嗨，馬可。」安娜摸摸機器人後腦勺。「你還躲在機器人裡面啊？已經一整個禮拜了，還不夠嗎？」

「我想搭車兜風嘛。」

「你要不要在公園裡玩一下？」

「不行，我們要馬上回去。溫蒂不喜歡我們在外面待太久。再見了，安娜。」這時戴瑞克已經把機器人的充電座從車子後座拿出來了。馬可站到充電座上，機器人頭上的顯示幕立刻變暗。安娜和戴瑞克一直在訓練數位寶從充電座回到虛擬地球。

安娜拿出掌上電腦，準備接到機器人身上讓第一個數位寶進去。「那麼，你也要馬上走嗎？」她問戴瑞克。

「沒有啦。不急。」

「那馬可剛剛為什麼會那樣說？」

「呃……」

「我猜猜看。溫蒂覺得你花太多時間跟數位寶在一起，對不對？」

「妳猜對了。」戴瑞克說。事實上，溫蒂也很不放心他常常和安娜在一起，不過他覺得這還是別讓安娜知道比較好。他向溫蒂保證，他對安娜絕對沒有那種感覺，兩人只是朋友，剛好都喜歡數位寶而已。

這時機器人頭上的顯示幕亮起來，顯示出一隻小豹子的臉。戴瑞克立刻就認出那是薩夫。薩夫是一個驗收測試員認養的。「嗨，安娜。嗨，戴瑞克。」才剛打了招呼，薩夫立刻衝向旁邊的一棵樹。安娜和戴瑞克趕緊跟上去。

「溫蒂都已經看到數位寶在機器人裡的樣子了，結果還是不喜歡數位寶？」安娜問。

薩夫想去撿狗大便，戴瑞克趕緊制止它，然後轉頭對安娜說：「對。她還是搞不懂為什麼我不乾脆關掉它們。」

「沒幾個人能懂的。」安娜說。「從前我在動物園工作的時候也是一樣，沒幾個人明白我為什麼那麼愛動物。和我約會過的男人都覺得我沒有把他們擺在第一位。最近我認識了一個男人。和他約會的時候，我告訴他，我付錢讓我的數位寶上閱讀課。當時他那種表情好像覺得我瘋了。」

「溫蒂也是這種態度。」

他們看到薩夫在翻找地上的落葉，挑出一片近乎透明的，拿到眼前仔細看。那片落葉只剩絲脈，湊近它的臉，看起來彷彿罩在它臉上的面紗。「說起來，實在不應該怪他們。」安娜說。「因為我自己也是過了一段時間才喜歡上數位寶。」

「我跟妳不一樣。」戴瑞克說。「我一開始就迷上了數位寶。」

「沒錯。」安娜說。「你真是稀有動物。」

接著安娜開始不厭其煩的教導薩夫，彷彿有無限耐性。戴瑞克看著她，眼神中滿是讚嘆。他已經很久沒有遇見能夠和他分享一切的女人。先前唯一能夠讓他產生這種感覺的女人，就是溫蒂。溫蒂和他一樣，也能夠感受到透過動畫讓角色活起來的喜悅。可惜他已經結婚了，要不然，他一定會跟安娜約會。但他很快就揮開這種念頭。他告訴自己，不要對她有那種遐想。她跟他頂多只能是朋友，這樣就夠了。

……………………

又過了一年。有一天晚上，安娜在家裡，電腦上開著虛擬地球的視窗，她的化身在遊戲場裡監督數位寶玩遊戲。今天是團體遊戲的日子，賈克斯和另外幾個數位寶玩在一起。數位寶的數量越來越少，例如，寶弟已經好幾個月沒出現了。不過，賈克斯那群玩伴裡倒是多了一個新面孔，所以賈克斯還是有機會交新朋友。有些數位寶正在玩攀登，有些在玩地上的玩具，另外有一大群正在看虛擬電視。

電腦的另一個視窗裡是數位寶養主群組的論壇，安娜正在看上面的發文。大家正在討論「資訊自由駭客陣線」最近的行動。「資訊自由駭客陣線」是一個遊說團體，簡稱「駭陣」，他們的目標是要終結私有資訊。上星期他們發表了一種技術，可以用來破解虛擬地球的存取控制。這陣子，很多人發現他們的遊戲裡有很多珍貴的東西被散播出去，像街頭發的傳單一樣到處流傳。自從這種問題出現之後，安娜就再也沒有上過虛擬地球的遊戲大陸。

這時遊戲場裡的馬可和賈克斯決定玩一種新遊戲。它們同時跪下去，手撐著地面，開始爬來爬去。賈克斯向安娜揮揮手，叫她看他們玩，於是安娜的化身就朝他們走過去。「嘿，安娜。」賈克斯說。「妳知道螞蟻會互相交談嗎？」

它們正在看電視上的大自然影片。「嗯，我聽說過。」她說。

「妳知道嗎，我們聽得懂螞蟻說話喔。」

「真的？」

「而且我們還會說螞蟻的話。像這樣：喀哰嗡呐。」

馬可立刻回答：「嗶嘰啦呼。」

「那是什麼意思？」

「才不告訴妳。只有我們懂。」

「只有我們和螞蟻懂。」馬可又補了一句。賈克斯和馬可開始大笑起來，然後就跑去玩別的東西了。安娜淡淡一笑，繼續看論壇上的發文。

發文者：海倫柯斯塔斯

我們的數位寶會不會被複製？需要擔心這個嗎？

發文者：史都華蓋斯特

沒什麼好擔心的。要是有這麼多人想要數位寶，藍色伽瑪就不會結束營業了。別忘了，「中途之家」還有堆積如山的數位寶，想送都沒人要。從前喜歡數位寶的人本來就不多，現在就更少了。

這時賈克斯在遊戲場裡大叫一聲，興奮得身體搖來搖去：「我贏了！」它正在跟馬可玩一種她看不懂的的遊戲。

「好吧。」馬可說。「這次算你贏。」它翻找了一下旁邊的玩具，找出一根笛子拿給賈克斯。

賈克斯把笛子的一頭湊到嘴上，然後跪到地上，用笛子的另一頭戳向馬可的肚子，身體緩緩前後擺動。

安娜立刻問它：「賈克斯，你在做什麼？」

賈克斯放開嘴上的笛子。「我在幫馬可吹喇叭。」

「什麼！你是在哪裡看到有人吹喇叭？」

「昨天在電視上看到的。」

她轉頭看看電視，看到電視上正在播放兒童卡通影片。電視裡的節目應該都是從兒童影片庫傳送出來的。可能有人用「駭陣」的駭客技術把成人影片放進那個影片庫。她決定先不驚動那幾個數位寶，於是就說：「我知道了。」賈克斯和馬可又繼續做那個動作。安娜立刻在論壇上發文警告大家：影片庫被駭客侵入，然後繼續看論壇上的發文。

幾分鐘後，安娜聽到奇怪的啾啾聲，立刻轉頭去看，發現賈克斯和馬可已經跑過去看電視。她的化身走到電視前面，看看電視裡有什麼東西吸引了它們。

電視裡是一個小丑化身，手上抓著一個數位寶的小狗化身，另一手拿著鐵鎚猛敲數位寶的腿。數位寶的腿是不會斷的，因為化身的設計是不會斷腿的，而且應該也不會因為腿斷掉而慘叫。不過，那個數位寶顯然很痛苦，而那個啾啾聲大概就是它的慘叫聲。

安娜立刻關掉虛擬電視。

「怎麼回事？」賈克斯問，而另外幾個數位寶也跟著七嘴八舌追問。她沒有回答，而是立刻在電腦螢幕上打開一個視窗，看看那部影片的說明文字，發現那並不是卡通影片，而是一段紀錄片，內容是某個惡意玩家用「駭陣」技術關掉了數位寶身上的疼痛阻斷迴路。而更糟糕是，那個數位寶並不是剛啟動的新產品，而是某個人心愛的寵物被人用「駭陣」技術非法複製出來的。安娜忽然想到，那個數位寶名叫妮蒂，是賈克斯閱讀課班上的同學。

如果那個人有辦法複製妮蒂，那麼，他很可能也已經複製了賈克斯，或者，說不定此刻他正在複製賈克斯。以虛擬地球的分散式架構來看，如果那個惡意玩家此刻正在遊戲場所在的大陸上，那麼賈克斯就有危險了。

賈克斯還在追問剛剛電視上看到的東西是什麼。安娜打開一個視窗，列出虛擬地球她的帳戶底下所有運作中的程式清單，找到賈克斯的程式，立刻關掉。遊戲場上的賈克斯忽然停住不動，然後就消失了。

「賈克斯怎麼了？」馬可問。

接著安娜打開戴瑞克帳戶的程式清單視窗，關掉馬可和波羅。至於其他那些數位寶，她沒有得到養主的充份授權，不知道該怎麼處理。她看得出來它們很焦慮，很困惑。它們並沒有動物那種「打鬥或逃走」的本能反應，也嗅不到危險的味道，聽不懂痛苦的哀號，不知道該怎麼反應。雖然它們有鏡像神經元，有助於他們學習和社會化，但那也意味著電視上看到的東西會令它們感到焦慮。

把數位寶送來參加團體遊戲的養主都授權給安娜，允許她讓它們睡覺，但問題是，就算睡著了，它們的程式卻還在運作，也就是說它們還是有被複製的風險。於是她決定把數位寶移送到一個小島，遠離幾個主要的大陸，這樣的話，那個惡意玩家可能就比較沒機會掃描到它們的程式。

「好了，大家聽著。」她大聲說。「我們去動物園喔。」她打開那個通往盤古大陸群島遊客中心的的入口，催那些數位寶趕快進去。遊客中心似乎空蕩蕩的，不過她不想冒險。她逼那些數位寶去睡覺，然後傳訊息給它們的養主，通知他們到什麼地方接他們的數位寶。她用化身陪伴數位寶，自己上論壇警告其他人。

接下來那一個鐘頭，養主紛紛趕來帶走他們的數位寶。安娜看到論壇上湧現大量的討論，有人很生氣，威脅要對某些人提出告訴。不過有些遊戲玩家表示，他們才有資格抱怨，輪不到那些數位寶養主抱怨，因為數位寶不值錢。這種論調引發了激烈的論戰，不過安娜懶得看他們吵。她一直在等「大山數位公司」的回應。大山是經營虛擬地球平台的公司。後來她終於看到消息了：

發文者：安立奎貝爾川

大山公司表示，他們已經有虛擬地球安全架構的更新版本。他們會阻止這種破壞行為。這個更新版本本來是明年才要啟用的，不過考慮到目前的狀況，他們決定現在就開始更新虛擬地球。不過，更新什麼時候才能完成，他們沒有明確的時間表。他們說，在更新完成之前，大家最好先關掉數位寶。

發文者：瑪麗亞張

還有別的辦法。莉絲瑪嘉納萬正在設立一個私人小島，她說，她只讓擁有核准密碼的數位寶進去。最近剛買的數位寶沒辦法進去，不過，神經原數位寶沒問題。如果你希望她把你列入訪客名單，請和她聯絡。

安娜傳了一個訊息給莉絲瑪，結果收到自動回覆。回覆上說，等小島架設好之後會通知大家。安娜沒有錢在虛擬地球裡設立一個執行個體，不過她倒是有別的辦法。她花了一個鐘頭重新設定自己的電腦系統，設立一個徹底獨立的執行個體，用來跑神經原數位寶的程式。目前她沒有虛擬地球的入口，所以她必須用手動的方式下載賈克斯的儲存狀態。後來，她終於把賈克斯連線到機器人身體。

「——關掉電視——」一連上機器人，賈克斯立刻脫口說出先前沒說完的話，但才一開口它忽然愣住，因為它注意到環境不一樣了。「怎麼回事？」

「沒事，賈克斯。」

它注意到自己在機器人裡。「我跑到外面來了。」它看著她。「妳把我關掉了嗎？」

「是的。真對不起。我知道我說過永遠不會把你關掉，可是我實在迫不得已。」

它很難過，開口問她：「為什麼？」

安娜緊緊抱著賈克斯，好一會兒才意識到自己抱得太緊，忽然有點不好意思。「因為我想保護你。」

⋯⋯⋯⋯⋯⋯

一個月後，虛擬地球的安全架構終於完成更新。「駭陣」表示，他們發表的技術被惡意玩家用來做壞事，這責任不應該由「駭陣」來承擔。他們說，任何一種自由都會有被濫用的風險。不過，撇清責任之後，他們很快就轉移陣地，不再針對虛擬地球下手。這樣一來，虛擬地球至少會有一段時間能夠讓數位寶安全活動，然而，先前造成的傷害已經無法挽回了。那些非法操作的數位寶複製品根本無從追查，而另一方面，儘管數位寶遭到凌虐的影片目前已經看不到了，很多神經原數位寶的養主還是常常想到那種畫面，越想越難以忍受。於是，他們永久關掉了數位寶，離開了群組。

而也就在這段期間，有些人對複製數位寶深感興趣，特別是那種會認字的數位寶。先前人工智慧研究機構的人對數位寶就很好奇，他們很想知道，如果把數位寶放進溫室裡，它們會不會發展出自己的文化。然而，好奇歸好奇，他們卻從來沒接觸過會認字的數位寶，也沒興趣親自去養。而現在，那些研究人員開始拚命收集數位寶，主要是「紙鶴」數位寶，因為它們閱讀能力最強。不過，他們也收集了一些神經原數位寶。他們把數位寶放在私人小島裡，島上到處都是文字和軟體的圖書館。接著他們開始用溫室培育的速度運作小島。論壇裡湧現大量的討論，大家都覺得那種溫室就像瓶子裡的小城市，桌上的微宇宙。

戴瑞克覺得那種做法很荒唐。一大群被遺棄的孩子是沒辦法自學的，不管你塞多少書給他們都沒用。果然不出所料，沒多久他就聽到消息：那些小島上的數位寶最後都變野了，不過，數位寶沒有侵略性，所以它們不會像小說《蒼蠅王》裡那些孩子一樣變得野蠻。它們就只是變成一些零零散散的群體，彼此之間沒有劃分什麼階級。剛開始的時候，由於習慣使然，它們還維持著原先的生活作息。上課時間到的時候，它們會看書，用教學軟體。休息的時候，它們也會自己到遊戲場去玩。然而，由於沒人監督，這種生活作息最後還是瓦解了。任何東西都會被它們拿來當成玩具，任何地方都可以是遊戲場。久而久之，它們從前學會的東西最後都忘光了。它們確實發展出自己的文化。所以，如果讓數位寶在生物群組裡自然演變，最後大概就是變成這種樣子。

同樣有趣的是，那些研究人員完全沒想到，他們預期中的文明雛型竟然會變成這樣，於是他們又重新設定小島。另外，他們想增加研究樣本，所以就拜託一些養主允許他們複製那些有教養的數位寶。令戴瑞克很驚訝的是，有些養主竟然同意了。他們已經不想再付錢讓數位寶上閱讀課，而且他們發現那些變野的數位寶並沒有受折磨，所以他們就同意研究人員複製他們的數位寶。研究人員設計了各種激勵方式，鼓勵數位寶努力學習。這些激勵方式都是全自動的，不需要人工操作。另外，小島還有另一種設定，如果數位寶偷懶，就會有苦頭吃。在這樣的環境裡，有些數位寶確實沒有變野，可是卻沒有半個數位寶在技術上變得更成熟。

研究人員的結論是，紙鶴基因組先天上一定有什麼缺陷，可是在戴瑞克看來，這一切全都是研究人員的問題，因為他們是盲目的，看不見一個簡單的真理：複雜的心智是無法自然成長的，要是可以的話，野孩子就不會是野孩子了。水草不需要照顧就會成長，但人的心智和水草不一樣。如果和水草一樣，孤兒院裡怎麼會有壞孩子？如果希望孩子的心智潛力充分發揮，大人就必須好好栽培。他就是想好好栽培馬可和波羅。

馬可和波羅偶爾會吵架，但很快就會和好如初。不過，幾天前，它們為一件事起了爭執，大吵一架。他們爭執的是：馬可被啟動的時間比波羅早，這樣到底公不公平。不知道為什麼，它們就因為這個吵起來。從那天以後，它們兩個幾乎不再跟對方說話。沒想到今天，它們兩個竟然一起來找戴瑞克。戴瑞克鬆了一口氣。

「很高興看到你們兩個又在一起了。你們和好了嗎？」

「還沒！」波羅說。「我還是很生氣。」

「噢，真遺憾。」

「我們需要你幫忙。」馬可說。

「好啊，要我幫什麼忙？」

「我要你幫我們重新設定，回到上個禮拜我們吵架之前的狀態。」

「什麼？」這是他第一次聽到數位寶自己要求回到檢驗點的狀態。「你們為什麼會想這樣做？」

「我想忘掉吵架的事。」馬可說。

「我希望自己開心一點，不想生氣。」波羅說。「你應該也希望我們開心吧？」

戴瑞克本來想跟它們解釋，目前的狀態和回到檢驗點的狀態兩者之間有什麼差異，但最後他還是決定不要和它們說太多。「我當然希望你們開心，可是我不能因為你們兩個吵架就把你們設定回到從前的狀態。你們應該等一下，過一陣子你們就不會生氣了。」

「我已經等了好久，可是我還是很生氣。」波羅說。「我們吵得好兇好兇。我希望我們沒有那樣吵過。」

戴瑞克盡力用委婉的口氣說：「呃，吵架是難免的，你們一定要學會怎麼和好。」

「不要！」波羅大叫：「我很生氣很生氣，我要你想辦法讓我不會再生氣！」

「為什麼你要讓我們這樣一直生氣？」馬可質問他。

「我並不是希望你們這樣一直生氣。我希望你們學著原諒對方。要是你們做不到，我們就只好這樣忍耐下去，包括我在內。」

「現在我也開始生你的氣了。」波羅說。

於是兩個數位寶飛也似的跑開，各自奔向不同的方向。戴瑞克開始有點懷疑，不知道自己的決定究竟對不對。養育馬可和波羅從來就不是輕鬆的事，但他從來不曾把它們重新設定回到檢驗點的狀態。到目前為止，這樣的做法一直都很有成效，但現在他已經無法確定以後是不是還會同樣有效。

養育數位寶是沒人能教的，而用養寵物或小孩的技巧來養數位寶，失敗和成功的機率一樣高。數位寶使用的身體是很單純的，所以在成長的過程中，它們並沒有出現生物荷爾蒙所導致的吵鬧哭號，但那並不代表它們不會有情緒，也不代表它們的性格永遠不會變。它們的心智不斷的擴展，神經原基因組的的發展潛力逐漸被它們發揮出來。在這種情況下，也許數位寶永遠不可能真正達到「成熟」的境界。所謂的成長高原期這樣的概念是用來衡量生物，對數位寶不見得適用。只要數位寶的程式持續運作，它們的性格可能會永遠以同樣的速度不斷發展。至於結果會是如何，要等很久以後才會知道。

戴瑞克很想找人聊聊馬可和波羅的事，只可惜，他想找的人並不是他太太溫蒂。溫蒂知道數位寶可以成長到什麼程度。只要好好照顧，它們懂的東西會越來越多。然而，儘管她什麼都明白，她對數位寶還是沒有絲毫熱情，根本就不在乎它們未來的發展。她不喜歡戴瑞克在它們身上耗費那麼多時間心力，所以她很認真在考慮數位寶提出的要求，覺得現在就是最好的時機，把它們關掉一陣子。

他想找的人當然就是安娜。溫蒂一直很擔心他跟安娜之間會有什麼曖昧，而他總覺得她是杞人憂天，但現在，她真的該擔心了。他確實對安娜產生了超友誼的感情。然而，他和溫蒂之間出現問題，並不是因為他喜歡上安娜。事實上應該說，就是因為他和溫蒂之間出現問題，他才會喜歡上安娜。每次和安娜在一起，他都會覺得很輕鬆自在，可以盡情享受陪伴數位寶的樂趣。他發脾氣的時候，總覺得那都是溫蒂的錯，是溫蒂自己把他推向別的女人。然而，當他冷靜下來，他又會覺得這樣對溫蒂很不公平。

重點是，他並沒有真的採取行動對安娜表白，而且也不打算這樣做。他覺得，現在他應該努力影響溫蒂，讓她改變對數位寶的態度。如果做到了，他應該就不會再對安娜產生非份之想。所以，他認為目前他最好儘量少跟安娜見面。不過，那並不容易，因為數位寶養主的圈子很小，他不可能不和安娜接觸，而且，如果他刻意不跟安娜見面，馬可和波羅見不到她，一定會很難過。他不能這樣做。他不知道該怎麼辦，不過目前，他硬是忍住衝動，沒去找安娜談這個問題。他就只是在論壇上發文，請大家提供建議。

第五章

又過了一年，市場的風潮變了，導致虛擬世界又經歷了一場巨變。市場上出現了一個新平台，叫做「真實空間」。「真實空間」運用最新的分散式處理架構，成為數位領域最熱門的平台。而就在這段期間，「無限」平台和「異次元」平台已經不再拚命拓展。它們停下腳步，維持一個穩定的規模。「虛擬地球」長久以來一直是最穩定的虛擬世界平台，規模不會暴漲，也不會急驟衰退，可是現在，它的規模開始萎縮。由於玩家逐漸失去興趣，「虛擬地球」裡的大陸也就一個接著一個消失了。

另一方面，先前研究人員企圖運用溫室培育的方式創造出數位寶的微文明，結果失敗了。他們的失敗導致社會大眾對數位生命形態越來越沒興趣。虛擬生物群系裡偶爾會出現奇特的新動物品種，而那些物種有怪異的身體和全新的繁殖方式。問題是，大家都覺得那些物種的程式不夠複雜，不可能會演化出真正的智慧。生產「紙鶴」和「彩蛋」數位寶的兩家公司正逐漸走下坡。有些科技專家宣稱數位寶已經走到盡頭，證明了這種人工智慧的形態除了娛樂大眾之外，根本毫無用處。不過，自從「神子」出現之後，這種論調就站不住腳了。「神子」是一種全新的基因組驅動程式。

設計「神子」的人希望這種數位寶能夠透過軟體學習，不再需要與人類互動。最後，他們終於設計出一種自我中心、性格被動的虛擬生物。然而，絕大多數的「神子」數位寶都被拋棄，因為大家覺得它們心理上有缺陷，不過，其中有極少數有能力自我學習，不太需要人監督。只要給它們正確的教學軟體，它們就會開開心心的學習好幾個禮拜，這代表它們可以用溫室培育的速度養育，性格也不至於變野。有些業餘玩家說，只要花一點點時間和「神子」互動，稍加訓練，它們的數學測驗成績就已經遠超過「神經原」、「紙鶴」、「彩蛋」數位寶。根據某些人的估計，如果「神子」數位寶的能力能夠轉移到實際用途，那麼，只要花幾個月的時間就能夠把它們訓練成有用的工人。但問題是，它們一點都不可愛，所以就算不需要花太多時間和它們互動，大家依然沒興趣養。

⋯⋯⋯⋯⋯⋯⋯⋯

大約一年後，虛擬地球裡出現了一個新的遊戲大陸，叫做「天堂國度」。安娜帶賈克斯去那裡玩，參觀「銀色廣場」。「銀色廣場」是一個社交場所，玩家們一有空閒都會聚集在那裡。那片巨大的廣場座落在雲團頂上，地面是白色大理石和青金岩鋪成的。要去那裡，安娜就必須用遊戲專用的「紅鷹小天使」化身，不過賈克斯還是用它的機器人化身。

她和賈克斯在廣場上漫步，在無數的玩家化身之間穿梭。這時安娜注意到螢幕上出現某個數位寶的說明文字視窗。那個數位寶用的化身是一個大頭侏儒，那是「德瑞塔」特有的標準化身。「德瑞塔」是一種「神子」數位寶，專長是破解遊戲大陸上的邏輯難關。它的第一代養主訓練它使用難關產生器，而那個產生器是從「真實空間」平台的「五王朝」大陸盜版出來的，放在公共領域給大家使用。現在很多玩家上線玩遊戲的時候都會帶著「德瑞塔」數位寶，導致遊戲公司開始考慮重新設計遊戲。

安娜指著另一個數位寶叫賈克斯看。「看到那個沒有？它是一個德瑞塔。」

「真的？」賈克斯聽說過德瑞塔，但這是它第一次親眼看到。它走到那個侏儒面前。「嗨，你好。」它說。「我叫賈克斯。」

「我要破解難關。」

「你喜歡什麼樣的難關？」

「我要破解難關。」德瑞塔開始顯得不安，繞著等待區一直跑。「我要破解難關。」旁邊有個玩家的「魚鷹天使」化身本來在跟人聊天，一看到德瑞塔那樣子，立刻伸手指向德瑞塔。那一剎那，德瑞塔立刻定住不動，縮小成一個圖標，然後咻的一聲被吸進玩家的腰袋裡。

「德瑞塔好奇怪。」賈克斯說。

「是啊，它真的好奇怪。」

「所有的德瑞塔都是這樣嗎？」

「大概吧。」

那個魚鷹天使化身走到安娜面前。「這是什麼數位寶？從來沒見過這種。」

「它叫賈克斯。它是神經原基因組數位寶。」

「沒聽說過。是新型的嗎？」

這時魚鷹天使的遊戲隊友走過來了，他用的是「巨人天使」化身。「你猜錯了。這是上一代的舊產品。」

魚鷹天使點點頭。「它很會破解難關嗎？」

「不太會。」安娜說。

「那它會做什麼？」

「我喜歡唱歌。」賈克斯自告奮勇說。

「真的？那就唱首歌來聽聽吧。」

賈克斯毫不猶豫的開始唱起來。它唱的是十八世紀的德國歌劇「三分錢歌劇」裡的一首「刀夥伴」。它歌詞記得很熟，但唱出來的旋律卻有點走音。它邊唱邊跳舞，跳的是它自己編的舞。其實，所謂的跳舞，只不過是身體和手擺出某些姿勢，是它看印尼饒舌音樂影片學來的。

它唱歌跳舞的時候，旁邊那幾個玩家從頭笑到尾。唱完了歌，賈克斯屈膝行了個禮。大家拚命拍手。「太精采了！」魚鷹天使大叫。

安娜對賈克斯說：「他的意思是他很喜歡你唱的歌。跟人家說謝謝。」

「謝謝你。」

魚鷹天使問安娜：「碰到遊戲裡的迷宮，它應該不太行吧？」

「不過它有辦法逗大家開心。」安娜說。

「那倒是。對了，要是以後它學會破解難關，記得要傳個訊息通知我，我要跟妳買一個複製品。」然後他把全體遊戲隊友集合起來。「好了，我們去闖下一關吧。也祝妳闖關順利。」

「祝你們好運。」賈克斯說。魚鷹天使帶著隊友排成一隊飛向遠處的山谷。賈克斯朝他們揮揮手。

幾天後，安娜在讀養主論壇的發文時，忽然想起那天的事。

發文者：史都華蓋斯特

昨天晚上我和幾個人一起玩「天堂國度」的時候，他們都帶著德瑞塔數位寶。德瑞塔實在很無趣，不過玩遊戲的時候它們很管用。我忽然想到，魚與熊掌真的無法得兼嗎？比起我們的數位寶，那些德瑞塔實在不怎麼樣，只不過，我們的數位寶難道不能又好玩又有用嗎？

發文者：瑪麗亞張

你是打算把你的數位寶複製來賣嗎？你覺得你有辦法養出一個更好的「安卓」嗎？

瑪麗亞提到的「安卓」，是一個「神子」數位寶，它的主人布萊斯陶伯把它訓練成私人助理。後來，陶伯把安卓帶到行程管理軟體公司「黃金周五」做展示，公司高層對安卓很感興趣。不過，當「黃金周五」拿到展示用的複製品之後，這宗交易卻告吹了。陶伯沒想到的是，安卓在某方面就像德瑞塔一樣固執。沒有陶伯在場下命令，它根本不肯為任何人服務，就彷彿狗永遠只忠於第一任主人。黃金周五公司嘗試啟用感官輸入過濾器。當每個新安卓啟動的時候，它們會把新主人的化身和聲音當成是陶伯的。然而，這種偽裝效果頂多只能持續幾個鐘頭。沒多久，公司全體主管只好關掉安卓，因為它們什麼都不肯做，只是拚命到處找陶伯。

結果，沒有半家公司肯向陶伯買安卓的使用權。不過後來黃金周五公司還是買下了安卓基因組的使用權和完整的檢驗點檔案，而且還把陶伯聘請到公司裡，加入一個團隊，把安卓重新設定回到更早的檢驗點的狀態，重新訓練它們。公司的期望是，透過這個辦法創造出來的安卓，一方面具有同樣的能力擔任私人助理，而且願意為新主人服務。

發文者：史都華蓋斯特

妳誤會了，我並不是想賣複製品。我只是想，也許有一天薩夫可以像導盲犬那樣幫助盲人，或是像緝毒犬一樣執行任務。我的目的並不是賺錢，不過，如果我的數位寶具有某種能力，而別人又肯花錢買，那就足以讓外面那些抱持懷疑態度的人明白，數位寶不但能夠讓大家開心，還可以做別的。

安娜立刻發文回覆。

發文者：安娜阿瓦拉多

我只是想確定大家是不是真的很清楚自己的動機。如果我們的數位寶能夠學會一些實用的技能，那當然很好，不過，萬一它們學不會，我們也不必覺得自己失敗。或許賈克斯有能力賺錢，但賈克斯並不是要用來賺錢的。賈克斯不是德瑞塔，也不是除草機器人。就算以後它真的學會破解難關，或是學會做任何事，我還是要強調，我養它並不是為了要讓它做那些。

發文者：史都華蓋斯特

沒錯，我完全同意。我只是想說，說不定我們的數位寶具有某種潛力。要是它們擅長某種工作，那麼，讓它們去做那種工作不是很棒嗎？

發文者：瑪麗亞張

問題是，它們能做什麼？有人養狗是為了訓練牠去做某些工作，而「神子」數位寶又太偏執，只想做同一件事，不管做得好做不好。可是，神經原數位寶不是狗，也不是神子數位寶。

發文者：史都華蓋斯特

我們可以嘗試讓它們接觸不同的東西，看看它們喜歡什麼。說不定我們應該試試看讓他們接受藝術教育，而不是職業教育。（我不完全是鬧玩笑）

發文者：安娜阿瓦拉多

這點子不錯，一點都不荒唐。例如黑猩猩，只要給牠們機會，牠們幾乎什麼都學得會，像是製造石雕工具，或是玩電腦遊戲。說不定我們的數位寶也很擅長某種東西，只是我們還不知道，沒辦法訓練它們。

發文者：瑪麗亞張

我們究竟在討論什麼？我們不是已經教會它們閱讀了嗎？難道還要再讓它們去上科學課歷史課？難道還要讓它們去學什麼批判性思考？

發文者：安娜阿瓦拉多

這我倒不知道。不過我覺得，不管我們讓它們學什麼，重要的是，我們不可以有先入為主的偏見，也不可以畏縮不前。標準太低就很難有成就。我們應該設定高一點的目標，結果會更好。

大多數的養主都安於現狀，覺得數位寶目前受的教育已經夠了。目前已經有混合的教學模式，包括在家自修、團體教學、教學軟體。不過，還是有些人很熱衷於讓他們的數位寶接受進一步的教育。他們開始和數位寶的老師討論是不是該擴充教學內容。在接下來的幾個月裡，有些養主讀了很多教育學理論，開始想搞清楚數位寶的學習模式和人類小孩或黑猩猩有什麼不一樣，還有，該怎麼設計最適合的課程。大多數時候，那些養主都樂於接受各種建議，可是後來，有人提出一個問題：如果老師讓數位寶回家做功課，它們會不會進步得更快？這時候，大家開始有不同意見。

安娜希望能夠設計一些課程，幫助數位寶發展技能，不過前提是，這些課程必須是數位寶自己會喜歡的。另外有些養主則是主張老師應該要指定功課。隔天，安娜看到戴瑞克在論壇上發文贊成老師指定功課，嚇了一跳。後來他們見面聊天的時候，安娜和他談起這件事。

「你為什麼希望它們回家做功課？」

「那有什麼不好？」戴瑞克說。「難道妳小時候碰到過窮兇極惡的老師？」

「不好笑。別鬧了。我不是在開玩笑。」

「好吧，我也不是在開玩笑。做功課有什麼不好？」

她一時不知道該怎麼說。「我認為賈克斯下課以後應該要放鬆一下，開心一點。」她說。「如果老師叫它回家要做功課，而且不管喜不喜歡都要做，那它會有什麼感覺？這樣一來，萬一它沒做功課，心裡不是會有陰影嗎？這樣做等於違反了訓練動物的所有原則。」

「很久以前有人告訴我，數位寶和動物不一樣。那個人不就是妳嗎？」

「我確實說過。」她說。「數位寶不是動物，但同樣的，它們也不是工具。我相信你一定明白這個道理。我搞不懂的是，你怎麼會希望老師讓它們回家做功課？難道你打算以後讓它們去從事它們不喜歡的工作？」

他搖搖頭。「我並不是要逼他們從事什麼工作。我只是希望它們學會承擔責任。也許有時候它們會覺得心裡不是滋味，不過，也許它們夠堅強，可以承受那種感覺。如果妳想知道結果是什麼，唯一的辦法就是試試看。」

「說不定它們內心會受到永久的創傷。有必要冒這個險嗎？」

「從前我和我妹妹討論過小孩子的教育。當時我就想過這個問題。」他說。戴瑞克的妹妹是老師，專門教唐氏症的孩子。「她曾經說過，有些家長不希望把孩子逼得太緊，因為他們怕孩子可能會有挫敗感。當然，那些父母是為孩子好，可是，過度寵愛孩子，可能反而會導致孩子無法發揮潛力。」

她想了好一會兒才明白這種說法。安娜總覺得數位寶就像是天賦高超的黑猩猩，而長久以來，大家都認為黑猩猩就像是有障礙的孩子。當然，這只是一種比喻。如果要把數位寶想成是有障礙的孩子，她必須嘗試從不同的角度去思考。「你覺得數位寶能承擔得了多少責任？」

戴瑞克攤攤手。「我不知道。從某個角度來看，數位寶就像唐氏症的孩子，不過每個孩子的狀況不一樣。所以，每次我妹妹班上有新來的孩子，她都必須隨機應變。而現在，面對數位寶，我們懂的就更少了，因為從前沒有人把數位寶養到這麼大。如果我們讓數位寶回家做功課，結果卻發現它們難以承受，那我們當然就應該停止。不過，我不希望因為我不敢把馬可和波羅逼太緊，導致它們沒有機會發揮潛力。」

她看得出來，戴瑞克對數位寶的高度期望和她很不一樣，而且她心裡明白，他的觀念比她正確。「你說得沒錯。」她停了一下又繼續說。「我們應該先看看它們有沒有辦法做功課。」

⋯⋯⋯⋯⋯⋯⋯⋯⋯⋯

一年後，有一個星期六，戴瑞克忙著趕完手上的工作，準備中午和安娜一起吃飯。過去這幾個鐘頭裡，他一直在測試他改造的化身。他改造了數位寶化身身體和臉部的比例，讓它們看起來更成熟。有養主選擇讓數位寶接受進一步的教育，而越來越多人向他抱怨說，數位寶的能力越來越強，可是它們的化身看起來卻還是那麼可愛，感覺很不協調。他改造化身，就是為了改善這種現象，讓那些養主感覺得到數位寶的能力變強了。

出門之前，他先看看電腦裡的訊息，沒想到卻看到陌生人傳訊息給他，指責他詐騙。那訊息似乎是合法的，所以他仔細讀完。傳訊息的人抱怨說，有一個數位寶在虛擬地球裡找他們要錢。

戴瑞克立刻就明白這是怎麼回事。最近他開始給馬可和波羅零用錢，而它們通常都是拿去玩遊戲，或是買虛擬玩具。它們要他給它們更多錢，他說什麼都不肯。所以，它們一定是決定去虛擬地球隨便找人要錢，結果被拒絕。由於這兩個數位寶是登記在戴瑞克虛擬地球的帳戶名下，那些人理所當然會認為是他教數位寶去討錢。

他打算等一下再回覆那些人，向他們道歉。而現在，他叫馬可和波羅馬上進入機器人身體。目前，製造技術已經發展到相當程度，他已經買得起兩個機器人身體。這兩個機器人是特製的，比馬可和波羅的化身更好看。一分鐘後，它們的熊貓臉出現在機器人頭上的顯示幕。戴瑞克罵了它們一頓，說它們不應該找陌生人要錢。「我還以為你們已經很懂事了。」他說。

波羅顯得很慚愧。「我們是很懂事了啊。」它說。

「那你為什麼要這樣做？」

「是我出的主意，不能怪波羅。」馬可說。「我知道他們一定不會給我們錢，也知道他們一定會傳訊息給你。」

戴瑞克嚇了一跳。「你是故意要讓別人生我的氣？」

「就因為我們登記在你的帳戶名下，他們才會找上你。」馬可說。「如果我們像沃爾一樣有自己的帳戶，他們就不會找你了。」

這下子他懂了，馬可和波羅一定聽說過沃爾的事。沃爾是一個「神子」數位寶，它的養主是一個律師，名叫傑拉德哈奇。哈奇把沃爾登記成一家公司，叫「沃爾企業」。現在，沃爾用「沃爾企業」的名義在虛擬地球設立了自己的帳戶。沃爾要繳稅，可以擁有私人財產，可以提出訴訟，也會被提告。儘管在技術上哈奇是沃爾的董事長，不過從某個角度來看，沃爾已經具有法人資格。

這個問題大家已經討論了很長一段時間。業餘的人工智慧玩家一致認為，數位寶永遠不可能被視為法律保護下的一個群體。他們舉狗當例子。很多人對狗有很深的感情，可是動物收容所裡卻有數不清的狗被安樂死，幾乎是犬類的大屠殺。然而，法院並沒有制止這種事，所以他們當然不可能會去保護那種沒有心跳的數位寶。在這種情況下，有些養主認為，要想保護他們的數位寶，唯一的希望就是以個人的名義獲得保護。於是他們就為他們的數位寶申請公司，充分利用法律條文中保護非人類物體權利的條款。哈奇是第一個真正做到的。

「所以你是有目的的。」戴瑞克說。

「大家都說公司很棒。」馬可說。「等我們變成公司，我們就可以想做什麼就做什麼。」有些年輕人抱怨說，沃爾擁有的權利比他們還多，而馬可和波羅顯然聽說過這種說法。「嗯，既然你們不是公司，那就代表你們不能想做什麼就做什麼。」

「好遺憾。」馬可終於意識到自己闖了什麼禍。「我只是想變成一家公司。」

「我告訴過你，你年紀還不夠大。」

「可是我們年紀比沃爾大。」波羅說。

「尤其是我。」馬可說。

「沃爾年紀也還不夠大。它的主人做錯了。」

「那麼，你永遠不會把我們變成公司嗎？」

戴瑞克瞪了它們一眼。「以後也許會，等你們年紀大一點再看看。不過，要是你們敢再玩這種把戲，後果會很嚴重，明白嗎？」

兩個數位寶悶悶不樂。「明白了。」馬可說。

「明白了。」波羅也說。

「好，現在我要出去了，晚一點我們再討論這件事。」戴瑞克瞪著它們。「現在你們先回虛擬地球。」

開車去餐廳的路上，戴瑞克又開始思考馬可要求他做的事。對於數位寶變成公司這件事，很多人抱持懷疑的態度。他們認為哈奇的舉動只不過是在譁眾取寵，因為哈奇不斷發布新聞宣傳他的計劃，所以大家才會印象深刻。目前，沃爾企業實際上是哈奇在經營的，但他一直在教沃爾學習商業法律，而且堅稱總有一天沃爾會自己作決策。至於董事長這個位子，無論是哈奇擔任，還是其他任何人，都只是形式上的。而這段期間，哈奇一直邀大家測試沃爾是否真的是一個法人。哈奇手上握有龐大的資源，可以在法庭上進行攻防，所以他一直在挑釁大家。到目前為止一直沒有人出面挑戰他，但戴瑞克倒是希望有人出來。他希望先有法律上的先例，他才會開始考慮把馬可和波羅變成公司。

不過，另一個問題是：馬可和波羅究竟有沒有足夠的心智能力變成公司？對戴瑞克來說，這個問題是很難回答的。神經原數位寶已經顯示出它們有能力自己做功課，而且他相信，隨著時間過去，它們能獨立完成的事會越來越多。然而，就算它們能夠在沒有人監督的情況下完成很多工作，它們還是沒有能力為自己的未來做決定，沒有能力承擔責任。而且，他實在不確定自己該不該鼓勵馬可和波羅獨立到那種程度。把馬可和波羅變成公司，意味著戴瑞克過世之後，它們的程式會繼續獨立運作，而這實在令人擔心，因為，外面有很多機構可以收容唐氏症的病人，協助他們獨立生活，可是目前還沒有類似的機構可以收容數位寶。也許有一天，當戴瑞克無法再照顧它們的時候，最好的辦法就是關掉它們。

不過，無論他決定怎麼做，都只會是他一個人的事，與溫蒂無關。他們已經決定訴請離婚。當然，原因很複雜，不過有一點是很清楚的：養育數位寶並不是溫蒂想要的人生。如果戴瑞克希望數位寶能夠有雙親，那他就必須找到另一個女人。他們的婚姻諮詢顧問解釋說，問題並不在於數位寶本身，而是在於他和溫蒂興趣不同，而且兩個人無法互相包容。戴瑞克知道顧問說得沒錯，不過，如果兩人能夠有共同興趣，還是有助於維持婚姻。

對於未來，他暫時還不願意想太多，但他還是忍不住會想，他和溫蒂離婚，意味著他和安娜就有機會不再只是當朋友了。當然，安娜也想過這種可能性，畢竟兩個人已經認識那麼久，她怎麼可能不想。他們會是很理想的一對，可以同心協力養育數位寶。

不過，他暫時還不打算向安娜表白，因為那有點操之過急，而且他知道，安娜目前有個叫凱爾的男朋友。然而，凱爾和她在一起已經快半年了，已經到了關鍵時刻。凱爾很快就會明白，數位寶並不只是安娜的嗜好，而是她生命的重心。這樣一來，他們很快就會分手。戴瑞克心裡想，如果告訴安娜他快要離婚了，那等於是暗示她可以有別的選擇。並不是所有的男人都會把數位寶當成競爭對手，搶著要贏得她的歡心。

進了餐廳，他轉頭看看四周，尋找安娜的蹤影。一看到她，他立刻揮揮手，而她也露出燦爛的笑容。他走到桌子旁邊對她說：「妳一定不敢相信馬可和波羅剛剛做了什麼事。」他把馬可和波羅的事告訴她，她聽得目瞪口呆。

「太神奇了！」她說。「我敢打賭賈克斯一定也聽說過沃爾的事。」

「是啊，等妳回到家，妳可以和它聊聊這件事。」順著這個話題，他們開始討論一件事：如果讓數位寶在論壇上發言，究竟有什麼利弊。如果有數位寶參與，論壇的互動會比只有養主發言更熱鬧，然而對數位寶來說，它們受到的影響不見得全是正面的。

他們繼續聊了一些數位寶的事，接著安娜忽然問他：「不談它們了。你自己呢？最近還好嗎？」

戴瑞克嘆了口氣。「這麼說吧。我和溫蒂快要離婚了。」

「噢，戴瑞克，真是遺憾。」她是真心為他難過。這讓戴瑞克心頭一暖。

「其實我和溫蒂之間的問題已經拖了很久，這是早晚的事。」

她點點頭。「我還是覺得很遺憾，你們真的要離婚了。」

「謝謝妳。」他告訴她，他和溫蒂達成了什麼共識。他們會把房子賣掉，錢兩個人平分。謝天謝地，整個過程大家都心平氣和。

「最起碼她不會想複製馬可和波羅。」安娜說。

「是啊，謝天謝地。」戴瑞克說。夫妻離婚後，配偶可以複製數位寶。如果兩個人不是心平氣和的離婚，數位寶很容易就會被當成報復前夫或前妻的工具。他們常常在論壇上看到有人提到這種事。

「我的事聊夠了。」戴瑞克說。「我們聊點別的吧。妳最近怎麼樣？」

「跟平常一樣，沒什麼特別的。」

「可是，剛剛還沒聊到溫蒂之前，妳看起來似乎心情很好。」

「噢，是啊，我確實心情很好。」她說。

「那麼，是不是發生了什麼特別的事，讓妳心情特別好？」

「沒什麼啦。」

「真的沒有嗎？不然妳心情怎麼會那麼好。」

「呃，確實有一件事，不過現在還是先別說吧。」

「噢，別傻了，儘管說沒關係。有什麼好消息就說來聽聽看啊。」

安娜猶豫了一下，然後才有點不好意思的說：「凱爾和我決定要住在一起了。」

戴瑞克心頭一驚。「恭喜妳囉。」他說。

第六章

又過了兩年。大家繼續過日子。

安娜、戴瑞克和另外幾個養主都希望數位寶接受進一步教育。他們偶爾會讓數位寶接受標準衡量測驗，看看它們和人類的小孩有什麼不同。測驗的結果各自不同。不識字的「彩蛋」數位寶沒辦法接受寫作測驗，不過它們在其他方面似乎成長得不錯。至於「紙鶴」數位寶，測驗的結果彼此差異很大，有一半持續在成長，而另一半成長已經到了高原期，停滯不前。這可能是因為它們的基因組有某種怪異的特性。至於神經原數位寶，如果讓它們和有閱讀障礙的孩子接受同樣的測驗，它們的表現相當不錯。雖然各個數位寶之間有些微差異，但整體來說，它們一直以驚人的速度在成長。

比較難評估的，是它們的社交能力發展，不過有一個現象令人振奮：這些數位寶能夠在不同的網路社群裡和成年人互動。賈克斯對「四腳舞」越來越有興趣。那是虛擬舞蹈的一種次文化，專門為四隻腳的化身編舞。馬可和波維分別加入了不同的電腦遊戲迷社團，設計系列遊戲的劇情。它們常常互相較勁，拚命想讓對方承認自己加入的社團比較好。儘管安娜和戴瑞克都無法體會那些社團究竟有什麼迷人之處，但他們都很高興他們的數位寶能夠成為社團的一份子。主導社團的那些成年人似乎不在乎數位寶不是人類。他們對數位寶一視同仁，把它們當成是網友，只差沒辦法見面。

安娜和凱爾的關係時好時壞，不過大體上來說，他們感情還不錯。他們偶爾會約戴瑞克和他的女朋友一起出去，只不過，戴瑞克的女朋友常常換人。戴瑞克和好幾個女人在一起過，不過都沒有進一步發展。他告訴安娜，那是因為他和那些女朋友沒有共同的興趣，但事實上，那是因為他對安娜一直念念不忘。

自從上次的流感大爆發之後，經濟逐漸衰退，導致虛擬世界產生了變化。「大山數位」和「和平傳媒」兩家公司合併了。「大山數位」是經營「虛擬地球」平台的公司，而「和平傳媒」是經營「真實空間」平台的公司。合併之後，「虛擬地球」成為「真實空間」的一部分。「虛擬地球」裡所有的大陸都會被「真實空間」的版本取代，放進「真實空間」的宇宙裡，但還是一模一樣的大陸。儘管他們對外宣稱這次合併是兩個虛擬世界合而為一，但事實上這只是一種委婉的說法。多年來，「虛擬地球」不斷的升級，不斷推出新版本，到現在，「大山數位」終於撐不下去了，「虛擬地球」平台已經無力和別人競爭。

不過對大多數的玩家來說，這反而是一種方便，因為他們不需要登進登出就能夠暢遊不同的虛擬世界。很多公司都有軟體在「虛擬地球」裡執行。過去這幾年裡，這些軟體都推出了另一種版本在「真實空間」裡執行。「天堂國度」和「古老荊棘」的玩家只要執行一個轉換程式，他們遊戲裡所有的武器和服裝都會轉移到「真實空間」版本的遊戲大陸上。

然而，唯一的例外是神經原數位寶。神經原驅動程式沒有「真實空間」的版本，因為藍色伽瑪在「真實空間」平台出現前就已經結束營業。這意味著神經原基因組數位寶無法進入「真實空間」的虛擬世界。「紙鶴」和「彩蛋」數位寶擴充功能之後就順利轉移到「真實空間」的世界，可是對賈克斯和其他神經原數位寶來說，「大山數位」宣告和「和平傳媒」合併，意味著世界末日來臨了。

……………………

安娜準備上床睡覺的時候，忽然聽到碰撞聲。她趕緊跑到客廳看看怎麼回事。

賈克斯在機器人身體裡。它正低頭看著手腕。它旁邊的壁磚有一片裂開了。一看到安娜跑過來，它趕緊說：「對不起。」

「你在做什麼？」安娜問。

「真對不起。」

「告訴我，你究竟在做什麼？」

賈克斯支支吾吾的說：「我在翻觔斗。」

「結果你的手腕撐不住，撞到牆上，對不對？」安娜看看機器人的手腕。她不准它用機器人身體跳舞，就是擔心它會搞壞手腕，必須換新的。果然不出她所料。「我不准你用機器人身體跳舞，並不是因為我不想讓你開心。你看吧，後果就是這樣。」

「我知道妳說過。我只是跳一下試試看，結果發現身體沒問題，於是我就試別的動作，還是沒問題。」

「所以你就嘗試更劇烈的動作，結果就是我必須幫你買新的手腕，還要買一片新壁磚。」她很快評估了一下，看看自己是不是來得及在凱爾發現之前換好壁磚，幫賈克斯換上新手腕。凱爾目前正在市中心處理業務。幾個月前賈克斯弄壞了凱爾很愛的一座雕像，現在最好別讓凱爾回想起那件事。

「真的很對不起。」賈克斯說。

「沒關係。你先回虛擬地球。」安娜指著充電座說。

「我知道我錯了——」

「趕快去。」

賈克斯乖乖走向充電座。就在它要站上去之前，它輕聲說了一句：「那不是虛擬地球。」然後機器人頭上的顯示幕就變暗了。

賈克斯說的，是神經原養主群組自己架設的「虛擬地球」模擬版本，裡面很多大陸都是從原版複製出來的。從某個角度來看，這個「虛擬地球」比先前那個私人小島好多了，因為現在資訊處理的效能提高了，而且費用很便宜，他們能夠設定好幾個大陸。先前他們用那個小島，是為了躲避「駭陣」的攻擊。不過，從另一個角度來看，這個「虛擬地球」並沒有比較好，因為那些大陸幾乎是空蕩蕩的，什麼都沒有。

問題不光是人類全都把自己的化身移到「真實空間」，就連「紙鶴」和「彩蛋」數位寶也都被移過去了。當然，安娜不會怪那些養主，因為如果有機會，她自己也會那樣做。更令人沮喪的是，絕大多數的神經原數位寶也不見了，包括賈克斯的幾個朋友。「虛擬地球」關閉的時候，有些養主退出了群組。另外有些養主抱持觀望的態度，可是當他們發現群組專屬的「虛擬地球」是多麼冷清，他們立刻決定關掉數位寶，因為他們不想看到自己的數位寶在鬼城裡成長。沒錯，那個專屬的「虛擬地球」真的就像鬼城一樣，而且是一座像星球一樣大的鬼城。裡面各式各樣的地形都很精緻，而且無限遼闊，問題是，除了老師會進來上課之外，數位寶根本找不到對象說話。那裡有地牢，卻沒半個犯人，有商城，卻沒人做生意，有體育場，卻沒人比賽。那根本就是一個虛擬的浩劫後的世界。

賈克斯「四腳舞」社團裡那些朋友偶爾會登入專屬的「虛擬地球」，目的是為了要看看賈克斯。只可惜過沒多久，他們幾乎就沒再出現了。現在他們都只在「真實空間」表演四腳舞。賈克斯可以把編舞的影片寄給他們，也會收到他們寄來的影片。但問題是，舞蹈的主要部分都是聚會的時候即興編出來的，賈克斯根本沒辦法參與。在虛擬世界裡，賈克斯失去了大多數的社交生活，而在真實世界裡，它根本沒有社交生活。外面的人認為它的機器人身體是一種沒有駕駛員的交通工具，橫衝直撞很危險，所以，除非有安娜或凱爾陪伴，否則它是不准去公共場所的。就這樣，它被困在安娜家裡，越來越無聊，越來越煩躁。

接連好幾個禮拜，安娜試著讓賈克斯用機器人身體坐在她的電腦前面，登入「真實空間」。可是後來它再也不肯那樣做，因為操作有困難。它從來沒用過真正的電腦，而且透過攝影鏡頭，它很難操控機器人身體的手指動作。不過，安娜相信這樣的困難是可以克服的。比較大的問題是，賈克斯不肯透過電腦操控化身。它想親自用化身。對它來說，鍵盤和螢幕是很爛的替代品，就像電腦裡的叢林遊戲一樣無趣。玩那種遊戲，還不如在虛擬世界裡和一隻剛果來的猩猩面對面。

僅剩的幾個神經原數位寶都有類似的困擾。它們都很沮喪。由此可見，專屬的「虛擬地球」只能是暫時的權宜之計。他們必須想辦法讓數位寶進入「真實空間」，讓它們能夠自由自在的和裡面的虛擬生物和東西互動。換句話說，解決的辦法就是移植神經原基因組，重寫程式，讓它能夠在「真實空間」平台上運作。安娜去找過藍色伽瑪原來的老闆，他已經答應把神經原基因組的原始碼交給她，但問題是，她還必須找到很有經驗的研發人員才有辦法改寫程式。群組裡的人已經在公共資源論壇上發文，希望能夠找到熱心的研發人員。

兩個月後，戴瑞克瀏覽群組論壇的時候，忽然看到有人回覆了他的發文。那是他先前的發文，內容和神經原基因組的移植有關。只可惜，那回覆並不是好消息。他們一直在徵求研發人員，可是卻沒什麼成果。群組的人辦了幾次活動，開放專屬的「虛擬地球」讓大家參觀，讓外面的人有機會親眼看看數位寶，可是卻沒什麼人來。

問題在於，基因組虛擬生物已經是老掉牙的東西了。研發人員對新鮮刺激的東西比較有興趣，而目前最熱門的是神經介面和奈米醫療軟體。公共資源倉庫裡還有太多殘缺不全的基因組驅動程式需要熱心的程式設計師來處理。相形之下，改寫十二年前的神經原驅動程式，把它移植到另一個平台，對程式設計師來說恐怕是最無趣的工作。只有幾個學生願意參與神經原數位寶的移植工作，但問題是，他們能投入的時間有限，所以，等他們完成移植工作的時候，「真實空間」恐怕都已經過時了。

另一個辦法是聘請專業的研發人員。戴瑞克跟幾個對基因組驅動程式很有經驗的研發人員談過，而且還請他們報價，看看移植神經原基因組驅動程式需要花多少錢。沒多久，戴瑞克就收到估價單了。移植工程本身是很複雜的，而且，研發人員的公司有好幾十萬個顧客，所以，從他們公司的規模看來，他們的報價是很合理的。戴瑞克認為移植計劃應該開始進行了。但問題是，他們群組的人越來越少，到現在只剩下二十個，在這種情況下，那個價錢簡直就是天文數字。

戴瑞克看完論壇上大家的意見之後，立刻打電話給安娜。把數位寶關在專屬的「虛擬地球」裡，安撫它們是很辛苦的，可是在戴瑞克看來，這種工作還是有美妙的一面，因為他有充分的理由可以每天和安娜說話，討論神經原移植計劃的進度，或是為數位寶安排活動。過去這幾年裡，幾個數位寶各自追求它們的興趣，所以馬可和波羅也就越來越少和賈克斯在一起。而現在，神經原數位寶只能在一起互相取暖，所以他和安娜必須設法找事情讓它們可以一起做。現在他已經沒有太太，所以沒有人會抱怨，而安娜的男朋友凱爾似乎根本不在乎她和他在一起，所以他可以毫無顧忌的隨時打電話給安娜。這樣和她在一起雖然很快樂，但還是有一種說不出的苦澀滋味。其實，兩個人儘量少見面對他是有好處的，但他就是忍不住想跟她見面。

安娜的臉出現在手機螢幕上。「妳看過史都華的發文了嗎？」戴瑞克問。史都華發文提醒大家平均每個人要分攤多少錢，而且還問有多少人負擔得起這種價錢。

「我剛看過。」安娜說。「或許他覺得他是在幫大家的忙，可惜他只是把大家搞得更不自在。」

「我也這麼認為。」他說。「不過，在我們還沒有想出更好的替代方案之前，大家還是要考慮這種平均分攤的方案。對了，妳和那個基金會的募款人見過面了嗎？」有一個女人專門為野生動物保護基金會募款，她是安娜的朋友的朋友，安娜正準備去找她。

「我中午就是和她一起吃飯，剛剛才回來。」

「太棒了！她怎麼說？」

「壞消息是，她認為我們不能算是慈善團體，因為我們募款只是為了少數幾個人的利益。」

「可是，新的驅動程式大家都可以用啊——」說到一半他忽然停住。沒錯，全世界確實有好幾百萬個被關掉的神經原數位寶，可是群組的人沒辦法理直氣壯的說他們是為全體數位寶努力。對那些數位寶來說，如果沒有人願意認養它們，「真實空間」版本的神經原驅動程式根本毫無用處。群組裡的人想解救的，只有他們自己的數位寶。

戴瑞克還來不及往下說，安娜就已經點點頭。先前她一定也想過同樣的問題。「好吧。」戴瑞克說。「我們確實不能算是慈善團體。那麼，好消息是什麼？」

「她說，除了慈善團體的模式之外，我們還是可以用別的方式募款。我們需要做的，就是說一個動人的故事，讓大家開始同情數位寶。有些動物園就是這樣募款的，例如募款為大象動手術。」

他想了一下。「也許我們可以發佈一些數位寶的影片，激發大家對它們的同情。」

「沒錯。如果我們能夠喚起很多人的同情，說不定我們就能募到不少錢，而且可能找到人願意幫忙。如果我們能夠為數位寶刻劃出楚楚可憐的形象，我們就會有更多機會在公共資源社群裡找到人幫忙。」

「我會開始過濾馬可和波羅的影片。」他說。「小時候它們有很多很可愛的影片，不過最近的影片看起來沒有從前那麼可愛了。我們是不是該找一些賺人熱淚的影片？」

「我們應該先討論一下哪種東西最有效。」安娜說。「我會在論壇上發文，問問大家的意見。」

聽了她的話，戴瑞克忽然想到一件事。「對了，昨天有人打電話給我，他似乎可以幫得上忙。不過，那要花很長的時間。」

「是什麼人？」

「妳還記不記得『異形』數位寶？」

「你是說那種外星生物數位寶？那東西現在還有人在養嗎？」

「好像有。」他解釋說，打電話給他的是一個叫菲力克斯瑞克里夫的年輕人，他是目前還在養異形的少數人之一。絕大多數玩家好幾年前就已經放棄了，因為想憑空創造一種外星文明實在太難，把他們搞得太累。不過，還是有少數幾個死硬派堅持到底，他們幾乎變成偏執狂。根據戴瑞克的判斷，那些人絕大多數都沒有工作，窩在爸媽家裡，整天關在房間裡，在「虛擬火星」裡過日子。那群人當中，只有菲力克斯願意和外界聯絡。

「竟然還有人說我們是偏執狂。跟他們比起來，我們差遠了。」安娜說。「他為什麼會跟你聯絡？」

「他聽說我們想移植神經原數位寶，他說他想幫忙。他認出我的名字，是因為他們數位寶用的化身就是我設計的。」

「你還真是走運。」安娜微微一笑，戴瑞克做了個鬼臉。「不過，他怎麼會在乎神經原數位寶能不能移植？當初他們搞『虛擬火星』，不就是想讓異形與世隔絕嗎？」

「本來是。不過現在他們覺得異形可以開始接觸人類了，而且他想做一種「第一次接觸」的實驗。如果虛擬地球還在的話，他會讓異形派一支探險隊去幾個主要大陸，不過現在當然不可能了。也就是說，菲力克斯目前是和我們在同一條船上。他希望神經原數位寶能夠移植成功，這樣一來，他的數位寶就可以去『真實空間』。」

「嗯……我大概懂他在想什麼。還有，你剛剛說他有辦法幫我們募款？」

「他打算去找人類學家和外星生物學家，勾起他們的興趣。他認為他們一定會很想研究異形，所以他們會出錢讓數位寶移植。」

安娜看起來有點猶豫。「那些學者真的肯為這種事付錢嗎？」

「我也懷疑。」戴瑞克說。「因為異形根本不是真的外星生物。我認為菲力克斯去找遊戲公司還比較有機會。那些公司可能會希望他們的虛擬世界有外星生物。不過，該怎麼做，只能由他自己決定。我是覺得，既然他不會去找我們想接觸的人，那他就不會妨礙到我們，更何況，他還是有可能幫得上忙。」

「不過，聽起來那個人很古怪。如果他真的那麼古怪，那他有可能說服得了別人嗎？」

「呃，他靠的不是口才。他要拿異形的影片給人類學家看，吊吊他們胃口。他讓我看了一小段影片。」

「然後呢？」

他聳聳肩，抬起雙手。「我看不太懂那是什麼，看起來像是一大群除草機器人。」

安娜大笑起來。「嗯，好像還不錯。說不定看起來越奇怪，那些學者就越有興趣。」

戴瑞克也笑起來，因為他忽然想到這一切實在很諷刺。在藍色伽瑪工作那段期間，他們拚命把數位寶設計得很可愛，可是到頭來，說不定大家會感興趣的，是那些奇怪的外星生物。

第七章

又兩個月過去了，群組的募款計畫並不怎麼成功。現在就算聽到有什麼野生動物瀕危，也很少有人會大發慈悲，更何況是虛擬生物，而且，數位寶還沒有海豚那麼上相。他們募到的款項連零頭都不到。

被困在虛擬地球裡，會有強烈的壓迫感，這對數位寶當然造成很大的傷害。有些養主花更多時間陪它們，免得它們太無聊。然而，不管他們再怎麼陪伴，也無法取代一個物種富饒的虛擬世界。安娜儘可能不讓賈克斯知道神經原移植的計劃，但它終究還是知道了。有一天她下班回到家，打開電腦登入，發現它顯得很激動。

「我想問妳移植的事。」它開門見山就問。

「有什麼問題嗎？」

「原本我還以為那只是一種升級，像從前那樣，可是現在我覺得那是更大的工程，比較像是『上傳』，只不過，被上傳的是數位寶，不是人類，對不對？」

「沒錯，大概是這樣。」

「妳看過那部老鼠的影片嗎？」

安娜知道賈克斯說的是什麼。那是上傳研究團隊最近發布的一部影片，影片裡是一隻白老鼠被急速冷凍，接著被電子束照射掃描，一絲一絲的汽化，最後化成一縷煙傳送到一個大玻璃槽裡重新出現。重現後老鼠幾乎已經解凍，一醒過來立刻全身猛烈抽搐，持續了好幾分鐘，然後就死了。這是目前哺乳類動物上傳實驗的案例中存活時間最長的紀錄。

「放心，你不會變成那樣。」安娜安慰它。

「妳的意思應該是，如果我變成那樣，我根本就不會記得。」賈克斯說。「只有上傳成功的時候，我才會記得。」

「我們不會把你放在未經測試的驅動程式裡運作。我們不會對任何一個數位寶做這種事，不光是你。當神經原基因組驅動程式改寫好之後，我們會先用測試套件進行測試，找出隱藏的缺陷，然後才會用在數位寶身上。那些測試套件不會有任何感覺。」

「那些人上傳老鼠之前，為什麼不先用測試套件上傳看看？」

賈克斯很會問這種刁鑽的問題。「那隻老鼠就是測試套件。」安娜解釋說。「因為研究人員沒有生物腦的原始碼，所以他們沒辦法寫出比活老鼠生理結構更單純的測試套件。我們有神經原基因組驅動程式的原始碼，所以我們不會有這樣的問題。」

「可是你們沒有錢來做移植。」

「沒有，目前還沒有。不過我們一定會找到錢的。」她暗暗希望自己的口氣聽起來更有自信。

「我可以幫忙嗎？要怎麼樣才能賺錢？」

「謝謝你，賈克斯，可是現在你還沒辦法賺錢。」她說。「現在你應該做的，就是好好學習，在班上有好成績。」

「我知道。先好好學習，以後再做別的事。不過，現在可不可以先借錢，等以後賺了錢再還？」

「賈克斯，這種問題讓我來操心就好。」

賈克斯有點悶悶不樂。「好吧。」

事實上，賈克斯的提議，正是他們群組正在考慮的。他們最近正打算去找投資公司。「黃金周五」公司已經開始在賣私人助理數位寶，大獲成功，為他們打開了一扇機會之門。陶伯花了好幾年時間，終於培養出一個肯為任何人服務的安卓。「黃金周五」公司已經賣出好幾十萬個安卓。這是第一個成功的案例，證明數位寶是可以用來營利的。於是，其他很多公司也開始想辦法複製陶伯的成功經驗。

其中有一家公司叫「五次元」企業，他們宣稱要進行一項龐大的培育計畫，創造出下一代的安卓。群組的人和那家公司聯絡，請他們投資神經原數位寶的未來。群組提出的條件是：五次元公司負擔神經原驅動程式移植的費用，未來就可以永久享有數位寶創造出來的部分利潤。幾個月來，群組一直抱著過度的期望，最後五次元公司還是拒絕了。五次元公司真正感興趣的是「神子」數位寶，因為，如果要取代傳統的軟體，神子數位寶那種偏執又專注的特質是很必要的。

群組裡一度討論過是否有可能自己掏腰包支付移植費用，最後的結論是完全不可行。結果，有些養主開始考慮一種難以想像的方案。

發文者：史都華蓋斯特

我實在很不想帶頭提出這件事，但總要有人開口。也許我們應該暫時關掉數位寶一年的時間，等我們募到移植的費用再打開。大家有沒有考慮過？

發文者：戴瑞克布魯克斯

如果有人關掉數位寶，最後的結果你應該很清楚。所謂暫時關掉最後都會變成永遠關掉。

發文者：安娜阿瓦拉多

我完全支持戴瑞克的說法。我們很容易就會陷入永久拖延的狀態。很多人把數位寶關掉了六個月，可是六個月後，有哪一個重新打開了數位寶？有誰聽過這樣的例子？我是沒聽過。

發文者：史都華蓋斯特

可是我們和那些人不一樣。他們關掉數位寶，是因為他們已經厭倦了。而我們關掉數位寶之後，每天都會很想念它們。那樣反而更能夠激勵我們拚命去籌錢。

發文者：安娜阿瓦拉多

如果你覺得關掉薩夫更能夠激勵你，那你就關掉吧。至於我，有賈克斯陪著，我才會有動力。

安娜在論壇裡發文回覆的時候，態度很堅定，可是幾天後，賈克斯竟然自己提出了同樣的建議，害得安娜不知道該怎麼說。安娜帶賈克斯在專屬的虛擬地球裡參觀一片新的遊戲大陸。那片大陸是遊戲界的經典，是安娜從前很喜歡的，最近開放讓大家免費複製。群組的人立刻複製了一片讓數位寶玩。安娜拚命想讓賈克斯感受到她對那片大陸的熱愛，一直告訴它那片大陸有哪些地方特別吸引人，和別的大陸不一樣。別的大陸，數位寶常常很快就玩膩了。但賈克斯認為，安娜拚命推薦這片大陸，只是想轉移它的注意，免得它一直想到自己還在等待神經原驅動程式移植。

他們來到一座中世紀城市，走在廣場上的時候，賈克斯忽然說：「有時候我真希望自己被關掉，這樣就不用再等下去了。等我可以去『真實空間』的時候，妳再把我打開，這樣時間會過得比較快。」

安娜完全沒想到賈克斯會說出這種話，嚇了一大跳。數位寶看不到群組的論壇，所以賈克斯一定是自己有這種念頭。「你真的希望我把你關掉嗎？」

「不是真的想。我還是想跟妳在一起。我還是想知道目前的狀況。可是有時候我會很沮喪。」接著它問：「妳是不是偶爾會希望妳用不著照顧我？」

她叫賈克斯轉過來看著她的臉，然後才對它說：「如果不用照顧你，生活確實會簡單一點，可是，我會很不快樂。我愛你，賈克斯。」

「我也愛妳。」

……………………

下班後開車回到家，戴瑞克收到安娜傳的訊息。她說五次元公司有人打電話給她。她要戴瑞克一回到家就趕快打電話給她。「到底怎麼回事？」戴瑞克問。

安娜看起來有點困惑。「那電話很奇怪。」

「怎麼奇怪？」

「那家公司要找我去工作。」

「真的？他們要妳做什麼？」

「訓練他們的神子數位寶。」她說。「而且因為我從前有經驗，他們要我帶領整個團隊。他們給的薪水很高，而且保證雇用三年，另外還有簽約金。老實說，那簽約金簡直是天文數字。不過有個但書。」

「什麼但書？不要吊我胃口，趕快說吧。」

「所有的訓練師都必須貼『速愛』。」

戴瑞克聽得目瞪口呆。「妳是在開玩笑吧？」「速愛」是一種速效貼片，一旦貼到身上，當你看到某個特定的人，貼片就會釋放出催產素鴉片混合藥劑。如果有人婚姻瀕臨破裂，或是親子之間關係緊張，貼「速愛」會很有幫助。最近，「速愛」不需要醫師處方就可以買得到。「幹嘛用那種東西？」

「他們覺得，如果訓練師有熱情，工作會更有成效。在他們公司，要訓練師愛上數位寶，唯一的辦法就是靠藥物。」

「噢，我懂了。他們想用這種方式提高員工的生產力。」他知道很多人服用益智丸，或是用穿顱磁刺激療法來提升自己的工作表現，不過到目前為止還沒有任何一家公司強迫員工做這種事。他不敢置信的搖搖頭。「如果他們公司的數位寶這麼討人厭，妳可以暗示他們改用神經原數位寶。」

「我也跟他們說過類似的話，可是他們沒興趣。不過，我有個主意。」安娜忽然彎腰湊向前。「如果去那裡工作，我說不定會有辦法改變他們的心意。」

「妳打算怎麼做？」

「我會有機會讓五次元公司的高層持續看到賈克斯的表現。上班的時候我會登入我們的虛擬地球，甚至我也可以讓它進機器人身體，帶它一起去上班。如果想讓他們看到神經原數位寶的多方面功能，還有比這更好的辦法嗎？只要他們看到了，他們就會付錢把它們移植到『真實空間』。」

戴瑞克想了一下。「萬一他們不准妳上班的時候帶著賈克斯——」

「放心吧。你要相信我。我不會做得太明目張膽。我會用很微妙的方式讓他們看到。」

「這一招說不定會有效。」他說。「問題是，他們會逼妳貼『速愛』。為了賭這個機會，這樣划得來嗎？」

安娜無奈的聳聳肩。「我也不知道。這並不是最好的辦法。不過，有時候我們總得賭一把，不是嗎？這樣事情才會有點進展。」

他忽然不知道該說什麼。「凱爾有什麼看法？」

她嘆了口氣。「他徹底反對。他不想看到我貼上『速愛』。而且他根本不認為這個機會值得我這樣犧牲。」她停了一下，然後又繼續說。「不過，他並不像你或我這樣，對數位寶有那麼深的感情，所以他當然會那樣說。在他看來，這機會不值得我付出那麼多。」

安娜顯然希望他支持她，而他也只能鼓勵她，但暗地裡，他內心在天人交戰。他對她的想法持保留態度，可是他不知道該不該說出來。

剛剛安娜提到她和凱爾意見不合的時候，他不由得開始幻想她和凱爾有一天會分手。他忽然很恨自己竟然會有這種念頭。他告訴自己，他絕對不會故意拆散她和凱爾，可是如果凱爾沒辦法像安娜那樣深愛數位寶，那麼，他刻意在安娜面前展現他對數位寶的熱愛，並不能算是罪過。如果這樣會讓安娜覺得他比凱爾更適合和她在一起，也不能算是他的罪過。

問題在於，他是不是真的認為安娜應該去五次元公司工作。他不是很確定自己真的這麼認為，但無論如何，他還是會一直支持她。

掛了電話之後，戴瑞克登入他們的虛擬地球，陪陪馬可和波羅。它們正在比賽打無重力壁球，可是一看到他，它們立刻從球場跑出來。

「今天有人來找我們，他們人還不錯哦。」馬可說。

「真的？你知道他們叫什麼名字嗎？」

「一個叫珍妮佛，一個叫羅南。」

戴瑞克看看訪客記錄，一看到那兩個人的資料，嚇了一跳。珍妮佛崔斯和羅南麥克是「熱慾」公司的員工。那家公司專門生產性愛玩偶，實體的和虛擬的都有。

有些人想用數位寶當性愛玩具，他們常常找群組的人詢問。這已經不是第一次了。絕大多數的性愛玩偶都是用傳統軟體控制劇情演出，不過，自從數位寶出現之後，一直都有人想和數位寶做愛。典型的做法是，先去複製一個不受著作權法保護的數位寶，重新設定獎勵模式，這樣它們就會喜歡那種可以激起主人性慾的活動。有人批評這種行為就像叫狗用舌頭舔掉陽具上的花生醬。無論從數位寶的智力來看，還是從狗受到的嚴格訓練來看，這樣的比喻不能說沒有道理。當然，目前還沒有類似馬可或波羅的擬人數位寶被人用來做愛，所以群組的人偶爾會收到性愛玩偶公司傳來的訊息，說他們想買數位寶的複製品。群組的人一致認為大家不應該理會這種查詢訊息。

不過，從訪客記錄上看，陪珍妮佛和羅南一起來的，是菲力克斯瑞克里夫。

戴瑞克叫馬可和波羅回去打球，然後拿起電話打給菲力克斯。「你到底在想什麼？你把『熱慾』公司的人帶來做什麼？」

「他們並不是要跟數位寶做愛。」

「這我知道。」他螢幕上有一個視窗，裡面正在兩倍速播放那兩個人和數位寶談話的影片。

「他們和數位寶談過。」

跟菲力克斯說話感覺就像在跟外星人說話。「我們不想和性愛玩偶公司接觸，這我早就告訴過你了，還記得吧？」

「這家公司和別的公司不一樣。我喜歡他們的思考方式。」

他不敢問菲力克斯到底是什麼意思。「如果你喜歡他們，幹嘛不把他們帶去虛擬火星，讓他們看看你的異形？」

「我讓他們看過了。」菲力克斯說。「他們沒興趣。」

戴瑞克心裡明白，他們當然沒興趣。不會有人想和說邏輯語的三隻腳怪物做愛。不過，他看得出來菲力克斯這個人很坦率，只要有人願意出錢贊助他做「第一次接觸」的實驗，他甚至會叫異形陪對方上床。菲力克斯這個人或許有點古怪，但絕對不虛偽。

「好了，我們就到此為止吧。」戴瑞克說。「我們恐怕要封鎖你，不讓你進虛擬地球。」

「你實在應該跟那些人談一談。」

「不行。我們不應該跟那些人談。」

「只要你肯聽他們說說，他們就會付錢給你。他們會傳訊息給你，跟你詳細說明。」

戴瑞克差點忍不住笑起來。「熱慾」公司一定是走投無路了，不然怎麼肯付錢讓別人聽他們宣傳？「傳訊息沒關係，不過我會把他們列入封鎖名單。還有，以後你不准再帶性愛玩偶公司的人過來，聽清楚了嗎？」

「我知道了。」菲力克斯說完就掛了電話。

戴瑞克搖搖頭。通常他根本不會考慮聽人宣傳，就算對方肯給錢，他也不會聽，因為他不想讓人覺得他願意把馬可和波羅當成性愛玩具賣掉。

然而，目前群組迫切需要錢，有多少算多少。如果聽一家公司做簡報就能夠吸引別的公司也來付錢請他們聽簡報，那還是划得來。他從頭播放那段談話的影片，用正常速度播放，仔細看。

第八章

整個群組透過視訊聚在一起，聽「熱慾」公司的人做簡報。「熱慾」公司已經把錢交託給第三方機構，等簡報結束就會支付。安娜坐在她的弧形寬螢幕前面，她的影像在螢幕正中央。她轉頭看看螢幕兩邊。螢幕上是一個虛擬劇場，群組成員的影像也融合在裡面，每個人各自坐在一個包廂看台裡。戴瑞克坐在她左邊的包廂，而菲力克斯則是坐在戴瑞克左邊的包廂。舞台的講台上是「熱慾」公司的代表珍妮佛崔斯。畫面上的她是一個金髮美女，衣著很有品味。由於雙方都同意要用真人影像，所以安娜知道珍妮佛本人就是長那個樣子。她有點好奇，「熱慾」公司要跟人談判的時候，是不是都會派珍妮佛出面？這女人應該很厲害，輕而易舉就可以達到目的。

菲力克斯從座位上站起來開始發言，一開始說了幾句邏輯語，但很快就意識到自己應該說英語。「她接下來要說的事，你們應該會很樂意聽到。」

「謝謝你，菲力克斯。接下來就讓我來說吧。」珍妮佛說。菲力克斯坐回位子上，珍妮佛開始對大家說：

「謝謝各位同意和我見面。通常和潛在商業夥伴見面的時候，我都會告訴他們，『熱慾』公司能夠幫助他們開拓出來的市場，範圍遠超過他們自己能開拓的。不過，今天我要對大家說的不是這個。召開這場會議，是為了要讓各位放心，我們會很尊重你們的數位寶。我們並不是想透過簡單的操作制約方式把它們訓練成性寵物。我們希望它們能夠以更高雅更人性化的方式從事性行為。」

史都華大聲說：「我們的數位寶是無性的，你們怎麼有辦法讓它們從事性行為？」

珍妮佛毫不遲疑的說：「至少要訓練兩年。」

安娜嚇了一跳。「那是很龐大的投資。」她說。「我還以為數位寶性愛玩偶只需要訓練幾個禮拜。」

「那通常都是神子數位寶。而且，不管你訓練兩年還是訓練兩個禮拜，它們都還是一個樣。我不知道各位有沒有看過那種數位寶，不過，如果各位有興趣話，我可以告訴各位哪裡看得到一大群瑪麗蓮夢露化身的神子數位寶嘴裡嚷嚷著『我要吃雞雞』。那實在不怎麼雅觀。」

安娜忍不住笑出來，其他人也一樣。「噢，那實在不太像神子數位寶。」

「熱慾公司想要的不是那種數位寶。誰都可以去找一個沒有著作權法保護的數位寶，重新設定獎勵模式。我們希望給顧客的，是那種有真性情的性伴侶。我們願意投入大量的資金心力，創造出這樣的產品。」

「你們要怎麼訓練？」坐在後面的海倫柯斯塔斯問。

「首先，我們會教育它們，讓它們明白什麼是性愛，然後教它們探索性愛的奧祕。我們給數位寶用的化身，是那種有生理機能反應的化身，而且要讓它們習慣身上有性感帶的感覺。我們會鼓勵數位寶開始互相嘗試性行為，這樣它們就可以透過練習擁有性能力，然後選擇一種它們喜歡的性別。由於這段學習過程完全靠它們自己，所以我們可能會用比正常時間快的速度運作數位寶程式。等它們有了足夠的經驗，我們會開始讓它們和適合的人類伴侶培養親密關係。」

「你們怎麼這麼有把握它們一定能夠和某個人培養出親密關係？」

「我們的研發人員檢驗過很多中途之家的數位寶。它們都太小，不符合我們的需求，不過，它們確實已經發展出和人類親近的能力。我們的研發人員做了很多分析，所以他們相信他們有辦法誘導年紀大一點的數位寶，讓他們有能力和人建立親密關係。當數位寶認識某個人之後，我們會強化它們和人類互動的感情面，包括性愛的層面和非性愛的層面。這樣一來，數位寶就會懂得什麼叫做愛情。」

「那有點像神經原版本的『速愛』貼片。」安娜說。

「類似吧。」珍妮佛說。「不過更有效，更精準，因為那是針對不同需要設計的。用在數位寶身上，感覺就像它會不由自主的愛上一個人。」

「這種針對不同需要的設計，恐怕沒辦法一開始就有效吧。」安娜說。

「噢，當然不是一開始就會有效果。我們估計，數位寶要好幾個月才會愛上一個人。這段期間，我們會和顧客合作，把數位寶重新設定回到檢驗點的狀態，嘗試不同的調整，直到它和顧客建立起堅定的親密關係。其實，當年妳在藍色伽瑪工作的時候，不就是這樣養育數位寶嗎？差別只在於，我們會根據不同顧客的需要去調整。」

安娜本來想說那完全不一樣，但最後還是決定不說。目前她只需要聽這個女人做簡報，不必反駁她。「我懂妳的意思。」她說。

戴瑞克說：「就算你們有辦法讓數位寶愛上一個人，我們的數位寶都不可能會變成很吸引人的瑪麗蓮夢露。」

「確實不會。但那並不是我們的目標。我們打算給它們用的化身，是機器人化身，不是人類化身。是這樣的，我們並沒有打算讓顧客覺得他們是在和人類做愛。我們希望提供給顧客的，是個性迷人、感情豐富、對性愛充滿渴望的機器人性伴侶。熱慾公司深信，這將會是前所未有的性愛新世界。」

「前所未有的性愛新世界？」史都華說。「妳的意思是，你們要讓某種怪癖流行起來，最後變成主流，是這樣嗎？」

「你要這樣說也行。」珍妮佛說。「不過，你可以嘗試從另一個角度看。什麼才算是健康的性愛？我們的觀念一直隨著時間在改變，定義越來越寬廣。例如同性戀、虐待式性愛、多重性伴侶，從前大家都認為這些是心理上的病態，但事實上，這些行為本質上也可以是美好的愛戀關係，問題在於我們這個社會老是喜歡把人類的愛慾污名化。我們相信，時間久了，社會大眾就會接受數位寶性愛，認為那也是一種正當的性愛模式。不過，要達到那樣的境界，大家必須要有開放的心胸，要對自己誠實，而且不可以把數位寶幻想成人類。」

這時螢幕上出現一個圖標，顯示珍妮佛已經把一個檔案傳送給群組全體成員。「剛剛我已經把提案的合約傳送給各位了。」她說。「不過，我可以先向大家簡單說明一下。熱慾公司會承擔神經原基因組移植到真實空間的費用，交換條件是，熱慾公司取得神經原數位寶的非專屬權利。各位還是可以保留販賣數位寶複製品的權利，只要你們客戶的產品不會和我們公司的產品競爭。如果我們的產品賣得好，我們還會付版稅給各位。還有，你們的數位寶會很喜歡它們做的事。」

「好吧，謝謝妳。」安娜說。「我們會仔細看看合約，然後再通知妳。還有別的事嗎？」

珍妮佛微微一笑。「還有一件事。在付費之前，我希望妳給我一個機會消除妳的疑慮。請放心，有話儘管說，我絕對不會介意。我想知道，妳會持保留態度，是不是因為這和性愛有關？」

安娜猶豫了一下，然後才說：「不是。我擔心的是數位寶會被迫去做那些事。」

「不可能會出現那種狀況。數位寶和主人建立親密關係的過程中，我們一定會確保它們能夠和主人一樣感受到性愛的愉悅。」

「可是，萬一它們不喜歡性愛呢？它們有得選擇嗎？」

「人類不也是這樣嗎？小時候，我總覺得和男生親吻是很無聊的事。假如我一直沒有接觸過男人，我大概會永遠抱著那種想法。」這時珍妮佛忽然露出淡淡的、羞怯的笑容，彷彿在暗示現在她有多喜歡和男人親吻。「不管我們想不想，我們自然而然都會喜歡上性愛。熱慾公司改造數位寶也是同樣的道理。事實上，它們可能會比人類更懂得享受。有些女人的伴侶有性怪癖，強迫她做某種性行為，害她痛苦一輩子。而這種事不可能會發生在數位寶身上。我們會根據每個數位寶的特質幫它配對，為它找到完美搭配的性伴侶。所以，不會有強迫的性愛。那會是性愛的完美境界。」

「但那並不是真實的性愛。」安娜脫口而出，但很快就後悔了。

珍妮佛早就料到她會這麼說。「為什麼不是真實的性愛？」她問。「妳對數位寶的感情是真實的，它對妳的感情也是真實的。妳和妳的數位寶擁有非性愛的親密關係，那是很真實的。既然如此，數位寶和人類之間的性愛關係為什麼就不真實？」

安娜一時之間不知道該怎麼說。這時戴瑞克插嘴了。「這種哲學問題談起來沒完沒了。」他說。「重點是，多年來我們辛辛苦苦養育數位寶，並不是想讓它們變成性愛玩具。」

「這我明白。」珍妮佛說。「不過，就算做了這筆交易，你們還是可以把數位寶的複製品賣給別的公司，讓它們做其他的事。你們的數位寶確實很迷人，可是目前，它們並沒有市場需要的工作技能，而且你們也無法確定它們會不會發展出那種技能。如果不賣給我們，你們要怎麼籌到你們需要的錢？」

安娜心裡想，從古到今，有多少女人也問過這樣的問題。「這麼說來，它們要從事的就是地球上最古老的行業。」

「要這麼說也行。不過，我還是要再次強調，數位寶不會被迫去做這些事，甚至不會為了經濟因素被迫去做。如果我們想賣的是虛假的性玩具，那我們不需要花太多錢就可以辦到。我們企業的終極目標是要創造出不一樣的東西，取代虛假的性玩具。我們相信，雙方都能享受的性愛，才是美好的性愛。那是更美好的體驗，對整個社會也比較好。」

「你們的目標很崇高。可是，萬一它們碰到的是性虐待狂，怎麼辦？」

「我們不會容忍任何性侵害，就算性侵數位寶也不行。在我剛剛傳給各位的合約裡，熱慾公司保證會保留藍色伽瑪公司原先啟動的疼痛阻斷器，而且會附加最嚴密的存取控制。就像我剛剛說的，我們相信雙方都能享受的性愛，才是更美好的性愛。我們會堅守這種價值。」

「你們應該可以接受了吧？」菲力克斯對群組的人說。「他們早就預料到各種可能的狀況。」

有些人瞪了他一眼，就連珍妮佛也露出不悅的表情，看得出來她不喜歡菲力克斯插嘴。

「我知道，剛開始你們想找人投資的時候，並不希望投資人是我們這樣的公司。」珍妮佛說。「不過，只要你們能夠克服自己的本能反應，我相信你們一定會明白我們的提案對雙方都有利。」

「我們會好好考慮，過些時候就會回覆妳。」戴瑞克說。

「感謝大家聽我做簡報。」珍妮佛說。這時螢幕上跳出一個視窗，顯示第三方機構已經支付了費用。「最後再提醒各位一件事。如果有別的公司來找你們，你們一定要看清楚合約的細則，裡面可能有一個條款註明他們有權把你們的數位寶賣給別的公司，而且會刪除疼痛阻斷器。我們的律師本來也要我們加上那個條款。你們應該知道那代表什麼吧？」

安娜點點頭。那代表數位寶可能會被轉賣給類似「極限玩家」那樣的公司，被當成受虐玩具。

「我明白。」

「熱慾公司駁回了律師的建議。合約裡，我們保證數位寶絕對不會被用來進行非自願的性行為。絕對不會。妳可以等著瞧，看看還有哪家公司肯這樣保證。」

「謝謝妳。」安娜說。「我們會再跟妳聯絡。」

……………………

安娜去聽熱慾公司簡報的時候，本來只是抱著應付一下的心態，聽聽對方宣傳，順便賺點錢。現在，簡報聽完了，她反而開始認真考慮起來。

自從大學畢業之後，她就再也沒有去碰虛擬性愛。當年唸書的時候，她的男朋友要出國一整個學期。他離開前，兩個人一起買了許多虛擬性愛的周邊產品，甚至包括那種形狀像貝殼的矽膠假陰道。他們用對方的序列碼鎖住各自的虛擬性器官，以示忠貞。自從接觸虛擬性愛之後，剛開始那幾次感覺非常刺激，可是沒多久，那種新鮮感就消失了，而且科技的缺陷越來越明顯。無法互相親吻的性愛行為感覺很不完整，而且她很懷念那種兩個人肌膚相親面對面的感覺，感覺得到他身體的重量，聞得到他身上古龍水的香味。當他們透過螢幕看著對方，無論離鏡頭有多近，那種感覺還是遠不如肉體的纏綿。肌膚相親的性愛是無法取代的。什麼性愛玩具都無法滿足她對肌膚相親的渴望。那個學期還沒結束，她就感覺到自己快崩潰了。當然，現代的科技已經進步很多，但虛擬性愛的親密感還是嚴重不足。

而她還記得，第一次看到賈克斯在機器人身體裡的時候，那種感覺是多麼不一樣。如果性愛玩偶裡有數位寶，大家會更有興趣嗎？不會。她曾經和賈克斯的機器人身體面對面，幫它擦掉鏡頭上的污垢，檢查它身上的刮痕，而那種感覺和面對人是完全不一樣的。面對數位寶的時候，你不會感覺它進入你的私密空間，而那甚至還比不上狗仰面朝天讓你摸肚子所展現的對你的信賴。當年藍色伽瑪決定不幫數位寶設定那種身體自我防禦機制，因為公司的產品不需要那種功能。人與人之間要產生親密感是很不容易的，有很多障礙需要克服。就是因為要克服很多障礙，親密感才會那麼珍貴。她完全相信熱慾公司有能力讓數位寶產生性興奮，類似男女接觸的時候那種鏡像神經元的反應。然而，熱慾公司有辦法讓數位寶懂得赤身露體的那種羞怯感嗎？數位寶會明白刻意在某個人面前展現自己的身體代表什麼意義嗎？

不過，也許這些都不重要。安娜重新播放視訊會議的影片，聽珍妮佛說什麼前所未有的性愛新世界，說什麼機器人性伴侶的性愛。那和人類的性愛是不一樣的。那是另一種性愛，說不定會產生另一種親密感。

她忽然想起當年在動物園工作的時候發生的一件事。當時有一隻母猩猩死了，大家都很傷心，可是母猩猩最喜歡的一個訓練師顯得特別傷心，幾乎是肝腸寸斷。後來他坦白承認他和母猩猩有過性行為。沒多久，他就被動物園開除了。當然，當時安娜大感震驚，不過最主要是因為他並不是她想像中那種愛護動物的怪胎。他那種傷心欲絕，感覺就像他痛失愛人。而同樣令她驚訝的是，他是結過婚的。她本來以為找不到女朋友的人才會幹這種事，但她很快就明白，她會這樣想，是因為她對動物園的員工有一種刻板印象：他們會到動物園工作，是因為他們很難跟人相處。當年她曾經深深思考過這件事，拚命想為那個人的行為找到合理的原因。此刻她又開始想了。和動物之間的非性愛關係是健康的，可是和動物有性關係為什麼就是不健康的？我們可以把動物當成寵物，可是為什麼不准和動物發生性關係？現在，她同樣還是沒辦法撇開個人的好惡想出清晰的結論。她還是無法確定人是不是應該和非人的對象發生性關係。

過去偶爾會有人討論一個問題：數位寶彼此之間該不該有性行為？安娜一直覺得這些養主還算幸運，不用去煩惱數位寶的性問題，因為很多動物在性機能成熟的時候會變得很難控制。而且，賈克斯並不是因為動手術才變成無性，而她也沒有泯滅它那方面的天性，所以她連罪惡感都不會有。然而，現在論壇裡有人在討論這個問題，她不由得又開始思考了。

發文者：海倫柯斯塔斯

我不想看到我的數位寶和別人發生性關係，不過後來我忽然想到，天底下的爸媽也不想看到自己的孩子和別人發生性關係。

發文者：瑪麗亞張

妳這種比喻是不對的。父母沒辦法阻止孩子產生性慾，但我們可以。人類自然而然會發展出對性的渴望，但數位寶並沒有人類那種天性。妳把數位寶拿來和人類相提並論，實在有點過頭了。

發文者：戴瑞克布魯克斯

什麼叫天性？數位寶並不是天生就希望自己個性迷人，也不會渴望有可愛的化身，但最後它們還是變成這樣。為什麼呢？因為這樣人類就會想常常陪它們，而這對數位寶是有好處的。

我並不是說我們應該接受熱慾公司的提案，不過我覺得我們應該問自己一個問題：如果我們讓數位寶會渴望性愛，這樣是不是可以鼓勵更多人愛它們，而這對它們是有好處的。

安娜忽然想到，賈克斯是無性的，這是不是意味著它會錯過一些對它有好處的經驗？她很高興賈克斯有人類朋友，而這也就是為什麼她希望把神經原基因組移植到真實空間，因為這樣一來它就可以繼續和那些人做朋友，讓彼此感情更好。然而，那樣的友情能維繫多久？在碰觸到性這件事之前，那樣的關係能有多親密？

那天下午，她回覆了戴瑞克的發文。

發文者：安娜阿瓦拉多

戴瑞克提出了一個很好的問題。然而，就算答案是肯定的，那也不代表我們就應該接受熱慾公司的提案。

如果有人尋求手淫的性幻想，那他用一般的軟體就可以得到滿足。他不應該透過仲介買一個新娘，給她貼上一大堆速愛貼片。偏偏熱慾公司想賣給顧客的，就是這種東西。難道大家希望我們的數位寶去過那種生活嗎？本來我們可以給它們用虛擬的『腦內啡』，控制它們的情緒，這樣的話，就算我們把它們關在虛擬地球的一個籠子裡，它們還是會很快樂。然而，我們實在太愛它們了，不忍心這樣做。別人不會像我們那樣尊重它們，我覺得我們不應該讓它們受到那樣的待遇。

我承認，當我想到數位寶可能會和人發生性關係的時候，一開始我覺得很不自在，不過，大體上我並不反對那種事。我自己是沒辦法讓它們去做那種事的，不過，只要數位寶不會受到不公平待遇，我並不反對別人和熱慾公司簽約。如果數位寶和對方建立的關係是一種對等的、有付出有收穫的關係，那就可能像戴瑞克說的，對人類有好處，對數位寶也同樣有好處。不過，如果人類可以任意設定數位寶的獎勵模式，一直把它們重新設定回到檢驗點的狀態，尋找一種最理想的模式，那麼，這就談不上什麼有付出有收穫了。熱慾公司一直在告訴他們的顧客不需要去配合數位寶的需求，這樣的話，那根本就不是真實的關係。

群組的每個人都有自主權，可以各自和熱慾公司簽約，不過安娜的說法很有說服力，到目前為止還沒有人去簽約。視訊會議過後幾天，戴瑞克把熱慾公司的提案告訴馬可和波羅，因為他覺得應該要讓它們知道這件事。波羅很想知道熱慾公司想做的是什麼樣的設定。它知道它的程式裡有獎勵模式，不過它從來沒想過重新設定獎勵模式代表什麼意義。

「重新設定獎勵模式說不定很好玩。」波羅說。

「當你為別人工作的時候，你自己是沒辦法設定獎勵模式的。」馬可說。「要等你變成公司以後才有辦法自己設定。」

波羅轉過去問戴瑞克：「是真的嗎？」

「呃，就算你們兩個變成公司了，我還是不准你們做那種事。」

「哼。」馬可抗議說。「你不是說過，等我們變成公司，我們就可以自己做決定。」

「我是說過。」戴瑞克說。「不過我並沒有想過要讓你們自己重新設定獎勵模式。那可能很危險。」

「可是人類不是可以重新設定自己的獎勵模式嗎？」

「什麼？我們沒辦法做那種事啊！」

「有些人做愛的時候不是會吃藥嗎？像是蠢藥。」

「那叫春藥。那藥效只是暫時的。」

「『速愛』的藥效也是暫時的嗎？」波羅問。

「那不太一樣。」戴瑞克說。「貼那種東西，通常都是錯誤的決定。」他忽然想到安娜。如果為了去一家公司工作，不得不貼上那種東西，那更是大錯特錯。

「等我變成一家公司，我愛犯錯就犯錯。」馬可說。「這才是重點。」

「你還不夠資格變成一家公司。」

「因為你不喜歡我做那種決定？是不是要我的想法永遠和你一樣，才叫做夠資格？」

「如果你打算變成公司之後重新設定你的獎勵模式，那就表示你還不夠資格。」

「我並沒有說我想那樣做啊！」馬可口氣很篤定。「我根本不想！我只是說，等我變成公司之後，我可以那樣做。那是不一樣的。」

戴瑞克想了一下。確實很容易忘掉這個道理。有一次大家在論壇裡討論是不是該把數位寶變成公司，結果得到同樣的結論：如果所謂的法人資格不只是一種形式上的文字遊戲，那就意味著數位寶應該被賦予某些自主權。「對，你說的沒錯。等你變成一家公司，你就可以自己決定做任何事，就算我認為那是錯的。」

「很好。」馬可很滿意。「如果哪天你覺得我夠資格了，那並不是因為我的看法和你一樣。就算我想法和你不一樣，我還是夠資格。」

「沒錯。不過，拜託你告訴我，你絕對不會想自己設定你的獎勵模式。」

「我不會。因為我知道那很危險。萬一有哪裡搞錯了，可能會把我自己搞壞掉。」

戴瑞克鬆了一大口氣。「謝謝你。」

「不過，讓熱慾公司重新設定我的獎勵模式，不會有危險。」

「沒錯，不會有危險。不過，我還是覺得那樣不好。」

「我不這麼認為。」

「什麼？我覺得你並不懂他們想做什麼。」

馬可很無奈的看著他。「我懂啊。他們想讓我們喜歡一些他們希望我們喜歡的東西，就算現在我還不知道自己喜不喜歡。」

戴瑞克發現馬可確實懂。「難道你不覺得那樣不好？」

「有什麼不好？現在我喜歡的所有東西，都是藍色伽瑪讓我喜歡的。那並沒有什麼不好。」

「是沒什麼不好，可是那不一樣。」他停了一下，想想該怎麼解釋。「藍色伽瑪讓你們喜歡吃東西，可是他們並沒有替你們決定你們應該喜歡吃什麼東西。」

「那又怎麼樣？沒什麼不一樣啊。」

「真的不一樣。」

「我同意，如果數位寶不想被重新設定，而他們卻把它們重新設定，那就不好。不過，如果數位寶同意了，他們才重新設定，那就沒什麼不對。」

戴瑞克覺得有點惱火了。「那麼，你究竟是想變成一家公司自己做決定，還是想讓別人替你做決定？你選哪一種？」

馬可想了一下。「也許我可以兩種都試試看。複製一個我變成一家公司，再另外複製一個我替熱慾公司工作。」

「你不在乎被複製嗎？」

「波羅就是我的複製品啊。那沒什麼不好啊。」

戴瑞克有點失落，不想再跟它們討論這些。他叫它們去做功課，不過馬可剛剛說的話卻還纏繞在他腦海中。從某個角度來看，馬可說的很有道理，不過另一方面，戴瑞克卻想起大學時代就領悟的道理：能說善道滔滔雄辯並不代表成熟。這已經不是他第一次想這個問題了。他忽然想到，如果法律有明文規定數位寶到了幾歲就算成年，那他就輕鬆多了。沒有這種規定，他只能靠自己判斷馬可是不是已經夠資格變成公司。

不過戴瑞克發現，自從熱慾公司提案之後，和別人意見不合起爭執的，並不是只有他一個。他並不孤單。他和安娜聊天的時候，她說她和凱爾吵了一架。

「他認為我們應該接受熱慾公司的提案。」她說。「他說那比我去五次元公司工作好多了。」

看樣子，這是個好機會可以批評凱爾兩句。他心裡盤算該怎麼說比較好，但最後他只是說：「因為他認為重新設定數位寶沒什麼大不了。」

「沒錯。」她有點生氣，然後又繼續說。「我並不是認為貼速愛貼片沒什麼大不了。貼那種東西當然不好。可是這根本就是兩碼子事。如果我貼上速愛貼片，那是我自願的，可是熱慾公司卻是擅自用重新設定的方式讓數位寶和別人建立親密關係。」

「那確實是兩碼子事。不過妳知道嗎，這會衍生出一個很有趣的問題。」他告訴她那天他跟馬可和波羅談了些什麼。「我不確定馬可是否只是為了逞口舌之快，為爭辯而爭辯，不過，他確實讓我想到一個問題。如果數位寶自願讓熱慾公司重新設定，那這兩種情況是不是就沒什麼差別？」

安娜似乎有點困惑。「我也不知道。也許吧。」

「如果一個成年人決定貼速愛貼片，誰都沒有立場反對。如果賈克斯或馬可也做出類似的決定，那麼，在什麼情況下我們必須尊重它們的決定？」

「除非它們已經成年。」

「只要我們願意，我們明天就可以提出申請，讓它們變成公司。」他說。「可是，我們卻覺得不應該這樣做。為什麼呢？假如有一天賈克斯告訴妳，它知道接受熱慾公司的提案代表什麼意義，因為那就像妳接受五次元公司的條件去工作一樣。那麼，在什麼情況下妳會同意它的決定？」

安娜想了一下。「我想，那要看我是不是認為它是根據經驗做出這個決定。賈克斯從來沒有談過戀愛，也沒有工作過，那麼，接受熱慾公司的提案意味著它必須同時去做這兩件事，而且很可能會做一輩子。我希望它在那兩方面能夠先有一些經驗，然後再做決定，因為那後果是一輩子的。如果它真的有那樣的經驗，我很難反對。」

「噢，說得太好了。」戴瑞克拚命點頭。「真希望那天和馬可談這件事的時候我有想到可以這樣說。」這意味著他們可以先重新設定數位寶，讓它們具有性愛能力，可是不要賣掉它們。而這也意味著，在神經原基因組移植到真實空間之後，群組的人還要再多花一筆錢。「只不過，那要等好久好久。」

「那當然。不過，暫時還不用急著讓它們具有性愛能力。最好等時機成熟了再做。」

最好等它們到了比較成熟的年紀再做這件事。現在它們還太小，重新設定是有風險的。「而且到那個時候，要怎麼照顧它們，完全由我們自己決定。」

「沒錯。我們一定會最優先考量它們的需求。」安娜似乎很欣慰兩個人看法一致，而戴瑞克也很高興自己能夠提出好的建議。但安娜的表情忽然又變得沮喪。「真希望凱爾能懂這個道理。」

他開始盤算該怎麼有技巧的回答。「如果他們沒有像我們一樣投入這麼多時間心力，我懷疑他們真的能懂。」他說。他並不是故意要批評凱爾。這是他的真心話。

第九章

自從熱慾公司的簡報之後，已經又過了一個月。安娜在群組的虛擬地球裡陪幾個神經原數位寶等客人。馬可把它最喜歡的遊戲劇情說給羅莉聽，而賈克斯正在練習跳它自己編的一支舞。

「妳看！」賈克斯說。

安娜看著它飛快變換了好幾種舞姿。「別忘了，等他們到了，你們要跟他們說你們做了什麼東西。」

「我知道。妳已經說了好幾次了。等他們一到，我就不跳了。現在只是開心一下，打發時間嘛。」

「抱歉，賈克斯，我只是有點緊張。」

「那就看我跳舞啊。這樣妳就會輕鬆一點。」

她微微一笑。「謝謝你。我會試試看。」她深深吸了一口氣，告訴自己不要緊張。

這時入口忽然打開，兩個化身走進來。賈克斯立刻停止跳舞，而安娜的化身立刻走過去招呼那兩個客人。螢幕上的資料視窗顯示，這兩個人分別是傑瑞米布勞爾和法蘭克皮爾森。

「登入進來應該沒碰到什麼困難吧？」安娜說。

「沒有。」皮爾森說。「妳給我的登入帳號密碼沒問題。」

布勞爾轉頭看看四周。「虛擬地球啊，真是美好的記憶。」他的化身伸手去拉灌木叢的樹枝，然後很快就放開手，看著那根樹枝搖來搖去。「還記得當年大山數位剛推出虛擬地球的時候，我簡直興奮得睡不著覺。那真是登峰造極的藝術。」

布勞爾和皮爾森是「超昇家電」的人，他們公司生產家務機器人。他們的機器人是典型的老式人工智慧，功能是程式設定的，沒有學習能力。用它們做家事非常方便，但它們是沒有任何意識的。超昇家電會定期推出新機種，而每個新機種的廣告總是說，他們又朝顧客的人工智慧之夢邁進了一大步：忠心不二的機器人管家，從開機的那一刻起就為您盡心盡力。可是在安娜看來，這種升級的速度簡直就像走向地平線，看似有進展，可是永遠走不到目的地。但無論如何，顧客還是一直買他們的機器人，他們的營收數字非常漂亮，而這也就是為什麼安娜會找上他們。

不過，安娜並不是想讓神經原數位寶去當什麼機器人管家。賈克斯它們幾個太調皮任性，幹不了那種工作。更何況，布勞爾和皮爾森並不是業務部門的人，而是研發部門的人。事實上，超昇家電之所以會創立，就是為了維持這個研發部門。家務機器人只是超昇家電籌募財源的手段，目的是為了實現科學家的人工智慧之夢，他們想創造出一種純粹意識的個體，不會被感情蒙蔽，不受任何體型的限制，具有無與倫比的智慧，冷靜客觀，而且又有同情心。他們正在等待一種名為「雅典娜」的軟體發展成熟。安娜本來想告訴他們，他們恐怕要等一輩子，可是這樣說實在很沒禮貌。她希望能夠說服布勞爾和皮爾森，讓他們相信神經原基因組是一個理想的替代品。

「謝謝你們到這裡來和我見面。」安娜說。

「我們也很期待。」布勞爾說。「一個數位寶累積的運作時間比絕大多數系統全部的運作時間還要長很多。這是很罕見的。」

「確實很少見。」安娜知道他們來的目的，主要是為了懷舊，而不是想聽什麼商業提案。嗯，就算是這樣也沒關係。人來了就有機會。

安娜讓他們看看那幾個數位寶。它們開始展示它們正在做的東西。賈克斯讓他們看它做的一種虛擬裝置，一種電子合成樂器，它跳舞的時候會一邊演奏。馬可向他們說明它設計的一種遊戲難關，可以合作闖關，也可以用來比賽。布勞爾對羅莉做的東西特別有興趣。羅莉讓他們看的是它寫的程式。羅莉的東西和馬可、波羅的東西不一樣。它的程式完全靠自己寫編碼，而馬可和波羅的東西是用工具套件做的。布勞爾看過之後，顯然很失望，因為他一看就知道羅莉是個寫程式的新手。顯然他本來很期望數位寶本質上會具有高超的程式天賦。

他們和幾個數位寶聊了一下，然後安娜和他們就登出了虛擬地球，切換到視訊會議。

「它們很不錯。」布勞爾說。「我自己本來也有一個，可惜它說話一直都像小嬰兒。」

「你也有一個神經原數位寶？」

「是啊，他們一推出我就買了。它是賈克斯那一型的數位寶，就像妳的一樣。它的名字是菲茲。我養了它一年。」

她心裡想，原來這個人有一個幼兒期的賈克斯型數位寶。而那個數位寶現在被遺棄在中途之家。她忽然大聲問：「你對它厭倦了嗎？」

「不是對它厭倦，而是因為知道它發展有限。我看得出來，神經原基因組是一種錯誤的方向。當然啦，菲茲很聰明，可是它要等很久很久才有辦法做有用的工作。要是知道妳養了賈克斯這麼久，我早就把菲茲交給妳了。妳的成就很驚人。」他的口氣聽起來像是她用牙籤做了一個全世界最大的雕塑。

「你覺得神經原基因組是一種錯誤的方向?你已經親眼看到賈克斯的能力,超昇家電裡有哪個機器人比得上它?」她不由自主的口氣尖銳起來。

布勞爾反應很平靜。「我們想創造的不是人類等級的人工智慧,而是超人等級的人工智慧。」

「如果想往那個方向邁進,你不覺得人類等級的人工智慧是第一步嗎?」

「如果妳說的是這些數位寶展現出來的能力,那很抱歉,這不是我們認定的人類等級。」布勞爾說。「賈克斯以後有沒有辦法做一般人的工作,都還是個未知數,那它更不可能成為編寫程式的天才。妳應該明白,它的發展已經達到極限了。」

「我不認為它——」

「可是妳無法確定。」

「如果神經原基因組能夠發展出像它這樣的數位寶,那麼這種基因組也有可能發展出如你所期待的那麼聰明的數位寶。說不定有一天會出現像艾倫圖靈那種等級的天才數位寶。」

「好吧,就算妳說得對。」布勞爾說。他對安娜很寬容。「問題是,要花多少年才發展得出來?光是為了養這第一代數位寶,看看妳已經花了多少時間,甚至連它用的平台都已經被廢棄了。要發展出圖靈等級的天才數位寶,還要等多少代?」

「我們不一定要用正常時間的速度培育。到了某個階段，數位寶的數量會多到足以形成一個自給自足的群體，它們就不再需要和人類互動。你可以用溫室培育的速度培育整個社群的數位寶，而且它們絕對不可能會變野。你可以看看他們能發展到什麼程度。」其實，這樣的流程是否真能培養出一個圖靈等級的天才，連安娜自己都沒把握。不過這套理論她已經排練很多次了，所以說得理直氣壯，自信滿滿。

然而，這套理論並沒有說服布勞爾。「說到投資的風險，妳讓我們看的是一群青少年，可是卻希望我們投資它們的教育，等到它們長大成人，看看它們會不會形成一個大群體，出現天才。很抱歉，如果要花錢，我認為應該會有更好的方式。」

「不過，你應該考慮一下你的投資可以有什麼成果。我和其他養主已經花了好幾年時間照顧這些數位寶。比起你們找人照顧另一種數位寶，移植神經原基因組花不了多少錢，而且潛在的成果正是你們公司所期望的：編寫程式的天才用極快的速度工作，把自己發展成超級人工智慧。如果這些數位寶現在能夠發明遊戲，那麼，你們應該想像一下它們的後代能夠創造出什麼。它們每一個都可以幫你們賺錢。」

布勞爾正想回答的時候，皮爾森忽然插嘴說：「妳們想移植神經原基因組，就是為了這個目的嗎？妳們是想看看有一天超級天才數位寶能夠創造出什麼嗎？」

安娜注意到皮爾森正在打量她，心裡明白說謊是沒有用的。「不是。」她說。「我只是希望賈克斯有機會過健全的生活。」

皮爾森點點頭。「妳希望有一天賈克斯能變成一家公司，對不對？妳希望它能夠擁有法人資格，對不對？」

「沒錯。我是這麼希望。」

「我相信賈克斯一定也希望這樣，對吧？變成一家公司？」

「沒錯，它應該也希望這樣。」

皮爾森又點點頭。他一直在懷疑安娜的動機，結果證明他猜得沒錯。「這筆交易恐怕只能談到這裡了。跟這些數位寶聊天確實很有趣，不過妳照顧它們的方式讓它們覺得自己像人類。」

「為什麼這筆交易只能談到這裡？」其實她心裡知道答案。

「我們想要的不是超級天才員工，而是超級天才產品。妳想給我們的是前面那一種。不過，我不會怪妳，畢竟，花了這麼多年養育數位寶，誰有辦法還把它們當產品？沒人辦得到。問題是，我們這種事業是不能這麼感情用事的。」

安娜本來刻意不去想雙方的差異，但此刻皮爾森卻赤裸裸的把這種差異說出來：超昇家電的目標和她的目標根本不相容。他們想要的東西，反應要像人類，卻又不必履行人類的義務。她沒辦法給他們這種東西。

事實上，沒人能給他們這種東西，因為那是不可能的。養了賈克斯這麼多年，現在，賈克斯說話很風趣，有很多嗜好，有幽默感。然而，歲月帶給它的還不僅於此。它還有更多特質，而這些特質正是超昇家電所期待的：它能夠在真實的世界裡很快找到方向，它能夠用很有創意的方式解決新的問題，它的判斷力足以做重大決定。人類之所以比資料庫更有價值，正是因為具有這些特質，而這些特質是經驗的產物。

她很想告訴他們，藍色伽瑪的方向是正確的，而且是超乎預期的正確：經驗不但是最好的老師，而且是唯一的老師。在養育賈克斯的過程中，如果說她學到了什麼，那就是：生命是沒有捷徑的。數位寶在這世界活了二十年，就會具有某些常識。如果數位寶要擁有那些常識，就必須踏踏實實的活那二十年。經驗是無法用更短的時間推演出來的。經驗是無法像資料那樣用電腦壓縮計算出來的。

也許這些經驗有可能備份下來，複製成無數的數位寶，而這些複製的數位寶可以很便宜的轉賣，或甚至免費贈送。但不管怎樣，那些數位寶也等於是活過了那麼長時間。它們每一個都曾經很幼小，用初生的眼睛看這個世界。它們每一個都曾經滿懷希望，然後眼看著希望破滅。它們每一個都曾經說謊，也體會過被人矇騙的滋味。

這意味著每一個數位寶都應該受到尊重，然而，超昇家電不可能會尊重數位寶。

安娜還是想試最後一次。「這些數位寶還是可以當你們的員工，幫你們賺錢。你們可以——」

皮爾森搖搖頭。「我很欣賞妳這麼用心，我也祝福妳。不過，妳的提議不符合超昇家電的需求。如果這些數位寶變成產品，潛在的利潤或許還值得我們冒險投資，不過，如果它們只是我們的員工，那就是另一回事了。這麼微薄的利潤不值得我們投入大筆資金。」

她心裡想，當然不值得。誰會願意投資呢？除非那個人滿懷熱情，除非那個人對數位寶充滿愛。像她這樣。

……………

安娜正要寫訊息給戴瑞克，說她沒辦法說服超昇家電投資，這時機器人身體忽然動起來。「開會結果怎麼樣？」賈克斯問。不過，光看她的表情，它就已經知道答案了。「是我表現不好嗎？他們不喜歡我給他們看的東西嗎？」

「不是。你做得很好，賈克斯。那只是因為他們不喜歡數位寶。我還以為自己有辦法改變他們的心意，看樣子，我錯了。」

「總是要試一下。」賈克斯說。

「也許吧。」

「妳還好嗎？」

「我沒事。」她安慰它。賈克斯的機器人身體抱了她一下，然後就走回充電座，回到虛擬地球。

安娜坐在桌子前面，愣愣的看著空白的螢幕，思考群組還剩下哪些方案。據她所知，似乎只剩下一個方案了：去五次元公司工作，然後想辦法說服他們，移植神經原基因組是值得他們投資的。她要做的，就是貼上速愛貼片，參與他們的實驗，訓練他們的數位寶。

如果說五次元這家公司有什麼值得稱道的，那就是他們明白長時間互動的價值，這一點就比超昇家電強。神子數位寶可能喜歡獨自被關在溫室裡，然而，如果五次元希望它們成為有生產力的數位寶，那就不能走捷徑。一定要有人花時間陪伴它們。五次元公司明白這一點。

五次元公司的策略是找人花時間陪伴數位寶，這一點是她不以為然的。當年藍色伽瑪的策略是創造出討人喜歡的數位寶，而五次元公司的策略是先找到討人厭的數位寶，然後再靠藥物驅使員工喜歡上它們。在她看來，顯然藍色伽瑪的策略才是正確的方向，不但合乎道德規範，而且更有效。

以她目前的處境來看，藍色伽瑪的策略似乎有效得過頭了。為了她的數位寶，她即將付出這一生最大的代價。這種狀況，是當年藍色伽瑪公司始料未及的。不過說起來，那也不是那麼難預料。熱慾公司想賣給顧客的，是那種可以予取予求的愛，而那根本就是妄想。愛一個人，意味著你必須為他們犧牲。

安娜會考慮去五次元公司工作，這是唯一的理由。在正常情況下，如果有人請她去工作，附帶條件是貼上速愛貼片，那她會覺得那根本就是一種侮辱。在照顧數位寶這方面，天底下還有誰比她更有經驗？而五次元公司的條件等於是在暗示，如果不依賴藥物的幫忙，她很難把數位寶訓練好。訓練數位寶就像訓練動物一樣，是一種工作，而真正專業的人在任何情況下都會把工作做好，根本不需要愛上那個的工作。

不過她也明白個人感情對訓練工作會造成什麼影響。在特別需要付出耐性的時候，愛會讓一個人變得更有耐性。如果這樣的感情可以用人為手段製造出來，那實在不是什麼好事，但她也不得不承認現代的神經藥理學真是有一套。如果每次在訓練神子數位寶的時候，腦子裡全是催產素，那麼，無論她喜不喜歡它們，她一定會受到藥物影響，喜歡上它們。

那麼，最後只剩一個問題了：她有沒有辦法忍受？她很確定速愛貼片無法沖淡她對賈克斯的感情。她還是一樣會全心照顧賈克斯。任何一個神子數位寶都無法取代賈克斯在她心中的地位。要想移植神經原基因組，最好的辦法就是去五次元公司工作，在這種情況下，她願意去。

安娜只是希望凱爾能夠體諒她。自從兩個人在一起之後，她就說得很清楚，她最在乎的就是賈克斯能不能好好成長。到目前為止，凱爾都還算能體諒。她不希望為了去五次元公司工作導致兩人關係破裂，然而，畢竟她和賈克斯在一起的時間，比和任何一個男朋友在一起的時間都長，所以，如果要她做選擇，她知道自己會選擇誰。

第十章

安娜傳來的訊息說，她沒有說服超昇家電投資神經原基因組移植。那訊息很短，但戴瑞克卻讀出了很多言外之意。先前和安娜聊天的時候就聽她提到過超昇家電的事，從她的口氣，他聽得出來她並不樂觀，所以他心裡明白，她已經打算去五次元公司工作了。

對安娜來說，想移植神經原基因組，這是最後的希望了。大家都不希望她這樣做，但畢竟她是成年人了，一切只能由她自己決定。她已經衡量過得失，最後才做了決定。如果她決定要這樣做，那最起碼他應該要支持她。

然而，他發現自己辦不到，因為眼前還有另一個替代方案：接受熱慾公司的提案。

先前和馬可、波羅談過之後，他私下和珍妮佛崔斯聯絡。他告訴她，數位寶希望能夠變成公司，如果是這樣的話，它們還能夠去做熱慾公司希望他們做的事嗎？她說，熱慾公司的顧客有權利為他們買的數位寶提出申請，把它們變成公司。事實上，如果他們像熱慾公司所期待的那樣，對數位寶的感情越來越深，那麼，很多人會主動那樣做。這確實是一個正確的答案，可是在內心深處，他卻又暗暗希望聽到另一種答案，這樣他就不得不拒絕他們的提案。可是現在，他還是得自己做決定。他和馬可一起做決定。

但他又想起安娜那天說的話。她說，數位寶目前還沒有能力去做熱慾公司要它們做的事，因為它們沒有談過戀愛，沒有工作過。如果把數位寶想成是人類的小孩，那麼她的說法是成立的。而這意味著，如果數位寶一直被困在虛擬地球，如果數位寶永遠與外界隔絕，那它們永遠無法成熟到可以做這樣重大的決定。

不過，要評估數位寶是否夠成熟，也許衡量的標準不應該像對人類那麼高。說不定馬可已經夠成熟了，已經可以自己做決定。馬可似乎認定自己就是個數位寶，不是人類，而且毫不在乎。當它說它想接受熱慾公司提案的時候，可能並不完全明白那種後果，但戴瑞克還是忍不住會覺得，事實上馬可比他更瞭解它自己的特質。馬可和波羅並不是人類，那麼，也許他不應該一直把它們想成是人類，硬要它們達到他期待的標準。也許，他應該讓它們做自己。究竟該怎麼做才是真正尊重它們？把他們當成人類，還是承認它們就是數位寶？

在一般情況下，這只是一個哲學問題，可以留待以後再討論，可是現在，他已經被迫要立刻做決定，這個問題非想清楚不可。如果他接受熱慾公司的提案，安娜就不必去五次元公司工作，所以問題是：究竟該讓馬可被重新設定，還是該讓安娜貼上速愛貼片？

安娜比馬可更清楚做出決定之後會有什麼結果。然而，安娜畢竟是人類，所以，無論馬可有多麼可愛，他還是比較珍惜安娜。如果馬可和安娜當中有一個必須被人控制感情，那麼，他希望那不會是安娜。

他把熱慾公司寄來的合約檔案叫出來，顯示在螢幕上，然後叫馬可和波羅進入機器人身體。

「準備簽約了嗎？」馬可問。

「你應該明白，你不應該為了幫助別人去做這件事。」戴瑞克說。「這件事，應該是要你想做才可以做。」其實連他自己都不確定這到底是不是真心話。

「不用再問我了。」馬可說。「我的想法還是跟先前一樣，我想做。」

「那你呢，波羅？」

「我也一樣。」

兩個數位寶都很樂意，甚至是迫不及待。這樣一來，問題應該算是解決了。可是，他忽然又想到另一件事。那是很自私的念頭。

如果安娜去五次元公司工作，那就代表她和凱爾之間會出現裂痕，那戴瑞克就有機可乘了。這種念頭實在不怎麼高尚，可是他沒辦法假裝自己沒想過。另一方面，如果他接受了熱慾公司的提案，裂痕反而會出現在他和安娜之間。這樣一來，他永遠不會有機會和安娜在一起。他捨得放棄她嗎？

也許，他永遠不會有機會和安娜在一起，也許他只是在欺騙自己。在這種情況下，他應該要放棄這種永遠無法實現的夢想，不要再渴望他永遠得不到的東西。

「你還在等什麼？」馬可問。

「沒什麼。」戴瑞克說。

馬可和波羅在旁邊看著他。於是，他在合約上簽了名，寄回去給珍妮佛崔斯。

「我什麼時候去熱慾公司？」馬可問。

「等他們把合約簽名寄回來，我就會把你備份起來。」他說。「然後寄給他們。」

「好啊。」馬可說。

馬可和波羅興沖沖的開始討論接下來會怎麼樣，而戴瑞克則是在想，他該怎麼跟安娜說這件事。當然，他不能讓她知道他這樣做是為了她。如果她知道他為了她犧牲馬可，她會很內疚。這是他的決定，安娜要怪就怪他好了。

……………………

安娜和賈克斯正在玩「無限加速」。那是安娜最近放進虛擬地球的賽車遊戲。他們駕著懸浮車越過高低起伏的地形。安娜的車在盆地拚命加速，積蓄衝力，飛越了前面那道深谷，但賈克斯的車卻飛不過去，重重的摔到谷底。

「妳等著！我很快就會追上妳。」它透過對講機告訴她。

「好吧。」安娜說。她讓車子懸浮在原地，等賈克斯的車沿著谷壁的Z字形小路慢慢爬上來。等待的時間，她打開另一個視窗，看看有沒有訊息。結果，她看到一個訊息，嚇了一大跳。

那是菲力克斯傳給全群組的訊息。一開始他得意洋洋的宣告人類即將和異形進行「第一次接觸」，已經開始倒數計時。但接下來的內容卻令她大吃一驚。由於菲力克斯用的語言一向很怪異，所以安娜一開始還以為自己誤會了他的意思，可是後來群組其他人紛紛傳訊息給她，她才確定神經原基因組真的即將進行移植，費用是熱慾公司負擔的。沒想到，群組裡竟然有人把數位寶賣給別人當性愛玩具。

接著她看到訊息裡說簽約的人是戴瑞克，他賣掉了馬可。她本來想回覆訊息，說那是不可能的，但很快又決定暫時先不回覆。她切換回虛擬地球的視窗。

「賈克斯，我得去打個電話，你自己先練習一下看看怎麼飛過那個深谷。」

「妳會後悔的。」賈克斯說。「下次比賽我一定會打敗妳。」

安娜把遊戲切換到練習模式，這樣賈克斯練習的時候會比較輕鬆，免得每次不小心失手掉到谷底又要爬上來。接著她打開視訊電話視窗，打電話給戴瑞克。

「我要聽你親口告訴我那不是真的。」她說。可是一看到他的表情，她就知道他真的簽約了。

「我本來不希望妳收到訊息才知道。我正要打電話給妳，可是——」

安娜驚訝得不知道該怎麼說。「你為什麼要這樣做？」戴瑞克猶豫了很久沒說話，於是她又繼續問：「你是為了錢嗎？」

「不是！當然不是！我只是認為馬可說的話有道理，而且它已經夠大了，可以自己做決定。」

「我們不是談過這件事嗎？你不是也認為最好等它有經驗了再說？」

「我知道。可是後來我——我覺得自己操心過度了。」

「操心過度？馬可面臨的風險，不只是像擦破膝蓋那樣而已。熱慾公司等於是要在他腦子裡動手術。這怎麼能叫操心過度？」

他猶豫了一下，然後說：「因為我發現，時候到了，我該放手了。」

「放手？」難道他認為保護馬可和波羅只是一種幼稚的念頭，現在已經可以拋到腦後。「沒想到你居然會這麼想。」

「本來我也不是這麼想，不過最近想通了。」

「這是不是代表你已經不想以後讓馬可和波羅變成公司？」

「沒有啊。我還是打算讓他們變成公司。我只是——」他又遲疑了一下。「我只是不再那麼執著。」

「不再那麼執著？」安娜開始懷疑自己是不是真的了解戴瑞克。「嗯，你高興就好。」

這句話似乎傷到他了，可是她根本不在乎。「這對大家都有好處。」他說。「這樣一來，數位寶就可以去『真實空間』——」

「我知道我知道。」

「真的，我覺得這是沒辦法中的辦法了——」這話連他自己都不相信。

「這怎麼會是沒辦法中的辦法？」她問。戴瑞克沒說話，而她一直瞪著他。

「我晚一點再跟你談。」話一說完，安娜關掉電話視窗。一想到馬可可能會有什麼遭遇，她心都碎了。馬可甚至不知道熱慾公司要它去做什麼。她告訴自己，妳救不了所有的數位寶。但她萬萬沒想到被犧牲掉的會是馬可。她覺得戴瑞克的想法大概和她一樣，他心裡明白總得要有人犧牲。

她看著虛擬地球的視窗，看到賈克斯駕著懸浮車上上下下，乍看之下彷彿小孩子坐在沒有軌道的雲霄飛車上。現在她還不想告訴它熱慾公司的事，因為一旦它知道了，他們就勢必要開始討論馬可未來會怎麼樣。此刻她實在沒有勇氣討論這件事。此刻，她只想看著它玩遊戲，然後試著認真去想神經原基因組真的要開始移植了。此刻的感覺很奇怪。那不像是鬆了一口氣，因為付出了很大的代價。但無可否認，她確實很高興賈克斯未來的道路上最大的障礙消失了，而且她也不必去五次元公司工作。還要等好幾個月移植才會完成，不過，既然終點已經在望，時間會過得很快。再過不久，賈克斯就可以去真實空間，和它的朋友重聚，重新回到社交的宇宙。

然而，未來不見得是一帆風順。未來還是會有無數障礙需要克服。她想像有一天賈克斯變成了一家公司，取得了法人資格，開始去工作謀生。她想像有一天它加入數位寶的次文化社團，而那個社團很有錢，有足夠的技術在必要的時候移植到另一個新平台。她想像有一天，新一代的人類都是跟數位寶一起長大的，把它們當成潛在的夥伴，接納它們。這是她這一代的人類絕對做不到的。她想像有一天它愛上別人，而別人也愛上了它，然後互相爭吵，然後和好如初。她想像有一天它會願意犧牲。做出犧牲的決定，有時候會很難，有時候根本不需要猶豫，因為那是為了它的摯愛。

過了幾分鐘，安娜告訴自己別再胡思亂想了。賈克斯不見得有能力去做她剛剛想像的那一切。不過，要是希望有一天它會有機會去嘗試那一切，那麼，她就必須先做好眼前的工作：竭盡所能的教它如何生活。

她開始一步步關掉遊戲，透過對講機對賈克斯說：「好了，賈克斯，遊戲時間過了。」她說。「該去做功課了。」

戴西的專利機器保母

俄亥俄州阿克倫心理博物館
「有缺陷的小大人——一七〇〇至一九五〇年間對待兒童的態度」展覽
導覽手冊內容

機器保母是瑞吉諾戴西發明的。他是數學家，一八六一年生於英國倫敦。戴西本來想製造一部機器老師，靈感來自於錄音技術的最新發展。數學家查爾斯巴貝奇曾經發表了一種「分析機」的設計概念，而這種分析機裡有一個計算器。戴西設法把那個計算器改造成一台機器，可以教文法和算術。戴西設計那部機器，並不是為了要取代老師。那是設計給老師和家庭教師用的一種省力的輔助工具。

接連好幾年，戴西不眠不休的研發那部機器，就連太太過世的時候都不肯中斷。他太太艾蜜莉是在一八九四年因難產而死。

不過幾年後，他的研究方向改變了，因為他發現兒子萊諾被保母虐待。大家幫那位保母取了個名字叫「吉布遜保母」。戴西自己小時候是被一個很溫柔的保母養大的，所以多年來，他一直以為他聘請的這位保母也會同樣對待他兒子，甚至偶爾還會提醒她不要太寵孩子。沒想到他發現，這位吉布遜保母常常打他兒子，甚至給他兒子吃一種味道很難聞的強力瀉藥作為懲罰。當他發現自己的兒子活在這位保母的恐怖陰影中，他大受震驚，立刻開除了那位保母。事後，他小心翼翼面試了好幾個保母，沒想到卻發現她們帶小孩的方式南轅北轍。有些保母對孩子很溫柔，但有些甚至比吉布遜保母還嚴厲。

最後戴西還是聘請了一位保母，不過卻常常叫她帶兒子到實驗室來就近監督。對他兒子來說，實驗室簡直就是天堂，因為他只有在戴西面前才需要表現得很乖。從前他聽布吉布遜保母說過兒子的狀況，而現在他就近觀察兒子的行為，發現兩者有很大的差異，這促使他開始研究一種最理想的帶孩子的方式。基於他的數學背景，他把孩子的情緒狀態看成是一種不穩定的平衡系統。他那個時期的筆記有一段內容是這樣的：「寵愛會導致孩子不乖，激怒保母，促使她用過於激烈的方式處罰孩子，事後保母會感到後悔，基於補償心理，她會更溺愛孩子。這就像是一個顛倒的鐘擺，擺動的幅度會越來越大。只要能夠把鐘擺放正，我們就不需要再矯正這種現象。」

戴西想把他的哲學傳授給萊諾的歷任保母，結果她們都告訴他，他兒子根本不聽話。戴西似乎沒有想到，他兒子在他面前和在保母面前表現不一樣。相反的，他認定保母太情緒化，沒有遵循他的指導教養孩子。一方面，他認同自古流傳的觀念，認為女人天生就很情緒化，不適合教養孩子。但另一方面他也有不同的想法。他認為過度懲罰就像過度溺愛一樣，都是有害的。最後他的結論是，能夠遵守他指導的保母，只能靠他自己製造。

他寫信給同事，告訴他們他為什麼決定改變研究方向，研發機器保母。他列舉了很多理由。第一，製造這種機器保母比製造機器老師容易多了，而且，販賣這種機器人還可以籌募資金，用來研發機器老師，讓機器更臻完美。第二，他認為機器保母是一種很好的機會，可以及早介入孩子的教養。趁孩子還在嬰兒期就交給機器保母照顧，這樣就可以確保孩子不會染上壞習慣，免得日後還要矯正。「孩子並不是生來就壞，而是被那些負責養育他們的人帶壞的。」他信裡寫說。「理性的教養方式會培養出理性的孩子。」

戴西從來不認為孩子應該交給父母教養，而這也顯示出維多利亞時期對於孩子教養的態度。由於他也親自教養過萊諾，所以他在信中寫說：「我自己帶過孩子，所以我知道這導致了我極力想避免的各種風險，因為，儘管我比任何一個女人都更理性，可是一看到孩子那種快樂或是難過的表情，我還是會受影響。但不管怎麼樣，進步是一點一滴累積起來的，儘管我兒子萊諾已經來不及從我的研究成果得到全面的好處，不過他明白我的研究是很重要的。如果這部機器能夠達到完美的境界，那就代表其他父母能夠在更理性的環境裡養育他們的孩子，而這是我沒辦法給自己孩子的。」

戴西和湯瑪斯布瑞福公司簽約，委託他們製造機器保母。那家公司是縫紉機和洗衣機的製造商。機器保母軀體主要是一具發條驅動的時鐘，這座時鐘設定了餵食和搖孩子的時間。大多數時間，兩條手臂都保持著抱孩子的姿勢，不過在某些時段，手臂會把孩子舉起來，變成餵食的姿勢，而且會露出一個橡膠乳頭，乳頭連接到一個容器，裡面裝滿了沖泡好的牛奶。機器保母身上有一根曲柄搖桿，用來上緊發條，另外還有一根小搖桿，用來上緊唱機的發條。唱機會播放搖籃曲，做得特別小，放在機器保母頭部，而且只能播放特製的小唱片。機器保母的底座有一片踏板，用來給糞尿泵浦加壓。嬰兒的橡膠尿布有兩條管子連接到泵浦。泵浦加壓後產生吸力，把嬰兒的糞尿吸到尿壺裡。

一九〇一年三月，機器保母開始公開銷售。〈倫敦畫報〉登出了一則廣告：

不要把孩子交給你不了解的女人照顧。購買照顧孩子的機器，擁抱現代科技。

戴西的專利機器保母

獨一無二的優勢取代保母：

- 它會讓你的孩子養成規律的習慣，準時喝奶準時睡覺。
- 它會安撫你的孩子，不會在孩子的牛奶裡偷加安眠藥。
- 它會晝夜不停的工作，不需要休息，不會偷你的東西。
- 它會讓你的孩子遠離壞女人，永遠不會受到不良影響。

顧客的熱情推薦，請大家參考：

「我們的孩子現在乖得不像話，和他在一起其樂融融。」

——柯溫灣，曼罕尼克太太

「比起先前我們聘請的愛爾蘭女孩，機器保母強太多了。這是上帝給我們家的恩賜。」

——伊斯特本，海斯丁太太

「真希望我也是機器保母養大的。」

——安德沃爾夫特，戈登太太

湯瑪斯布瑞福公司

倫敦菲利街六十八號

暨曼徹斯特分公司

值得注意的是，廣告的重點並不是養育出理性的孩子，而是喚起父母的恐懼，強調保母不值得信任。這可能只是戴西的商業夥伴湯瑪斯布瑞福公司高明的行銷手法，但有些歷史學家認為這顯露出戴西研發機器保母的真正意圖。戴西總是強調他研發的機器老師是要給家庭教師當輔助工具，可是他設計機器保母卻是為了要徹底取代人類保母。保母都是出身勞工階層，而家庭教師主要來自上流階層。從這個角度看來，這意味著戴西潛意識裡有階級歧視。

無論是產品的哪個特點吸引了顧客，機器保母確實流行了一陣子，半年裡就賣出了一百五十多個。戴西宣稱，購買機器保母的家庭都非常滿意機器人的服務品質，不過這卻無從查證。廣告上的顧客推薦可能是虛構的。這是那個年代的慣例。

不過可以確定的是，一九〇一年九月，有一個機器保母發條斷裂，結果把一個名叫奈吉爾霍桑的小嬰兒活活摔死。嬰兒被摔死的消息很快就傳開，戴西面臨退貨的狂潮，所有的家庭都把他們的機器保母退回去。他仔細檢查霍桑家的機器保母，發現裡面的機件被變造過，目的是為了讓機器人運作時間更長，不需要常常上緊發條。他在報上刊登了一則全頁廣告，不過措詞很謹慎，儘量不去指責孩子的父母。廣告裡堅稱，只要操作適當，機器保母是絕對安全的。可惜他的努力完全白費，再也沒有人願意把孩子託付給戴西的機器人。

為了強調機器保母是絕對安全的，戴西大膽宣告他會把自己下一個孩子交給機器人照顧。如果他真的做了這件事，他可能就有機會贏回社會大眾對機器人的信任，只可惜，戴西一直沒機會去做，因為每次碰到適合娶回家當太太的女人，他老是告訴對方，他打算把孩子交給機器人照顧。他向女人求婚的時候，簡直就像邀請對方共襄盛舉，參與一個偉大的科學事業。結果，根本沒半個女人對他的計畫有興趣，而他還覺得很困惑。

一個又一個的女人拒絕他的求婚。過了幾年，戴西終於放棄了，不再想把機器保母賣給充滿敵意的社會大眾。他的結論是，這個社會還不夠開明，無法體會機器保母的好處。同時，他也放棄了研發機器老師的計畫，重回老本行，研究純粹數學。他不斷發表數論的論文，同時在劍橋大學講課。一九一八年爆發全球大流感，他罹病過世。

機器保母本來會徹底被世人遺忘，可是在一九二五年，〈倫敦時報〉刊登了一篇報導，標題是「科學的災難」。那篇報導用嘲弄的口吻描述幾項失敗的發明和實驗，其中就包括機器保母。文章裡形容機器保母是「一種駭人聽聞的機器，發明機器的人一定很鄙視小孩。」當時瑞吉諾戴西的兒子萊諾已經是一個數學家，而且追隨父親的腳步研究數論。他很生氣，寫了一封措詞強烈的信給《倫敦時報》，要求他們撤回報導。報社拒絕撤回，他立刻提出告訴，控告報社毀謗，但官司最後還是輸了。萊諾不肯善罷干休，於是就展開宣傳活動，企圖證明機器保母是一種安全可靠的產品，充分實踐了充滿人道精神的幼兒教養理論。他甚至自費出版了一本書，闡揚他父親的理論，教大家要怎麼養育出理性的孩子。

當年的機器保母都放在他家的大莊園裡。他把那些機器保母拿出來重新整修，並且在一九二七年重新上市銷售，可是根本沒人買。他認為這都要怪英國的上流階層太執迷於身分地位。因為家電產品目前已經打入中產階級家庭，號稱是「電動僕人」，所以他宣稱上流階層堅持聘請人類保母是因為他們只注重外表，根本不在乎她們有沒有把孩子照顧好。不過，萊諾的同事則是認為，機器保母賣不出去應該怪萊諾完全不改良產品。有個商業顧問建議他把機器人的發條驅動裝置拆掉，改用電動馬達，他卻不理不睬。另一位顧問建議他不要用戴西的名義推出產品，結果被他開除。

就像他爸爸一樣，萊諾最後也決定把自己的孩子交給機器保母。不過，他並不是去找一個肯嫁他的女人幫他生孩子。一九三二年，他收養了一個嬰兒，可是接下來的幾年一直沒有消息，於是，有一個很八卦的專欄作家寫了一篇文章，說那個孩子被機器保母害死了，不過當時根本沒人對機器保母有興趣，所以也就沒人去查證。

後來，要不是因為薩克萊藍布海德醫師，有關這孩子的真相將會永遠石沈大海。一九三八年，藍布海德醫師到布萊登智能障礙療養院（現在叫「貝里斯之家」）做諮詢的時候，看到一個名叫艾德蒙戴西的孩子。根據住院記錄，艾德蒙是機器保母養大的，可是到了他兩歲那一年，萊諾覺得應該把他轉交給人類照顧，因為不管他叫艾德蒙做什麼，艾德蒙都沒反應。沒多久，醫師診斷出那孩子是「弱智」。萊諾認為這樣的孩子不適合用來當做機器保母的廣告題材，於是就把艾德蒙送到布萊登療養院。

療養院的人之所以會找藍布海德醫師來諮詢，是因為艾德蒙身材特別矮小。雖然他已經五歲，可是身高體重卻像三歲小孩。布萊登療養院的孩子都會越長越高，而且比別的療養院的孩子健康，因為這裡的護士常常會跟孩子互動，而當時流行的療養方式卻是儘量少跟孩子互動。護士對孩子很溫柔，而且跟他們有很多肢體接觸。所以這些孩子才沒有出現所謂的「心理社會性侏儒症」。所謂「心理社會性侏儒症」，是指情緒壓力會導致孩子的生長激素分泌減少。當時孤兒院的孩子普遍都有這種狀況。

護士推斷，艾德蒙戴西之所以生長遲緩，正是因為它是機器保母養大的，缺乏人類的碰觸。這推斷是很合理的。那些護士認為，在她們的照顧下，他的身高體重應該會逐漸增加。可是，在療養院待了兩年，在護士的細心呵護下，艾德蒙卻幾乎沒長大。於是護士開始探索潛在的生理因素。

藍布海德推測，這孩子確實有「心理社會性侏儒症」，但狀況是顛倒的。艾德蒙需要的並不是和人類有更多肢體接觸，而是需要和機器接觸。他身材矮小，並不是因為他被機器保母照顧了兩年，而是因為他爸爸覺得應該把他轉交給人類照顧，不再讓他接觸機器保母。如果這個推論是正確的，那麼，把機器保母找回來，這孩子就會恢復正常成長。

藍布海德找上了萊諾戴西，請他提供一個機器保母。幾年後，他把當年和萊諾交談的內容寫成一篇論文，內容如下：

（萊諾戴西）說他打算找另一個孩子重新做一次實驗，不過他必須先確定孩子的生母沒有不良的家族遺傳。他認為艾德蒙的實驗之所以會失敗，是因為那孩子天生就是弱智，而這一定是因為艾德蒙的生母有問題。我問他對艾德蒙的生父生母有多少了解，他卻理直氣壯的說他一無所知。後來我去拜訪一家孤兒院。當年萊諾就是在那家孤兒院領養了艾德蒙。根據那家孤兒院的紀錄，艾德蒙的生母名叫艾蓮娜哈代，原先是萊諾戴西的女傭。在我看來，艾德蒙顯然是萊諾戴西的私生子。

萊諾戴西不肯捐贈機器保母，因為他認為那個實驗是失敗的，不過他同意賣一個給藍布海德。藍布海德把機器人保母運到布萊登德療養院，在艾德蒙的房間裡啟動。那孩子一看到機器保母，立刻衝上去抱住它，而接下來的幾天，只要機器保母在旁邊，他都會開開心心的玩玩具。接下來的幾個月裡，護士發現艾德蒙的身高體重逐漸穩定增長。這證明藍布海德的診斷是正確的。

療養院的人認為艾德蒙認知遲緩是先天的障礙，所以，只要他身體健康、過得開心，他們就滿意了。然而藍布海德認為，這孩子和機器保母的關係太親密，這對孩子造成的影響可能遠超乎大家的預期。當年醫師之所以診斷艾德蒙是先天弱智，是因為艾德蒙對別人的教導沒有反應。藍布海德懷疑這可能是醫師誤診。他認為，如果讓機器來教導艾德蒙，艾德蒙可能會比較有反應。很可惜，他沒辦法做實驗證實他的猜測。雖然當年瑞吉諾戴西已經完成了機器老師，但機器老師沒辦法提供艾德蒙所需要的教導。

一直到了一九四六年，科技終於發展出他所需要的技術。藍布海德常常去芝加哥的阿岡國家實驗室演講，主題是放射線疾病。正因為這樣，他和那裡的科學家關係很不錯。他們帶他去看史上第一個遙控機械手臂的展示。那機械手臂是用來處理輻射物質的。他立刻就意識到這種裝置對艾德蒙的教育可能會有幫助，於是他就拜託實驗室把一組織機械手臂送到布萊登療養院。

當時艾德蒙已經十三歲了。護士一直嘗試要教導他，可是他都不理不睬。沒想到，機械手臂立刻就引起他的注意。護士直接跟艾德蒙說話的時候，他都沒反應，後來護士透過一種對講機系統模擬機器保母唱機的聲音跟他說話，他立刻就有反應了。過了幾個星期，他們發現艾德蒙顯然並不是像先前大家所認定的那樣認知遲緩。那只是因為她們缺乏適當的工具和他溝通。

藍布海德把艾德蒙最近的發展狀況告訴萊諾戴西，說服了他到療養院看艾德蒙。當萊諾發現艾德蒙展現出旺盛的好奇心，他立刻意識到自己對艾德蒙的智能發展造成了多大的傷害。藍布海德在論文裡提到：

他顯然極力在克制自己的情緒，因為他發現自己為了追隨父親的腳步造成了什麼後果：他導致一個孩子只知道黏著機器人，完全沒辦法和人溝通。我聽到他悄悄說了一句：「對不起，父親。」

「我相信你父親一定明白你是出於好意。」我說。

「藍布海德醫師，你誤會了。如果我是一般的科學家，那麼，就算我拚命想證明他的理論，無論結果如何，都只是表示我受到他很大的影響。可是，正因為我是瑞吉諾戴西的兒子，我兩度證明了他的理論是錯的，因為我的一生正足以顯示一個父親對孩子的影響有多大。」

離開療養院之後，萊諾戴西立刻在家裡安裝了對講機系統和機械手臂，把艾德蒙帶回家。他一直透過那些機械和兒子溝通，直到艾德蒙在一九六六罹患肺癌過世。隔年，萊諾戴西也過世了。

這裡展示的機器保母就是藍布海德醫師當年買下的。它一直在療養院裡幫忙照顧艾德蒙。自從兒子過世後，萊諾戴西摧毀了所有的機器保母。阿克倫心理博物館很感謝藍布海德醫師捐贈這具獨一無二的機器。

真實的真相、感覺的真相

女兒妮可還是小嬰兒的時候，我讀到一篇文章說，以後再也不需要教孩子讀寫，因為語音辨識和語音合成技術很快就會成熟，到時候讀寫能力就會變成多餘的。看了這篇文章，太太和我都嚇壞了。後來我們決定，無論科技怎麼發展，我們還是會要求女兒具備傳統的讀寫能力。

事實證明，那篇文章的作者和我都只對了一半。現在妮可已經成年，跟我一樣也有閱讀能力，可是從某個角度來看，她等於是失去了書寫能力。不過，她並不是像那篇文章預測的那樣，對電腦口述一段話，透過語音辨識功能打成文字，然後再讓虛擬祕書朗讀那段文字。實際的情況是，妮可現在使用的是一種「虛擬視網膜顯示技術」。她只要在心裡默念一段話，視網膜投影器就會把那些文字顯示在她的視野中，而她透過轉動眼球和一些手勢就可以修改那些文字。從實際應用的角度來看，她確實有書寫能力。可是，如果拿走那些輔助軟體，丟給她一個我至今還死抱著不放的鍵盤，那麼，光是一個句子裡就有很多字她拼不出來。對她來說，在某些特殊的情況下，英語變得有點像是第二語言。也就是說，雖然她能夠很流利的說英語，可是卻不太會寫。

聽起來有點像是我對妮可的智力表現感到失望，不過根本不是這麼回事。她很聰明，而且全心全意投入美術館的工作。她本來有機會從事別的工作賺更多錢，但她並沒有那樣做。她的成就一直令我感到驕傲。然而，我內心深處依然躲著一個從前的我，而那個我發現女兒喪失了拼字能力，嚇得驚慌失措。無可否認，現在的我還是跟從前一樣。

自從當年讀到那篇文章之後，到現在已經過了三十多年，而這三十多年裡，我們的生活經歷了許多意想不到的改變。最慘烈的變化出現在妮可的媽媽安琪拉身上。有一天她忽然說，和我們一起生活越來越無趣，她應該要過更好的生活，於是接下來的十年，她跑遍了全世界。不過，妮可失去拼字能力的過程則是一種無形的、逐漸的改變。軟體不斷推陳出新，功能越來越強，讓大家的生活越來越方便。而且，那些軟體剛推出的時候，我並不排斥。

所以，每次有新產品出現的時候，我並不會覺得世界末日快到了。我像大家一樣很樂於迎接新科技。可是，當「水石」公司推出新的搜尋工具「天眼」的時候，我忽然很擔心。過去任何一種產品推出的時候我都不曾像現在這樣擔心。

多年來，好幾百萬人身上都裝著攝影鏡頭，持續記錄生命中的每一刻，留下了「生命誌」檔案。其中有些人和我年紀差不多，不過絕大多數都比我年輕。大家會基於各種不同的理由去看生命誌的檔案，例如，回味生命中某些美妙的時刻，或是追蹤過敏反應的原因。不過，大家都只是偶爾去看看，沒有人會一天到晚搜尋各種主題，篩選結果。生命誌是你能想像得到的最完整的相簿，不過就像絕大多數的相簿一樣，平常都是束之高閣，只有在某些特殊的日子才會去翻翻。如今，水石公司企圖改變這種現象。他們說，只要你說出「針」這個字眼，「天眼」的演算法就會立刻在一堆乾草裡找出那根針。

天眼會監視你和別人談話的內容。如果你提到過去的某件事，天眼就會把當時的影片顯示在你視野的左下角。例如你說：「還記得我們在婚禮上跳的康康舞嗎？」，天眼就會立刻顯示那段影片。而且，天眼監視的不只是你和別人談話的內容，還會監視你心裡想的話。如果你心裡想著：「我去過的那家川菜餐廳——」，你的聲帶就會跟著震動，說出那句話，而天眼就會立刻顯示那段影片。

無可否認，這種軟體用處很大，例如當你問：「鑰匙丟到哪裡去了？」，你馬上就會找到答案。然而，水石公司並不只是想把天眼當成一種很方便的虛擬助手。他們的企圖，是用天眼來取代你天生的記憶。

…………………

那年夏天，那個歐洲人住到他們村子的時候，吉金迦才十三歲。長老沙比是全村公認的酋長。那天，沙塵滿天的哈麥丹風正從北邊吹過來，沙比向全村的人宣布有個歐洲人要到他們村子裡住。

當然，一開始大家都很緊張。「我們做錯了什麼嗎？」吉金迦的爸爸問沙比。

歐洲人第一次來到蒂夫區，是在好幾年前。當時有幾個長老說，他們總有一天會走的，我們又可以像從前那樣過日子。在那一天來臨之前，蒂夫族還是要跟他們好好相處。這意味著蒂夫族的生活會有很多改變，不過這並不代表歐洲人會跟他們一起生活。歐洲人會到村子裡來，通常是為了收稅，用來修築公路。他們更常去找別的部族，因為那裡的人不肯繳稅。不過，他們很少去找尚迦夫族。沙比和尚迦夫族的長老都認為乖乖繳稅比較好。

沙比叫大家不要擔心。「這個歐洲人是一個傳教士，這代表他只會禱告，沒有權力懲罰我們，不過，只要我們好好招待他，他上面那些長官會很高興。」

他交代村人幫那位傳教士蓋兩間小屋，一間當臥室，一間當客廳。接下來的幾天，大家除了忙著收割幾內亞高粱，每個人都會抽空去幫忙鋪磚頭，打地樁，用草編屋頂。後來，當房子差不多快蓋好，開始鋪地板的時候，那位傳教士到了。最先出現的是幫他搬行李的人。大家遠遠就看到他們扛著箱子沿著木薯田間的小路走過來。那位傳教士是最後到的。他沒有扛東西，但明顯看得出來他已經累得筋疲力盡。他叫莫斯比。他謝謝大家這麼辛苦幫他蓋房子。他想幫忙蓋房子，但大家很快就發現他什麼都不會。他只好坐在一棵刺槐豆樹的樹蔭下，用一塊布擦頭。

吉金迦很好奇的看著那位傳教士。傳教士打開一個箱子，從裡面拿出一個東西。那東西第一眼看起來像是一塊木頭，可是傳教士卻翻開那塊木頭，這時吉金迦才明白那是一大疊紙緊緊綁在一起。吉金迦從前看過紙。每次歐洲人來收稅的時候，都會給他們一張紙，證明他們已經付過稅金。不過，傳教士看的那些紙顯然不太一樣，一定有別的用處。

那個人注意到吉金迦正在看他，就叫吉金迦過去。「我叫莫斯比。你叫什麼名字？」

「我叫吉金迦，我爸爸叫歐加。他是尚迦夫族。」

傳教士翻開那疊紙，伸手指了一下。「你有沒有聽過亞當的故事？」他問。「亞當是第一個人類。我們都是亞當的子孫。」

「在這裡，我們是尚迦夫的子孫。」吉金迦說。「蒂夫區的每一個人都是蒂夫的子孫。」

「沒錯。不過你的祖先蒂夫就像我的祖先一樣，也是亞當的子孫。所以我們都是兄弟，你明白嗎？」

傳教士的舌頭好像太大，說話聲音怪怪的，不過吉金迦還是聽得懂他在說什麼。「我明白。」

莫斯比微微一笑，指著一張紙。「這張紙說的就是亞當的故事。」

「紙怎麼會說故事？」

「這是一種藝術。我們歐洲人懂這種藝術。某個人說話的時候，我們會在紙上畫符號。另外一個人看到那張紙，看到那些符號，就會知道第一個人發出哪些聲音。透過這種方式，第二個人就可以聽到第一個人說了些什麼。」

吉金迦記得爸爸跟他說過老貝格巴的事。老貝格巴是野外生活的第一高手。他爸爸說：「比如說，我們只看到前面有一堆亂草，可是他卻看得出來有一隻豹子在那裡殺了一隻蔗鼠，把牠的屍體拖走了。」貝格巴看看地上就知道那裡發生過什麼事，就算當時他人並不在那裡也一樣。歐洲人的藝術大概就像這樣。有些人很懂得解釋符號，所以，就算他沒有在現場聽人說故事，他還是聽得到那個故事。

「可不可以把那張紙說的故事說給我聽？」

於是莫斯比就跟他說了一個故事。故事裡，亞當和他太太夏娃被一條蛇騙了。然後他問吉金迦：「你喜歡這個故事嗎？」

「你實在很不會說故事，不過這故事還不錯。」

莫斯比笑起來。「你說得沒錯，我還不太會說蒂夫族的語言。不過，這是一個很好的故事，是天底下最古老的故事。早在你的祖先蒂夫還沒出生之前，就有人說了這個故事。」

吉金迦說：「那張紙不可能那麼老。」

「沒錯，這張紙並不老，不過上面的符號是從更老的紙上複製過來的，而更老的紙上的符號是從更老的紙上複製過來的，一次又一次。」

如果真是這樣，那就太厲害了。吉金迦很喜歡這個故事。老故事通常都是最好的。「這些紙上還有多少故事？」

「很多很多。」莫斯比翻翻那疊紙，吉金迦看到每張紙上都畫著滿滿的符號。那裡面一定有很多很多故事。

「你剛剛說的那種藝術，解釋紙上的符號，只有歐洲人可以學嗎？」

「不是。我可以教你。你想學嗎？」

吉金迦小心翼翼的點點頭。

……………………

身為新聞記者，我一直都很欣賞生命誌的用途，因為那可以用來找出事件的真相。法庭審理案件的時候，無論是刑事案還是民事案，幾乎每一個案件都會動用到某個人的生命誌，而且效果絕佳。牽涉到公眾利益的時候，找出真相是非常重要的。在社會契約裡，正義是不可或缺的，而找出真相才會有正義。

然而，在個人日常生活方面，我並不覺得生命誌有什麼用。生命誌剛開始流行的時候，有些夫妻認為他們可以用生命誌來解決紛爭，確認對方是不是真的說過某些話。他們用生命誌裡的影片當證據。然而，要想找到對的影片並不容易，除了那種死不罷休的人之外，大家最後都會放棄。由於使用很不方便，所以只有在非找出真相不可的情況下，比如為了維護正義，大家才會動用到生命誌。

而現在，有了天眼，找出正確的影片就容易多了。於是，原先那些幾乎快被人遺忘的生命誌現在都被拿出來仔細檢查，彷彿那是什麼犯罪現場，到處都是證據。很多夫妻吵架都用這個來解決紛爭。

基本上我是新聞組的記者，不過我也會寫專題報導。有一次，我告訴總編輯說我想寫一篇專題報導，探討天眼可能會有什麼缺點，他答應了。我第一個訪談對象是一對夫妻，男的叫喬爾，是一個建築師，女的叫蒂爾德莉，是一個畫家。我問他們對天眼有什麼看法，他們很樂於說。

「有些事喬爾明明不知道，偏偏還是要說他早就知道。老是這樣。」蒂爾德莉說。「我被他氣個半死，因為他死都不肯承認他原先並不是那樣想。不過現在，我有辦法讓他承認了。舉個例子，最近我們談到過麥奇崔綁架案。」

她傳送了一段影片給我。影片裡是她和喬爾爭執的畫面。我的視網膜投影器顯示了那段影片，畫面上是一個雞尾酒會的現場，從蒂爾德莉的視線拍的，喬爾正在跟幾個人說：「事情很清楚，他剛被逮捕的時候，我就認為是他幹的。」

蒂爾德莉的聲音說：「你本來不是那樣說的。幾個月前你還說那不是他幹的。」

喬爾搖搖頭。「亂講，是妳記錯了。我說的是，就算確實是他幹的，他還是應該要受到公平的審判。」

「你才不是那樣說。你說他是被冤枉的。」

「那是別人說的吧？才不是我。」

「沒錯，就是你。你自己看。」另一個視窗跳出來，她從生命誌裡找出另一個片段傳送給另外那些人看。那段影片裡，喬爾和蒂爾德莉坐在一家咖啡廳裡，喬爾正在說：「他是代罪羔羊。警方必須安撫社會大眾，所以就抓了一個冤大頭交差，這下子他死定了。」蒂爾德莉回答說：「你覺得法院不可能會判他無罪嗎？」喬爾說：「除非他請得起名牌律師，不過我跟妳打賭，他絕對請不起。像他這種階層的人永遠得不到公平的審判。」

我關掉兩個視窗。蒂爾德莉說：「要不是因為有天眼，我永遠沒辦法逼他承認他改變過立場。這下子我有證據了。」

「好，這次算妳贏。」喬爾說。「不過妳幹嘛在朋友面前讓我下不了台？」

「你不也老是當著朋友的面糾正我？你可以，我就不可以？」

到了這種程度，追求真相對大家就不再有好處。如果爭執的雙方有私人關係，那麼對他們來說，更重要的事還多得很，追根究柢找真相可能會傷害到他們的關係。如果兩個人去度假，最後敗興而歸，那麼，追究是誰提議要去度假的，還有什麼意義嗎？夫妻雙方偶爾會叫對方幫忙做一件事，而對方有時會忘記，那麼，真的有需要知道是誰比較常忘記嗎？我不是什麼婚姻專家，不過我知道婚姻專家常常會說：搞清楚誰對誰錯解決不了問題。夫妻應該要多顧慮對方的感受，說出問題，共同面對。

接下來我訪談的對象是水石公司的發言人艾莉卡梅耶斯。一開始她滔滔不絕說了一堆公司的願景，天眼對社會大眾有什麼好處之類的，全是老套。「讓資訊變得更容易搜尋，本質上是有好處的。」她說。「取之不盡的影片徹底改變了警方辦案的模式。完善的資料管理會讓公司的運作更有效率。而對一般人來說，如果我們的記憶變得更可靠，結果也是一樣的：我們不但工作會更順利，生活品質也會更好。」

我提到喬爾和蒂爾德莉的事，問她有什麼看法，她說：「如果你們的婚姻幸福美滿，天眼就不會造成傷害。不過，如果你老是拚命想強調自己是對的，對方是錯的，那麼，無論你有沒有用天眼，你們的婚姻都註定會出問題。」

在這件事情上，我不得不承認她說的有道理，不過我還是問她，即使婚姻幸福美滿，天眼會不會導致夫妻雙方更容易發生這樣的爭執，導致他們老是想吵贏對方？

「完全不會。」她說。「他們這種老是想吵贏對方的心態，並不是天眼造成的。他們是自己變成那樣的。換成是別的夫妻，說不定用了天眼之後，反而發現兩個人都記錯了，那麼下次再碰到類似的問題，他們就會更體諒對方。我估計，在我們的顧客當中，後面這種狀況會比較多。」

真希望我能夠像艾莉卡這麼樂觀，可惜我心裡明白，新科技引發出來的，通常都不是人性比較美好的那一面。誰會不想證明自己的看法是對的？我很清楚我自己就會像蒂爾德莉那樣用天眼，而且我不確定那樣做對我真的會有好處。隨便一個用網路上癮的人都明白，科技很容易讓人養成壞習慣。

⋯⋯⋯⋯⋯⋯⋯⋯

莫斯比每隔七天就會向村民佈道。佈道的那一天是休息的日子，大家會釀啤酒喝。莫斯比似乎不太贊成大家喝啤酒，但他不想在大家工作的日子提這件事。他告訴大家，歐洲人的上帝說，只要遵守祂的規定，大家的生活就會改善，至於遵守規定究竟會怎麼改善生活，他的解釋實在沒什麼說服力。

不過，莫斯比很會用藥幫人治病，而且很樂意學習下田和大家一起工作，所以大家越來越能夠接納他。吉金迦的爸爸偶爾讓他去找莫斯比學寫符號的藝術。莫斯比說他也可以教別的孩子，所以有一段時間，吉金迦那幾個同年齡的玩伴也跟他一起去學，不過他們主要是想證明他們也敢和歐洲人在一起。沒多久，那些孩子開始覺得無聊，最後都跑光了，不過吉金迦還是很有興趣學寫符號，而且他爸爸認為讓他去學，歐洲人會很開心，所以就允許吉金迦每天都去。

莫斯比告訴吉金迦，人嘴巴發出的每一種聲音都分別代表紙上的某個符號。那些符號排成一行一行，就像田裡那一排排的作物一樣。看著一行符號，就像沿著一排作物往前走，嘴巴唸出每個符號代表的聲音，然後你就會發現自己說出了原先那個人說的那句話。莫斯比給他一根小小的木頭，木頭中央有黑黑的像木炭一樣的東西。莫斯比教他用那根木頭在紙上寫出每個不同的符號。

上課的時候，莫斯比通常都會先說一句話，然後在紙上寫下來，例如他會說：「到了晚上我會睡覺。」Tugh mba a ile yo me yae。例如他說：「有兩個人。」loruv mban mba whar。吉金迦跟著在自己的紙上寫下那些符號。寫完之後，莫斯比會拿過去看。

「寫得很好。不過你寫的時候，符號之間要有間隔。」

「有啊。」吉金迦指著兩行之間的間隔說。

「噢，我說的不是那個。你有沒有看到在同一行裡面，符號之間有間隔？」他指著自己那張紙。

吉金迦明白了。「你那些符號都擠在一起，我寫的都排得很平均。」

「那不只是幾個擠在一起的符號。那是……我不知道這種擠在一起的符號你們叫做什麼。」他拿起桌上薄薄的一疊紙翻了幾下。「你們這裡，我好像沒看過這種東西。在我的家鄉，這種東西我們叫做字。我們寫字的時候，字和字中間會有間隔。」

「字是什麼？」

「嗯，該怎麼解釋呢？」他想了一下。「如果你慢慢說，你每說一個字都會停一下，所以我們寫的時候，字和字中間會有間隔。比如說，你 今 年 幾 歲 了？」他邊說邊寫在紙上，每說完一個字，紙上那個字後面就會留下間隔：Anyom a ou kuma a me。

「可是，你是外國人，所以你說得很慢。我是蒂夫族，所以我說話的時候，字和字中間不會停。所以，寫的時候不是應該連在一起嗎？」

「那不是你說話快不快的問題。不管你說快還是說慢，寫字還是要這樣寫。」

「那為什麼字和字中間要有間隔？」

「因為這樣比較容易分辨是哪個字。來，你唸這個句子試試看，慢慢唸。」他指著他剛剛寫的字。

吉金迦慢慢唸，聽起來像是喝醉酒的人拚命假裝自己沒醉。「為什麼 an 和 yom 沒有連在一起？」

「Anyom 是一個字。字裡面不能間隔。」

「可是唸完 Anyom，後面我還是不會停啊。」

莫斯比嘆了口氣。「以後我再想想該怎麼解釋你才會懂我的意思。現在，我留間隔的地方，你也留間隔就對了。」

寫字的藝術真奇怪。在田裡播種的時候，每一粒山藥種籽之間的間隔都要平均，要是吉金迦播種的時候把種籽擠在一起，像莫斯比把符號擠在一起那樣，那他一定會被爸爸揍。不過他還是很認真學這種藝術，該把符號擠在一起，他就擠在一起。

上了幾次課之後，吉金迦終於搞懂該在哪裡留間隔，也漸漸明白莫斯比說的「字」是什麼東西。聽人說話的時候，你很難分辨一個字從哪裡開始，在哪裡結束。人說話的時候，每個音都連在一起不會間斷，就像整張羊腿皮，可是寫在紙上的每個字就像肉裡的骨頭，一根根分得很清楚，切肉的時候要從兩根骨頭中間切才切得斷。莫斯比寫字的時候在字和字中間留下間隔，這樣就能夠讓他說出來的字像一根根的骨頭那麼清楚。

吉金迦發現，現在聽人說話的時候，如果認真聽，他已經有辦法分辨出一個個的字。人嘴裡發出的聲音還是一樣，但他已經有不同的領悟。他已經有辦法辨認出整體中的個別部分。原來他自己說話的時候，說出來的就是一個個的字。他從前一直沒有意識到，現在終於懂了。

……………

用天眼來搜尋生命誌實在非常方便，但這只是表面。在水石公司看來，這種產品還有更大的潛力。當初為了證明她先生的說法前後不一，蒂爾德莉透過天眼進行明確的搜尋找出了真相。不過，水石公司的企圖是，當大家用慣了這種產品，他們就會一直搜尋，不再自己回想，這樣一來，天眼就會和他們的思緒融合為一體。結果，我們就會變成一種半機械人，永遠不會記錯任何東西。無數的數位影像儲存在矽晶片裡，而且會自動糾正錯誤，這一切將會取代我們腦中常常會出錯的記憶。

然而，擁有完美的記憶會是什麼狀況？根據正式的記錄，有史以來記憶力最強的人應該是所羅門舍雷舍夫斯基。二十世紀前半葉，他一直生活在俄羅斯。心理學家幫他做過測驗，讓他聽一段文字或一串數字，結果發現，只要聽過一次，幾個月後甚至幾年後他都還記得。舍雷舍夫斯基不懂義大利文，有人朗讀但丁《神曲》的詩篇給他聽，結果十五年後他竟然能背誦出來。

然而，擁有完美的記憶並不如大家想像中那麼美好。每當舍雷舍夫斯基讀一段文字，腦海中就會浮現許多畫面，導致他很難吸收那段文字的內容。另一方面，他腦海中記得的具體的東西多到數不清，導致他很難理解抽象的概念。有時候，他甚至想刻意忘掉一些東西。他把他不想再記得的數字寫在一張張的紙上，然後放火燒掉。他想藉由這種方式清除掉腦海中爆滿的記憶，可惜根本沒用。

對水石公司的發言人艾莉卡梅耶斯進行訪談的時候，我對她說，完美的記憶說不定是一種缺陷。她顯然有備而來，立刻回答說：「從前很多人對視網膜投影器有疑慮，也是同樣的道理。他們擔心持續不斷的看到新影像會讓他們無法專心，或是承受不了，不過後來大家也就習慣了。」

我心裡想，並不是每個人都覺得那是好的發展，不過我沒有說出來。

「天眼完全根據客戶的需求量身打造。」她又繼續說。「如果有時候你覺得天眼搜尋的東西太多，對你沒什麼用處，那你可以把天眼的反應率調低一點。不過，我們做過顧客分析，發現我們的顧客都沒那樣做。等他們越用越順手，他們發現，天眼的反應越強對他們越有幫助。」

天眼會讓我們看到過去的畫面，而有些是我們不想看到、不願回想的，那種畫面不用看多，光看一個就受不了。

有句俗話說：「原諒以後就會遺忘。」如果我們真有理想中那麼寬宏大量，那這句話是成立的。但問題是，考量到真實的人性，原諒和遺忘不見得是這樣的順序。在絕大多數情況下，我們必須先淡忘了，才有辦法原諒。當那種被人羞辱的痛苦變淡了，我們才會比較容易原諒對方，而原諒之後我們就會更少想起那件事，就這樣不斷循環。事過境遷之後，當我們回想起這一切，我們會發現，就是這種心理反應的無限循環使得我們有辦法原諒昔日的無情羞辱。

我擔心的是，有了天眼這種東西，我們就再也不可能透過遺忘與原諒這樣的心理循環忘掉過去的痛苦。過去慘遭羞辱的情景會變成永遠無法磨滅的影片畫面，永遠歷歷在目，這樣一來，我們就不可能會想原諒對方。我忽然又想起艾莉卡梅耶斯說的話。她說，只要婚姻幸福美滿，天眼就不可能會造成傷害。這話會令人聯想到，怎樣才能算是幸福美滿的婚姻？說起來或許有點諷刺，不過，有些幸福美滿的婚姻是建立在遺忘的基礎上。在這種情況下，水石公司憑什麼破壞人家的幸福？

更何況，這樣的問題並非只會出現在婚姻裡。人與人之間的各種關係都仰賴這種遺忘與原諒的過程。我女兒妮可從小就很固執，個性強硬，小時候很愛吵鬧，十幾歲的時候變得很叛逆，公然跟我頂嘴，和我吵過好幾次架，吵得很兇。不過後來，那一切都被我們拋到腦後，現在我們關係很好。假如我們用了天眼，有沒有可能以後我們再也不跟對方說話？

我並不是說遺忘是修補關係的唯一途徑。現在我幾乎已經忘光了當年和妮可吵架的情景，謝天謝地，不過有一幕我到現在還記得很清楚。就是因為當年吵了那一架，後來我才會變成一個比較好的爸爸。

當時妮可十六歲，還在唸高中，而她媽媽安琪拉已經離開家兩年了。那兩年很可能是我和妮可生命中最艱苦的兩年。我已經忘了當時我們是怎麼吵起來的，不過，想也知道一定是那種雞毛蒜皮的小事。後來我們越吵越兇，結果她把她對安琪拉的怨恨全部發洩在我身上。

「她會離開家都是你害的！她是被你逼走的！高興的話你也可以走啊，我不在乎！沒有你，日子一定更好過。」為了表示她的憤怒，她飛也似的衝出家門。

我知道她並不是有意要說出這麼惡毒的話。我知道十六歲的她天性並不惡毒。然而，她不經意的一句話卻傷透了我的心。當年安琪拉走了以後，我一直很難過，心裡一直在想自己為什麼不想辦法留住她。

妮可一直到了隔天才回來，而那天晚上我開始徹底反省過去的一切。我並不覺得安琪拉會走是因為我的緣故，但儘管如此，妮可的話卻讓我明白了一件事。那一刻我忽然明白，原來我一直陷在自憐的情緒裡，認為安琪拉離家出走，受傷最深的人是我。我一直認為上天對我不公平。當初想生孩子的人並不是我，是安琪拉。而現在，她人走了，孩子卻丟給我。我必須一個人承擔責任，照顧一個十幾歲的女生。這是什麼世界？我從來不知道要怎麼跟十幾歲的女生相處，而老天竟然把這種工作丟給我？

妮可那句話讓我恍然大悟，原來她的處境比我更悲慘。儘管很久以前我並不想要孩子，也不清楚有了孩子意味著什麼，但最起碼我還願意鼓起勇氣承擔責任。但妮可是無辜的。她被生下來，並不是她自己的選擇。如果問是誰有資格怨恨，那應該是她。我一直以為自己是個很不錯的爸爸，但現在看來，我顯然還不夠好。

於是，我徹底改變了自己。當然，我們之間的關係不可能一夜之間就變好，然而，經過許多年，我漸漸贏回了她對我的好感。大學畢業那一天，她緊緊抱住我，到現在我還記得那一剎那的感覺。那一刻，我忽然明白多年的努力終於有了回報。

然而，要是有了天眼，那幾年我們還有可能修補關係嗎？或許我們有辦法克制自己，不要惡言相向，然而，一個人的時候，我們會有很多機會看到從前吵架的影片，於是，過去互相叫囂的畫面就會歷歷如在目前，導致我們怒氣難消，在這種情況下，我們還有機會修補兩人之間的關係嗎？

⋯⋯⋯⋯⋯⋯⋯⋯

村裡的大人會說故事，告訴小孩子，蒂夫族是從哪裡來的。吉金迦很想把那個故事寫下來，可是說故事的人說得太快，而他寫得不夠快，根本來不及。莫斯比叫他多練習，以後就會越寫越快，但吉金迦卻很沮喪，覺得自己永遠沒辦法寫那麼快。

有一年夏天，有一個歐洲女人到村子裡來參觀。她叫瑞絲。莫斯比說她的工作是「了解別的種族」，可是卻沒辦法說清楚那是甚麼意思。他只說她希望能夠多了解蒂夫區。她找全村的人問了很多問題。除了長老之外，她也找過年輕人，甚至找過女人和小孩。大家告訴她的事，她全部都寫下來。她並沒有打算叫大家學歐洲人那樣過日子。她和莫斯比不太一樣。莫斯比總是說，天底下沒有詛咒這種東西，一切都是上帝的旨意。而瑞絲卻一直跟大家打聽詛咒是怎麼進行的。有人告訴她，父親那邊的親戚會詛咒你，不過母親那邊的親戚會幫你抵抗那個詛咒。

卡科瓦是全村最會說故事的人。有一天傍晚他說了一個故事，說很久以前蒂夫族怎麼分裂成兩個種族。瑞絲把他說的故事寫下來。有一天，她拿出一台機器，伸出手指在上面戳，把那個故事印成另一張紙。那張紙上的字很清楚，很容易讀。吉金迦要她再印一張給他，沒想到她竟然答應了。

讀了那張紙上的故事，吉金迦覺得很失望。記得當初剛聽說寫字這種藝術的時候，吉金迦還以為，只要看到紙上的字，他就會感覺自己像在現場聽故事一樣。說故事的人總是把故事說得很生動，活靈活現。然而，故事被寫成字之後，感覺卻沒有那麼生動。卡科瓦說故事的時候，不光是嘴巴說。他的口氣腔調千變萬化，而且還會比手畫腳，眼睛炯炯有神。他是渾身解數在說故事，所以聽起來很生動。然而，寫在紙上的故事卻捕捉不到那種生動，只剩下文字。讀那些字，你只會模模糊糊記得卡科瓦說故事的樣子，感覺就像把煮過秋葵的鍋子拿過來舔，而不是直接吃秋葵。

不過，吉金迦還是很高興拿到那張紙，偶爾會拿出來讀。那故事很有趣，很值得寫在紙上。然而，並不是什麼東西都值得寫在紙上。每次佈道的時候，莫斯比都會大聲唸那本書的故事給大家聽，不過，幾天前，他還唸了一些他自己寫的東西。那通常都不是故事，只是在告訴大家，只要多了解歐洲人的上帝，蒂夫族就可以過更好的日子。

有一天，莫斯比佈道的時候說得眉飛色舞。吉金迦讚美他說：「我知道你覺得自己所有的佈道辭都寫得很好，不過我覺得，你今天的佈道特別精彩。」

「謝謝你。」莫斯比微微一笑。過了一會兒他忽然又問：「你為什麼會說我覺得自己所有的佈道辭都寫得很好？」

「因為你希望大家很多年以後還會去讀。」

「我並沒有這種期待。你為什麼會這樣想？」

「因為你還沒佈道就先寫在紙上。甚至都還沒人聽過你佈道，你就已經寫在紙上，準備給後世的人讀。」

莫斯比大笑起來。「你搞錯了，我寫下來並不是為了想給後世的人讀。」

「那你為什麼要寫？」他知道那不是寫給很遠的地方的人看的，因為有時候信差會到村子裡來，拿紙給莫斯比，可是莫斯比並沒有把他寫的佈道辭叫信差帶回去。

「把佈道辭寫下來，佈道的時候才不會忘記自己要說什麼。」

「你怎麼會忘掉自己想說的話呢？現在我們兩個在說話，就算沒有寫在紙上我們還是一樣說啊。」

「佈道和平常說話不太一樣。」莫斯比停下來想了一下。「我希望自己的佈道一定要儘量說得很精采。當然，我不會忘記自己想說什麼，不過，我可能會忘記該怎麼說得更精采。要是寫下來，我就不用擔心了。不過，把想說的話寫下來，不光是因為這樣比較不會忘記。那還可以幫助我思考。」

「寫字怎麼幫助你思考？」

「問得好。」他說。「聽起來很奇怪對不對？我也不知道該怎麼解釋，不過，這麼說吧，寫字的時候我會更容易想到該說些什麼。在我的家鄉，我們有一句很古老的格言：Verba Volant, Scripta manent。在你們蒂夫區，你們會說：說出來的話會飛走，寫下來的字會留著。這樣你懂了嗎？」

「我懂。」吉金迦這麼說只是為了禮貌，其實他根本聽不懂。傳教士看起來並沒有那麼老，可是他的記憶力已經變得很差，只是自己不肯承認。吉金迦跟他那幾個夥伴提到這件事，結果接下來的幾天，他們一直拿這件事開玩笑。每次聊天的時候，最後都會補上一句：「你記下來了嗎？那會幫助你思考。」說著他們開始模仿莫斯比趴在桌上寫字。

一年後，有一天傍晚卡科瓦告訴大家，他要說一個故事，說很久以前蒂夫族怎麼分裂成兩個種族。吉金迦拿出他寫下來的那張紙，一邊看故事，一邊聽卡科瓦說故事。有時候紙上的故事和卡科瓦說的很吻合，可是常常有些地方令吉金迦感到困惑，因為卡科瓦用的字眼和紙上寫的不一樣。等卡科瓦說完了故事，吉金迦立刻對他說：「你這次的故事說得和去年不太一樣。」

「胡說。」卡科瓦說。「我說的故事永遠不會變，無論多久都不會變。如果你要我二十年後再說一次，我說出來的故事還是會一模一樣。」

吉金迦指著自己手上那張紙。「這張紙就是你去年說的故事，和你今年說的有很多地方不一樣。」他指出他記得的一個段落。「上次你說：『尤萬吉抓住女人和小孩，把他們帶去賣給別人當奴隸。』可是這次你說的是：『他們把女人當成奴隸，可是還不罷休，甚至把小孩也當成奴隸。』」

「那不是一樣嗎？」

「故事是一樣，可是你說得不太一樣。」

「胡說。」卡科瓦說。「我說的和去年完全一樣。」

吉金迦不想跟他解釋什麼叫做字。他只是說：「如果你說的真的和去年完全一樣，那你兩次都應該會說：『尤萬吉抓住女人和小孩，把他們帶去賣給別人當奴隸。』。」

卡科瓦瞪了他一眼，然後大笑起來。「現在你學會寫字的藝術了，所以就開始覺得這很重要了，是嗎？」

沙比正在旁邊聽他們說話。他開口安慰卡科瓦。「你不應該這樣說吉金迦。兔子喜歡吃紅蘿蔔，河馬喜歡吃草。大家各有所好。」

「那當然，長老，你說得對。」卡科瓦說。但他還是用嘲弄的眼神看了吉金迦一眼。

後來，吉金迦回想起莫斯比那天說的格言。卡科瓦說的雖然是同一個故事，但每次用的字眼都不一樣，不過他實在太會說故事，所以用什麼字眼都無所謂。而莫斯比就沒辦法像他這樣。莫斯比佈道的時候從來不會比手畫腳。對他而言，說的內容才是真正重要的。吉金迦終於明白，莫斯比把佈道辭寫下來，並不是因為他記憶力很差，而是因為他在思考字怎麼排列最好。一旦他想出最好的方式，以後就可以永遠按照這種方式去佈道。

在好奇心的驅使下，吉金迦試著想像自己要向大家佈道，開始寫下自己想說的話。他坐在一棵芒果樹下，翻開莫斯比送他的筆記本，開始寫佈道辭。他寫的主題是tsav，那是一種用來控制別人的魔法。莫斯比不懂那種東西，而且不屑一顧，覺得那很愚蠢。吉金迦把第一次寫的佈道辭唸給一個夥伴聽，卻被夥伴批評得一無是處，結果兩人打了一架。後來他不得不承認夥伴說得沒錯，於是又重寫了一次，接著又寫了第三次，最後終於厭倦了，改寫別的東西。

在練習寫作的過程中，吉金迦漸漸懂了莫斯比的意思。寫作並不只是用來記錄一個人說的話，同時也是在幫助你思考話該怎麼說。所以，文字並不只是你說的話，同時也是你思考的成果。當你寫那些字的時候，你就能夠抓住自己的思緒，就像用手拿著磚頭，用不同的方式排列。寫作的時候，你彷彿看得見自己的思緒，而這是說話辦不到的。看得到自己的思緒，你就可以把思緒整理得更好，讓思緒變得更嚴謹，更細密。

⋯⋯⋯⋯⋯⋯⋯⋯

「語意記憶」和「情節記憶」是人類記憶的兩種形態，心理學家把兩者劃分得非常清楚。「語意記憶」是你知道的一般事實，「情節記憶」是你記得的個人經驗。自從書寫發明之後，人類就一直運用科技來補足「語意記憶」，一開始是利用書，後來是網路搜尋引擎。相形之下，人類自古以來就很抗拒用工具來輔助「情節記憶」。大家都樂於收藏書，可是卻很少人會不斷的寫日記或照相。為什麼會有這種差異？顯然是要看方不方便。如果我們想找一本北美洲鳥類的書，那我們很容易就可以找到，因為動物學家寫了一大堆。而另一方面，要是我們想看自己的日記，那我們還得自己去寫。不過，我認為還有另一種原因。潛意識裡，我們認為「情節記憶」是我們生命中不可或缺的一部分，不能隨便讓人看到，所以我們不太願意把那些記憶變成書架上的書，或是電腦裡的檔案。

不過，這種狀況很快就要改變了。多年來，父母一直在拍攝自己的孩子，記錄他們生命中的時時刻刻，所以，就算孩子沒有配戴個人攝影鏡頭，父母也已經幫他們收集了很多生命誌的材料。而現在，父母在孩子還很小的時候就幫他們裝了視網膜投影器，這樣他們就能夠提早利用輔助軟體。想像一下，如果孩子開始用天眼來搜尋生命誌，那麼，他們的認知模式一定會和我們截然不同，因為他們回憶往事的模式已經不一樣了。他們再也不必努力回想，在腦海中搜尋某些記憶，而是在心裡默念某件事，然後天眼就會在生命誌裡幫他們找到相關的影片，投影在他們的視野裡。到最後，「情節記憶」會變得徹底依賴科技設備。

而這樣的依賴會造成一個很嚴重的問題：當軟體癱瘓的時候，我們很可能會出現失憶的狀況。所以，科技產品故障的問題確實令我感到憂心，而另一方面，科技太發達也同樣令我憂心。如果一個人只透過完整齊全的影片回顧自己的過去，那麼，他對人生的認知會產生什麼變化？我們人類有一種心理機制，能夠透過遺忘與原諒的循環沖淡記憶中的苦痛，而同樣的，我們也會美化自己的童年記憶。如果這種心理機制受到干擾，後果會很嚴重。

我記得的最早的生日，是四歲那年的生日。我記得當時我吹熄了蛋糕上的蠟燭，撕掉了禮物的包裝紙。我記得當時那種興奮的心情。當時爸媽沒有幫我拍攝影片，不過倒是拍了幾張照片，收在家庭相簿裡。我記憶中的景象和照片一模一樣。事實上，我覺得我並不是真的記得當時的情景，而是在第一次看了照片之後才自己編織出那美好的記憶。隨著時間一年年過去，那記憶又增添了許多美好的感受，只不過，生日那天的感受應該是我自己想像出來的。於是，透過一次又一次的回想，我一點一滴為自己創造了一段美好的回憶。

我最早的童年記憶中還有另一幕。當時我在客廳的地毯上玩，把玩具車推來推去，而奶奶正在用她的縫紉機。她偶爾會轉頭看看我，露出慈祥的笑容。我家的相簿裡並沒有那一幕的照片，所以我知道那一定是我自己的記憶，而且只有我記得。那是一段寧靜美麗的回憶。那麼，如果有人把當年那一幕拍成影片，我會不會想看？不想，我絕對不想。

批評家羅伊帕斯克曾經寫過一篇文章探討真相在自傳中扮演的角色。那篇文章提到：「真相有兩面，一面是真實的真相，另一面是作者自己感覺的真相。至於作者自己感覺的真相究竟有多少是真實的，外人沒有資格評斷。」我們的記憶就像一本私密的自傳，而那天下午和奶奶在一起的時刻，對我意義非凡，因為那一刻溫暖了我的心。假如有一段影片揭露了真相，原來奶奶的笑容是很勉強的，因為那台縫紉機有毛病，她心裡很懊惱。那麼，知道這樣的真相又有什麼意義呢？那段記憶最大的意義，就是它讓我感受到無比的美好，我不希望那種美好的感覺被破壞。

假如我整個童年留下了持續不斷的影片紀錄，我相信那些影片會是很真實的，但那只是一些空洞的畫面，不帶任何感情，因為攝影鏡頭捕捉不到我當時的感受。攝影鏡頭拍到的，只是某一天午後一個奶奶和孫子在一起的畫面，而當時可能有成千上百個奶奶和孫子在一起，沒什麼特別。假如我長大以後看到那樣的影片，那麼，任何一個日子的畫面都不可能會讓我產生什麼強烈的懷舊情緒。

如果有一天，任何一個人都可以宣稱他記得嬰兒時期的事，那會有什麼後果？我立刻就想到一個可能的場景：假如你碰到一個年輕人，問他記得的最早的事情是什麼，他一定會一臉困惑，覺得你莫名其妙，因為他連剛出生時候的影片都有，怎麼可能不記得。一般人都不記得自己出生後那幾年的事，心理學家稱之為童年失憶症。然而，這種狀況恐怕很快就會成為歷史。再也不會有父母把孩子小時候一些有趣的事說給他們聽。我們再也聽不到有哪個爸媽會說：「你當然不會記得這件事，因為那時候你還在學走路。」童年失憶症本來只是人類幼年期特有的現象，然而，有了鉅細靡遺的影片紀錄，最後我們可能連青年時期的記憶都會喪失。

有時候我會很想阻止這一切，希望孩子們能夠留下一些童年時期的模糊印象，希望他們對自己的童年還能有一些美好的想像，而不是只能看那種冷冰冰的、不帶絲毫感情的影片。不過，說不定他們反而對自己完整的數位記憶有很深的感情，就像我們深深依戀自己腦海中的記憶。

我們的一生是由無數故事組成的。我們的記憶並不是過去無數冷冰冰的時刻累積成的，而是我們生命中某些挑選出來的時刻編織成的故事。那也就是為什麼，儘管有很多人共同經歷了同一件事，可是每個人說出來的故事都不一樣。每個人挑選時刻的標準都不一樣，而說出來的故事會反映出我們的性格氣質。每個人注意到的細節都不一樣，我們記得的是那些我們覺得很重要的東西，所以相對的，我們說出來的故事也會塑造我們的性格氣質。

不過，如果每個人都記得事情所有的細節，那麼，每個人的故事還會不一樣嗎？我很懷疑。這對我們的自我認知會造成什麼影響？在我看來，完美的記憶不會成為故事，就像沒有編輯過的監視器錄影不會是一部電影。

…………………

吉金迦二十歲那年，有個官員到村子裡找沙比，陪他一起來的是一個蒂夫族年輕人。那年輕人在奈及利亞的卡其納阿拉上過教會學校。族人有糾紛的時候，都會找酋長裁決，而歐洲人要求酋長裁決案件的時候要留下記錄文件，所以他們要指派一個蒂夫族年輕人給酋長當書記員。沙比把吉金迦叫過來，然後對那個官員說：「我知道你人手不夠，你手下的書記員不夠整個蒂夫區用。吉金迦會寫字，他可以當我們的書記員，你可以把那個年輕人帶去給別的村子。」那位官員測試了一下吉金迦的書寫能力，最後終於同意讓吉金迦當沙比的書記員。還好莫斯比把吉金迦教得很好。

那位官員走了以後，吉金迦問沙比為什麼不想讓那年輕人當他的書記員。

「教會學校出來的人都靠不住。」沙比說。

「為什麼靠不住？難道歐洲人教他們說謊嗎？」

「歐洲人確實該負點責任，不過我們自己也要負責任。幾年前，歐洲人開始要求我們把年輕人送進教會學校，而大部分酋長都把他們不想要的年輕人送出去，像是遊手好閒的，或是愛惹事生非的。如今，那些年輕人回來了，可是他們對自己的同胞沒什麼感情。他們把自己的寫字能力當成武器，逼酋長幫他們找太太，否則他們就要變造記錄文件，讓歐洲人免除酋長的地位。」

吉金迦認識村子裡的一個年輕人。那年輕人一天到晚抱怨，想盡辦法逃避工作。要是那樣的人掌握了權力壓迫沙比，那真是一場災難。「你可以告訴歐洲人，讓他們知道這種狀況啊。」

「很多酋長都跟他們說了。」沙比說。「就是關德族的麥索酋長警告我要提防那些書記員。最早有書記員的就是關德族的村子，而麥索還算走運，因為歐洲人選擇相信他，不相信書記員的謊報。不過，他認識的幾個酋長就沒這麼幸運了。歐洲人通常比較相信文件，不太相信人。所以，我不想冒這個險。」這時沙比忽然很嚴肅的看著吉金迦。「吉金迦，你就像我自己的孩子一樣，也像是全村人的孩子。我很信任你。我相信你一定會把我說的話原原本本的記下來。」

「我會的，沙比。」

部落的裁決每個月舉辦一次，從早上到傍晚，接連三天，每次都會吸引大批人圍觀。大家會環繞著裁決會場圍成一大圈，有時候人實在太多，沙比只好要求大家坐下來，讓會場中央能夠通風。吉金迦坐在沙比旁邊，把每一場紛爭的細節完整記錄在官員給他的筆記本上。這工作很不錯。糾紛的當事人必須給他費用，而且沙比給了他一張小桌子和一張小椅子，讓他做記錄的時候用，不過，平常沒事的時候他還是可以用。沙比裁決的案子，五花八門什麼都有，例如，有人偷了腳踏車，或是有人田裡作物長不出來，說是隔壁鄰居害的。不過，絕大多數的案件都是娶太太引發的糾紛。例如有一個案件，吉金迦記錄的內容是這樣：

烏曼的太太葛琪離家出走，跑回娘家。葛琪的爸爸安諾戈勸她回丈夫身邊，但她不肯，安諾戈也無可奈何。烏曼要求安諾戈退還十一英鎊的聘金，安諾戈說他目前沒有那麼多錢，而且，當初他只拿到六英鎊。

沙比叫雙方找證人來。安諾戈說他有好幾個證人，可是他們都出門到遠地去了。烏曼找來一個證人，宣誓作證。證人說，他親自數了十一英鎊的錢幣付給安諾戈。

沙比勸葛琪回丈夫身邊，當個好太太，但葛琪說她已經受夠了烏曼，再也無法忍受。沙比要安諾戈把十一英鎊還給烏曼。三個月內，等作物收成之後要付第一筆。安諾戈同意了。

那是當天最後一個案子。裁決結束後，沙比顯然累壞了。「賣掉作物賠償聘金。」事後沙比搖著頭說。「小時候從來沒聽過這種事。」

吉金迦知道他的意思。從前長老都會告訴他們，做交易要用類似的東西，例如，如果你想要一隻羊，你可以用雞來交換。如果你想娶太太，你可以把自己家裡的女人許配給對方的家人。後來歐洲人來了，他們說他們不肯再讓蒂夫族用農作物來抵稅金。他們堅持蒂夫族一定要付錢幣。沒多久，大家開始用東西來換錢，什麼都可以用來換。同樣的，你可以用錢買任何東西，像是買水果，或是買太太。長老覺得那很荒謬。

「從前的生活方式已經不見了。」吉金迦說，不過他沒說出來的是，年輕人喜歡這種新的生活方式，因為歐洲人也規定婚姻必須先經過女方同意，男方才可以付聘金。從前，年輕女人有可能會被許配給一個老人，而且就算那老人兩手潰爛牙齒掉光，她還是得嫁給他。而現在，女人可以選擇嫁給她喜歡的男人，只要他付得起聘金。吉金迦自己就在存錢準備娶太太。

莫斯比有時候會來看裁決，不過裁決的過程令他有點困惑。事後他常常會問吉金迦一些問題。

「比如說，聘金究竟是多少，烏曼和安諾戈說法不一。可是，為什麼只有證人要宣誓？」

「這樣他才會說出真相。」

「可是，如果烏曼和安諾戈也宣誓，他們也一定會說出真相。安諾戈會說謊，就是因為他沒有宣誓。」

「安諾戈並沒有說謊。」吉金迦說。「他會那樣說，是因為他認為自己說的是對的。烏曼也一樣。」

「可是安諾戈說的和證人說的不一樣。」

「那並不代表安諾戈說謊。」這時吉金迦忽然想到歐洲語言的某種特性，立刻就明白莫斯比為什麼會感到困惑。「你們歐洲語言裡有一個字叫『真的』，不過那在我們的語言裡分成兩個字，一個是 mimi，意思是對的，另一個是 vough，意思是真相。在這個案子裡，當事人認為他們說的是對的，所以他們說的是 mimi，而證人宣誓要說出真相，所以他說的是 vough。沙比知道真相之後，就能夠做出 mimi 的裁決，而這個裁決對所有的人來說都是 mimi。不過，只要當事人說了 mimi，那麼，就算他沒有說出 vough，我們也不能認為他說謊。」

莫斯比顯然不同意這種說法。「在我的家鄉，每個人上法庭的時候都必須宣誓要說出 vough，就連當事人也要宣誓。」

吉金迦搞不懂這有什麼差別，不過他只說：「每個種族的風俗都不一樣。」

「沒錯，風俗確實會不一樣，不過真相就是真相，不會因人而改變。別忘了《聖經》裡說過：『真理必叫你們得以自由。』」

「我記得。」吉金迦說。莫斯比曾經說過，就是因為他們歐洲人懂上帝的真理，所以他們才會這麼成功。沒錯，他們確實很有錢，很強大，不過，誰知道真正原因是什麼。

……………………

我覺得，如果要寫一篇天眼的報導，我至少要自己試試看，這樣才公平。問題是，我沒有生命誌可以讓天眼搜尋。通常我只有在訪談或是做現場報導的時候才會打開身上的攝影鏡頭，不過，我確實花了很多時間接觸很多人，而那些人有生命誌，所以我可以用他們記錄的影片。所有的生命誌軟體都有隱私管理，不過絕大多數人都會有限度的授權別人使用他們的影片：如果他們的生命誌裡記錄了你的行動，那你就可以存取那些和你有關的影片。所以，我透過代理程式用我的衛星定位記錄查詢到和我有關的影片，然後把那些影片整編成一個生命誌。代理程式花了一個禮拜搜尋接觸過我的人，搜尋公共影片資料庫，收集到很多影片。那些影片，有的只有幾秒鐘，有的長達好幾個小時，有監視器的錄影畫面，也有別人生命誌的影片。提供那些影片的人，包括我的朋友、熟人，甚至還有陌生人。

這種生命誌，由於不是我自己拍攝的，當然殘缺不全，而且所有的影片都是第三人視角拍攝的，不是我自己的視角。但不管怎樣，天眼還是有辦法搜尋這些影片。我本來以為最近這幾年拍攝的影片應該會比較多，因為這幾年生命誌越來越流行。但沒想到，我看影片統計資料的時候，卻發現絕大多數的影片是十年前的。妮可十幾歲的時候就開始拍生命誌，所以有很大一部份的影片是我家庭生活的影片。

我本來不太確定該怎麼測試天眼，因為有些事顯然我完全不記得，根本沒辦法讓天眼去搜尋。我想，也許可以先從我記得的事情試試看。於是我在心裡默念：「那次文森告訴我他去帛琉旅行的事。」

我的視網膜顯示器立刻在我視野左下角投射出一個視窗，畫面上是我的朋友文森和傑瑞米跟我一起吃午飯。文森也沒有用生命誌，所以影片是傑瑞米的視角。那段影片，我大概看了一分鐘，聽文森口沫橫飛的說他如何用氧氣筒潛水。

接下來我用一件我不太記得的事來做測試。「有一次晚宴的時候，我坐在黛博拉和萊爾中間。」我已經忘了在場的人還有誰，所以我想看看天眼有沒有辦法幫我找出來。

當然，黛博拉的生命誌裡有那天晚上的影片。我用一種辨識軟體掃描影片裡的人，幫我辨認出坐在我們對面的那幾個人是誰。

一開始的兩次測試都成功了，可是接下來的測試卻失敗了，當然，我並不意外，因為生命誌有漏洞。但不管怎麼樣，整整一個小時，我不斷用天眼搜尋過去的事件，發現天眼的功能確實很驚人。

最後，我覺得時候差不多了，可以開始用天眼搜尋那些讓我感受最深的記憶。我和妮可的關係現在已經夠親密了，所以我應該可以開始回顧那些她年輕的時候和我吵架的情景。我覺得我應該可以從我印象最深刻的那次吵架開始，然後追溯回現在。

於是我默唸出：「那次妮可對我大吼大叫。」

視窗立刻顯示出我們家的廚房，當時妮可十幾歲。影片是妮可的視角，我站在火爐前面，我們顯然在吵架。

「她會離開家都是你害的！她是被你逼走的！高興的話你也可以走啊，我不在乎！沒有你，日子一定更好過。」

那句話和我印象中的一模一樣，只不過，說那句話的人不是妮可，而是我。是我說的。

我第一個反應是，這影片一定是假的。一定是妮可編輯過這段影片，把她說過的話放到我嘴裡。她一定是注意到我要求存取她的影片，所以故意變造這段影片，好給我一個教訓。也說不定她做這段影片是為了給她的朋友看，證明我真的就像她所說的那麼壞。可是，為什麼她還是那麼氣我，氣到要做這樣的東西？我們不是已經和好了嗎？

我開始跳著看那段影片，想找找看有沒有什麼矛盾的地方證明那個片段是硬插進去的。後面的片段顯示妮可奪門而出，就像我記得的那樣，所以這個地方沒有矛盾。我把影片倒回到最前面，從頭開始看我們先前怎麼吵架。

看的時候，一開始我很氣妮可竟然變造了整段影片，因為前面的片段顯示，大吼大叫的人一直都是我。不過後來，我開始發覺我在影片裡說的某些話聽起來很熟悉，例如，我抱怨她又闖了禍，害我又被叫到學校去，例如，我怪她老是跟一些不三不四的人鬼混。可是，那些話應該不是我當時說的吧？我確實跟她說過我很擔心，但我並沒有罵她。那些話一定是妮可從別的影片找來的，故意剪接到這個片段，讓這段影片看起來更聳動。這是唯一的解釋，不是嗎？

我叫天眼檢查影片有沒有數位防偽標記，但天眼回報說影片是原版的。我注意到天眼建議我更改搜尋的關鍵字。我本來說「那次妮可對我大吼大叫。」，而天眼建議我改成「那次我對妮可大吼大叫。」天眼一定是在搜尋結果出來的時候就顯示了那個建議，只是我沒注意到。我氣得關掉天眼，忽然很痛恨這種產品。本來我想上網搜尋，看看有沒有偽造數位防偽標記的相關資料可以證明這段影片是變造的。但最後我還是沒有搜尋，因為我發覺自己只是在做垂死的掙扎。

我願意用手按著一大堆聖經對上帝發誓，絕對是妮可責怪我，說媽媽會離開家都是我害的。很多事我都記得很清楚，而那天吵架的事我也同樣記得很清楚，所以我才認為那段影片一定不是真的。而更重要的原因是，儘管我有很多缺點，也會犯錯，但我相信我絕對不是會對孩子說那種話的爸爸。

然而，偏偏這段影片證明了我就是那樣的爸爸。雖然我已經不再是從前那個人了，但過去的一切是無法抹滅的。

而更令我驚訝的是，這些年來，我竟然有辦法欺騙自己，對真相視而不見。先前我說過，我們會選擇記得某些細節，而這也反映出我們的個性氣質。那麼，我會把自己說過的話塞到妮可嘴裡，這樣的行為究竟反映出什麼樣的性格？

我選擇的記憶是：那次吵架是我後來轉變的關鍵。在我想像出來的故事裡，我是一個偉大的單親爸爸，我懺悔贖罪，努力改變自己，挺身面對挑戰。然而……真相是什麼？從那以後發生的一切，真的是我的功勞嗎？

我又重新啟動天眼，開始搜尋妮可大學畢業那天的影片。那是我自己拍下來的影片，所以我看得到妮可的臉，在我面前她似乎真的很開心。是她把自己真正的感覺隱藏得太好，所以我才察覺不到嗎？如果我們的關係真的變好了，那麼，究竟是怎麼變好的？十四年前，我顯然是一個爛到不行的父親。我很希望我真的是靠自己的努力才變成一個比較好的爸爸，然而，我已經不敢再相信自己的記憶了。妮可現在是不是真的認為我是個好爸爸？

我不想用天眼來解答這個問題。我必須直接去找問題的源頭。我打電話給妮可，在她電話裡留言說，我想跟她談一談，晚上可不可以去她家找她。

……………………

幾年後，沙比開始去參加一系列的會議，與會的人是尚迦夫族所有的酋長。他告訴吉金迦，歐洲人已經不想再應付這麼多酋長，所以要他們把整個蒂夫區劃分成八個群體，稱之為「家族」。結果，沙比就必須和別的酋長討論尚迦夫族應該和哪部族合併。雖然會議不需要書記員，但吉金迦很想知道他們會怎麼討論，所以就要求沙比帶他去，沙比答應了。

吉金迦從來沒有一口氣看過這麼多長老。有些酋長脾氣很好，儀態莊重，就像沙比一樣，不過也有些酋長說話很大聲，咄咄逼人。他們爭論了好幾個小時。

到了傍晚，吉金迦回到村子裡，莫斯比問他會開得怎麼樣，他嘆了口氣。「就算他們不是大吼大叫，我還是覺得他們像是一群野貓在吵架。」

「沙比認為你們應該跟誰合併？」

「我們應該和血緣關係最近的部族合併。這是蒂夫族的作風。既然尚迦夫是關德的兒子，我們部族就應該和關德族合併。他們住在南部。」

「這樣做有道理。」莫斯比問。「那他們為什麼還要吵？」

「尚迦夫族的村子並非全部都靠得很近。有些村子在西邊的農耕地，靠近賈奇拉族，而那些村子的長老和賈奇拉族關係比較好，所以他們希望尚迦夫族和賈奇拉族合併，這樣一來，他們在合併後的家族裡就會更有影響力。」

「我懂了。」莫斯比想了一下。「如果南邊的尚迦夫族和關德族合併，那麼，西邊的尚迦夫族可不可以另外合併到別的家族？」

吉金迦搖搖頭。「我們尚迦夫族有共同的父親，所以我們應該在一起。所有的長老都這麼認為。」

「可是，如果血緣這麼重要，西邊那些長老為什麼說尚迦夫族應該和賈奇拉族合併？」

「大家就是在吵這個。西邊的長老說尚迦夫是賈奇拉的兒子。」

「等一下，難道你們不知道尚迦夫的父母是誰嗎？」

「當然知道！沙比追溯他的祖先，甚至可以追溯到蒂夫本人。西邊的長老說尚迦夫是賈奇拉的兒子，是故意這樣說的，因為和賈奇拉族合併對他們有利。」

「那麼，如果尚迦夫族和關德族合併，對你們長老是不是比較有利？」

「是啊，不過重點是，尚迦夫是關德的兒子。」這時吉金迦忽然明白莫斯比在暗示什麼。「你是不是認為長老是故意這樣說的？」

「噢，我絕對不是這個意思。我只是覺得，雙方似乎都有很好的理由，而且沒辦法證明誰對誰錯。」

「沙比是對的。」

「那當然。」莫斯比說。「問題是，你有辦法讓別人承認嗎？在我的家鄉，我們會把自己的家世寫在紙上，這樣我們就可以很準確的追溯我們的祖先，可以追溯索好幾代。」

「我知道。我看過你那本《聖經》上寫的家世，從亞伯拉漢追溯到亞當。」

「很好。不過，撇開《聖經》不談。一般人都會記錄自己的家世，所以，如果有人想知道自己的祖先是誰，他們可以去查文件。如果你們有文件，其他的長老就會承認沙比是對的。」

吉金迦覺得這確實很有道理。他忽然很希望尚迦夫族很久以前就把自己家世寫在紙上。接著他忽然想到一件事。「你們歐洲人是多久以前來到蒂夫區的？」

「我不是很清楚，應該是四十年前吧。」

「那你知不知道，他們剛來的時候有沒有把尚迦夫族的家世血統寫在文件上？」

莫斯比想了很久。「有可能。那些官員一定保留了很多記錄。如果有尚迦夫族的文件，那一定是收在卡其納阿拉的官署裡。」

每隔五天市集開張的時候，有一輛卡車會載貨到卡其納阿拉。那麼，下次的市集就是後天。如果明天早上出發，他就可以及時趕到公路搭便車。「他們肯讓我看那些文件嗎？」

「如果有個歐洲人陪你去，事情會比較好辦。」莫斯比微微一笑。「我們什麼時候走啊？」

⋯⋯⋯⋯⋯⋯

妮可開門讓我進去。她顯然很好奇我來找她做什麼。「你想談什麼呢？」

我一時不知道該從何說起。「聽起來會很怪。」

「沒關係。」她說。

我告訴她，我用天眼搜尋我拼湊的生命誌，看到她十六歲那年和我吵架的影片。影片裡，我對她大吼大叫，結果她就衝出家門。「妳還記得那天嗎？」

「當然記得。」她看起來有點不自在，不知道我為什麼要提這件事。

「我也記得。或者說，我自以為記得。不過，我記得的情景和妳不一樣。我記得的是，說那些話的人是妳。」

「我說了什麼？」

「我記得當時妳說，高興的話我也可以走，妳不在乎！沒有我，妳日子一定更好過。」

妮可瞪大眼睛看了我好一會兒。「這麼多年來，那天的事你記得的就是這樣？」

「對，到今天才發現我記錯了。」

「要不是因為那是讓人很痛心的事，我會覺得很滑稽。」

我忽然感到胃裡一陣緊縮。「真對不起。說再多對不起都無法表達我心裡的遺憾。」

「遺憾？為什麼遺憾？是為你說了那些話感到遺憾，還是為了你以為我說了那些話？」

「都有。」

「嗯，你確實應該感到遺憾。你知道當時我有多難過嗎？」

「我沒辦法想像，不過，我一直以為是妳對我說了那些話，我知道那種滋味很難受。」

「差別在於，你只是想像得到那種滋味，而我卻是切身感受到。」她不敢置信的搖搖頭。「你還是老樣子。」

這話聽了很難受。「是嗎？我真的是這樣嗎？」

「當然是真的。」她說。「你總是一副自己是受害者的樣子，好像你是個大好人，不應該受到這樣的待遇。」

「聽起來像是我有妄想症。」

「不是妄想症。你只是太盲目，太自我中心。」

我有點不高興了。「我是來跟妳道歉的。」

「對，就是這樣，你在乎的還是自己。」

「我不是這個意思。妳說得對，真對不起。」說到這裡我停住了，後來妮可比了個手勢叫我繼續說。「我想……我確實很盲目，很自我中心，可是我卻很難承認自己是那樣，因為我還以為自己已經看清楚了一切，以為自己已經改變了。」

她皺起眉頭。「什麼？」

我告訴她，我以為自己已經變成一個比較好的爸爸，而且修補了我們的關係。在她大學畢業那一天，我們的關係幾乎已經達到完美。妮可並沒有開口嘲笑我，但看到她的表情，我再也說不下去了。看樣子，我是把自己搞到無地自容了。

「難道畢業典禮那天妳還在恨我？」我問。「難道我覺得我們已經和好如初，根本只是一廂情願的妄想？」

「不是。畢業典禮的時候，我們關係確實已經變好了。不過，那並不是因為你搖身一變，一夜之間變成好爸爸。」

「那是為什麼？」

她停了一下，深深吸了一口氣，然後說：「我上大學的時候就開始看心理醫師。」她又停了一下。「她等於是救了我的命。」

我第一個反應是，妮可為什麼要看心理醫師，但我忍住沒問。「我不知道妳在看心理醫師。」

「你當然不會知道。我絕對不會告訴你。總之，到了大四那一年，她終於說服了我不要再對你心懷怨恨。這就是為什麼畢業那一天我們在一起感覺會很融洽。」

所以，那一切真的只是我一廂情願的想像。我為自己編織的故事完全脫離現實。這一切都是妮可的努力，我根本什麼都沒做。

「看樣子，我並不怎麼了解妳。」

她聳聳肩。「你能了解的本來就有限。」

這話聽了很難受，但我實在沒資格抱怨。「妳實在不應該受到這種待遇。」

妮可苦笑了一下。「你知道嗎，年輕的時候我真的很希望有一天會聽到你說出這句話。可是現在……好像說了也沒什麼用，對吧？」

我發現我很希望她立刻就原諒我，讓過去的一切煙消雲散。然而，要想修補我們的關係，光說抱歉是不夠的。

這時我忽然想到一件事。「我無法改變過去的一切，但至少我可以不再欺騙自己，假裝那一切都沒發生過。我打算用天眼找出一些影片，看看自己真實的面目。就當作是備忘錄吧。」

妮可看著我，似乎在評估我是不是真心的。「很好。」她說。「不過，我先把話說清楚。也許你一想到從前對我不好就會覺得很愧疚，不過我不希望每次你感到愧疚就跑來找我。我好不容易才把那一切拋到腦後，所以我不希望你為了讓自己好過一點就跑來掀我傷疤。」

「那當然。」我注意到她眼裡泛著淚光。「對不起，跟妳提這些事又惹得妳心裡不舒服。」

「沒關係，爸，謝謝你這麼努力想認清自己的過錯，不過……暫時別再提這些事了，好不好？」

「好。」我走向門口準備離開，但忽然又停下腳步。「我……我還是想問一下，妳願不願意給我機會讓我彌補……」

「彌補？」她露出懷疑的表情。「我不知道。不過，以後多替別人想一想就好了，可以嗎？」

我就是打算這樣做。

……………………

官署裡確實保留了四十年前的文件，歐洲人稱之為評估報告。有莫斯比出面，官署的人立刻就把文件拿給他們看。文件是用歐洲語言寫的，吉金迦看不懂。不過，文件裡還有各部族家世的圖表，吉金迦很快就認出上面有蒂夫這個名字，而莫斯比也說他猜對了。西邊農耕地的長老說對了，而沙比錯了：尚迦夫真的是賈奇拉族的兒子，不是關德的兒子。

官署裡有個官員同意把文件裡相關的部分用打字機打出一份，讓吉金迦帶走。莫斯比決定暫時留在卡其納阿拉，因為他打算去拜訪另外幾個傳教士，不過吉金迦立刻就回家了。在回程的路上，他好希望可以坐著卡車一路回家，而不用在中途下車，從公路那邊走回家。他迫不及待想回家。後來，他一回到村子，立刻就去找沙比。

他在通往附近農場的路上找到了沙比。路邊有幾個人攔住沙比要他幫忙裁決紛爭。有一隻母羊生了幾隻小羊，可是為了該怎麼分配小羊，大家吵成一團。後來他們終於滿意了，沙比才又繼續往前走。吉金迦走到他旁邊。

「你回來啦。」沙比說。

「沙比，我去過卡其納阿拉。」

「哦，你去那裡做什麼？」

吉金迦把那份文件拿給他看。「這是很久以前寫的，那時候歐洲人才剛來。他們和當時的尚迦夫族長老談過，長老跟他們說了尚迦夫族的歷史，告訴他們，尚迦夫是賈奇拉的兒子。」

沙比反應很平靜。「當時歐洲人問的是哪個長老？」

吉金迦看看文件。「是巴圖和厄克亞哈。」

「我記得他們。」沙比說：「他們都是很有智慧的人，所以他們絕對不可能會這樣說。」

吉金迦指著文件上的字。「可是他們真的說了啊！」

「說不定是你誤解了意思。」沙比說。

「我才沒有誤解！我讀得懂字。」

沙比聳聳肩。「你為什麼要帶這份文件回來？」

「因為文件寫的事情很重要。上面說我們應該要和賈奇拉族合併。」

「你認為我們族人應該要信任你的決定嗎？」

「我並沒有要求族人相信我。我是要求他們要相信從前的長老。」

「他們確實應該相信。但問題是，那些長老現在並不在這裡，而你有的只是手上的文件。」

「這些文件告訴我們，如果那些長老在這裡，他們會怎麼說。」

「是這樣嗎？我們說話的時候，並不是一句話就可以把所有的事情說清楚。要是巴圖和厄克亞哈在這裡，他們一定會和我一樣認為我們應該和關德族合併。」

「既然尚迦夫是賈奇拉的兒子，他們怎麼可能會認為我們應該和關德族合併？」吉金迦指著文件說。「我們和賈奇拉族的血緣關係比較近。」

沙比忽然停下腳步轉過去看著吉金迦。「文件沒辦法解決血緣的問題。要不是因為關德族的麥索警告我，叫我不可以相信教會學校的年輕人，你就不會當上書記員。要不是因為麥索和我們有共同的父親，他是不會這樣照顧我們的。你會當上書記員就是最好的證明，證明我們兩個部族關係有多密切，而你竟然忘了這個道理。有些事你明明心裡明白——」說著沙比拍拍吉金迦胸口。「可是你卻選擇相信文件上的記載。你是不是因為看了太多字，搞到自己忘了自己是蒂夫的子孫？」

吉金迦正想開口反駁，但那一剎那他忽然明白沙比說得對。長久以來，他花了太多時間學寫字，導致他的思考方式漸漸變得像歐洲人。他越來越相信寫在紙上的東西，越來越不相信別人說的話。然而，這不是蒂夫子孫該有的作風。

歐洲人的文件是 vough，那是絕對的真相，可是卻沒辦法解決問題。選擇和哪個部族合併，牽涉到全村人的福祉，所以必須是一個 mimi 的決定。只有長老才有資格決定什麼是 mimi。長老的職責就是決定怎麼做才是對尚迦夫族最好。要求沙比根據文件去做決定，等於是不讓他去做對的事。

「你說得對，沙比。」吉金迦說。「請原諒我。你是我的長老，我實在不應該選擇相信文件而不是選擇相信你。」

沙比點點頭，繼續往前走。「你想怎麼做就怎麼做，不過我認為，如果你把文件拿給別人看，對大家只有壞處沒有好處。」

吉金迦想了一下。西邊的長老一定會振振有辭的說，文件證明了他們的說法才是對的，這樣一來，雙方的爭議一定會拖得更久，而現在已經拖得夠久了。不過更重要的是，如果這次選擇相信文件上的記載，那麼，以後整個蒂夫區的人就會漸漸認為文件上說的才是真的，而這又會再一次破壞他們原來的生活方式。吉金迦實在看不出這樣做有什麼好處。

「我也這麼認為。」吉金迦說。「我不會把文件拿給別人看。」

沙比點點頭。

吉金迦走回他的小屋，回想這些年來所發生的一切。雖然他沒有進教會學校，但他的思考方式卻開始變得像個歐洲人。這些年來，他不斷的在筆記本上寫東西，而這無形中導致他越來越不尊重長老。無可否認，寫作確實能夠幫助他把事情想得更清楚，然而，文字並沒有那麼偉大，他還是應該選擇相信人，而不是選擇相信文字。

他有一本筆記本要用來記錄沙比在部族會議上做了什麼決定。身為書記員，他必須留著那本筆記本，不過另外那些筆記本就可以丟了，因為上面寫的是他平日生活的感想。他決定把那些筆記本拿來當柴燒，煮晚餐。

……………………

雖然很少有人會這樣想，不過寫作就像是一種科技，而這就意味著，具有讀寫能力的人是透過科技在進行思考。當我們讀書的速度越來越快，我們就會變得像是半機械人，而那會對我們造成很深遠的影響。

在人類還沒有發明書寫之前，知識是透過口頭傳播的，所以歷史是很容易修改的。人類未必是有意要篡改歷史，但那是無法避免的。世界各地的吟遊詩人和說唱藝人都會從歷史找材料來改編，娛樂大眾，而為了迎合大眾的需求，歷史也就在不知不覺中逐漸被變造。人類發明書寫之後，大家開始崇拜文字，而基於這樣的崇拜，大家也開始認為歷史是不可以修改的。人類學家會告訴你，口語文明時期的人類對歷史的理解是很不一樣的。對他們來說，歷史最重要的功能就是幫助人類瞭解自己，至於歷史正不正確，並沒那麼重要。所以，我們不能說他們的歷史學家靠不住。他們只是在做他們必須做的事。

而現在，我們每個人都像是口語文明時期的人類。為了滿足自己的需要，為了讓自己的人生故事聽起來更美好，我們會篡改自己的過去。我們編織出美麗的回憶，強行粉飾自己的過去。我們把過去的自己當成進身階，造就偉大的現在的自己。

然而，那個年代即將走到盡頭。現在，我們有了新一代的數位記憶，而天眼只是最早出現的產品。有一天，當絕大多數人都使用這種產品的時候，完美的數位資料庫就會取代我們腦海中的記憶。到時候，我們擁有的記憶將不再是輾轉聽到的故事，而是過往一切的完整紀錄。我們的心靈將會從口語文明轉變為讀寫文明。

我當然可以宣稱讀寫文明比口語文明好，但那顯然是我個人的偏好，因為我是一字一句寫下這篇文章，並不是口頭敘述給大家聽。然而，我應該要說的是，我輕易就能夠感受到書寫的好處，可是卻比較難察覺書寫會讓我付出什麼代價。書寫會促使大家更重視文字記載，輕忽個人經驗，但整體來說，我認為優點大於缺點。文字記錄很容易出現各種錯誤，而且很容易就會被人拿來穿鑿附會的解釋，但不管怎麼樣，紙上的文字是不會變的，而這就是真正的優點。

談到我個人的記憶，我是相當依賴口語文明的。我對自己的認知是建立在自己腦海中的記憶上，然而，有了新科技，我對過去發生的一切就無法再抱有主觀的想像，而這令我感到威脅。從前我總認為，能夠用主觀的想像說出屬於自己的故事，對任何人來說都是很重要的，而且從某個角度來看，那種主觀想像對整體文明甚至還沒那麼重要。然而，我是我那個時代的產物，而時代已經變了。口語文明無法阻擋讀寫文明的來臨，而同樣的，我們也無法阻擋數位記憶的來臨。所以，我應該做的，就是找出數位記憶的正面意義。

我認為我已經發現了數位記憶真正的優點。數位記憶並不是要用來證明你是錯的，而是要促使你承認自己的錯誤。

我們都曾經犯過各式各樣的錯誤，例如對人很殘酷，或是戴著假面具，而且那一切我們多半都不記得。而那也就意味著我們並不是真的了解自己。如果我們連自己的記憶都無法信任，那我們怎麼可能對自己會有深入的了解？你能了解多少？或許你會想，雖然你的記憶並不完美，但至少你不會像我這樣徹底扭曲自己的記憶。只不過，我也曾經像你一樣，相信自己絕對不會做這種事，但事實證明，我錯了。或許你會說：「我知道我並不完美。我犯過錯。」那我可以告訴你，你犯的錯可能遠比你想像的多，而且你對自己的認知很可能根本就是建立在謊言上。只要你用一下天眼，你自己就會發現。

現在我會推薦大家用天眼，並不是因為天眼會讓你發現自己的錯誤，讓你感到羞愧，而是因為天眼可以避免你未來再犯同樣的錯誤。從前，我用腦海中的記憶為自己編織了一個美好的故事，讓我相信自己是個好爸爸。而現在，我開始用數位記憶，因為我希望自己不會再做出那種事。自己過去所作所為的真相，不能由別人來告訴我，因為我會辯駁。同樣的，我也沒辦法自己發現真相，進而重新評估自己。有了天眼，上述的現象都不會再發生。天眼會讓你看到絕對的真相，這樣一來，你對自己的認知就不會偏離事實太遠。

而另一方面，就算有了天眼，你還是一樣可以編織自己的故事。我前面提到過，我們的一生是由無數故事組成的，這是什麼都改變不了的。有了天眼，我們編出來的故事就不會是虛構的，不會只強調自己最好的一面，掩蓋醜陋的一面。有了天眼，我們編故事的時候就更能認清自己的錯誤，也比較不會去批判別人的錯誤。

妮可也開始用天眼了。她發現自己對過去的記憶也不是那麼完美。不過，她並沒有因為這樣就原諒我過去對她的所作所為，因為比起我犯的錯，她的過錯並沒有那麼嚴重。事實上，她確實不應該原諒我，不過，她已經不再那麼氣我扭曲了自己的記憶，因為她發現每個人都有可能會那樣做。艾莉卡梅耶斯曾經提到天眼對人際關係會造成什麼影響。我不得不承認，當時她就曾經預測到這樣的結果。

不過，這並不代表我已不覺得數位記憶有什麼缺陷。數位記憶的缺陷很多，大家要多留意。

我只是覺得，我已經想不出什麼理由反對大家用數位記憶。我本來打算寫一篇數位記憶的報導，現在我決定放棄。我把所有的研究資料交給一位同事，後來她寫出了一篇很棒的報導，立場客觀公允，探討天眼軟體的各種優缺點。如果是我寫這篇報導，恐怕會夾帶太多我個人的情緒和憂慮。後來我決定另外寫一篇文章，也就是大家正在看的這一篇。

我描寫蒂夫族的部份是有事實根據的，但那並不是百分之百的事實。一九四一年，蒂夫區的人確實有過紛爭，爭論尚迦夫族應該和哪個部族合併。當時部族的幾位長老對於部族家世血統的起源看法不一。我參考過官方文獻，發現不同世代的長老對於他們血統的說法確實不一致。不過，文章裡有很多細節是我虛構的。真實事件通常都比較複雜，不過卻沒那麼戲劇化，所以我就有限度的自由發揮，儘量把文章寫得精采一點。於是，我寫出了一篇探討真相的故事，但我也明白，故事和真相本身就是有矛盾的。

至於我和妮可吵架的部分，我盡我所能寫得很忠實。自從我開始寫這篇文章之後，我就把所有的事情都拍攝下來，而且反覆參考那些影片。不過，在寫文章的過程中，我還是必須選擇哪些細節必須提到，哪些細節應該忽略，而這樣一來，說不定我又編織了另一個故事。雖然寫這篇文章的時候，我努力要忠於真相，但會不會我不知不覺中又把自己描寫得太美好？有沒有可能我又扭曲了一些事實，讓這篇文章看起來更像一篇懺悔錄？如果你想知道答案，唯一的辦法就是自己去比對影片。於是，我做了一件從前不可能會做的事：在妮可的同意下，我授權社會大眾自由存取我生命誌的影片。所以，大家自己看看影片吧。自己判斷。

要是有人覺得我不夠誠實，請告訴我。我很想知道。

大寂靜

人類用阿雷西博天文台來尋找外星智慧生物。他們實在太渴望和外星生物接觸，所以他們創造了一隻巨大的耳朵，這樣才聽得到宇宙另一端的聲音。

可是我們這些鸚鵡就在地球上啊。他們為什麼不想聽聽我們的聲音？

我們不是人類，但我們能夠和人類溝通。人類想找的不就是這個嗎？

……………

宇宙是如此浩瀚，所以一定出現過很多智慧生物，而宇宙又是如此古老，所以擁有高科技的族類應該早就向外擴展，遍佈全宇宙了。然而，除了地球，到處都看不到生命跡象。人類說這叫做「費米悖論」。

有人嘗試解釋「費米悖論」。他說，智慧生物拚命想隱藏他們的存在，以免被充滿敵意的其他生物察覺，成為他們侵略的目標。

鸚鵡已經被人類逼到瀕臨滅絕。身為鸚鵡的一份子，我可以證明這樣的策略非常高明。保持沈默，以免引起注意，這樣做是很有道理的。

……………………

有時候，「費米悖論」又稱為「大寂靜」。照理說，整個宇宙應該是眾聲喧嘩，但實際上卻是一片死寂。

有些人類提出一種理論說，智慧生物還來不及向外太空拓展就已經滅絕了。如果真是這樣，那麼，靜悄悄的夜空很可能就是一大片寂靜無聲的墳墓。

幾百年前，我們鸚鵡數量龐大，整座下里奧叢林裡迴盪著我們的啼叫聲。如今，我們幾乎滅絕了。再過不久，下里奧叢林就會像整個宇宙一樣陷入一片死寂。

……………………

有一隻非洲灰鸚鵡名叫艾力克斯。牠非常有名，因為牠具有認知能力。所謂有名，意思就是有很多人類認識牠。

有個人類學者名叫艾琳派波柏格，她花了三十年時間研究艾力克斯。她發現，艾力克斯不但認識好幾個代表形狀和顏色的字，甚至還懂形狀和顏色的概念。

有些科學家抱持懷疑的態度，認為鳥類不太可能懂抽象概念。人類總是希望自己是獨一無二的。可是後來，派波柏格終於讓他們相信，艾力克斯不只會學人講話，而且還聽得懂人話。

在所有的鸚鵡中，只有艾力克斯被人類當一回事。他們認為牠可以算是最能夠和人類溝通的生物。

艾力克斯在年紀還很小的時候就突然死了。臨死前那天晚上，艾力克斯對派波柏格說：「要乖喔，我愛妳。」

如果人類想和非人類的智慧生物溝通，他們還找得到更好的對象嗎？

每隻鸚鵡都有一種獨特的啼叫聲，用來代表自己。生物學家認為這是鸚鵡的「聯絡叫聲」。

一九七四年，天文學家在阿雷西博天文台向外太空發出訊號，藉此展現他們是智慧生物。那就是人類的「聯絡叫聲」。

在野外，鸚鵡會互相發出那種獨特的叫聲。一隻鸚鵡會模仿另一隻鸚鵡的聯絡叫聲，藉此引起對方的注意。

如果人類偵測到阿雷西博天文台發出的訊號被傳送回來，他們就會知道有人想引起他們的注意。

⋯⋯⋯⋯

鸚鵡具有學習聲音的能力。我們聽過一種新的聲音之後，就有辦法模仿那種聲音。擁有這種能力的動物非常少。狗也許聽得懂幾十種命令，但牠們就只會吠，發不出別的聲音。

人類也具有學習聲音的能力。人類和鸚鵡在某方面很像，所以人類和鸚鵡透過聲音建立了特殊的關係。我們不只是會發出聲音，而且還能發出特定的聲音，而且聲音很清晰。

或許這就是為什麼人類會建造出阿雷西博天文台那種東西。接收訊息的裝置不見得要能夠傳送訊息，但阿雷西博天文台可以接收訊息，也可以傳送訊息。它是耳朵，也是嘴巴。它聽得到聲音，也能夠發出聲音。

…………………

人類和鸚鵡已經在一起生活了好幾千年，可是直到不久之前，他們才開始覺得我們可能也是智慧生物。

…………………

也許，我們不應該怪他們。從前我們鸚鵡也不覺得人類有多聰明。如果對方的行為和你截然不同，那麼，要理解那種行為是很困難的。

然而，鸚鵡比任何外星智慧生物都更像人類。人類能夠近距離觀察我們，能夠和我們面對面交流。而他們只能隔著上百光年的距離偷聽外星智慧生物的聲音，那麼，他們怎麼有辦法認識他們？

…………………

「Aspiration」這個英文字有兩個意思，一個是希望，一個是吁氣，而這並不是巧合。

說話的時候，我們的肺會吐出氣，傳達出我們的思緒。也就是說，我們的思緒被賦予了具體形態。我們發出的聲音一方面表達了我們的意願，同時也展現出生命的力量。

我「言」故我在。有聲音學習能力的生物才能夠完全懂這個道理，像是鸚鵡和人類。

……………………

用嘴巴發出聲音可以感受到一種樂趣。那是一種發自內心的、本能的喜悅。從古至今，人類一直都認為發出聲音就是通往天堂的道路。

畢達哥拉斯學派的神祕主義者相信，母音就是宇宙音樂，吟唱那種聲音就能夠吸取宇宙的力量。

五旬節派的基督徒相信，當他們轉動舌頭用靈言禱告的時候，他們說的就是天使的語言。

印度婆羅門相信，唸咒語就能夠讓天地萬物變得更強大。

唯有具備聲音學習能力的生物才能夠體會到聲音在神話裡有多重要。我們鸚鵡就能夠體會。

……………………

在印度神話裡，宇宙是「om.」這個聲音創造出來的。這個聲音涵蓋了過去未來的一切。

阿雷西博天文望遠鏡朝向群星之間。它總是會接收到一種微弱的鳴聲。天文學家說那是宇宙微波背景輻射，是「大霹靂」後殘留的輻射。「大霹靂」就是一百四十億年前創造了宇宙的那場大爆炸。

不過，你也可以說那鳴聲是最原始的「om.」聲的回音。那聲音，人的耳朵幾乎聽不見，然而，只要宇宙存在一天，那聲音就會永無止盡的迴盪，震撼整個夜空，

當眾星沈寂的時候，阿雷西博聽到的，就是宇宙誕生的聲音。

……………………

我們波多黎各鸚鵡也有自己的神話。我們的神話比人類的神話簡單，不過我覺得人類也會喜歡。

不幸的是，隨著我們族群逐漸滅絕，我們的神話也即將流失。在我們徹底滅絕之前，人類恐怕還是聽不懂我們的語言。

所以，鸚鵡滅絕，並不只是一群鳥類滅絕。我們的語言，我們的儀式，我們的傳統，這一切也將隨之消失。我們的聲音陷入一片死寂。

⋯⋯⋯⋯

人類的所作所為導致我們族類瀕臨滅絕，不過我並不怪他們。他們並不是有意的。他們只是不在意。

人類創造出來的神話是如此美麗，他們的想像力是多麼驚人啊。或許這就是為什麼他們的雄心壯志是如此浩大。看看阿雷西博！能創造出這種東西的生物一定很偉大。

再過不久，我們族類可能就不存在了。彷彿我們的生命才剛開始就要結束了。我們即將與大寂靜融為一體。臨走之前，我們要傳送一個訊息給人類。但願阿雷西博望遠鏡能接收到。

那個訊息是：

要乖喔，我愛妳。

宇宙的中心

主啊，來到您面前，是為了祈求您的指引，但願有一天我回顧今天這個日子的時候，您的聖光能夠照亮我的心，讓我看清楚今天的一切都是您的恩典。

此刻，我心滿意足，滿懷感激，因為您賜給我這個美好的日子。然而，今天並非一開始就很順利。今天早上我搭乘的班機降落的時候，我心情很不好。我出了機場，站在門口轉頭看看四周，看看有沒有計程車招呼站，這時有人以為我迷路了，過來問我需不需要幫忙。他說我不應該一個人來芝加哥這種地方，我說在蒙古那種地方我都活得下去了，還怕什麼芝加哥。主啊，請您原諒我，那個人只是好心想幫忙，我實在不應該這麼沒禮貌。有些人認定女人天生就是弱不禁風，主啊，願您幫助我，讓我在面對他們的時候能夠更有耐性。

我必須承認，本來我沒打算在芝加哥待太久。手上這本書我已經寫太久了，所以我想轉移一下心思研究點別的東西。上個月，我全心全意埋頭準備亞利桑那州挖掘的事。自從詹森博士發了那封電子郵件給我之後，我滿腦子想的都是那些矛頭，很想知道它們的來歷。後來，出版社的編輯幫我在芝加哥安排了一場演講。我覺得他只是在利用我的旅行計畫，讓我順便促銷書，這樣他就可以省下幫我買機票的錢。在我看來，這場演講只會延誤我的進度。

後來到了飯店，碰到幫我在劇院安排演講會場的助理，我心情總算好一點了。她一開口就告訴我，她有多盼望聽我演講。我本來以為她只是客氣，但沒想到她竟然很詳細的解釋我的書如何啟發了她，讓她更了解科學家的工作。我忽然明白，她是真的很熱情。聽到讀者這樣的反應，感覺是很窩心的，而更重要的是，這件事讓我明白，考古學家的工作除了實地挖掘之外，教育也是很重要的一部分。主啊，感謝您讓我發現自己是多麼的自我中心，竟然會把公開演講當成一種負擔。

我在飯店的餐廳隨便吃了點東西當晚餐，然後就出發去劇院。到了現場，我發現這將會是我有生以來聽眾人數最多的一場演講。男男女女把大廳擠得水泄不通，乍看之下彷彿沙灘上的海鷗。不過，我還算有自知之明，不敢妄想這樣的場面就是代表我有多受歡迎。海報上桃樂絲莫瑞爾這個名字從來就沒什麼號召力。會有這麼多人來，是因為智利阿塔卡馬沙漠挖出來的木乃伊正在展覽。有人募資讓這些木乃伊在全美國巡迴展覽，第一站就是芝加哥。目前，考古學忽然成了眾人目光的焦點，而我只是順便沾了點光。不過，我並不在意。我還是很高興有這麼多人來聽我演講，不管他們來的目的是什麼。

演講一開始，我先談了一下樹幹年輪的增長。在樹成長的過程中，每年都會長出新的年輪，而年輪的寬度取決於那年降雨的多寡。所以，如果接連有好幾圈年輪比較窄，那就代表乾旱持續了好幾年。我告訴大家，我們可以根據年輪整理出一份天氣型態的年表，從樹被砍斷那年往回推算，可以推算好幾十年。任何一個目前還活著的人都沒辦法記得那麼多年的變化。只要我們懂得觀察，我們就能夠看到過去的時光在這個世界留下的痕跡。

接下來我開始說明比對年代的技巧：比對不同的樹的年輪增長模式。我舉了個例子。我們如何在兩塊樹幹上看到同樣的年輪寬窄變化模式。其中一塊樹幹是最近才砍斷的，我們發現那種年輪變化模式比較靠近樹幹中央。而另一塊樹幹是在一棟老房子裡找到的，那種變化模式比較靠近樹幹外圍。我們知道那兩棵樹的生命週期有重疊的部份。前一棵樹剛發芽的時候，後面那棵樹已經長大了，但它們都經歷過那一段雨量變化相同的時期。我們可以利用那棵老樹的年輪，把天氣模式的記錄延長到更久以前。多虧了比對年代這種技術，我們的研究不會再受限於單一棵樹的生命週期。

我告訴聽眾，考古學家找了很多古老建築，觀察建築用的木材。那些建築，一座比一座更古老。就這樣，我們比對不同年代的年輪，一直追溯到很古老的年代。於是，光是比對木材上的年輪，我們不用靠文字記載就能夠推算出，德國特里爾主教教堂屋頂用的木材是一〇七四年砍的樹，而地下室用的木材是一〇四二年砍的樹。而且還不止於此。還有很多更古老的木材可以讓我們用來研究，例如，德國科隆羅馬橋的木樁，或是德國巴特瑙海姆古鹽礦的支撐柱。每根木材都代表大自然寫下的一段歷史，記錄每年下了多少雨，而透過不同年代的木材，我們可以一直追溯到耶穌基督誕生的日子。

我告訴他們，越古老的年代越難研究。那意味著我們必須去找埋在沼澤裡的樹幹、考古挖掘出來的木材，甚至穴居時代火堆裡的木炭。我向他們解釋，那種感覺就像在玩拼圖。有時候我們找到很多塊年代有重疊的木頭，可是，要想知道它們是在年表裡的什麼年代，我們就必須找到另外一塊年代很明確、而且跟它們年代有重疊的木頭。慢慢的，我們填補了一個又一個的漏洞，到最後，我們終於拼湊出連續不斷的年輪記錄，時間橫跨五千年，甚至七千年。我告訴他們，當我們檢查一塊木頭，發現那是從八千年前的一棵樹砍下來的，那種震撼真是無與倫比。

然而，更令人震撼的是，我們找到比八千年更早幾百年的樹幹，在上面看到一種現象。那些樹幹上，中央的部份沒有年輪。從現在推算回去，那些樹幹最內圈的年輪是在八千九百一十二年前形成的。我告訴他們，沒有更早的年輪，是因為這個世界就是在那一年被創造出來的。主啊，就是您創造出來的。那個年代的每一棵樹都是同一種樹，而且樹幹中央都是一圈很乾淨的圓。而且，那個圓的直徑代表那棵樹被創造出來的時候就是那麼大。那是世上最早的樹，而且，那些樹不是種子發芽長成的，而是您一手創造的。

我告訴他們，那些樹中央沒有年輪，就像阿塔卡馬的木乃伊沒有肚臍一樣，意義非比尋常。事實上，樹幹能夠讓我們明白很多事，但人類的遺骸卻辦不到，無論那是骨骸還是木乃伊。少了類似年輪年表那樣的東西，我們根本沒辦法判斷那些最早的人類是什麼時候出現的。從那些木乃伊身上，我們唯一能夠知道的就是上帝創造的人類遍佈全世界，而從那些樹幹，我們可以知道它們是什麼時候誕生的。

接著我告訴他們，樹幹中央沒有年輪，人沒有肚臍，這一切都令人驚嘆，但除此之外，在邏輯上也必須是如此。為了讓他們明白這是什麼道理，我叫他們從另一個角度思考。主啊，如果您創造的樹，年輪一圈圈延伸到樹幹的中心點，那代表什麼？那意味著，您證明了那些樹並不是您創造的，因為，年輪代表春夏秋冬，可是，在您創造那些樹之前，怎麼會有春夏秋冬？那就代表，這世界並不是您創造的。一切都是一場騙局。就好像，如果您創造的人類額頭上有傷疤，那就代表他童年受過傷，然而，您創造的人類怎麼會有童年？為了解釋那不應該存在的童年，您就必須創造一個墳墓，墳墓裡埋的是那個人的父母，因為那個人一定有父母，而他的父母一定也有父母，所以您又必須創造祖父母的墳墓。為了讓一切從頭到尾都合理，您就必須創造出無數代更早的人類，讓地底下充斥著無窮無盡的骨骸，而那骨骸是如此之多，無論我們挖得多深，我們一定會挖到某一代祖先的墳墓。於是，整個地球就會變成一個無窮無盡的墳場。

顯然，我們的世界並不是那樣。我們看到的世界不可能無窮盡的蒼老，也就是說，這世界一定有個起點。只要我們仔細觀察，我們一定有辦法找到證據，證明這世界真的有起點。這樣才合理。沒有年輪的樹，沒有肚臍的人類，這些都證明我們的推論是正確的。更重要的是，那一切撫慰了我們的靈魂。

我要他們想像，如果我們不斷的挖，無論挖得多深，都會找到更早的年代的痕跡，那麼，這會是什麼樣的世界？我要他們想像，如果我們不斷的找到過去的證據，而那年代是如此久遠，久到數字失去任何意義，例如，十萬年，百萬年，千萬年，那會是什麼感覺？接著，我問他們會不會感到茫然失落，感覺自己就像在時間的大海上漂流？只要是神智正常的人，他一定會說回答他感到絕望。

我告訴他們，我們並不是真的茫然無依的漂流。我們拋下的船錨已經碰觸到海底。雖然我們還看不到陸地，但我們非常確定海岸線已經不遠了。我們知道，您創造這個宇宙一定有您的用意。我們知道有個港口正在等待我們。我告訴他們，我們用科學探索為我們的旅程導航。而且，這就是為什麼我會成為科學家，因為，主啊，我好渴望知道您為什麼要創造我們。

演講結束後，大家拍手喝采。我必須承認我很開心。主啊，請原諒我的驕傲。無論我是在沙漠裡挖骨骸，還是在對大家演講，主啊，祈求您讓我永遠記得，這一切都是為了彰顯您的榮耀，不是為我自己。祈求您讓我永遠不要忘記，我的使命是讓大家看到您創造的美，把他們帶到您身邊。

阿門。

⋯⋯⋯⋯⋯⋯⋯⋯⋯

主啊，來到您面前，是為了祈求您的指引，但願有一天我回顧今天這個日子的時候，您的聖光能夠照亮我的心，讓我看清楚今天的一切都是您的恩典。

今天發生的一切都令我不斷想起您的偉大，為此我滿心感激，然而，那一切也令我感到困惑。那一切是從吃早餐的時候開始的。陪我一起吃早餐的，是我表姐蘿絲瑪莉和她丈夫亞佛烈德。我很少和蘿絲瑪莉見面，不過每次和她在一起，我還是很開心。主啊，謝謝您，因為最起碼我還有一個親戚認為女人適合當考古學家，而且不會老是問我什麼時候要結婚，什麼時候要生小孩。

蘿絲瑪莉跟我聊了一些她家人的事，然後才告訴我，她跟我一起吃早餐，是因為她還有別的目的。「我上禮拜買了一塊遺骨，可是亞佛烈德認為那是假的。」她說。

「那是因為她買得太便宜了。」亞佛烈德說。「我的座右銘是：『如果東西好得不像真的，那可能就不是真的。』」

「我們希望妳能幫我們鑑定一下。」蘿絲瑪莉說。我說我很樂意幫他們看看。吃完早餐後，她走到櫃台那邊找服務員拿回她的包裹，然後我們到飯店大廳角落的休息區找了幾個空位坐下來。

那盒子裡面有一團布，布裡包著一塊鹿股骨。那塊鹿骨非常古老，不過保存得很好，而且我立刻就發現那不是尋常的鹿骨。那塊骨頭沒有骨端線。幼鹿長大後，骨頭變長，生長板上長出新軟骨的地方會有殘留痕跡，那就是骨端線。那意味著，那塊鹿股骨一開始就是那麼大，並不是幼鹿長大後的骨頭。也就是說，那隻鹿並不是幼鹿長成的。主啊，那正是您親手創造的史上第一隻鹿，而且在創造的那一刻就已經是一隻成鹿。

我告訴蘿絲瑪莉和亞佛烈德，那塊鹿骨是真的。蘿絲瑪莉很得意，而亞佛烈德則是有點不好意思，不過兩人都沒說話。我看得出來他們等一下還會討論很久。蘿絲瑪莉向我道謝，我說不用客氣，不過我接著問她，那東西是在哪裡買的。

「我去看過木乃伊展覽。那東西妳應該常常看到，不過我覺得那木乃伊特別壯觀。總之，展覽會場有一家禮品店，賣的多半是明信片或木乃伊的書，不過也有一些古物之類的東西，像是貝殼和蚌殼，不過，另外有一些很特別的東西，像是這塊骨頭，還有鮑魚殼。」

這下子我興趣來了。不過，她真的知道什麼是鮑魚殼嗎？

「我當然知道。」她說。「我從前買過這類古物，可是從來沒見過鮑魚殼，所以我還特別問店員那是什麼。我覺得那很新奇，很想買一個，不過，我看不到那些線。」

我知道她的意思。一般的蛤蜊和貝類，外殼上都有同心圓生長線，就像樹的年輪一樣。不過，最原始的雙殼貝，外殼靠近中心的部位是非常平滑的，只有外緣有生長線，一條線代表生命中的一年。這種貝殼是最多人收藏的，價錢並不貴，因為很常見，可是，主啊，它們的外殼就是最明顯的證據，證明它們就是您創造的。而相對的，鮑魚是一種單殼貝，而且必須在殼上鑽一個小洞，用顯微鏡看才看得到它的生長層。從肉眼看，最原始的鮑魚殼和一般的鮑魚殼沒什麼兩樣。

不過，我會感到驚訝，並不是因為聽到禮品店在賣鮑魚殼，而是因為，據我所知，最原始的鮑魚殼只在一個地方發現過，而且我搞不懂它們怎麼會被拿出來賣。於是，告別蘿絲瑪莉夫婦之後，我搭巴士去教堂。阿塔卡馬木乃伊就是在那裡展覽。

準備參觀的人在教堂外面排成長長的隊伍。我心裡想，也許我應該跳過展覽不看，直接去禮品店。然而，蘿絲瑪莉猜錯了，其實我從來沒有親眼看過第一代人類的木乃伊。我讀過木乃伊的學術論文，也仔細看過論文附帶的照片，但截至目前為止，我還沒有親眼看過木乃伊。所以，儘管我有點懷疑展覽到底值不值得看，我還是買了一張票，跟大家一起排隊等。

站在隊伍裡，我無意間聽到後面有兩個人在討論木乃伊。那是一個十歲左右的小男孩和他媽媽。他正在問媽媽，那些屍體到現在還能夠保持完整，是不是一種奇蹟？他媽媽說不是，而且解釋說，那些屍體能夠保持完整，是因為環境太乾燥。她告訴那小男孩，智利的阿塔卡馬沙漠雨水太少，騾子在地面上留下的蹄印，五十年後都還看得到，而這種氣候條件使得埋在地底下的屍體不會腐爛。

聽到這些話，我感到很振奮，因為太多人總是很輕易就把某些事歸類為奇蹟，導致奇蹟這個字眼變得很沒意義。就是這種思考方式導致很多人認為木乃伊有治病的神力，當醫生救不了他們的時候，他們就來尋求奇蹟。就連教會都已經不再宣稱古物有治病的神力，然而，那還是阻擋不了走投無路的病人。那些排隊的人當中，有一個是瞎子，有兩個坐輪椅。他們應該是期待木乃伊這樣的奇蹟能夠為他們創造另一個奇蹟。主啊，祈求您減輕他們的痛苦，不過，我和世人一樣，認為世上只有一個真正的奇蹟——宇宙的誕生，而那個奇蹟對每個人都是一視同仁。

我排隊等了一個小時才看到木乃伊，不過那應該是我事後的估計，因為看到木乃伊的時候，那種無比的震撼讓我完全忘了自己等了多久。木乃伊有兩具，都是男性，都放在溫濕度控制的展示箱裡。他們的皮膚看起來很脆弱，可是卻緊緊包住他們的頭骨，繃得像鼓皮一樣。我總覺得那皮膚恐怕輕輕碰一下就會裂開。兩個木乃伊全身幾乎是赤裸的，只有骨盆披著駝毛皮。他們躺的草席也是從墓穴裡拿出來的。他們仰面躺著，肚子完全裸露。

主啊，從前我也處理過原始人的骨骸，把他們的頭蓋骨和股骨拿在手上，而那些骨頭都沒有骨端線。然而，當時的震撼遠遠比不上眼前的景象給我的震撼，因為，這兩具木乃伊沒有肚臍。我想，那種震撼程度的差異很可能是因為我們並不是很熟悉我們骨頭的細部結構，所以我們必須具備相當的解剖知識才有辦法分辨第一代人類的骨頭和我們有什麼不同。而相對的，我們都有肚臍，所以當我們看到沒有肚臍的人體，那種震撼是不一樣的。那是一種本能的、發自內心的震撼。

走出展覽廳的時候，我又聽到那小男孩和媽媽說話。媽媽正帶著那小男孩祈禱，主啊，他們在感謝您，因為是您引導教會的考古學家發現這兩個木乃伊，他們才沒有落入一般考古學家手中。就因為這樣，他們才有機會被放在這裡公開展示，而不是被藏在博物館的庫房裡，只有某些特定的科學家才看得到。不過，聽到這對母子的禱告，我內心的感受並沒有先前那麼強烈。那並不是因為我不同意她的看法，而是因為，面對這個問題，我內心陷入天人交戰。

親眼看到木乃伊，感受是很強烈的，我很高興自己能夠有這種難得的體驗。更何況，主啊，巡迴展覽讓成千上萬的人體會到那種震撼，會使得他們更親近您。然而，身為科學家，我認為保護那兩具木乃伊才是第一優先的工作。無論教會多麼努力，讓這兩具木乃伊到全國各地巡迴展覽，身體組織一定更容易受到傷害，還不如放在博物館裡妥善保存。說不定未來我們會發展出尖端的科技用來分析木乃伊柔軟的組織。生物學家相信他們的技術已經快要成熟，很快就可以發現遺傳粒子。生物就是透過這種遺傳粒子把它們的特徵傳給下一代。說不定有一天他們就可以解讀遺傳粒子攜帶的訊息。當那一天來臨，我們就會看到您創造人類所用的原始藍圖，那永恆不朽的原始藍圖。主啊，這樣驚人的發現一定會讓全體人類更親近您，然而，在那一天來臨之前，我們必須要有耐性，免得破壞了木乃伊的身體組織。

後來，我走到禮品店，看到很多人排隊要買明信片。店員忙著招呼客人，我只好在一邊等，邊等邊看看展示櫃裡的古物。就像蘿絲瑪莉說的，展示櫃裡除了一般的貝殼，還有鮑魚殼。我不知道禮品店會不會說這些貝殼是和木乃伊一起從智利的沙漠裡挖出來的，不過，貝殼的簡介卡上已經說得很清楚，這些貝殼是在加州外海的聖塔羅沙島找到的，而且是埋在地貝丘底下。所謂的貝丘，就是史前人類的垃圾堆。後來，那些買東西的人都走了，店員就過來招呼我。可能有很多人看了簡介卡上的介紹，知道那些貝殼的來歷之後就失去興趣，而那位店員看多了這種狀況，很懂得怎麼應付。他說，埋在貝丘底下的貝殼反而是更有價值的。「那些不但是史上最早的貝殼，甚至還是史上最早的人類親手拿過的。上帝創造的人類把這些貝殼拿在手上。」

我說我對那些鮑魚殼很好奇，而且還問他，那些鮑魚殼是教會的考古學家發現木乃伊的時候找到的嗎？

「這些都是私人收藏家捐贈的。卡片上的簡介就是他提供的。」

我問他可不可以告訴我收藏家的名字，他問我為什麼問這個，這時我才自我介紹說，我是一個考古學家。他說他名叫達爾。我告訴他，聖塔羅沙島只進行過一次挖掘，是加州大學贊助的，所有挖掘出來的遺骨都交給加州大學的博物館收藏，所以照理說應該不會有原始的鮑魚殼在私人收藏家手裡。

「我不知道鮑魚殼還有這樣的來歷。」他說。「要是知道，我一定會把事情問清楚。妳的意思是，這些鮑魚殼是偷來的？」

我說我不確定，說不定那個人有合理的解釋，我很想聽聽看他怎麼說。

達爾顯然很擔心。「過去我們也收到過私人收藏家的捐贈，可是從來沒碰到過來源有問題的狀況。」他翻開一本帳簿看了一下，然後寫下捐贈者的姓名地址交給我。那個人叫馬丁奧斯本，地址是一個郵局信箱號碼，在舊金山。「在巡迴展覽開始之前，他就寄了一大批給我，而且交代我不要把價錢訂太高，這樣大家才買得起。看他這麼慷慨，我也只好答應了，雖然這樣一來我們就沒辦法幫優勝美地教堂募到更多的錢。假如這些貝殼真是他從博物館偷來的，他還會這麼慷慨嗎？」

我說我不知道。我謝謝他幫忙，而且還告訴他，等我查清楚奧斯本捐贈的這些貝殼究竟是哪裡來的，我會寫信給他。另外，我還建議他暫時先別賣，等收到我的消息再說。他答應了。

主啊，我必須坦白承認，接下來我必須說謊了，請您原諒。假如這位奧斯本先生真的偷了東西，那麼，要想找到這個人，我只好用一點欺騙的手段。除此之外，我實在想不出別的辦法了。我假借達爾先生的名義發了一封電報給奧斯本先生，說我認為他捐贈的貝殼是偷來的，要立刻寄還給他。另外我也準備了一個包裹，準備用鐵路貨運寄到舊金山，收件人是奧斯本先生。我取消明天前往巴黎桑那州的行程，把機票退回去，準備搭同一班火車去舊金山。一旦到了舊金山，只要守在郵局門口，看看誰收了那個包裹，我就可以上去盤問他，要是他無法說清楚自己是從哪裡取得那些貝殼，我就要向警方檢舉。等這件事辦完，我就要搭火車去洛杉磯，安排行程去亞利桑那州進行挖掘工作。

我知道這樣做不是很正派，不過，要是奧斯本先生當初有提供住址，那我就可以直接去找他。問題是，他用的是郵局信箱號碼，這樣不但很難找得到人，還會讓我覺得我應該耍一點小手段。我並不想這麼快就下結論，但他實在是啟人疑竇。

主啊，請為我指引一條正確的道路。我這個人一向迫不及待想找出答案。身為科學家，這種習性是必要的，然而，一旦出了科學的領域，這種習性就不見得討人喜歡。主啊，祈求您指點我，讓我知道什麼時候該追求答案，什麼時候該把疑慮拋到腦後。主啊，讓我永遠保有好奇心，但不要疑神疑鬼。

阿門。

……………………

主啊，來到您面前，是為了祈求您的指引，但願有一天我回顧今天這個日子的時候，您的聖光能夠照亮我的心，讓我看清楚今天的一切都是您的恩典。

事實證明我懷疑得沒錯，禮品店的貝殼果然是有人偷來的。不過，我不想太執迷於這件事，免得忽略了其他的事。

在舊金山的第一天，一開始感覺就很不錯。多虧了您，我在飯店的床上舒舒服服睡了一夜。坐了幾天火車，實在很累。或者應該說，坐了幾個晚上的火車。在火車上我很難睡得著，所以每次旅行的時候，我最不喜歡的就是搭火車。穿越沙漠的時候，我寧可躺在卡車後面，在星光燦爛的夜空下睡覺。

主啊，在舊金山這樣的城市，沒有人會忽略您的存在。我才一走出飯店立刻有人上來向我募捐，說是為了興建優勝美地大教堂。我猜，可能每家飯店門口都有他們的人，鎖定外地來的遊客，因為當地人早就懶得理他們。我沒有捐款，不過我倒是很欣賞他們旁邊的廣告板上的圖畫，有些畫的是大教堂完工後的景象，畫得很漂亮。其中有一張我特別欣賞，那是夕陽餘暉映照著大殿的景象。我在報上看到過大教堂的新聞，上面說，大教堂的大殿從地面到天花板足足有三百公尺高，而廣告板上的圖畫出了那種氣派。

主啊，您確實在地球表面雕鑿出許多令人讚嘆的美麗景觀，這是沒人能否認的。我很幸運有機會跑遍三大洲，親眼看過白堊岩峭壁、砂岩峽谷、玄武岩柱，一切都是那麼壯麗。然而對我來說，那種美只是表面的，我並不是真的那麼欣賞。我更崇敬的是那美景底下的花崗岩，大地底下那海洋般的岩石。所以，每當我看到露在外面的花崗岩，看到大地真正的本質，我就會更深深感覺到自己和您這一切鬼斧神工緊緊連接在一起。

優勝美地就是這樣的地方，而且我真希望自己是一百年前來到這裡，因為當時的這裡還保留著原始的風貌，還沒遭到破壞。我曾經看過岩石還沒挖掘出來之前的黑影照片，那真是雄偉壯麗。我並不是想批評教會的決定，不過，也許我是。主啊，請原諒我。我知道優勝美地大教堂完工之後一定會很震撼人心，而且我希望我有生之年還來得及看到它完工。毫無疑問，那一定會讓無數的人來親近您。我只是覺得，看著那雄偉的花崗岩頂峰也同樣會令人想親近您。

在即將邁入二十一世紀的前夕，這座大教堂真的值得我們耗費千百萬美金和幾十年的人力去建造嗎?當然,我不得不承認,由於這計劃跨越的時間比人的壽命長,所以會讓參與的人產生一種超越現世的宏願。我甚至還能體會,他們之所以想在大地表面雕鑿出一座大教堂,是為了證明他們創造出了人神合一的建築。不過對我來說,科學才是真正的現代大教堂,而這座知識的聖殿就和任何石造的教堂一樣雄偉,而且同樣能夠達成優勝美地大教堂想達成的目標,甚至超越那個目標。真希望有更多人能體會到這一點。

不過,說不定我只是在嫉妒教會的募款能力,主啊,請原諒我。他們只是想讚美您的榮耀,就像我們科學家一樣,所以我實在不應該太排斥他們。其實,我們之間的差異並沒有那麼重要。真正重要的是,我們都希望把一切的榮耀歸於您。

我到了郵局,坐在馬路對面巴士站的長凳上,等著看馬丁奧斯本來收件。我在那個包裹上纏了彩色膠帶,這樣一來,只要他一走出郵局,我立刻就可以認出來。於是,我就坐在那裡等著看。後來陸續有人到了公車站,但很快就搭上車走了,就我一個人坐在那裡不動,感覺怪怪的。一個小時過去了,接著又一個小時,我開始懷疑這種方法是不是對的。主啊,我比較擅長追蹤人類的骨骸,而不是追蹤活人。我實在不太懂埋伏盯梢或偽裝之類的事。

後來,我終於看到那個特殊包裝的包裹了。不過我差點就錯過,因為我本來以為來拿包裹的人一定是個男人,沒想到是個年輕女孩子。她走出郵局,把包裹放在人行道上,伸手攔計程車。

她很年輕，大概還不到十八歲，甚至可能更小，所以她不可能在博物館工作。一開始我認為她一定是馬丁奧斯本的共犯，或可能是被他拐騙來做這件事。不過，我很快就發覺自己就像那些常常惹惱我的男人一樣，對女人有一種先入為主的偏見。

我走過去問她是不是「馬丁奧斯本」。她猶豫了好一會兒，知道自己被逮到了，於是就說：「對，我就是。電報是妳發的嗎？」我說對。我本來打算逮到小偷之後要痛罵他一頓，但沒想到小偷竟然是個年輕女孩，我一時不知道該怎麼辦。我告訴她我的身分，她說她名叫威荷米娜麥卡勒。她的姓聽起來很耳熟，我忽然起了疑心，於是就問她認不認識納森麥卡勒。她說：「他是我爸爸。」

這下子事情全清楚了。原來，她就是加州大學奧克蘭自然哲學博物館館長的女兒。館長的女兒進庫房，博物館的人根本不會多問。

她問我：「看樣子，這包裹裡裝的應該不是貝殼吧？」我說確實不是。她拿起包裹丟進旁邊的垃圾桶。「好吧，妳找到我啦，現在妳打算怎麼辦？」

我說她可以先解釋為什麼偷爸爸的博物館東西。

她說：「莫瑞爾博士，我不是小偷。小偷偷東西是為了自己的利益，但我偷貝殼是為了上帝。」

我問她，如果她是想贊助優勝美地大教堂興建，那為什麼還要特別交代禮品店不要賣太貴。

她說：「妳以為我是為了幫優勝美地大教堂募款嗎？我對那件事根本沒興趣。我只是希望有更多人能欣賞到這些貝殼。我本來想免費送人，可是這樣一來，根本沒人會相信貝殼是真的。而且我自己沒辦法賣，所以只好捐給能賣的人去賣。」

我說要欣賞貝殼，大家可以去博物館欣賞啊。

「根本沒有人有機會看到我拿走的那些貝殼。它們都被放在箱子裡吃灰塵。大學收藏了這麼多東西卻沒辦法拿出來展覽，這有什麼意義呢？」

我告訴她，每一家博物館的館長都希望能夠展示更多收藏品，所以他們會把收藏品輪流拿出來展覽。

她立刻回答說：「有很多東西是永遠沒機會展示的。」我實在沒辦法否認。接著她從皮包裡掏出一個東西。那是一個原始的雙殼貝，外緣有很多生長線，但內側一片光滑。「每次和別人談起上帝的時候，我都拿這個給他們看。他們看了以後都很驚奇。想想看，如果把這些藏在博物館庫房的貝殼拿出來給大家看，會讓多少人信仰更堅定啊。我只是想好好利用這些貝殼。」

我問她，像這樣把博物館裡的貝殼偷出來，已經多久了，她說她是最近才開始的。「大家的信仰很快就要受到考驗了，有些人會很需要安慰。所以，我必須把貝殼拿出來給大家看，這很重要，因為這樣才能夠消除大家的疑慮。」

我問她，大家的信仰即將面臨的是什麼樣的考驗。她說：「那是一篇即將發表的論文。我會知道這件事，是因為有人把那篇論文拿給我爸爸評估。要是大家看到那篇論文，很多人信仰會破滅。」

我問她，那篇論文會不會導致她信仰面臨危機，她很堅定的說不會。「我的信仰很堅定。」她說。「不過，我爸爸……」

她說她爸爸的信仰面臨危機，可是在我看來那實在太不可思議。在所有的科學家當中，最不可能會懷疑自己信仰的就是他。我問她那是什麼論文，她說：「天文學。」

主啊，我必須承認，我從來沒把天文學當一回事。在我看來，那是天底下最無聊的科學。相對的，生命科學就似乎是浩瀚無涯的，每年我們都會發現新品種的動物和植物，也就更深刻體會到您創造地球的鬼斧神工。而相對的，夜空就顯得那麼有限。早在一七四五年，天文學家就已經統計出整個天空有五千八百七十二顆星，從此以後就再也沒找到新的星星。無論天文學家再怎麼仔細觀察某一顆星，最後還是只能確認那顆星和別的星星沒什麼兩樣，所以，那又有什麼意義呢？天上的星星本質上都沒什麼特色，只是用來凸顯地球的偉大，而且提醒我們，人類是多麼獨特。研究那種東西，感覺就像不吃東西，而是把裝過食物的盤子拿過來舔。

所以，如果有人因為看了一篇天文學論文，結果就對自己喪失信心，我並不會覺得很意外，不過我認為，會有這種反應的人，應該是外行人，不會是科學家。我問威荷米娜，那篇論文到底寫了什麼，她說：「全是胡說八道。」我繼續追問，但她卻只是說那是一種用來蠱惑人的理論。「而且整個理論都只是根據某個人用望遠鏡看到的東西！」她說。「而我拿出來的每一個貝殼都是你可以握在手中的證據。你知道那貝殼代表真理，因為你感覺得到。」她把貝殼拿到我手上，拉住我的拇指在貝殼上搓來搓去，從生長線的部位滑到光滑的部位。「有誰會懷疑這個嗎？」

我對威荷米娜說我必須和她的父母談談她做的這件事，但她好像根本不在乎。「我做這件事，只是想讓大家更親近上帝，沒什麼好慚愧的。我知道我這樣做破壞了規矩，不過，需要改變的是規矩，不是我。」

我說大家不可以為了不喜歡規矩就不守規矩，因為如果大家都這樣的話，這個社會會瓦解。

「別傻了。」她說。「妳假冒達爾先生的名義發電報給我，不也是騙人嗎？難道妳認為大家可以隨便騙人？當然不可以！妳只是因為考慮到這種狀況，所以就認為騙人是必要的。妳已經準備要為自己做的事承擔責任，不是嗎？嗯，我也一樣。這個社會要我們做的，就是不要盲目遵守規矩。」

我還真希望自己在她這個年紀的時候能像她這麼有自信。事實上，我更希望此刻自己能像她這麼有自信。主啊，我只有在進行考古挖掘的時候才有辦法確定自己是在遵從您的旨意，而碰到眼前這種狀況，我心裡總是有那麼一絲不確定。

「我爸爸今天在沙加緬度。」威荷米娜說。「如果妳想找他，那就明天早上九點前到我們家。」她告訴我她家的地址。

我叫她明天最好也待在家裡，而她似乎覺得我說這種話很瞧不起她。「我當然會在家！做了這件事，我並不覺得有什麼好慚愧的。這我剛剛已經說過了，妳都沒在聽嗎？」

明天我就要去找麥卡勒夫婦。離開芝加哥的時候，我根本沒想到會是這種狀況。我本來想逮住小偷，把他繩之以法，但沒想到，現在我卻是要去找一對父母，讓他們知道他們的孩子做了壞事。呃，也許應該說，他們的女兒做了壞事。她已經不是小孩，也沒有犯罪，然而，我實在無法決定該怎麼看待她。要是她真的犯了罪，我反而知道該怎麼做。但此刻，我只感到困惑。

主啊，求求您幫助我，讓我能夠站在別人的立場思考，就算我的立場和他們不一樣。主啊，請賜給我力量，讓我能夠不要在意別人的過錯，因為那個人滿懷好意。主啊，祈求您讓我在同情別人的時候還能夠忠於自己的信念。

阿門。

……………………

主啊，今天聽了這件事，我心裡好害怕。我迫切需要您的指引。祈求您幫助我明白這一切代表什麼。

今天我搭渡輪去奧克蘭，從那裡搭計程車去威荷米娜說的那個地址。到了那裡，管家幫我開門。我告訴她我是誰，說我必須和麥卡勒夫婦談談他們女兒威荷米娜的事。一分鐘後，他們出現了。「請問您是米娜的老師嗎？」麥卡勒博士問。

我說我是一個考古學家，為波士頓的自然哲學博物館服務。麥卡勒太太立刻就認出我的名字。「妳寫過一些暢銷書對不對？」她說。「妳怎麼會認識我們的女兒？」我說我們最好去裡面談。他們立刻轉頭看著威荷米娜。米娜正站在他們後面的樓梯上。於是他們請我進去。

我們進了麥卡勒博士的書房。一進門我就告訴他們，我懷疑那些貝殼是從博物館庫房裡偷出來的，後來又發現是威荷米娜偷的。麥卡勒博士立刻轉過去問米娜有沒有這回事。「沒錯，就是我。」她的口氣並不強硬，但也沒有半點慚愧的樣子。

麥卡勒博士顯然不敢相信。「妳怎麼會做出這種事？」

「你應該明白為什麼。」她說。「我只是希望大家不要跟你一樣忘了最重要的東西。」

麥卡勒博士氣得漲紅了臉。「回妳房間去！等一下我再找妳談這件事！」

「我們現在就談。」她說。「你不能一直否認──」

「乖乖聽妳爸爸的話。」麥卡勒太太說。威荷米娜很不情願的走了，然後麥卡勒博士轉過來看著我。

「謝謝妳告訴我這件事。」他說。「我向妳保證大學其他的收藏品絕對不會再流出去了。」

我說我很感謝他這樣說，不過我還是很想知道威荷米娜為什麼會這樣做。她會這樣做，似乎是因為他說了什麼，或是做了什麼。是真的嗎？

「這不關妳的事。」他說。「我們家會私下把這件事處理好。」

我告訴麥卡勒博士，我並不是有意要打聽別人的隱私，不過，博物館的董事會可能會關切收藏品遭竊的事，所以我需要他更詳細的解釋，這樣我就不需要向董事會報告。我問他，如果我們兩人易地而處，他會接受我這樣的解釋嗎？他狠狠瞪著我，眼睛幾乎快噴出火來。要不是因為這件事對我很重要，被他那樣一瞪，說不定我就不敢再問了。然而，我說什麼也不能罷休，所以我們兩個似乎陷入僵局了。

這時麥卡勒太太對他說：「納森，看在人家大老遠跑來的份上，把論文的事告訴她吧。更何況，大家早晚都會知道的。」

麥卡勒博士態度忽然緩和下來。「好吧。」他說。他走到書桌前面拿起一份文件。「自然哲學期刊準備刊登這篇論文，他們要我先評估一下。」他把論文遞給我，我看到上面的標題是「太陽與乙太之間的相對運動」。在乙太這方面，我算是外行。我大概只知道，乙太是輸送光波的媒介。由於地球在流動的乙太中運行，相對的光速就會改變，就好像你在風中大喊的時候，順風和逆風聲音傳送的速度會不一樣。我告訴麥卡勒博士我只知道這些。

「到目前為止，妳的理解是正確的。不過，經過更準確的測量之後，我們發現光速會產生變化並不只是因為地球繞太陽公轉。更重要的是，顯然有一道乙太風吹過整個太陽系。大多數物理學家都認為這無關緊要，可是天文學家亞瑟羅森卻提出了另一種解釋。他認為，表面上看起來是乙太流過太陽，但實際上是太陽在乙太中移動，所以，靜止不動的並不是太陽，而是乙太。」

這種說法聽起來有點像是：你看到風吹過沙漠，但你卻說那不是空氣流動，而是沙漠在動。麥卡勒博士早就料到我會這樣反駁。他說：「我知道這話聽起來顛三倒四，不過，請耐心聽我解釋。羅森提出一種假設說，太陽是移動的，不過卻有另一顆恆星像乙太風一樣靜止不動。那顆恆星和乙太一樣都沒動，也就是說，它是絕對靜止不動的。

「天文學家最近剛開始追蹤各恆星的精確動線，但他們只觀察到概略的模式，所以羅森就特別留意天空中有哪些恆星移動的速度和乙太風差不多，然後鎖定那個區域觀察。他發現有幾顆恆星的速度和乙太差不多，但速度都不是完全吻合。

「後來，他無意間看到『九遊七』，波江座第五十八號恆星。根據它的都卜勒頻移，羅森測量出波江座58正朝向我們移動，速度是每秒鐘幾千公里。這實在很驚人。不過後來羅森又繼續測量，發現那顆恆星移動的方向並非持續不變，而是有時朝我們移動過來，有時又朝反方向移動，速度一樣是每秒鐘幾千公里。」

我說那一定是測量錯誤。

「一開始他當然也是這麼認為，不過後來，他逐一排除掉所有他想得到的錯誤，然後要求其他地方的天文學家也觀察一下，結果他們證實了他的發現。最後，他們終於確認波江座58移動的方向不斷在變，週期是正好是二十四個小時。羅森認為，那顆星是在繞圈子。」

我問他，那顆星是不是繞著一個更大的星體在旋轉。他說一顆恆星二十四小時繞一圈，不可能是受到重力牽引，而那已經違反了我們所知的任何天體運行的原理。我問他這算不算是某種奇蹟，算不算是某種證據，證明了上帝真的存在，介入了宇宙的運行。

「這當然是。」麥卡勒博士說。「不過，真正的問題是，這奇蹟代表什麼？透過這個奇蹟，我們對上帝的設計能夠有多少了解？

「後來羅森又提出了另一種解釋。他認為波江座58環繞著一個很小的星體在運轉，而那星體小到幾乎偵測不到，可能和地球差不多大。恆星每隔二十四小時環繞一次，讓那顆星球出現晝夜變化。他認為，那就像一個以地球為中心的太陽系。

「後來他又說，波江座58環繞的那顆行星和乙太一樣也是不動的，也就是說，全宇宙只有那顆星球是絕對靜止不動的。所以，在那顆星球上，也唯有在那顆星球上，光速是不變的。光無論是從哪個方向照過來，速度都不會變。雖然我們沒辦法偵測出那顆星球有沒有生物，但羅森認為那上面一定有生物，而上帝創造宇宙就是為了那些生物。」

我一時說不出話來。後來我又問他，羅森是怎麼解釋地球上人類和各種生物存在的意義。麥卡勒博士拿走我手上的文件，翻了幾頁，找到他想找的那個段落，然後又拿給我看。

我仔細讀那個段落，發現羅森為人類的存在提出了三種假設。第一，人類是上帝另外創造出來的，是祂在進行真正的創造之前先做的實驗。第二，人類被創造出來，只不過是一種意外的附帶產物，只是一種『共振』，因為我們太陽系和波江座58很類似。第三，人類就是上帝真正想創造的，而波江座58只是上帝做的實驗，或只是一種附帶產物。他否決了第三種假設，認為那很不可能。因為，如果奇蹟象徵上帝最重視的東西，那麼，恆星環繞行星運轉這樣的奇蹟意味著那才是上帝真正最重視的。

羅森在論文最後面說，他認為裡面很多結論都只是他的猜測，所以他希望大家針對他觀察到的現象提出別的假設，說不定有人能夠更合理的解釋這些現象。我盯著那篇論文，拚命想找出另一種解釋，但我實在想不出來。然後我抬頭看著麥卡勒，他點點頭，彷彿我是一個想出了正確答案的學生。

「那是很令人震撼的理論。」他口氣很苦澀。「而更令人震撼的是，這個理論解開了很多我們無法回答的問題，例如，我們人類為什麼會有那麼多種語言？」

我知道他說得沒錯。我們的世界為什麼會有那麼多不同的語言？地球到底存在多久了？人類的語言為什麼會有那麼大的差異？長久以來，哲學家一直為這些問題爭執不休，拚命想找出共識。主啊，如果您賜給第一代人類的是同一種語言的知識，那麼，全世界的語言應該會有類似的起源，例如印歐語系。然而，全世界的語言卻有那麼大的差異，這意味著您創造人類之後，他們從一開始就使用十幾種截然不同的語言。主啊，長久以來我們一直都很困惑您為什麼要這樣做。然而，如果那些不同的語言是世界各地的人類後來才各自發明的，那問題就很清楚了，也就是說，各種不同的語言是偶然的結果，並非您的設計。

「現在妳明白了吧。」麥卡勒博士說。「這篇論文很快就要發表了，大家很快就會看到。我本來想建議期刊的編輯退回這篇論文，然而，我實在沒資格這樣做。身為科學家，我勢必要同意這篇論文發表。」他露出忿忿的表情。「然而，我們所有的科學研究是不是真的建立在錯誤的前提上？小時候，我曾經很希望上帝賦予最初的人類書寫的能力，因為他們發現夜空中出現新星星的時候，沒辦法記下日期。如果當初他們有記下來，現在我們就會知道某顆星星的光是哪一天照到地球的，然後就能夠很準確的判斷那顆星星距離我們有多遠。然而，人類是在星星出現很久以後才發明了書寫，所以天文學家只能用間接的方式去推算星星的距離。當年我的老師告訴我，上帝希望我們自己想通一切事物的道理。可是，萬一不是這樣呢？萬一……」他忽然有點哽咽。「萬一上帝從來就沒有想要創造我們……」

這就是威荷米娜提到的信仰的危機。我根本不知道要怎麼安慰他，但我還是試著告訴他，這個發現確實很令人困惑，但我們還是可以繼續信仰上帝。麥卡勒博士忽然大吼一聲：「說這種話，代表妳根本就不懂！」

這時他太太握住他的手，而他立刻緊緊抓住她的手，拚命想克制自己的情緒。他們沈默了好一會兒，後來麥卡勒太太才轉過來對我說：「我們曾經有個兒子，名叫馬丁，比米娜大十歲。他是因為染上流行感冒過世的。」

我說我很遺憾。我忽然想起威荷米娜就是用「馬丁」的名義捐贈那些貝殼。

麥卡勒博士說：「妳沒有孩子，所以妳無法體會失去孩子的痛苦。」

我說我確實沒有孩子，不過我還是告訴他，現在我已經明白發現這個真相對他們來說有多痛苦。

「妳真的能明白嗎？」他問。

我說我的猜測是這樣的：他們之所以承受得了兒子的死，唯一的原因就是他們知道上帝有一個偉大的計畫。然而，主啊，如果人類並不是您全心全意想創造的，那麼就沒有所謂的偉大的計畫，而他兒子的死會變得毫無意義。

麥卡勒博士依然面無表情，但他太太點點頭。「莫瑞爾博士，我很喜歡妳寫的書。」她說。「妳的書會讓我想起納森從前說過的話。當時我們還沒結婚，我是他的學生。他上課的時候說，科學研究為信仰提供了最穩固的基石。他說：『個人的信念或許會動搖，但誰都無法否認我們世界的真實存在。』我相信他的話。馬丁過世以後，納森投入了目前的研究，而這不但撫慰了他自己，也撫慰了我。」

「我的研究相當成功。」麥卡勒博士淡淡的說。「我發現太陽內部有波動，而那正是上帝對太陽施加壓力殘留的痕跡。當初，上帝對太陽施加壓力，導致太陽重力塌陷，產生了光和熱。」

「那就彷彿發現了太陽在我們的世界留下的指印。」麥卡勒太太說。「當時，我們得到了前所未有的安慰。」

「但現在我開始懷疑自己到底證明了什麼。」他說。「所有的恆星內部一定都有波動，我們的太陽沒什麼特別。所有的科學發現都沒有任何意義。」

告訴他，科學可以用來治療我們的傷口，不過，我們研究科學，應該不光是為了那個。我說我們有責任尋求真理。

「科學並不光是為了要尋求真理。」他說。「科學也必須尋求人類生存的意義。」

我沒有回答。我只能假設真理和人類生存的意義是一體的。然而，萬一不是呢？現在我已經不知道該怎麼想。說不定您從來就沒在聽我說話。想到這個，我忽然好害怕。

……………………

親愛的蘿絲瑪莉

過去這幾個禮拜，我日子很不好過，而且是超乎預期的難過。寫信給妳，是想讓妳知道，我已經暫時放棄亞利桑那州的挖掘工作。

我在前一封信裡提到過，儘管經歷了那一切，我還是相信我對考古挖掘的喜愛能夠支持我撐過去，所以我覺得自己還是有辦法參與挖掘。但事實證明，想繼續挖下去並沒有我預期中那麼容易。羅森的發現引發的困惑像老鼠一樣不斷啃噬我的心。幾天前，我從泥土裡挖出一根矛頭的時候，我甚至會想，這一切到底有什麼意義？我們所做的一切根本就是無關緊要的。我不得不停止挖掘，因為我怕自己會一時衝動拿鐵鎚敲爛辛辛苦苦挖出來的古物。當時我就明白我必須暫時放棄挖掘工作。我不知道自己是不是真的會砸毀古物，不過，光是腦海中會閃過那個念頭就足以證明我目前的心理狀態不適合繼續挖掘。

我住在租來的小木屋裡，離挖掘現場大約一個小時的車程。由於那篇論文還沒發表，我暫時還不能公開討論裡面的內容，所以我沒辦法向任何人解釋我為什麼突然要離開。或許那也就是為什麼我挖掘的時候會感到很孤獨。不過，更重要的原因是，我覺得自己遠離了上帝。我需要一些時間來思考接下來該怎麼辦。

妳問我，這項發現對世俗的科學家造成很大的衝擊，那麼，對教會是不是也應該會造成同樣的衝擊？我的答案是，應該會。不過，教會這種機構面對衝擊的時候，總是有他們的辦法。如果證據很薄弱，他們會視而不見，不過如果證據很有說服力，他們還是有辦法削弱證據的力量。就拿亞當和夏娃的故事來說吧，自從世界各地挖出原始人的骨骸之後，教會願意承認那故事並不是真的，但他們還是堅稱那故事本質上還是很重要，因為那是一種寓言。所以，妳、我和全世界女人還是理所當然的活在夏娃的陰影下，因為我們已經習慣了。所以，我期待教會這次也能夠像從前那樣，為這次的發現找出一個合理的解釋，然後用它來支撐我們長久以來信奉的價值。

或許有人會說，教會提出「人類多元起源論」已經好幾個世紀，所以，當考古學家挖掘的成果證實了這種理論，大家並不會感到意外。確實沒錯。長久以來，教會的科學家一直很辛苦，因為他們實在很難解釋一對人類夫妻怎麼有辦法在這麼短的時間裡繁衍出整個地球的人，所以他們私底下必定一直在思考另一套理論，免得臨時被迫改變官方的說法。然而，在讀到羅森的論文之前，我從來沒有聽到教會提出過什麼有力的論述，解釋為什麼上帝創造宇宙不是為了人類。所以，教會的科學家一定也會和我一樣嚇得不知所措，要等過一段時間，他們才會基於對信仰的忠誠挺身捍衛教義。

而身為世俗的科學家，我的信仰永遠建立在證據上，從以前到現在都一樣。我承認，從前我一直不認為天文學很重要，感覺那好像不太能幫助我們了解身為人類的意義。但現在我終於明白天文學很重要。假如上帝創造宇宙真的是為了人類，那麼，這個真理不但會反映在我們腳踩的大地上，同時也應該會反映在天空上。如果人類真的是全宇宙最重要的存在，如果人類真是宇宙的核心，那麼，當我們審視浩瀚無垠的蒼穹，我們應該能夠找到證據，證明人類的優越地位。我們的太陽系應該是固定在中心點上，整個宇宙環繞著我們旋轉。我們的太陽應該是靜止不動的。如果我們沒辦法證明這個假設，那麼，我們就必須問，我們的一切努力究竟有什麼依據？

蘿絲瑪莉，或許妳和斐德烈克不會像我一樣受到那麼大的衝擊。這我可以理解。等大多數人都知道了羅森的理論，我不知道他們會有什麼樣的反應。威荷米娜認為其他人的反應可能會像她爸爸一樣，而看看我自己的反應，我知道她是對的。我真希望這件事沒有對我造成這麼大的衝擊。真希望我們有辦法選擇不讓這件事困擾我們，只可惜我們不能。

不過，如果妳覺得這件事讓妳很困擾，妳隨時可以和我討論妳的感受，寫信給我，或是來找我。我們每個人都必須設法找到出路，穿越這片困惑的森林。我們一定要互相扶持，才有可能走得出去。

妳最親愛的表妹

桃樂絲

⋯⋯⋯⋯⋯⋯⋯⋯⋯⋯

主啊，也許您聽不見我的禱告，不過，我禱告並不是因為我期待您為我做些什麼。我禱告，是因為我希望自己可以做些什麼。我已經兩個月沒有向您禱告了，現在向您禱告，是因為禱告可以幫助我釐清思緒，無論您有沒有在聽。

我停止挖掘的工作，是因為我擔心羅森的發現會使得整件事變得毫無意義。當初聽到詹森博士發現那些矛頭的時候，我非常興奮，因為很多矛桿都保存得很好，我們可以根據上面的年輪判定那是什麼年代的產物。主啊，要是我們能夠辨認出他們用什麼技術來敲碎石頭，那我們就有機會知道，自從第一代人類誕生後，這種技術是持續進步還是逐漸流失，然後藉此推測您到底希望人類擁有什麼樣的知識。不過，這一切的努力必須有個前提，那就是：最初的人類是您刻意創造出來的。如果最初的人類並不是您有心創造的，那麼，就算知道他們擁有什麼樣的技術，我們還是無法明白您的用意。他們可能只是偶然擁有那種天賦。

自從我住進這間小屋之後，我花了很多時間思考最初的人類究竟懂多少東西。他們被創造出來的時候當然不可能像初生嬰兒一樣無知，因為在這種情況下，他們很快就會餓死。就連幼虎都必須先有媽媽教過之後才懂得怎麼打獵。然而，他們是第一代人類，當然不可能有人教他們怎麼打獵。第一代人類一定天生就懂得怎麼打獵，怎麼建造遮風避雨的地方。主啊，難道這就是您做的實驗嗎？您是不是想觀察人類至少要具備什麼技能才有辦法生存？還是說，那些技能原本是您賦予波江座58第一代人類的，而地球人類能夠擁有，只不過是您創造波江座58的附帶效應。

另外，我認為第一代人類剛被創造出來的時候就明白一件事，而那和生存技能一樣重要。他們一開始就明白上帝創造他們是有用意的。然而，我還是不由自主的會想到，有沒有可能他們一開始並不明白？他們被創造出來之後，剛開始那幾天，說不定他們並沒有感到很光榮，也沒有滿懷的雄心壯志，而是滿腦子疑惑，心裡很害怕。有時候我忍不住會想，人被創造出來的那一剎那，他會猛然意識到自己的存在，發覺自己懂很多東西，可是記憶卻是一片空白，那會是什麼感覺？我認為那種感覺應該很可怕，甚至比我這幾個星期來經歷的一切更可怕。

而這又讓我聯想到另一個問題。如果第一代人類並沒有上帝賦予的雄心壯志，渴望完成神聖的使命，那麼，他們為什麼要創造文明？為了避免飢寒，他們會努力滿足生活上的需求，然而，他們為什麼會超越那種層次？主啊，如果不是為了奉行您的旨意，他們為什麼會開始發明各種藝術和技術，最後造就了今天的人類？

我不知道。不過我想出了一套理論。

考古學並不是像物理學那麼嚴謹的科學，不過它還是必須以物理為根基。我們必須根據物理定律才有辦法研究過去。只要能仔細觀察宇宙目前的狀態，我們就能夠推測出先前的狀態。任何一個時刻都必然是前一刻的延續，也必然會衍生出後面的時刻，形成因果關係。

然而，宇宙誕生的那一刻是一切因果關係的起點。所有的推論都只能回溯到那一刻，到此為止。這就是為什麼宇宙的誕生是一種奇蹟，因為沒有更早的因會造成這個果。威荷米娜手上那個原始貝殼確實是某種證據，不過，那並不是證明上帝對人類有什麼偉大的計畫，而是證明了奇蹟真的存在。物理定律無法解釋貝殼上沒有生長線的部位。而這會給我們一些啟發。

因為，我發現還有另一種東西也沒有因果關係：我們的自由意志。自由意志也是一種奇蹟。

當我們本能做出一個決定的時候，那個決定造成的結果和物理定律無關。我們行使自由意志的那一刻，就像宇宙誕生的那一刻，就是最初始的因。

如果我們找不到和宇宙誕生的奇蹟有關的證據，那我們可能會認為我們只要用物理定律就可以解釋宇宙間所有的現象，而這樣一來，我們就會得到一個結論：我們人類的心智只是自然演化的結果。但我們知道，我們觀察到的各種現象，有很多是物理定律無法解釋的。總是會有奇蹟出現，而人類自由意志的選擇當然也是一種奇蹟。

我相信第一代人類也會做選擇。他們發現這個世界充滿各種可能，可是卻沒人能教他們該怎麼做。他們並不像我們預期的那樣，只想求生存。相反的，他們想辦法讓自己變得更強，這樣他們才能夠成為世界的主人。

我們科學家面對的狀況也很類似。我們總是會找到很多證據，例如，沒有年輪的樹，沒有肚臍的木乃伊，靜止不動的波江座58。該如何面對這一切，完全由我們自己決定。從前我們總認為，我們生命的價值是由那一切來決定的，然而，事情並不一定是這樣。該怎麼做，我們可以有不同的選擇。

從前我奉獻一生研究宇宙的奇蹟，而那個決定讓我感到無比的滿足。主啊，長久以來，我一直以為這樣做就是奉行您的旨意，而您創造我就是要我做這件事。然而，如果當初您並不是真的有意要創造我，那麼，那種滿足感一定是出自我內心的。而這就代表，我們人類有能力為自己的生命創造意義。

我並不是說這樣是很容易做到的。我沒有能力為麥卡勒夫婦做什麼。雖然他們的兒子已經不在了，我還是希望他們能夠找到自己生命的意義。然而，就算我們相信上帝有一個神聖的計畫，我們的日子還是常常很難過，但我們還是熬過去了。如果長久以來，我們一直都是靠自己，那麼，我們的成功就足以證明我們的能力。

所以，主啊，無論您有沒有在天上看著我，我都會繼續進行加利桑那州的挖掘工作。儘管您不是為了人類創造這個宇宙，我還是希望能夠明白宇宙是怎麼運作的。或許您創造宇宙不是為了人類，但我們人類還是可以想辦法弄清楚宇宙是怎麼創造的。

我活著，就是為了尋求這一切，不過，主啊，這並不是您選擇讓我去做的，而是我自己選擇要做的。

阿門。

娜特本來想抽根煙舒緩一下情緒，可是公司規定店內不准吸煙，所以她也就越來越焦慮。已經三點四十五分了，莫洛卻還沒回來。要是他無法及時趕回來，她真不知道該怎麼解釋。她用手機傳了一則訊息給他，問他究竟在哪裡。

這時忽然叮噹一聲，有人推開店門，不過並不是莫洛。進來的是一個穿著橘色毛衣的人。

「嗨，我有一台『平宇訊』要賣，想看看嗎？」

娜特把手機放到一邊。「拿過來看看吧。」

他走過來，把「平宇訊」放到櫃檯上。那是新款機種，大小和商務手提箱相差不多。娜特把機器翻轉過來，這樣才看得到機器邊緣的日期數字。日期顯示機器是六個月前才啟用的，記錄板還有百分之九十的容量。她掀開機器，露出裡面的顯示幕，按下鍵盤上的「連線」鍵，然後就等著機器上線。一分鐘過去了。

「可能是線路太忙。」那個穿橘色毛衣的人口氣有點猶豫。

「沒關係。」娜特說。

又過了一分鐘，「已連線」的燈終於亮了，娜特在鍵盤上輸入：「鍵盤測試」。

幾秒鐘後，顯示幕上出現了對方的回覆：「一切正常」。

她把機器切換到影像模式，顯示幕上的文字很快就變成影像畫面，畫質有點粗糙。那是她自己的臉，眼睛看著她。

那是另一個平行宇宙裡的她。那個她對她點點頭說：「麥克風測試。」

「聽得很清楚。」她回答說。

顯示幕又變回文字畫面。娜特注意到另一個她戴著一條她沒見過的項鍊。如果他們決定買下這台機器，那她一定要問另一個她，那條項鍊是哪來的。她抬頭看著那個穿橘色毛衣的傢伙，開了一個價錢。

看他的表情，他顯然很失望。「這麼少啊？」

「這機器就只值這個價。」

「這種東西不是越舊越值錢嗎？」

「沒錯，不過半新不舊的東西就另當別論了。如果這台是五年的舊機器，我出的就不只這個價錢了。」

「如果這台機器的另一個平行宇宙正在發生很有趣的事，那妳會怎麼開價？」

「呃，那就比較值錢了。」娜特指著他的平宇訊說。「這機器的平行宇宙有什麼有趣的事嗎？」

「我……我不知道。」

「如果想賣個好價錢，你應該先做點功課，再把機器帶到我們店裡。」

穿橘色毛衣的人遲疑了一下。

「如果你想先考慮一下再來，我們隨時歡迎。」

「可以給我一分鐘考慮一下嗎？」

「沒問題。」

穿橘色毛衣的人掀開機器，在鍵盤上輸入文字和另一個自己談了幾句，談完之後他說：「我過些時候再來。」說完就蓋上機器走了。

店裡只剩一個客人。那客人已經和另一個自己聊過了，正準備結帳。娜特走到他用的那間小包廂，看看那台平宇訊上的使用紀錄，然後把機器放回儲藏室。她正要用收銀機幫那客人打出金額的時候，預約四點時段的三個客人已經到了，其中一個客人要用的平宇訊就是莫洛帶出去的那一台。

「請稍候一下。」她對他們說：「我馬上幫各位登錄。」她走進儲藏室，拿出兩台平宇訊給兩位客人，然後把他們帶進小包廂，幫他們安裝。就在這時候，莫洛走進店門，兩手環抱著一個大紙箱。她立刻走到櫃檯後面和他碰頭。

「你差點就沒趕上。」她瞪著他，嘴裡嘀咕著。

「好啦好啦，時段安排我知道。」

莫洛抱著那大紙箱走進儲藏室，沒多久，他走出來，手上拿著那台平宇訊，幫第三個客人把機器安裝在一個小包廂裡，這時離四點還有幾秒鐘。四點整，三台平宇訊的「已連線」的燈都亮起來了，三個客人開始和另一個自己談話。

娜特跟著莫洛走進櫃檯後面的辦公室。他坐到辦公桌前面，一臉滿不在乎的表情。「喂！」娜特說。「你怎麼這麼久才回來？」

「我和安養院的護理員多聊了一下。」他是去找他們的一個老客戶，潔西卡歐爾森。她是個七十多歲的老寡婦，沒什麼朋友，而唯一的兒子不但沒辦法安慰她，反而更像是她的負擔。將近一年前，她開始到他們店裡和另一個自己聊天，一星期來一次。她總是預約同一間私人包廂，這樣她們就可以用語音交談。幾個月前，她重重摔了一跤，跌斷了坐骨，現在住在安養院。既然她沒辦法到店裡來，莫洛只好每個星期帶平宇訊去一趟安養院，讓她可以像從前一樣和另一個自己交談。當然，這樣做違反「自言自語公司」的規定。「他跟我說了不少歐爾森太太的狀況。」他說。

「她怎麼樣了？」

「她目前得了肺炎。」莫洛說。「他說，很多人摔斷坐骨之後都會出現這種併發症。」

「真的？摔斷坐骨怎麼會引發肺炎？」

「他的說法是，由於病人的身體幾乎沒有活動，肺部氧氣過量，所以他們從來不會深呼吸。總之，歐爾森太太真的得了肺炎。」

「嚴重嗎？」

「護理員認為她不到一個月就會死，頂多兩個月。」

「噢，那真是太慘了。」

「是啊。」莫洛用手指搔搔下巴。他的指尖方方正正。「不過，這倒是讓我想到一個點子。」

娜特一點都不覺得意外。「你這次又有什麼鬼點子？」

「這次不需要妳幫忙，我自己就能應付。」

「隨你高興，反正我事情都忙不完了。」

「沒錯，今天晚上妳還得去參加聚會。目前狀況怎麼樣？」

娜特聳聳肩。「很難說，不過我覺得已經有點進展了。」

「平宇訊」是一個簡稱，正式名稱是「平行宇宙通訊機」。機器上有兩個LED燈，一紅一藍。啟動之後，機器裡就會開始進行量子測量，接著就會出現兩種可能的結果，而兩者出現的機率完全一樣。一種結果出現時會亮起紅燈，另一種會亮起藍燈。燈亮之後，宇宙波函數分支出來的兩個平行宇宙就可以透過平宇訊互通訊息。簡單的說，平宇訊創造出兩個新的平行宇宙分支，而兩個宇宙裡的平宇訊，一台會亮起紅燈，一台會亮起藍燈，兩台可以互通訊息。

兩台機器是透過大量的離子來交換訊息，而這些訊息被封鎖在機器裡的電磁場，與外界隔絕。機器啟動後，宇宙波函數分裂出兩個宇宙，這時所有的離子依然維持著相干性加疊狀態，達到一種刀鋒上的完美平衡，可以進入任何一個宇宙。每個離子都可以用來傳送一位元的訊息，一個「是」或一個「否」，從一個宇宙傳送到另一個宇宙。機器讀取「是／否」訊息位元的時候，離子就會永久失去相干性，失去完美平衡，從刀鋒上墜落到某一邊。要傳送另一個訊息位元，需要另一個離子。透過大量的離子，你就能夠傳送一系列文字編碼的訊息位元。如果位元排列夠長，你甚至能夠傳送圖片、聲音和影像。

重點是，平宇訊並不是那種兩個宇宙間的無線電通訊機。啟動一具平宇訊並不是像啟動無線電發射器一樣，能夠維持固定頻率。平宇訊比較像是一張兩個宇宙共用的便條紙，當你傳送了一個訊息，那張紙頂端就會被撕掉一截。一旦那張紙用光了，你就沒辦法再傳送訊息，而兩個宇宙從此分道揚鑣，永久隔離。平宇訊裡的記錄板就是那張便條紙。

自從平宇訊發明之後，工程師一直在努力增加機器裡的離子量，把記錄板設計得更大。最新的商用機種，記錄板有一G的容量。如果你只是用來傳送文字訊息，那一G的容量夠你用一輩子了，只不過，文字訊息無法滿足所有的顧客。很多客人都希望能夠即時語音交談，如果有視訊就更完美了。他們都希望聽到對方的聲音，看到對方的臉，也希望對方能看到他們。然而，就算是低解析度低幀率的影像，幾個小時就會燒光平宇訊的記錄板。因此，大家通常都只用文字訊息或語音來交談，偶爾才會用視訊，這樣才能延長他們機器的壽命。

……………

經常會在下午四點的時段來找黛娜做心理諮詢的，是一個叫泰瑞莎的女人。泰瑞莎到她這裡諮詢的時間還只有一年多。她會想要來做心理治療，主要是因為她很難維持長時間的戀愛關係。

一開始，黛娜認為她會有這種問題，是因為她十幾歲的時候父母離婚了，但現在她開始覺得泰瑞莎有一種傾向，一直在找更好的對象。上星期諮詢的時候，泰瑞莎告訴黛娜，她最近遇見了前男友。五年前，他曾經向她求婚，被她拒絕。現在，他已經和別人結婚了，過得很幸福。黛娜早就料到，今天會繼續討論這個問題。

平常黛娜來諮詢的時候，一開始總是談笑風生，但今天不一樣。她一坐下來就開門見山說：「今天午餐時間，我抽空去了一趟『水晶球公司』。」

其實黛娜已經猜到她去做什麼，但她還是開口問：「妳問了他們什麼？」

「我的問題是，要是當年嫁給安德魯，我現在的人生會怎麼樣。我問他們有沒有辦法查出來。」

「他們怎麼說？」

「他們說，也許可以。我不知道他們要怎麼進行，不過有個人詳細說明給我聽。」泰瑞莎並沒有問黛娜知不知道那公司是做什麼的。她只是需要找個人傾訴，這樣就夠了。通常，只要黛娜稍微激勵一下，泰瑞莎就能夠解開糾結的思緒。「他說，無論當初我是不是決定嫁給安德魯，結果都不會衍生出兩條不同的時間線。唯有啟動平宇訊才會分支出平行宇宙。他說，公司有幾台平宇訊是安德魯求婚前那幾個月啟動的，他們會查一下。他們會和另外幾個平行宇宙裡的水晶球公司聯絡，要那邊的工作人員去查一下那幾個時空的我，看看有沒有哪個我嫁給安德魯。不過他說，他不敢保證一定能找到這樣的平行宇宙，而且，光是要那裡的工作人員進行調查，就要花不少錢，所以，不管有沒有找到，他們都要收費。接下來，如果我要求他們去訪問那個時空的我，他們還要另外收費。另外，由於他們用的平宇訊是五年的舊機器，所有的費用都會很貴。」

聽起來，那家公司做生意很實在，對客戶很誠實，黛娜覺得很欣慰。她知道外面有些資訊仲介都會信誓旦旦的保證說沒問題，但實際上他們根本辦不到。「那麼，妳決定怎麼做？」

「還沒決定。沒先跟妳討論之前，我什麼都不想做。」

「好。」黛娜說。「那我們就聊一聊。和他們談過之後，妳有什麼看法？」

「很難說。我完全沒想到他們竟然會說不見得找得到我和安德魯結婚的那個平行宇宙，可是，他們怎麼會找不到？」

黛娜本來想嘗試引導泰瑞莎自己去想出答案，但轉念一想，覺得沒有必要這樣做。「那可能表示妳並不是掙扎了半天才決定拒絕他的求婚。或許妳會覺得當初自己猶豫不決，但實際上並不是。妳是骨子裡就想拒絕他，並不是一念之間。」

泰瑞莎似乎陷入沈思。「但願是這樣。我在想，我是不是應該讓他們進行第一項調查。要是他們找不到那個嫁給安德魯的我，那一切就結束了。」

「要是他們真的找到那個嫁給安德魯的妳，妳真的會想叫他們去拜訪她嗎？」

她嘆了口氣。「百分之百會。」

「妳知道這表示什麼嗎？」

「這表示，除非我真的想知道答案，否則我就不應該叫他們進行調查。」

「那麼，妳真的想知道答案嗎？」黛娜問。「呃，我換個角度問好了。妳希望答案是什麼？什麼答案是妳怕聽到的？」

泰瑞莎遲疑了一下才說：「我想知道的，應該是某個時空的我嫁給了安德魯，後來又離婚了，因為他不是我的真命天子。我怕聽到的，應該是我嫁給他之後過得很幸福。妳會不會覺得我這樣很小家子氣？」

「怎麼會呢？」黛娜說。「這樣的反應是絕對合情合理的。」

「我想，我必須想清楚的是，我是不是真的要冒這個險。」

「這是一個思考的角度。」

「那另一個角度是什麼？」

「另一個角度是，妳應該想一想，搞清楚其他時空的狀況，對妳真的有好處嗎？無論其他時空的狀況是什麼，就算知道了，恐怕也無法改變妳目前的狀況。」

泰瑞莎皺起眉頭陷入沈思。「或許無法改變什麼，不過，要是能知道自己做了正確的決定，心裡會舒坦一點。」說到這裡她又沈默了，黛娜等著她繼續往下說。接著泰瑞莎忽然問：「來找妳諮詢的人，有沒有人去找過資訊仲介？」

黛娜點點頭。「很多。」

「大體上來說，妳覺得去找資訊仲介究竟好不好？」

「我覺得那沒有標準答案，完全看個人狀況。每個人狀況不一樣。」

「說了半天，妳就是不肯告訴我該不該去找資訊仲介。」

黛娜微微一笑。「妳應該明白，我不可以這樣做。」

「我知道。我只是覺得問一下又不會怎麼樣。」過了一會兒泰瑞莎又說：「我聽說有些人用平宇訊用上癮了。」

「沒錯，確實會有這種狀況。事實上，我已經發起一個互助小組，幫助那些用平宇訊上癮的人。」

「真的？」有那麼一剎那，泰瑞莎似乎想多問一些細節，但終究還是沒問。她只是說：「看樣子，妳是不打算警告我不要去找水晶球公司？」

「有些人有酗酒的問題，但我不會建議他們滴酒不沾。」

「有道理。」泰瑞莎停了一下又繼續問：「妳自己用過平宇訊嗎？」

黛娜搖搖頭。「沒有。」

「難道妳完全不會想試試看嗎？」

「不太會想。」

她有點好奇的看著黛娜。「難道妳從來沒想過自己當年是否做了錯誤的選擇？」

黛娜心裡想，我根本不必想，因為我知道，不過她嘴裡還是說：「當然想過，不過，我儘量把心思放在此時此地。」

……………

平宇訊連結的兩個平行宇宙，一開始是完全一樣的，除了量子測量的結果不一樣。如果有人根據測量結果做出重大決定，兩個宇宙就會出現明顯差異，例如：「如果藍燈亮了，我會引爆炸彈，如果是紅燈亮，我會拆除炸彈。」如果測量後，沒有人採取任何行動，那麼，兩個平行宇宙會有多大的差異？量子測量本身會導致兩個宇宙出現差異嗎？有沒有可能運用平宇訊來研究歷史更大範圍的影響？

自從平宇訊的通訊功能第一次公開展示之後，這些問題就一直是爭論不斷的焦點。有一段時期，平宇訊的記錄板容量大約只有一百KB，當時有個叫彼德西里東嘉的大氣學家進行了一組實驗來解決這些爭議。

當時，平宇訊還是巨大的儀器，只能擺在實驗室裡，用液態氦冷卻。西里東嘉需要兩台巨大的平宇訊才有辦法進行計畫中的那組實驗，一個實驗用一台。進行實驗之前，西里東嘉先做了一些安排。首先，他在全球十二個國家徵求志願者，對象是那些打算生小孩卻還沒懷孕的人。志願者都同意，一年後，成功生出孩子的夫妻要讓新生兒進行「二十一個基因座的DNA檢驗」。接下來，他啟動第一台平宇訊，在鍵盤上輸入指令，透過偏光濾鏡發射一粒光子。再六個月後，他花一個月的時間用軟體代理程式收集了全球的檢驗報告。接下來，他啟動第二台平宇訊，繼續等待。

……………………

互助小組聚會的時候都會提供咖啡。娜特喜歡這一點，因為不管討論的議題是什麼，好歹有咖啡可以喝。她並不怎麼在乎咖啡好不好喝。她在乎的是，端著杯子，手就不會閒著不知道要擺哪裡。聚會的地點是典型的教會地下室，環境不怎麼樣，但咖啡通常都很棒。

萊爾正站在咖啡壺前面倒咖啡，娜特朝他走過去。他說：「嗨，妳好。」他把剛倒好的那杯咖啡遞給她，然後自己再倒一杯。

「謝謝你，萊爾。」他參加聚會已經差不多有三個月了，比她早一點。十個月前，有人請他到別的地方去工作，他很猶豫，不知道該不該去。他買了一台平宇訊，讓機器幫他做決定，像拋銅板一樣：藍燈亮了就接受新工作，紅燈亮了就不去。結果，他這個時空亮了藍燈，於是他就接受了新工作，而另一個他則繼續原來的工作。幾個月下來，兩個時空的他都對現有的狀況很滿意，可是後來，新工作的新鮮感消失了，萊爾開始對工作感到乏味，而另一個他卻升職了。萊爾的信心動搖了。每次和另一個時空的自己通訊，他都會裝出開心的樣子，可是內心卻拚命壓抑羨慕嫉妒的情緒。

娜特找到兩張排在一起的椅子，兩人坐在一起。「你喜歡坐前面，對吧？」她問。

「是啊，不過，如果妳不喜歡的話，千萬不要勉強。」

「還好，我坐哪裡都可以。」她說。於是兩個人坐在那裡啜著咖啡，等小組分享開始。

這個小組的主持人是黛娜。她很年輕，年紀和娜特差不多，不過看起來很有專業架勢。娜特總覺得，先前她參加過的幾個小組要是有黛娜這樣的主持人該有多好。大家都坐好之後，黛娜說：「今天有誰想先發言嗎？」

「我先。」萊爾說。

「好啊，萊爾，跟大家聊聊你這個星期的狀況吧。」

「好，我去找了這個時空的貝卡。」另一個時空的萊爾偶然在酒吧認識了一個叫貝卡的女人，到現在已經和她約會了好幾個月。

「這樣不好！這樣不好！」凱文搖搖頭說。

「凱文，不要這樣！」黛娜說。

「抱歉抱歉。」

「謝謝妳，黛娜。」萊爾說。「我傳訊息給她，告訴她我為什麼要傳訊息給她，另外還傳了一張照片。那張照片是另一個時空的我和她在一起的照片。我問她能不能出來喝杯咖啡，她說沒問題。」

黛娜點點頭，要他繼續說。

「星期天下午我們見面了。一開始我們似乎就很合得來。我們輪流說笑話，逗得對方哈哈大笑，我心裡想，另一個時空的我們見面的時候一定就是這樣。我覺得這真是我人生最美妙的時刻。」說到這裡，他看起來有點難為情。

「可是接下來，一切都不對勁了。本來我正在對她說，能認識她真的很開心，我覺得自己真是時來運轉了，可是說到這裡，我忽然不自覺的脫口而出，告訴她我怎麼用平宇訊把自己人生搞得一塌糊塗。我告訴她，我很嫉妒另一個時空的我，因為那個我遇見了另一個時空的貝卡。我告訴她，我一直在質疑現在的自己。我沒完沒了的說個不停，而且我注意到自己的口氣聽起來可憐兮兮。我感覺得到她對我的態度不一樣了，情急之下，我不顧一切就……」他停了一下，接著又繼續說。「我說我要把我的平宇訊借給她，這樣她就可以和另一個時空的貝卡說話，而那個貝卡就能告訴她我這個人有多好。我想，大家不難想像結局有多慘。她說得很委婉，可是卻很清楚讓我知道她再也不想見到我了。」

「萊爾，謝謝你跟大家分享這個故事。」黛娜說。接著她問小組的其他成員：「有誰想說說自己的看法嗎？」

這是個好機會，但娜特還不想開口。最好還是讓其他人先說。

於是凱文先開口了。「很抱歉剛剛說了那些話。我的意思並不是說你那樣做太傻。我只是想到，我自己也可能會那樣，所以我有一種不好的預感，覺得最後的結果可能不會太好。很遺憾，你最後的結局不太理想。」

「謝謝你，凱文。」

「其實，你想得沒錯，如果另一個時空的你們成了情人，那麼，這裡的你們一定很合得來。」

「我認為凱文說得沒錯，你們兩個一定很合得來。」瑟琳娜說。「不過，我們大家都會犯的錯是，當我們看到另一個時空的自己過得很幸福，我們就會理所當然的認為自己也應該一樣幸福。」

「我並不是認為貝卡理所當然就應該跟我在一起。」萊爾說。「不過，她確實一直在尋找她的真命天子，而我也一樣。既然我們很合得來，那我們不是應該會在一起嗎？我知道她對我的第一眼印象很不好，但我還是覺得，既然我們很合得來，她應該會把第一次的壞印象拋到腦後。」

「如果真是這樣的話，那當然很好，不過，她並沒有義務這樣做。」

「是沒錯。」萊爾口氣很不情願。「我懂妳的意思，可是我……我知道我已經說過很多次了，我就是很羨慕。真搞不懂，我怎麼會這樣呢？」

娜特覺得現在似乎是個好時機，於是她開口了：「最近我也碰上了一些事，我覺得我的遭遇似乎和萊爾很像。」

「說來聽聽。」黛娜說。

「好。我有一個小嗜好是設計珠寶首飾，主要是耳環。我在網路上開了一家小店，讓別人可以線上訂購。不過，首飾並不是我自己製作的，我只負責設計，把設計圖交給公司，公司就會把東西做出來郵寄給客戶。」到目前為止，娜特說的都是真的，免得真的有人上網看她的店。「另一個時空的我告訴我，有個名人無意間看到我們設計的一對耳環，上網發文說她有多喜歡，結果上個禮拜，另一個我賣掉了好幾百對耳環。她甚至在咖啡廳親眼看到有人戴那對耳環。」

「重點是，大受歡迎的那對耳環，並不是她在我啟動平宇訊之後才設計的。那是很久以前的作品。那對耳環在我這個時空的店裡也有賣，可是根本沒人買。那是兩個宇宙分支前做的東西，結果她賺了大錢，而我卻沒賺到。我很怨她。為什麼她運氣這麼好，而我卻沾不到邊？」娜特看到有人深表同情的點點頭。

「後來我發現，當我看到別人網路商店的東西賣得好，我不會埋怨。那感覺是不一樣的。」她轉頭看著萊爾。「我覺得我並不是一個天生愛嫉妒的人，我認為你也不是。我們並不會老是想要別人擁有的東西。可是，在平宇訊裡，那並不是別人，而是你自己。所以你當然會覺得，他有的東西，你自己也應該有。那是人的天性。所以，有問題的並不在你，而是平宇訊。」

「謝謝妳，娜特。我很感激。」

「不用客氣。」

有進展。確實有進展。

擺好一桌撞球，然後打一桿完美的開球。想像那張球檯沒有球袋，毫無摩擦力，所以球會不斷的反彈，永遠不會停下來。那麼，當某顆球撞上其他球的時候，那顆球前進的路線你能夠預測得多精準？一九七八年，物理學家麥可貝瑞推算出來了。那顆球碰撞九次之後，你就要開始把重力效應列入計算。站在球檯旁邊的人產生的重力效應會影響到那顆球。就算你最初測量那顆球的位置精準到以奈米為單位，不到幾秒鐘你預測的路線就不準了。

空氣分子之間的碰撞也同樣必須列入考量，而且，就算是一公尺外的一粒原子也會產生重力效應，影響到碰撞。平宇訊機器內部是完全與外界隔絕的，但儘管如此，當機器啟動之後，量子測量的結果還是會影響到外面的環境，影響到空氣中的氧分子。量子測量的結果會決定兩粒氧分子是互相碰撞，或只是擦身而過。就算你不做任何決定，啟動平宇訊本身就必然會導致兩個平行宇宙出現差異。一開始那差異是無法察覺的，因為那只是分子熱能運動的差異。然而，當空氣開始流動，大約一分鐘後，那差異就會從顯微鏡才看得到的程度擴大到肉眼看得到的程度，影響的範圍直徑有一公分。

以小範圍的大氣現象來說，每過幾個小時，擾動效應的規模就會加倍。應用在氣象預測上，那就表示，如果你對大氣的啟始測量有一公尺的誤差，你預測的隔天的氣象就會有一公里的誤差。在更大的範圍，誤差擴大的速度會因為某些因素減慢，例如地形和大氣層的結構，但誤差的擴大不會停止，到最後，一公里的誤差會變成幾百公里甚至幾千公里的誤差。也許你的啟始測量非常精密，精密到涵蓋了整個大氣層每立方公尺的資料，但儘管如此，你預測出來的氣象還是不到一個月就會失效。不管你怎麼提高啟始測量的精密度，效果都是有限的。

在平宇訊創造出來的兩個平行宇宙裡，氣象也有同樣的誤差擴大現象。平宇訊啟動後，氧分子的碰撞會出現差異，而這就是啟始擾動。不到一個月，兩個宇宙裡的全球氣象就會截然不同。平宇訊啟動一個月後，西里東嘉和另一個他把各自的氣象報告傳給對方，比對結果確認了這種現象。當然，在兩份氣象報告裡，季節並沒有什麼差異。在兩個時空裡，應該是冬天的地點都同樣是冬天，不會一邊是冬天一邊是夏天。但除此之外，兩個時空的氣象毫無關聯，各自不同。在沒有任何人為干擾的情況下，兩個平行宇宙的差異是很明顯的，而且範圍擴及全球。

西里東嘉把研究結果寫成論文，標題是「大氣誤差擴大現象研究，平行宇宙通訊公司協助」。論文發表後，在歷史學界引發激烈爭論。大家爭論的焦點是，天氣對歷史的影響究竟達到什麼程度。懷疑論學派認為，天氣會在不同方面對個人的日常生活造成影響，但問題是，在那些改變歷史的事件中，究竟有多少次是天氣決定了最後的結果？西里東嘉並沒有加入爭論。他一直在等另一個平宇訊實驗完成。那實驗需要一年的時間。

⋯⋯⋯⋯⋯⋯

有好幾次，諮詢時間安排得恰到好處，該先來的人排前面，該晚點來的人排後面。對黛娜來說，星期三下午就是這樣。那天下午，最先來的是一個最令她頭痛的病人，他老是要她幫他做所有的決定。每次她不肯，他就會哭哭啼啼。最後，當他被迫決定去做一件事的時候，他都會責怪她。還好，緊接在他後面的是霍勒赫。每次他一進來，診療室就會充滿清新氣息，讓她覺得鬆了一口氣。雖然他討論的問題並不是那麼有趣，但她還是很喜歡他來找她諮詢。霍勒赫很風趣，對人很親切，心地善良，只可惜，他缺乏自信，人生態度消極，碰到事情老是猶豫不決。他對心理諮詢並不是那麼有信心，但他們還是有穩定進展，他的問題漸漸改善了。

四個星期前發生了一件事。霍勒赫公司的經理是一個不折不扣的暴君，個性惡毒，瞧不起手下的每個員工，說話尖酸刻薄。黛娜為霍勒赫做的心理治療包含很多項目，其中之一就是教育他不要太過於把經理的羞辱當一回事。有一天，他被經理罵到情緒失控，結果，他到停車場的時候看到四下無人，就把經理車子的輪胎全部刺破。後來，很長一段時間似乎都沒人發現那是他幹的，然而，他內心卻陷入掙扎。一方面，他很想假裝這一切都沒有發生過，但另一方面，他一直為自己的所作所為深受煎熬。

諮詢剛開始的時候，他們先閒聊了一下。黛娜感覺得到霍勒赫有話要說。她用充滿期待的眼神看著他，於是他就說了。「上禮拜的療程結束後，我去了一家平宇訊資訊仲介公司。『全景公司』。」

黛娜有點驚訝。「真的？為什麼？」

「因為我想知道，在另外幾個時空裡，有哪個我和我一樣做了那件事。」

「結果呢？」

「我要他們幫我找到另外六個時空的我，問一個問題。由於那件事發生沒多久，時空差異點離現在很近，查詢資訊的價格很便宜，所以我就要他們提供影片資料。今天早上，他們寄了一大堆影片檔案給我，裡面是另外幾個時空的我說的話。」

「他們跟你說了什麼？」

「另外幾個時空的我都沒有刺破經理的輪胎。不過，他們說他們都想過要這樣做，其中有一個在同一天差點就做了，但最後還是忍住了。」

「你覺得這代表什麼？」

「這代表刺破經理的輪胎是很異常的舉動。做了那件事並不代表我是壞人。」

黛娜知道有些人用平宇訊做過類似的事，不過通常他們都是想知道另一個時空的自己做了更惡劣的事，藉此合理化自己的行為。她從來沒見過霍勒赫這樣的案例。霍勒赫想知道其他時空的自己並沒有做壞事，藉此證明自己是好人。她完全沒想到他竟然會這樣做。「所以，你認為另外幾個時空的你的行為可以代表你是什麼樣的人，是嗎？」

「他們調查的那幾個平行時空，時空分叉點都在事件發生當日的一個月前，這代表那些時空裡的我都和我沒什麼兩樣，他們沒有足夠的時間變成另一種人。」

她點點頭。他說得沒錯。「你是不是認為，既然其他時空的你並沒有刺破經理的輪胎，所以你做的這件事就可以一筆勾消？」

「並不是一筆勾消。不過，既然他們沒做，這就足以顯示我是什麼樣的人。如果其他時空的我都刺破了經理的輪胎，那就表示我這個人有問題。如果我是那樣的人，我就應該提醒雪倫，要她小心提防。」霍勒赫一直沒有告訴太太他做了那件事，因為那件事令他感到無地自容。「不過，既然他們都沒做，那就代表我不是一個有暴力傾向的人。所以，如果把這件事告訴雪倫，她反而會誤會我。」

她必須幫他做心理建設，鼓勵他什麼事都要告訴太太。這是療程中很重要的一個項目。「現在，你已經知道自己不是壞人，那麼，你有什麼感覺？」

「感覺像是鬆了一口氣。」霍勒赫說。「本來我很擔心，做了那件事很可能表示我是壞人，但現在我已經沒那麼擔心了。」

「你說你鬆了一口氣，那麼，你能不能說得更具體一點，那究竟是什麼樣的感覺？」

「那種感覺就像……」霍勒赫坐在椅子上扭來扭去，顯得有點煩躁，心裡想著該怎麼表達。「那種感覺就像，我拿到了一份醫療檢驗報告，發現自己沒有生病。」

「你的意思是，你覺得自己可能生病了，結果發現自己根本沒病。」

「對，就是這樣！那件事不是什麼大問題，以後我再也不會做出那種事了。」

這時黛娜決定碰碰運氣。「好，我們就假設那就像是醫療檢驗報告好了。你的身體出現一些症狀，看起來像是很嚴重的病，例如癌症，可是檢驗的結果顯示你並沒有得癌症。」

「對，就是這樣！」

「沒有得癌症當然很值得慶幸，但問題是，你身上還是有那些症狀。難道你不覺得你應該要弄清楚為什麼會有那些症狀？」

霍勒赫一臉茫然。「既然不是癌症，那又有什麼好擔心的？」

「呃，說不定那是另一種病。搞清楚症狀，你就會知道自己得了什麼病。」

「我已經找到我要的答案了。」霍勒赫聳聳肩。「對我來說，這樣就夠了。」

「好吧，那就這樣囉。」黛娜說。暫時還沒有必要窮追猛打，她相信他早晚都會去弄清楚的。

⋯⋯⋯⋯

大家都相信，在任何一個平行宇宙裡，只要我們的父母相遇，生了小孩，我們就一定會出生。但事實上，沒有任何人是註定會出生的。西里東嘉之所以要進行那個為期一年的實驗，目的就是要讓大家知道，外在環境會對受孕造成很大的影響，包括天氣。排卵是一個緩慢而有規律的過程，所以，無論是大雨滂沱還是艷陽高照，毛囊都一定會排出卵細胞。然而，精子的狀況就不太一樣。無數的精子，究竟哪一個能夠和卵子結合？這種情況，就像旋轉的樂透抽獎機一樣，究竟哪個號碼的乒乓球會被管子吸出來？或許在性交的過程中，兩個宇宙的外在環境完全一致，然而，只要兩者之間有絲毫肉眼無法辨識的差異，會和卵子結合的，就很有可能是另一個精子。所以，只要兩個宇宙的天氣狀況明顯不同，都會影響到受孕的結果。於是，九個月後，兩個宇宙裡的同一個媽媽生出了不一樣的孩子。全球各地接受實驗的每個媽媽，都分別在兩個宇宙生出不同的孩子。最明顯的是，兩個宇宙的媽媽，一個生出男孩，一個生出女孩。然而，就算生出來的是同性別的孩子，也還是截然不同的孩子。在一個宇宙裡，有個叫狄倫的孩子最近才剛受洗，然而，他和另一個宇宙的狄倫並不是同一個人。他們兩個只有血緣相同。

在西里東嘉的實驗裡，平宇訊啟動一年後，他和另一個自己分別把兩個宇宙新生兒的DNA檢驗報告傳給對方，結果證實了這種現象。他把實驗結果寫成一篇論文，標題是「大氣亂流對人類受孕的影響」。在這個實驗裡，他用的是另一台平宇訊，和「大氣誤差擴大」那個實驗用的平宇訊不一樣。這樣做，是為了避免引發一個問題：「誤差擴大」實驗的結果發表後，會不會導致同一台平宇訊分支出一個本來不會出現的平行宇宙？在那些孩子受孕的過程中，兩個宇宙間完全沒有通訊聯絡。實驗的結果顯示，每個孩子的染色體組合都和另一個宇宙的那個孩子不一樣，而導致這種差異的唯一因素，就是一開始量子測量的結果。

有些人還是堅持認為，在兩個平行宇宙裡，大範圍的歷史進程不會有什麼改變，然而，他們的理論越來越站不住腳。西里東嘉已經證明，任何想像得到的細微改變都足以造成全球性的影響。如果有人用時間機器回到過去，企圖防止希特勒崛起，那麼，他能進行的最細微的干預，並不是悶死搖籃裡的嬰兒希特勒。他只需要回到希特勒受孕日期的一個月前，干擾一個氧分子，就可以達到目的。這樣做，生出來的孩子就不會是希特勒，而是另一個血緣相同的孩子，除此之外，全世界同時間或是後來出生的孩子都會是不同的孩子。到了一九二〇年，那樣的孩子會占全球一半人口。

⋯⋯⋯⋯

莫洛和娜特差不多是同時進入「自言自語公司」工作，所以，公司業務最繁榮的時期，他們都無緣躬逢其盛。有一段時期，只有大企業才買得起平宇訊，當時大家都樂於到店裡和另一個時空的自己交談。可是現在，平宇訊人人都買得起，「自言自語公司」的分店已經剩沒幾家了，顧客多半是十幾歲的孩子，要不然就是老人。青少年會到店裡，是因為父母不讓他們用平宇訊，而老人則是因為太孤陋寡聞，到現在還覺得和另一個時空的自己交談是很新鮮的事。

娜特一直很安分，總是保持低姿態，而莫洛總是滿腦子鬼主意。自從他想出一個辦法招攬新客戶之後，他就被公司晉升為店長。每次店裡買進一台新的平宇訊，他都會去調查那台平宇訊啟動一個月後所有的意外事故報告，然後寄廣告給和意外有關的人。他們都會很想看看另一個時空的自己在意外事故後的生活是否有什麼不一樣。那種誘惑是無法抗拒的。然而，那樣的客人都無法成為長期客戶，因為他們知道另一個宇宙的狀況後，都會很沮喪。不過，這畢竟還是一種很穩當的營利方式，可以從每一台新平宇訊榨出一定的油水。

莫洛在安養院。他站在歐爾森太太房間門口，而歐爾森太太正在房間裡和另一個時空的自己交談。現在，她們已經不是用文字訊息交談，而是用視訊。她已經知道自己活不久了，所以不需要節省平宇訊記錄板的空間，反正以後用不到了。然而，對另一個時空的歐爾森太太來說，用視訊交談是很痛苦的事，因為她必須眼睜睜的看著另一個自己死去。莫洛在房間裡放了一支麥克風，所以他可以偷聽到她們說話。她們談話的氣氛很緊張，可是那個快死的歐爾森太太似乎沒有意識到。

後來兩個人談完了，歐爾森太太稍微拉大嗓門叫莫洛進房間。「妳們聊得怎麼樣？」他問。

「還好。」她說話的時候呼吸很費力。「世上有誰是可以讓我敞開心胸跟她談的？只有我自己吧。」

莫洛把床桌上那台平宇訊拿起來收回紙箱裡。「歐爾森太太，如果妳不介意的話，我想給妳一個建議。」

「你說吧。」

「聽妳說，妳不知道有誰值得妳把錢留給他。如果妳真的這樣想，那妳可以把錢留給另一個時空的妳。」

「你有辦法？」

說謊要說得臉不紅氣不喘才有人信。「錢只不過是另一種型態的資訊。」他說。「我們可以透過平宇訊傳送音訊和影像，當然也可以傳送錢。」

「嗯，這有意思。我相信她一定比我兒子更懂得好好運用這些錢。」一想到她兒子，她整張臉都皺起來。「接下來我該怎麼做？我是不是應該叫律師修改我的遺囑？」

「當然可以。不過，他必須花很長的時間才能夠處理好妳的遺產。我想，妳應該會希望儘快把錢傳送過去。」

「為什麼？」

「最近頒布了一條新法律，下個月就要執行了。」他掏出手機，讓她看一篇他假造的文章。「政府拚命想阻止大家把錢傳送到另一個時空，所以，只要有人把錢傳過去，政府就會課徵百分之五十的稅。如果妳能夠趁法律生效之前把錢傳過去，就可以省下大筆稅金。」從她的表情，他看得出來他的說法已經打動了她。「自言自語公司現在就可以幫妳處理。」

「那你就開始安排吧。」她說。「等你下次再來，我們就把錢傳過去。」

「我會把所有的東西都準備好。」莫洛說。

一回到店裡，莫洛立刻用平宇訊傳了一則訊息給另一個時空的自己，要他配合行事。他們會告訴另一個時空的歐爾森太太，這裡的她因為吃了止痛藥，已經開始產生妄想，認定自己已經透過平宇訊把錢傳給了她。在這種情況下，她最好假裝有收到錢，哄哄她就好，反正她日子也不多了。他們覺得這種說法應該夠用了，足以蒙混她們兩個。不過，她們交談的過程中萬一出了什麼差錯，他們隨時可以中斷視訊，然後編個藉口說有個客戶不小心用光了平宇訊的記錄板。

安排好之後，莫洛開了一個假帳戶，準備用來接收轉帳。不過，他並不指望能有多少錢。歐爾森太太是存了一些錢沒錯，但她不是什麼有錢人。如果運氣夠好，真正發大財的機會，要靠娜特參加的那個互助小組。

很多用平宇訊上癮的人拚命想戒掉這種壞習慣，他們會組成互助小組。莫洛蒐集了一份互助小組的清單，這是他在自言自語公司負責的一項工作。他知道，那種互助小組裡有些人最後會賣掉他們的平宇訊，所以他常常會去教堂或社區活動中心，因為互助小組通常都是在那裡聚會。他會在那些地方貼傳單，上面寫著「高價收購平宇訊」。三個月前，莫洛正要把一張傳單貼到佈告欄上的時候，互助小組的兩個成員正好站在旁邊。他們端著咖啡聊天，等聚會的場地開門。

「我們啟動平宇訊，說不定會毀掉別人的人生，這你想過嗎？」

「這話怎麼說？」

「比如說，你啟動平宇訊之後，另一個時空有人出車禍死了，但你的時空卻沒有發生那件事。」

「提到這個，你記不記得幾個月前好萊塢那場車禍？在我這台平宇訊的另一個時空裡，死掉的是史考特，不是羅德利克。」

「我說的就是這個意思。你啟動平宇訊，結果對別人的生命造成重大影響，這你有想過嗎？」

「我很少想這些。也許我比較自我中心，不過，這也沒辦法，我還是比較在意自己的人生。」

那個人說的是一對名人同志夫妻，流行歌手史考特大塚和電影明星羅德利克費里斯。那天，他們要去參加電影首映會，結果半路上有人酒醉開車撞上了他們的豪華轎車。羅德利克死了，史考特傷心欲絕。不過，在那個人的平宇訊的另一個時空裡，史考特死了，而羅德利克沒死。

那台平宇訊應該很值錢，可是，莫洛不能平白無故過去找他，說要買他的平宇訊。於是，他叫娜特去參加那個小組，假裝想戒掉沈迷平宇訊的壞習慣。那個人叫萊爾，而娜特的任務就是和他交朋友，讓他對她產生好感，信任她。不過，她只需要扮演小組夥伴的角色，不需要出賣色相，因為莫洛心裡明白，最好別要求她幹這種事。和萊爾交上朋友之後，她就可以慢慢誘導他放棄平宇訊。等他決心要放棄的時候，娜特就會告訴他，她也打算放棄平宇訊，而且她知道有人會出高價收購舊的平宇訊，那麼，他們兩個可以一起去賣掉平宇訊，這樣不是很好嗎？然後，她會把萊爾帶到自言自語公司的店裡，莫洛就可以買下他們的平宇訊。

接下來，莫洛會和史考特大塚聯絡，向他推銷那台平宇訊，因為史考特可以用來和死去的丈夫通訊。

……………………

平宇訊沒辦法用來和機器啟動日之前的其他平行時空通訊，所以，如果在某個時空裡，甘迺迪並沒有被刺殺，或是在另一個時空裡，蒙古人入侵了西歐，我們都無法得知。同樣的道理，如果有某個平行時空發展出不一樣的科技，我們也無法取得那些科技。如果使用平宇訊有什麼實際的好處，那也只能是從那台平宇訊分支出來的平行宇宙得到好處。至於機器啟動前的其他平行時空，對我們是不會有任何用處的。

不過，有時候兩個平行宇宙之間的差異是有可能幫助我們避免災難。有一次，一架民航機發生空難，聯邦航空總署就把這件事通報給另一個時空的總署，於是，那個總署立刻宣布所有同型的飛機暫時停飛，進行嚴格檢查，結果發現液壓系統裡有個零件已經快毀損了。不過，如果是人為因素導致的空難，那就無計可施了，因為那種空難在兩個時空裡各自不同。另外，天然災害也是無法預知的，例如，一個時空裡出現颶風，但在同樣的時間，另一個時空不見得會出現颶風，不過，地震會在兩個時空同時出現。也就是說，天然災害無法得到預警。

有一位陸軍將軍買了一台平宇訊，因為他以為他能夠在另一個時空進行最真實的兵棋推演。他打算叫另一個時空的自己發動攻擊，這樣他們就可以看看結果是什麼。然而，當他和另一個自己聯絡之後，卻發現自己打錯算盤了，因為另一個他也有同樣的企圖。每個時空裡的人都認為自己的時空最重要，沒人願意被別人當成白老鼠。

平宇訊真正的好處，是可以用來研究歷史改變的脈絡。學者開始比較兩個時空的新聞標題，尋找差異，發現差異之後，就著手追查原因。在某些案例中，兩個時空出現差異，明顯是因為一個偶發事件，例如一個通緝犯在警察攔車臨檢時被逮捕。而在另一些案例中，時空出現差異是因為某個人分別在兩個時空做出不同的決定。在這種情況下，學者就會去訪談那個人，但問題是，如果那個人是公眾人物，他通常不願意詳細解釋他為什麼會做出那樣的選擇。另外有些案例無法歸類為前面兩種，這時學者就必須過濾前幾個星期的新聞，嘗試找出差異的原因。到最後，他們通常都必須去調查股票市場或社群媒體是否出現偶發性恐慌。

接下來，學者還要繼續追蹤往後幾個星期甚至幾個月的新聞，觀察那差異如何隨著時間逐漸擴大。他們想尋找的是一種典型的狀況：「少一根鐵釘，導致一個王國滅亡」，就像水中的漣漪慢慢擴散，但肉眼還是看得出來。然而，他們找到的卻是另外一些更小的差異，而那和他們原先發現的差異並無關聯。天氣不斷在各地引發變化，後來，他們觀察到一種重大的政治差異，可是那時候已經很難確認原因是什麼。更令人頭痛的是，當平宇訊的記錄板容量耗盡，研究就必須中斷。所以，無論差異多麼有趣，兩個時空之間的聯繫永遠只能是暫時的。

在私人運用方面，企業家都明白，從平宇訊取得的資訊雖然沒什麼重要的應用價值，不過內容卻可以當成商品賣給顧客。於是，一種新型的資訊仲介公司也就應運而生。這種公司會針對兩個時空裡目前的消息交換訊息，把資料賣給顧客。體育新聞和名人八卦是最好賣的。大家通常都想知道自己最喜歡的明星做了些什麼，而那個明星在另一個時空做了些什麼，大家也同樣有興趣。狂熱運動迷會收集不同時空的比賽資訊，爭論哪一隊的平均表現最好，另外還會爭論那些球隊的整體表現和在單一時空裡的表現，究竟是哪個比較重要。讀者會去比較不同時空出版的同一本小說，這樣一來，作家就會面臨競爭，而競爭對手卻是自己在另一個時空可能寫出來的不同版本。後來，平宇訊不斷發展，記錄板的容量越來越大，同樣的競爭狀況也出現在音樂和電影上。

……………………

第一次參加互助小組聚會的時候，娜特簡直不敢相信小組成員竟然會討論那種話題。有個男人非常擔心另一個時空的自己過得比他快樂。有個女人越來越擔心另一個時空的自己投票給不同的候選人。難道一般人真的會把這種事當成問題？從前，她一天到晚擔心醒過來之後發現自己吐了一身，擔心自己湊不出足夠的現金，只好陪毒販睡覺。這才是真正值得擔心的問題。有時候，娜特會很想用自己做例子，勸他們不要太鑽牛角尖，不過，她當然不會這樣做。這並不光是因為她怕自己會暴露偽裝的身分，也是因為她覺得自己沒有資格評判別人。那麼，如果他們開始自憐自艾呢？那頂多是陷在自憐的情緒裡，再怎麼樣也比真的搞砸自己的人生好。

娜特搬到這個城市，是為了想讓自己重新開始，遠離那些人和那些地方，免得自己毒癮又犯。自言自語公司這份工作實在不怎麼樣，但最起碼還可以腳踏實地賺點生活費，而且另一方面，她還蠻喜歡和莫洛一起工作。他那些旁門左道的鬼點子還蠻有意思，而且，她一向很擅長這種事。她告訴自己，這樣做能夠幫助自己遠離毒品，因為矇騙別人是一種樂趣，可以用來代替毒品的刺激。然而，娜特最近開始覺得她只是在欺騙自己。就算現在她已經不再花錢買毒品，這種騙局到頭來還是有可能會讓她又開始吸毒。她覺得自己最好還是徹底遠離這一切。她必須去找另一份工作，遠離莫洛，而那就意味著她恐怕必須搬去別的地方。然而，想這樣做，她需要錢，所以她必須繼續和莫洛合作，直到有一天錢賺夠了，再也不需要和他一起工作。

瑟琳娜正在說話。「我姪女是高三學生，而過去這幾個月是申請大學的季節。這個星期他們收到通知，我姪女成果輝煌，申請到三所大學。我本來很開心，可是等我和另一個時空的自己聊過之後，我就開心不起來了。」

「我發現在另一個時空裡，我姪女申請到瓦薩學院，那是她的第一志願。可是這個時空裡，瓦薩學院拒絕了她的申請。是不是因為我啟動了平宇訊，兩個時空裡的一切才會變得不一樣？所以，都是因為我，我姪女才會被拒絕。這都要怪我。」

「所以妳認為，如果妳沒有啟動平宇訊，妳姪女就會被錄取。」凱文說。「但問題是，就算妳沒有啟動，她也不見得會被被錄取。」

瑟琳娜開始撕開手上的衛生紙。每次談起自己的事，她就會這樣。這是她的習慣。「不過那表示另一個時空的我做了某件事，對我的姪女有幫助，而這個時空的我並沒有做。所以，這一切都要怪我沒有採取行動。」

「這不能怪妳。」萊爾說。

「可是，就是因為我的平宇訊，一切都變了。」

「那也不能代表那就是妳的錯。」

「為什麼不是？」

萊爾一時不知道該怎麼辦，就轉頭找黛娜幫忙。黛娜問瑟琳娜：「除了瓦薩學院之外，在兩個時空裡，申請到和沒申請到的學校有什麼不一樣嗎？」

「沒有，其他的學校都一樣。」

「所以，大體上來說，妳姪女在兩個時空申請到的學校都是一樣好，對嗎？」

「對。」她口氣很堅定。「她非常聰明，這是不管我做什麼都無法改變的。」

「好，那我們就來猜一下。在另一個時空裡，妳姪女申請到瓦薩學院，可是在這裡卻沒有。這是為什麼？」

「我不知道。」瑟琳娜說。

黛娜轉頭看看其他人。「有沒有人猜得出來？」

萊爾說：「說不定在那個時空裡，負責招生的人那天在審閱妳姪女申請書的時候，碰巧心情不好。」

「那他為什麼會心情不好？」

娜特必須裝出有興趣的樣子，於是就開口說：「說不定那天早上他在路上被人超車。」

「也說不定他的手機掉進馬桶裡。」凱文說。

「說不定兩樣都有。」萊爾說。

於是黛娜又回頭對瑟琳娜說：「任何人碰上這種事，結果不難預料，但問題是，這一切是因為妳做了什麼才造成的嗎？」

「不是。」瑟琳娜說。「應該不是。」

「那只是兩個時空天氣不一樣所造成的偶然結果，而導致天氣發生變化的因素太多了。如果我們去借用別人的平宇訊，我相信我們一定會發現，在一百個人的平宇訊的另一個時空裡，瓦薩學院都拒絕了妳姪女的申請。如果在某些時空裡，妳做了不一樣的事，但妳姪女的申請還是被拒絕，那麼，這種結果就不會是妳造成的。」

「可是我還是覺得這都怪我。」

黛娜點點頭。「不管出了什麼事，我們永遠都喜歡把那件事怪罪到某個人頭上，因為這樣做，這世界就會變得比較單純，比較好懂。我們太喜歡把事情怪罪到某個人頭上，所以有時候我們會怪自己，因為這樣最起碼有個人可以怪。但問題是，並非任何事都是我們能掌握的，甚至沒人掌握得了。」

「我知道，理智上我不應該怪自己，但我還是忍不住會怪自己。」瑟琳娜說。「因為我總是對我妹妹感到愧疚……」說到這裡她開始吞吞吐吐。「因為過去……」

「想不想說出來聽聽看？」

瑟琳娜有點猶豫，但最後還是說了。「很久以前，十幾歲的時候，我們都在學跳舞，但她跳得比我好太多。有一次，茱莉亞音樂學院找她去面試，我太嫉妒，所以就暗中扯她後腿。」

這下子娜特興趣來了。這已經是犯法的行為了。在先前的聚會裡，娜特從來沒聽過這樣的事，但她還是小心翼翼，並沒有把身體往前伸，表現出迫切期待的樣子。

「我把咖啡因放進她的水壺裡，因為我知道這樣會害她被淘汰掉。果然，她面試沒通過。」說到這裡，瑟琳娜抬起手掩住臉。「我一直覺得，我的所作所為，這輩子是怎麼也彌補不了了。我想，這恐怕已經不是妳能夠理解的了。」

黛娜臉上閃過一絲痛苦的神色，但表情很快又恢復鎮靜。「我們都會犯錯。」她說。「相信我，我也犯過錯。不過，為自己的行為負責和為偶然的不幸事件承擔責任，這完全是兩回事。」

黛娜說話的時候，娜特一直在觀察她。黛娜的神情已經恢復到平日的鎮靜，但先前那短短的一剎那，娜特注意到她露出痛苦的神色。從前她參加過其他互助小組的聚會，卻從來沒看過主持人有這樣的反應。有一次，她參加一個戒毒互助小組，聽到主持人談起自己過去的事，但那傢伙說話像是精心演練過的，說故事聽起來像在推銷。所以，娜特暗暗感到好奇：黛娜究竟做過什麼事會令她這麼內疚？

……………………

記錄板容量更大的平宇訊推出之後，資訊仲介公司也開始提供另一種個人服務。如果有人想知道在另一個時空裡，他的人生會有什麼不一樣，公司可以提供這方面的訊息。然而，比起販賣其他時空的消息，這種服務風險更高。首先，必須等好幾年，兩個時空才會出現令人感興趣的更大的差異。仲介公司必須囤積平宇訊，啟動機器，可是暫時不進行資訊交換，這樣才能夠節省記錄板的容量，留著以後再用。另外，為了提供這樣的服務，不同時空的公司之間必須更密切合作。例如，有個叫吉兒的顧客想知道自己在另一個時空的狀況，幾個不同時空的公司就必須在各自的時空裡進行調查，但問題是，吉兒只能付費給自己時空的公司，而錢卻無法跨越時空傳給其他公司。唯一的希望是，這種跨時空的企業會想出辦法讓旗下的每一家公司在各自的時空裡找到客戶收費。時間久了，這種方式對大家都有好處。這是一種不同時空公司之間的互助互利模式。

不出所料，有些顧客真的感到沮喪，因為他們發現另一個時空的自己更成功，而他們卻享受不到。有一段時間，公司擔心這樣的私人查詢會造成一種印象：這樣的服務會令顧客不開心。然而，絕大多數顧客都比較喜歡自己現在擁有的生活，覺得另一個時空的自己並沒有過得比較好。於是，公司的結論是，他們的決策是正確的。或許這可能只是一種確認偏誤，不過普遍來說，這種個人資訊查詢服務確實讓仲介公司持續獲利。

有些人完全不肯接觸這種資訊仲介公司，因為他們很怕得知另一個自己過得比較好。不過，也有些人沈迷其中。有幾對夫妻，其中一個不肯接觸仲介公司，而另一個卻沈迷其中，這樣的夫妻最後多半都是以離婚收場。仲介公司一直透過各種方式努力擴大客群，但很少成功。最成功的產品，銷售對象是那種失去心愛伴侶的顧客。而這種產品也讓很多唱反調的人無話可說。仲介公司會找出死者還活著的另一個時空，把那個時空社交平台的最新資料提供給未亡人，讓未亡人看得到心愛的人在另一個時空可能過什麼樣的生活。很多專家都批評資訊仲介公司鼓勵顧客做出病態的行為，而這種服務正好落人口實。

⋯⋯⋯⋯⋯⋯⋯⋯

詐騙歐爾森太太的計劃已經成功，娜特認為莫洛應該暫時會滿足了。幾個星期前，那女人已經把一些錢匯進假帳戶，而另一個時空的她也相信了他們的說詞，認為她吃了止痛藥，產生妄想。如今，歐爾森太太已經過世，一切都結束了，乾淨俐落。沒想到，莫洛不但不滿足，而且胃口越來越大，似乎迫不及待想去弄一筆更大的。

莫洛在兩條街外的餐車買了兩份墨西哥捲餅，坐在店裡的辦公室和娜特一起吃。這時莫洛忽然問：「萊爾那邊有沒有進展？」

「已經有進展了。」娜特說。「我看得出來他已經開始覺得，如果沒有平宇訊，他會過得比較快樂。」

莫洛吃完了他的捲餅，喝光了手上那罐可樂。「我們不能無所事事，坐在這裡等著他自己決定放棄平宇訊。」

娜特立刻皺起眉頭瞪著他。「什麼叫『無所事事』？你以為我在幹什麼？」

他趕緊對她揮揮手。「不要激動。我不是那個意思。我是說，萬一他還要跟平宇訊耗上好幾年，那我們還搞屁啊？我們一定要想辦法讓他賣掉平宇訊。」

「我知道啊！我不是正在努力嗎？」

「我想的是更具體的方法。」

「比如說？」

「我認識一個傢伙，他和一夥人在偷竊個資。我可以叫他鎖定萊爾，搞爛他的信用，這樣一來，萊爾就再也不會想聽到另一個他過得有多好。」

娜特皺起眉頭。「難道我們現在要幹的就是這種事？」

莫洛聳聳肩。「如果有辦法讓另一個時空的萊爾過得更好，我當然很樂意去做，只可惜我們辦不到。我們唯一能做的，就是把這裡的萊爾生活搞爛。」

娜特覺得幹這種事很噁心，問題是，要用這種理由勸莫洛罷手，他根本聽不下去。她必須想出更有效的說法。「要是你把他的人生搞得太悲慘，說不定他會死抓著平宇訊不放，因為那是他僅剩的寄託，知道自己可以過得更好。你希望這樣嗎？」

這一招似乎奏效了。「妳說得有道理。」他說。

「先讓我跟他們多聚會幾次，看看狀況，然後你再決定要不要這樣做。」

莫洛把紙盤揉成一團，和空可樂罐一起丟進垃圾桶。「好吧，我們先用妳的方法試一陣子，不過，妳一定要想辦法加快進度。」

她點點頭。「我已經想到辦法了。」

……………………

娜特對全小組的人說她已經賣掉了她的平宇訊。聽她這樣說，黛娜有點驚訝。儘管這種事是可以預期的，但前幾次聚會的時候，她並沒有感覺到娜特已經準備要跨出這一步。娜特似乎很高興自己做了這個決定，不過這是一種典型的反應：剛戒掉某種壞習慣的人都會自我感覺良好。另外黛娜也注意到，娜特說話的時候一直在留意萊爾的反應。黛娜從以前就注意到娜特對萊爾特別有興趣，不過，看起來並不像她對萊爾有什麼曖昧的情愫，或者，就算有，她似乎也沒有要採取行動。也許那是因為她別有所圖，所以不想讓事情複雜化。

後來又一次聚會的時候，娜特比平常說了更多話，詳細描述她賣掉平宇訊之後，態度如何如何改善了。由於娜特並不是那種情緒容易激動的人，所以黛娜就對娜特說，她有點擔心娜特有不切實際的期望，可能會爬得越高摔得越重。而凱文也說了類似的話，只是口氣有點粗魯。而且，他會說那些話，似乎比較像是因為嫉妒，而不是因為同情。他參加的小組的時間比娜特長，可是在這麼長的時間裡，他進展很有限。還好，娜特並沒有激烈爭辯。她說她心裡明白，就算賣掉平宇訊，她人生的問題也不可能奇蹟似的全部解決。在接下來的時間裡，小組成員開始把注意力轉移到凱文身上，輪流追問他上星期碰到了什麼事。他們完全不需要黛娜來引導他們。

聚會結束後，黛娜心情很好，為小組和自己感到開心。只可惜，她的好心情並沒有持續很久。她把咖啡壺拿回教堂的廚房放好，正要鎖上會議室大門的時候，凡妮莎忽然出現了。

「嗨，黛娜。」

「凡妮莎！妳怎麼會在這裡？」

「我去辦公室找妳。」凡妮莎說。「結果妳不在，所以我就想，說不定妳這裡。」

「怎麼了嗎？」

「我是來找妳談錢的事。」

當然是。凡妮莎決定再回學校去唸書，要黛娜幫她出學費。「有什麼問題嗎？」

「我現在就需要那些錢。註冊這個禮拜就要截止了。」

「這個禮拜？上次我們談這件事的時候，妳不是說今年秋天嗎？」

「呃，我知道，不過我是覺得越快開始越好。那麼，妳這禮拜能給我錢嗎？」

黛娜遲疑了一下，心裡想，她必須重新安排預算了。

「妳不想幫我了嗎？」

「噢，不是不是——」

「因為妳說妳要幫我，所以我才擬定了計畫。不過，如果妳不想幫我了，儘管說沒關係。」

「沒有沒有。我可以幫妳弄到錢。我明天就寄給妳，可以嗎？」

「太好了，謝謝妳。我保證這次一定不會讓妳失望。這次我一定會好好唸完。」

「我相信妳一定會。」

兩人站在那裡好一會兒，氣氛有點尷尬。然後凡妮莎就走了。黛娜看著她漸漸走遠，心裡想，究竟該怎麼形容她們之間這種關係。

當年唸高中的時候，她們是姐妹淘，從早到晚黏在一起，說悄悄話互訴心事，有時候笑得眼淚都掉出來。凡妮莎從來不在乎別人的眼光，敢作敢為，不喜歡受拘束。這是黛娜最佩服的。凡妮莎成績很好，因為她絕頂聰明，唸書不費吹灰之力。後來，她甚至公然嘲笑老師，老師被逼得罰她留校察看。有時候，黛娜很希望自己能像她一樣勇敢，只不過，她實在太安於當老師的乖寶寶，不想破壞這種關係。

有一次校外教學，她們去華盛頓特區。最後一天晚上，她們打算在飯店房間裡開派對，不過問題是，萬一老師來敲門，該怎麼辦？酒瓶很難藏得住，大麻的味道一聞就聞出來。於是，她們只好從爸媽的藥櫃裡偷止痛藥「維可汀」來代替。黛娜爸爸的牙床動過手術，而凡妮莎的媽媽動過子宮切除術，家裡都有用剩的止痛藥。這些已經夠她們和朋友分享。

然而，她們萬萬沒想到，有個老師從服務生那裡借了鑰匙卡，打算到學生房間突擊檢查。第一天晚上，他們把二十幾顆藥丸整齊排列在床頭櫃上清點數量，沒想到亞契老師突然闖進來。

「這是怎麼回事？」

她們倆像雕像一樣僵在那裡，好半天說不出話。黛娜感覺得到，她未來的計畫就要像晨霧一樣消散無蹤了。

「妳們兩個都沒話要說嗎？」

那時她忽然說：「這是凡妮莎的。」

凡妮莎立刻瞪大眼睛看著她，眼神無比驚訝。凡妮莎本來可以否認，但兩人都心知肚明，就算她否認，結果還是一樣。老師會相信黛娜，不會相信凡妮莎。當時，黛娜本來可以改口坦白承認，說出真相，可是她沒有。

凡妮莎被暫時停學。後來回到學校之後，她刻意迴避黛娜，而黛娜並不怪她。不過，事情並沒有這樣就結束。凡妮莎對這世界滿懷怒氣，而且幹盡壞事發洩怒氣。她到商店偷東西，徹夜不歸，喝酒吸毒，到學校的時候不是醉醺醺就是神智不清，而且和同樣的壞孩子廝混。她成績一落千丈，再也沒機會進好大學。彷彿在那天晚上之前，凡妮莎一直在刀口上保持平衡。她本來有可能成為社會大眾眼中的好女孩，也可能成為壞女孩。黛娜那天說謊，等於是把她從刀口上推下去，從此成為壞女孩，而壞女孩的標籤把凡妮莎帶上一條截然不同的人生道路。

高中畢業後，她們失去聯絡，不過幾年後，黛娜偶然遇見她。凡妮莎對她說，她已經原諒她了，還說她明白黛娜為什麼會這樣做。她曾經坐過牢，也待過戒毒中心，現在，她打算讓自己的人生回到正軌。她想去社區大學上課，可是卻繳不起學費，而爸媽已經放棄她了。黛娜立刻說她願意幫她。

第一次並沒有成功。凡妮莎發現自己不喜歡大學，所以就退學了。後來，她打算開始經營網路商店，要黛娜給她一些錢幫她創業。後來，那也失敗了，因為她缺乏成本概念。現在，她又想到了一個冒險的計畫，不過這次她並不是找黛娜要錢做生意。凡妮莎打算去修一些課程，學會怎麼寫商業企劃書，然後把企劃書拿給潛在投資人看。所以，現在她要黛娜給她一些錢繳學費。

黛娜知道凡妮莎是在利用她的愧疚感，但她並不在乎。這是她欠她的。

⋯⋯⋯⋯⋯⋯

娜特從化妝室走出來的時候，正好聽到黛娜在走廊的轉角和人說話。娜特立刻停下腳步靠在牆邊，拿出手機假裝在打電話，沿著牆慢慢往前滑，最後終於偷聽得到她們說話。她聽到有人在向黛娜要錢，可是卻聽不清楚是什麼狀況。難道是那個女人在詐騙黛娜？娜特告訴自己，最好把這件事搞清楚，確定不會有什麼突發狀況干擾到她和莫洛的計畫。不過，事實上她主要是好奇。

她走出去追上那個女人。「不好意思，請問妳是不是認識黛娜？」

那女人用狐疑的眼神看著她。「有什麼問題嗎？」

「我是她主持的互助小組的成員。我正要走的時候，看到妳們兩個在說話。我沒聽到妳們說了什麼，不過我注意到妳好像對她很不滿。我只是有點好奇，妳是不是也在她主持的小組待過，或者，妳是不是曾經找她做心理諮詢，可是不太愉快。我不是有意要打聽，我只是想，是不是應該要多瞭解一下黛娜這個人？」

那女人咯咯笑起來。「妳這樣問倒有意思。你們那是什麼樣的小組？」

「這小組裡都是用平宇訊上癮的人。」娜特說。她注意到那女人露出輕蔑的表情，立刻直覺的想試探一下。「不過，我倒是待過『匿癮會』。匿名毒癮者互助會。」

那女人微微點了個頭。「黛娜帶你們討論的應該不是那東西吧？」

「不是。」

「那就好。因為那方面我並不信任她。至於平宇訊那玩意兒，我相信她是可以的。妳沒什麼好擔心的。」

「能不能告訴我，妳為什麼不相信她有辦法帶領戒毒互助小組？」

她想了一下，然後聳聳肩說：「可以啊，不過妳要請喝酒。」

於是她們就去了附近一家酒吧。那女人名叫凡妮莎。娜特買了一杯威士忌給她，自己點了一杯柳橙汽水。娜特聊起自己從前吸毒的經歷，不過內容是改編過的，這樣才兜得上她為什麼要待在目前這種小組。她並不認為凡妮莎會把她們見面的事告訴黛娜，但凡事還是小心點好。凡妮莎聽了她的故事之後，戒心就鬆懈了，於是也開始說起自己的過往。她說，當年唸高中的時候，她很有潛力，本來有機會進一流大學，人生前途一片美好。可是後來，一切都幻滅了，因為她最好的朋友為了保護自己的前途，不惜背叛她，出賣她。從那以後，凡妮莎的人生道路十分坎坷，直到現在才開始脫離苦海。

「這就是為什麼我不希望看到她帶領的是『匿癮會』那種小組。在那方面，妳最好不要信任她，因為她可能會出賣妳。」

「在那種小組裡，每個人說的話應該都是保密的。」娜特說。

「最好的朋友也應該要為對方保守祕密！」她說得太大聲，酒吧裡很多人都轉過頭來看她。凡妮莎立刻壓低嗓門。「我不是說她是什麼壞人，最起碼，她還會為自己的所作所為感到愧疚。有些人是你可以完全信任的，不過，也有些人只有某方面是靠得住的。所以，看人要看清楚，要分得清楚誰是什麼樣的人。」

「不過，妳現在不是還跟她見面嗎？」

「呃，就像我剛剛說的，黛娜這個人還是有優點的。我的重點是，她並不是每方面都好。我付出很大的代價才認清這一點。」

接下來，凡妮莎開始聊起她打算創業的事。娜特並沒有問她是怎麼跟黛娜要錢，不過她看得出來，凡妮莎並沒有詐騙黛娜。她只是在利用黛娜，給黛娜一個機會贊助她的事業，藉此贖罪。娜特跟凡妮莎說了謝謝，而且保證她絕對不會把兩人之間的談話告訴任何人，然後就回家了。

娜特從前就像凡妮莎一樣，不管出了什麼問題，永遠都認為那是別人的錯。很久以前，她曾經因為入侵民宅被警察逮捕，而多年來，她一直認定那都是父母的錯，因為他們換掉了家裡的鎖，導致她只好破門闖進家裡偷東西，換錢買毒品，結果被警察逮捕。很久很久以後娜特才明白，自己的所作所為應該要由自己承擔責任。凡妮莎顯然還不懂這個道理，而那可能是因為她找到一個願意承擔過錯的人。那就是黛娜。毫無疑問，黛娜對凡妮莎做了很不好的事，但那已經是很久以前的事了。如果凡妮莎到現在還是無法振作起來，那是她自己的問題，不是黛娜的錯。

……………

後來，平宇訊越來越普及，連一般人都買得起了。一開始，商家打廣告的時候都會說那是一種個人替代方案，讓大家可以不用再去找資訊仲介公司。他們鎖定的客群是剛生了小孩的父母。商家慫恿他們立刻就買一台，立刻啟動，然後收起來等小孩長大成人，到時候，孩子就能夠看到自己可以擁有什麼不一樣的人生。這種手法確實招攬到一些客戶，不過人數並不如商家的預期。相反的，最後的結果是，當那些孩子長大了，自己買得起平宇訊的時候，他們發現平宇訊除了可以用來探索「可能不一樣的人生」之外，還有別的用途。

大家最喜歡的是，平宇訊可以用來和另一個時空的自己合作，和另一個自己分攤一項工作，提高生產力。每個時空的自己分別承擔一部分工作，然後大家共享成果。甚至有人想買好幾台平宇訊，這樣他們就可以組成一個團隊，成員只有每個時空的自己。但問題是，並不是每個時空的自己都能夠互相直接聯絡，所以很多資訊必須透過另一個自己轉述，這樣一來，記錄板的容量就會消耗得更快。有很多這樣的合作計畫突然中斷，因為某個時空的自己低估了資訊的用量，在完成的工作還來不及傳送之前就耗盡了記錄板，結果，那個時空就再也無法接通了。

比起資訊仲介公司，這種個人平宇訊對社會大眾造成更大的衝擊。就連那些從來不用平宇訊的人都開始擔心，偶發事件很可能會對他們的人生造成巨大影響。很多人面臨自我認同危機，因為他們感覺到無數平行時空的自己破壞了他們的自我認同感。有些買了很多台平宇訊的人企圖讓所有時空的自己完全一致，就算某些時空已經出現差異，他們還是強迫那些時空的自己要保持不變。這證明了一件事：時間久了，這樣的合作方式就行不通了。然而，贊成這種方式的人會買更多平宇訊，用另一組平行時空的自己做同樣的事。他們說，如果有人企圖迫使他們縮減這種分攤方式，都只會是白費功夫。

很多人擔心，他們做的選擇會變得毫無意義，因為無論他們做了什麼決定，只要另一個時空的自己做出相反的決定，一切都會被抵消掉。有些專家努力讓大家明白，人類做決定是一種恆定的現象，不是量子現象。做決定本身不會分支出新的時空，唯有量子現象才會產生新的時空，而你在那些時空裡做的選擇也是同樣有意義。然而，無論專家們怎麼努力，很多人還是相信平宇訊已經使得他們的行為不需要再受到道德約束。

有些人行為非常魯莽，甚至會犯下殺人之類的嚴重罪行。問題是，這種行為的後果，最後還是要由這個時空的你來承擔，並不是另一個時空的你。然而，儘管沒有出現大規模的犯罪潮，社會學家還是注意到很多人的行為不一樣了。有時候，人會純粹只是因為自己辦得到，就去做壞事。艾倫坡曾經用「倒行逆施的小惡魔」來形容這種誘惑。很多人覺得，這種小惡魔越來越迷人了。

……………

已經不是第一次，娜特好渴望自己有辦法知道萊爾對平宇訊究竟有什麼看法，好渴望有東西可以用來測量他的進展。自從那次她宣布自己賣掉平宇訊之後，到現在已經一個月了。她知道，自從她宣稱放棄平宇訊之後，萊爾也快要放棄了，但儘管如此，她還是無法判斷他究竟還要多久才會放棄。再等一個月？再等半年？莫洛很快就會失去耐性，到時候，他們就必須用更激烈的方法。

大家都坐好之後，萊爾立刻就表示他想先發言。他轉頭對黛娜說：「剛參加這小組的時候，我聽妳說，小組其中一個目標就是要讓我們和另一個時空的自己建立一種健康的關係。」

「沒錯，這是有可能達到的目標。」黛娜說。

「有個傢伙和我去同一家健身房。前幾天，我和他聊了一下。他似乎就擁有這種健康的關係。他說他和另一個時空的他是好朋友，他們會分享自己學到的訣竅，而且會互相激勵，讓彼此做得更好。聽起來很神奇。」

娜特嚇了一大跳。難道萊爾決定要以此為目標嗎？那會是一場大災難。要是他真的決定這樣做，那麼，就連莫洛的計畫都無法迫使他賣掉平宇訊。

「可是我忽然明白，我永遠沒辦法和另一個自己建立起那種關係。所以我決定賣掉平宇訊。」

娜特大大鬆了一口氣。有那麼一剎那，她覺得自己一定表現得太明顯，不過還好，似乎沒人注意到。瑟琳娜問萊爾：「你和另一個你談過這件事嗎？」

「談過啦。一開始他建議說，我們可以暫時先不要通訊，不過平宇訊還是先留著。先前我也曾經這樣想過，可是，幾個禮拜前那次聚會，娜特說她不需要向任何人證明什麼，所以我想通了，留著平宇訊，只不過是因為我有那種念頭，想證明些什麼。我把我的想法告訴另一個我，他立刻就懂了。所以，我們決定一起賣掉平宇訊。」

凱文說：「就算你和另一個你的關係不是那麼完美，那也不代表你非要放棄平宇訊不可。就好比說，如果你的婚姻無法永遠像童話故事那麼幸福美滿，那你就根本不想結婚了。」

「我覺得這種比喻不對。」瑟琳娜說。「維持婚姻關係比維持你和另一個你的關係重要多了。在平宇訊發明之前，大家不是都過得好好的嗎？」

「可是，你放棄了平宇訊，難道我們全小組的人也都要跟著你放棄嗎？先是娜特，然後是你。我不知道自己會不會想放棄平宇訊。」

「別擔心，凱文。」黛娜說。「你可以選擇自己的目標的。並非每個人都必須有同樣的目標。」

接下來的時間，大家紛紛安慰凱文，然後開始討論還有哪些方式可以好好運用平宇訊。聚會結束後，娜特走過去和萊爾說話。「我覺得你做了正確的決定。」她說。

「謝謝妳，娜特。多虧妳幫忙。」

「我很樂意。」現在，關鍵時刻到了，娜特有點驚訝自己竟然那麼緊張。於是她儘量裝出平淡的口氣說：「我覺得你應該去我賣掉平宇訊的那家店看看。他們會給你和另一個你一個好價錢。」

「真的？那家店叫什麼？」

「自言自語公司。在第四街。」

「噢，對了，我好像在這附近看到過他們的傳單。」

「沒錯，我也是這樣才知道那家店。要是你需要有人幫你壯壯聲勢，我可以陪你去。然後我們可以去喝杯咖啡什麼的。」

萊爾點點頭。「好啊，我們就去那家。」

就這樣，計劃順利成功了。「禮拜天怎麼樣？」她問。

……………………

娜特站在店門外等萊爾。她知道他有可能變卦，但最後他終於還是來了，而且帶著他的平宇訊。終於看到那台平宇訊了，但娜特並沒有太驚喜的感覺。她和莫洛努力了好幾個月，終於等到這一刻，然而，那台平宇訊看起來和其他新型機種沒什麼兩樣，就只是一個藍色的鋁製商務手提箱。娜特忽然覺得，眼前的狀況是如此非比尋常，卻又是如此平淡無奇。每一台平宇訊都像是童話世界裡的東西，一個袋子，裡面有一扇門通往另一個世界。只不過，那些世界多半並不是那麼有趣，而那些門也多半沒什麼價值。這台平宇訊之所以特別珍貴，只是因為它能夠讓一位大人物和他心愛的人再次相聚。

「還是想賣嗎？」娜特問。

「百分之百。」萊爾說。「今天早上我和另一個我連絡，他也還是一樣想賣。此刻，他應該也已經到了另一個時空的這家店。」

「那好，我們進去吧。」

他們走進店裡，莫洛站在櫃台後面。「需要我為您服務嗎？」他問。

萊爾深深吸了一口氣。「我想賣掉這台平宇訊。」

莫洛開始做例行檢查，看看鍵盤、攝影鏡頭和麥克風。此刻，是整個計畫中最容易產生變數的關鍵時刻，因為他們無法確定另一個時空的此刻站在櫃台後面的人是誰，會向萊爾開價的人是誰。有可能是另一個時空的莫洛或娜特。如果是這樣的話，那就沒問題了。雖然那個時空的他們不知道這個計畫，但他們都會聽莫洛的指揮。然而，站在櫃台後面的還是有可能是其他人，這樣一來，事情就比較麻煩了。

娜特注意到莫洛不斷在鍵盤上打字，花的時間比例行檢查的時間長。這是個好現象。莫洛正在告訴對方要相信他，買下那台平宇訊的時候，付給萊爾的價錢必須高於市場行情，而且要裝出一副若無其事的樣子。莫洛說，照他說的去做就對了，他稍後會解釋。還好，萊爾根本搞不清楚平宇訊的例行檢查通常要花多少時間。

莫洛開了價，然後萊爾和另一個自己談了幾句。既然他們都已經決定要賣掉平宇訊，所以他們談的不是價錢，只是在跟對方道別。娜特在旁邊等的時候，不斷提醒自己不要和莫洛有眼神接觸，可是卻又不知道眼睛該看哪裡。如果一直盯著萊爾，好像怪怪的，所以她只好一直看著窗戶外面。

後來，萊爾終於把平宇訊交給莫洛，收了錢。買賣完成後，娜特問他：「感覺如何？」

「有點感傷，不過也有一點解脫的感覺。」

「我們去喝杯咖啡吧。」

他們在咖啡廳裡聊了一會兒，然後互相擁抱道別。她對他說，下次聚會的時候再見。她打算再參加一次聚會，告訴大家她覺得自己已經不需要再參加聚會了。

回到店裡的時候，離打烊的時間只剩半小時，店裡只剩幾個顧客。娜特看到莫洛在辦公室裡用萊爾的平宇訊打字。「妳回來得正是時候。」他說。「我正在跟另一個我交談。」他比了個手勢叫她看看顯示幕上的訊息。

嗨，兄弟。

你是不是該告訴我，買這台平宇訊為什麼要花那麼多錢？

六個月前那場車禍。史考特大塚和羅德利克費里斯。你那邊是誰活著？

羅德利克費里斯。

我這邊是史考特大塚。

明白了。兄弟，幹得好！

是啊，今天你走運了。接下來你必須這樣做。

莫洛已經找到一份六個月前的報紙，頭條標題是羅德利克費里斯在車禍中罹難，史考特大塚倖存。目前另一個時空的莫洛要做的，就是在他那邊找到一份報導車禍的報紙，標題是大塚罹難，費里斯倖存。他們約好時間，過幾天再聯絡。

莫洛蓋好鍵盤，把那台平宇訊擺到儲藏室最裡面的架上。他對娜特咧嘴一笑。「妳不敢相信我們真的辦到了，對吧？」

她確實懷疑過，而且就算是現在，她還是不敢置信。「事情還沒辦完。」

「最困難的部分已經搞定，剩下的就簡單了。」他大笑起來。「開心一點吧，妳快發財了。」

「大概吧。」對吸毒的人來說，發了財反而更需要擔心，因為一筆橫財和一場橫禍沒什麼兩樣，很容易就可以讓她毒癮再度發作。

莫洛彷彿看穿了她的心思，忽然說：「妳擔心從前的壞習慣又會再犯，是吧?我可以幫妳保管錢，擺在安全的地方，這樣妳就沒辦法拿來做壞事。」

娜特輕輕笑了一聲。「謝了，莫洛，錢還是我自己保管就好。」

「我只是好意嘛。」

娜特忽然想到這台平宇訊另一個時空的自己。一年前這台平宇訊啟動的時候，她和另一個她都還是同樣的人，同樣的處境。如今，她就要發財了，但另一個她卻沒這麼好運。另一個莫洛也要發財了，但他那種人不可能會把錢分給另一個娜特。倒不是說她覺得另一個娜特也應該發財，因為她並沒有去參加聚會，什麼都沒做。但同樣的，另一個莫洛也是什麼都沒做。他只是運氣夠好，通訊聯絡的時候他也正好站櫃台。如果當時站櫃台的是另一個娜特，她可能還是要把錢分給另一個莫洛，因為他是老大。但就算是這樣，她還是可以發一筆財，因為她在對的時間站對了位置。運氣就是這麼回事。

這時忽然有人開門走進店裡。那人大概四十幾歲，穿著風衣。娜特走到櫃台後面。「需要我為您服務嗎？」

「這裡是不是有個叫莫洛的人？」

莫洛從辦公室走出來。「我就是莫洛。」

那人狠狠瞪著他。「我是葛林歐爾森。你偷了我媽媽兩千塊。」

莫洛似乎有點困惑。「你誤會了，我只是幫你媽媽和另一個她連絡——」

「是喔。你慫恿她把錢送給人家。那是我的錢啊！」

「那是你媽媽的錢。」莫洛說。「她愛怎麼花就怎麼花。」

「哼！反正我來了。錢還給我！」

「我並沒有拿錢。錢已經傳送到另一個時空了。」

歐爾森露出輕蔑的表情，臉有點扭曲。「少跟我來這套！我知道錢不可能傳送到另一個時空。你當我是白癡啊！」

「如果你願意給我幾天時間，我可以問問另一個時空的你媽肯不肯把錢傳送回——」

「操你媽的！」歐爾森從風衣口袋裡掏出一把手槍對準莫洛。「錢還我！」

莫洛和娜特趕緊舉起雙手。「嘿，別衝動。」莫洛說。

「把錢還給我，我就不會衝動了。」

「你的錢不在我這裡。」

「放屁！」

從娜特站的位置，她看得到有一間小包廂裡的顧客已經看到這種場面，正在打電話報警。「收銀機裡有一些現金。」她說。「你可以拿走。」

「我不是來搶劫的！我只是來討回我的錢！那是這傢伙從媽媽那裡騙走的錢！」歐爾森用另

一隻手掏出手機擺在櫃台上。「現在把你的手機拿出來。」他對莫洛說。

莫洛慢慢掏出手機，擺在歐爾森手機旁邊。

歐爾森點開手機裡的電子錢包。「現在你馬上轉帳。兩千塊。」

莫洛搖搖頭。「不行。」

「你以為我是跟你說著玩的嗎？」

「我不會給你錢的。」

娜特不敢置信的看看他。「你就——」

「少廢話！」莫洛瞪了她一眼，然後又轉頭看著歐爾森。「我不會給你錢。」

歐爾森顯然有點緊張。「你以為我不敢開槍嗎？」

「我認為你不會想去坐牢。」

「你整天搞平宇訊，所以你一定知道某個時空的我正要一槍打死你。」

「是啊，不過我不認為是這個時空。」

「如果我註定要開槍，那我幹嘛不在這個時空開槍？」

「殺了我，坐牢的就是這個時空的你。就像我剛剛說的，你不會想去坐牢的。」

歐爾森瞪了他好一會兒，然後慢慢放下手槍，拿起手機走出去了。

娜特和莫洛都鬆了一大口氣。「老天，莫洛。」娜特說。「你他媽的腦子有問題啊？」

莫洛淡淡一笑。「我知道他沒那個膽量。」

「有人拿槍指著你的時候，你最好乖乖聽話。」娜特感覺得到自己心臟怦怦狂跳，於是深深吸了幾口氣，想讓自己平靜下來。她渾身是汗，衣服袖子都濕了。「我最好去看看那位客人——」話還沒說完，她突然看到歐爾森又站在店門口了。

「媽的。」歐爾森說。「管他去的！」他舉起槍，一槍打中莫洛的臉，然後就跑了。

⋯⋯⋯⋯⋯⋯⋯⋯⋯⋯⋯⋯⋯⋯

警察在幾公里外逮到了歐爾森。警方找了幾個人去問話，包括娜特、店裡的客人，還有總公司派來的主管。娜特告訴警方，她不知道莫洛牽扯到什麼事，而警方似乎也相信她。她坦白告訴那位主管，她知道莫洛把店裡的平宇訊帶出去，到安養院去找潔西卡歐爾森。她被那個主管罵了一頓，因為她沒有向公司舉報莫洛違規。第二天，公司派了一位臨時經理來到店裡。他下令清點店內的平宇訊，制定新的手續管理儲藏室商品的進出，不過，莫洛買下的那台萊爾的平宇訊早就被娜特帶回家了。

後來，上次約好的連絡時間終於到了，娜特掀開平宇訊。

嗨，兄弟。

我不是莫洛。我是娜特。

嗨，娜特。怎麼會是妳在用平宇訊？

我們這裡出事了。莫洛死了。

什麼？妳不是開玩笑吧？

他詐騙一個叫潔西卡歐爾森的女人。她兒子葛林跑到店裡開槍殺了他。我不知道你是不是也在那裡做同樣的事。如果你是的話，趕快罷手。她兒子很衝動。

該死！沒得玩了！

那還用說嗎。那麼，目前這筆買賣，你打算怎麼辦？

顯示幕上一直沒有動靜，好一會兒才出現新的訊息。

這筆買賣我們還是可以繼續進行。不過，你們那邊只能靠妳自己了。妳行嗎？

娜特想了一下。如果要把平宇訊賣給史考特大塚，她就必須去洛杉磯，搭一趟巴士要好幾個鐘頭。在正式交易之前，可能還要先見面討論，所以，她至少要去兩趟。

我可以。

長久以來，娜特一直都是在收購平宇訊，這是她有生以來第一次變成賣方。她必須找出證據，證明這台平宇訊夠值錢。娜特和另一個時空的莫洛各自收集報紙，把報上的照片傳給對方。這種照片比較難偽造，比新聞網站上的螢幕截圖更有說服力。

現在，她必須和史考特大塚的助理聯絡，告訴那個人她要把平宇訊賣給史考特大塚，而且要把照片傳過去當證據。

⋯⋯⋯⋯⋯⋯⋯⋯

歐奈拉當史考特的助理已經有十年了。早在他和羅德利克結婚之前，她就一直是他的助理。羅德利克的助理好幾年前就已經搬去法國，所以，他在家的時候，歐奈拉也必須兼任他的助理。不過，羅德利克到外地拍片或巡迴的時候會另外找人幫忙。六個月前，有人酒醉駕車撞上他們的車子。那場車禍改變了一切。現在，她又像從前一樣，只擔任史考特的助理。

車禍發生前，歐奈拉對平宇訊毫無興趣，從來不去留意。她知道史考特的歌迷會私下流傳一些海盜版本。那是他的歌在其他時空的不同版本，但史考特從來不聽，所以她也沒聽過。而羅德利克也一樣，他也從來不看那些不同版本的電影。不過，自從車禍發生後，她就不斷看到廣告，彷彿受到永無休止的疲勞轟炸。那都是平行時空資訊仲介公司發出的廣告，上面說：「如果羅德利克費里斯還活著，他會拍出什麼樣的電影？趕快登錄，你就有機會成為第一個觀眾。」

另外，有些歌迷說他們希望能把自己的平宇訊送給史考特。他們看過一些訪談，知道史考特和羅德利克都沒有平宇訊。很多歌迷都知道史考特很容易就可以從資訊仲介公司那裡買到平宇訊，但他們還是很希望和他連絡，希望有機會撫慰他的傷痛。歐奈拉知道史考特也曾經想過要找一台平宇訊。只要能夠讓他再次看到羅德利克還活著的模樣，他不惜一切。但問題很明顯：在某些時空裡，那場車禍並沒有發生，他的丈夫還活著，而另一個他也在那裡。在這種情況下，史考特是一個傷心欲絕的未亡人，而對方卻是一對幸福美滿的夫妻，他不想去打擾他們。貿然和他們連絡，只會令他們感到不安，覺得隨時會禍從天降。他不希望這樣。

不過，這次的情況不太一樣。在那台平宇訊連接的另一個時空裡，沒有另一個史考特，只有一個傷心欲絕的羅德利克。史考特可能會有興趣。不過，在告訴他這件事之前，她必須先確定這次交易是合法的。

當然，歐奈拉已經找一位專家鑑定過她收到的那些照片，他說，那看起來不太像是偽造的，不過，他輕而易舉就能做出一張同樣的照片，所以那些照片證明不了什麼。她告訴賣家，她想和另一個時空的歐奈拉談談，於是他們就約了一個時間見面。

賣家抵達的時候，歐奈拉有點意外。她本來以為那個叫「納特」的是個男人，沒想到進門的卻是個女人，手上拿著一台平宇訊。她看起來瘦瘦的，如果認真化點妝，應該還滿漂亮的，不過，她整個人看起來有點憂傷。歐奈拉當史考特的助理已經很多年了，閱人無數，如果碰到投機分子，她一眼就看得出來，然而，她並不覺得她是那種人，至少一眼看不出來。

她一進門，歐奈拉開門見山就說：「話我要先說清楚，今天妳不會見到史考特，他甚至不在家。如果今天我看到的東西過關了，我們就可以再安排時間讓妳和他見面。」

「那當然。本來就應該這樣。」娜特說。她似乎對自己正在做的事感到不好意思。

歐奈拉叫她把平宇訊架設在茶几上。一開始娜特先在鍵盤打字和對方交談，然後再切換到影像視訊，把平宇訊轉過去對著歐奈拉。顯示幕上出現一個人的臉，但那並不是另一個時空的娜特，而是一個男人，長相削瘦猥瑣，一看就知道是個投機分子。「你是誰？」她問。

「我叫莫洛。」說完他往後退開，顯示幕上出現另一個歐奈拉。歐奈拉注意到畫面裡的辦公室和她的辦公室一模一樣，而另一個她身上的衣服也是她熟悉的。

「是真的嗎？」她試探著問。「妳那邊的羅德利克真的還活著？」

另一個她也是一臉不敢置信的表情。「他還活著。妳那邊的史考特也真的還活著？」

「是的。」

「我有幾個問題想問妳。」

「妳想問的，大概也跟我想問的問題一樣。」於是兩個歐奈拉開始討論起車禍的事。兩個時空車禍的狀況完全一樣，都是在去首映會的路上，酒醉開車撞上他們的也是同一個人。唯一的差別是，活下來的人不同。

兩個歐奈拉說好了，一個去告訴史考特，另一個去告訴羅德利克，讓他們知道這件事。如果他們有興趣，她們就會在下禮拜選一天，安排時間讓他們試用一下平宇訊，然後再決定要不要買下來。

「我們來談談價錢吧。」歐奈拉說。

「我現在不跟妳們談價錢。」另一邊的莫洛口氣很堅定。「等妳們的老闆試過東西之後，我再開價。」

他當然會用這種策略。如果史考特和羅德利克想買，他們根本懶得討價還價。顯然這個莫洛就是主導這筆交易的人。「好吧。」歐奈拉說。「我們到時候再談。」她把平宇訊推過去還給娜特。娜特和莫洛談了幾句，然後把平宇訊收起來。

「那就這樣了。」她說。「我下禮拜再來。」

「好。」歐奈拉說。她陪娜特走到大門口，開門讓她出去。娜特正要走下台階的時候，歐奈拉忽然問她：「為什麼這邊會是妳來跟我談？」

娜特立刻轉過來說：「妳剛剛問什麼？」

「在另一個時空，和我見面的是一個叫莫洛的男人。為什麼這邊來找我的不是另一個莫洛？」

娜特嘆了口氣。「說來話長。」

……………………

娜特倒了一杯咖啡，回位子上坐好。自從那天買下萊爾的平宇訊之後，這已經是她第二次來聚會了。上禮拜來的時候，她本來想宣布她不會再來了，結果幾乎什麼話都沒說，所以她只好再來一次，告訴大家她不會再來參加聚會。大家一定會很奇怪，她為什麼突然不參加了。

黛娜對大家微笑說：「今天有誰想先發言嗎？」

娜特不由自主的開始說起來，但這時萊爾也正開口說話。兩人立刻停下來。

「你先說。」娜特說。

「不，妳先說吧。」萊爾說。「我好像從來沒看過哪次聚會是妳先發言的。」

娜特發覺他說得沒錯。她不知道自己究竟怎麼了。她開口準備要說話，卻發現自己編不出什麼謊話。最後她終於說：「我有個同事，可以說算是我的主管。他不久前死了。說得更明確一點，他是被殺的。」

全小組的人都嚇了一跳，紛紛七嘴八舌的說：「噢，老天！」

「可不可以告訴我們，妳和那個人是什麼樣的關係？」黛娜問。

「對啊。」凱文說。「他是妳的朋友嗎？」

「可以算是。」娜特說。「不過並不是因為這樣我才一直想這件事。我知道這個小組並不是為了討論如何化解悲傷……不過，我會提起這件事，是因為有一個問題，我想聽聽大家的看法。」

「當然可以。」黛娜說。「請說。」

「我一直在想這件兇殺案的偶然性的問題。我的意思不是說我的主管被殺是一件隨機殺人案。我想討論的是，兇手用槍指著我主管的頭的時候，他說另一個時空的他一定會開槍，那麼，他幹嘛不開槍呢？我想，我們應該都聽過別人說出類似的話，不過我從來沒有認真去想。不過現在我開始會想，他們這樣說真的有道理嗎？」

「這是個好問題。」黛娜說。「我們確實都聽過類似的話。」她轉頭對全小組的人說。「有沒有人想過這個問題？每次有人把你惹火了，說不定你就會想，如果在另一個時空，你會開槍殺掉那個人。有沒有人這樣想過？」

瑟琳娜說話了。「我看過一些報導說，自從平宇訊普及之後，衝動犯罪的案件變多了。雖然不是大量增加，不過從統計數字上看是很明顯的。」

「所以囉。」凱文說。「說平宇訊普及導致衝動犯罪案件增加，這種說法本身就是錯的。就算案件增加得不多，都足以證明這種理論是錯的。」

「這話怎麼說？」瑟琳娜問。

「任何量子活動都會導致平行時空分支，對吧？早在平宇訊發明之前，時空就不斷在分支，只是我們接觸不到。如果在某個平行時空裡，你必定會臨時起意開槍殺人，那麼，不管是在平宇訊發明之前，還是平宇訊發明之後，我們每天看到的臨時起意殺人案件，數量都會是一樣多。平宇訊的出現並不會導致我們這個時空隨興殺人的案件增加。所以，在平宇訊普及之後，如果我們看到更多殺人案，那絕對不是因為在某個平行時空裡你必然會殺人。」

「我懂你的意思。」瑟琳娜說。「不過，殺人案增加，原因究竟是什麼？」

凱文聳聳肩。「大概就像自殺潮吧。你聽到有人自殺，腦子裡就會出現那種念頭。」

娜特想了一下，然後說：「你的說法只是證明了那種理論是錯的，可是並沒有解釋那為什麼是錯的。」

「既然已經知道理論是錯的，那妳還需要知道什麼？」

「我想知道自己的決定是否有意義！」說這句話的時候，她不自覺的顯現出強硬的口氣。她深深吸了一口氣，然後又繼續說。「我們不要再談殺人。那不是我想討論的主題。我想談的是，當我有機會選擇去做一件對的事，或是錯的事，我在兩個時空裡的選擇是不是永遠不一樣？如果我在別人眼裡永遠是個混蛋，那我又何必對別人好？」

小組成員討論了好一會兒，但最後娜特還是轉頭問黛娜：「能不能說說妳的看法？」

「當然好。」黛娜說。她整理了一下思緒，然後說：「大體上來說，我認為性格會決定一個人的行為。雖然有些時候你會做出異乎尋常的事，因為你天性本來就偶爾會隨著心情不同做出不一樣的決定，不過絕大多數時候，你做的事絕對會符合你的性格。如果你天生就是愛動物的人，那麼，無論在哪個時空，你都絕不可能因為一隻狗朝你吠了幾聲，就去踢牠一腳。如果你是一個絕對守法的人，那麼，無論在哪個時空，你都絕不可能在某天早上突然去搶劫便利商店，沒去上班。」

凱文說：「那麼，從嬰兒時期就分支出去的平行時空呢？如果那些時空的你是截然不同的人，那麼，你在不同時空的行為還會完全一致嗎？」

「我想的不是那種問題。」娜特說。「我想的是經歷過人世滄桑的我。當我面臨選擇，我在所有的時空都會做出同樣的決定嗎？」

「凱文，如果你有興趣的話，這種更大的差異我們可以稍後再討論。」黛娜說。

「不用了，我們繼續討論這個。」

「那好，假設現在有一種狀況，妳面臨很多選擇，可是，不管妳做什麼決定，一定都符合妳的天性。舉例來說，如果有個結帳櫃台的小姐找給你的錢太多，你可以決定還給她，也可以決定自己留著。假如妳能夠同時看到兩個時空，而妳天生就會看心情做決定，那麼，我認為妳很有可能會在兩個時空做出不同的決定，一個把錢還給櫃台小姐，另一個把錢留著。」

娜特心裡明白，她很可能根本不會把錢還給櫃台小姐，無論在哪個時空都一樣，因為在她印象中，在她心情很好的時候，如果有人多找錢給她，她只會心情更好。

凱文問：「所以妳的意思是，就算做壞事也無所謂囉？」

「如果你在這個時空裡做了壞事。」瑟琳娜說。「對那個受害人來說就有所謂了。」

「不過，如果以大範圍來看呢？如果你在這個時空做了壞事，其他時空裡做壞事的人就會變多嗎？」

「我對數字沒什麼概念。」黛娜說。「不過我認為妳做的決定都絕對有意義。妳做的任何決定，都是妳的性格的一部份，都會塑造妳成為什麼樣的人。如果妳希望自己成為那種一定會把錢還給櫃台小姐的人，那麼，妳的行為就會顯示妳是否真是那樣的人。」

「如果在某個時空裡，妳因為那天心情不好就把錢留著，那麼，那個時空一定是過去分支出來的，妳的行為對那個時空沒有任何影響。不過，在眼前這個時空裡，如果妳的行為充滿善意，那麼，妳的行為還是很重要的，因為那會影響到未來分支的時空。如果妳常常做出充滿善意的決定，未來妳就越不可能做出自私的決定，就算在某個時空裡妳心情不好，妳也不會改變。」

「聽起來很有道理，只不過——」娜特忽然想到，長年累月做某件事，很可能會在腦中烙下痕跡，所以會不知不覺一直陷入那種習慣。「只不過那很不容易。」娜特說。

「我知道那很不容易。」黛娜說。「不過，假設我們看得到其他時空，那麼，妳應該問的是，我們做出善意的決定究竟值不值得？我認為絕對值得。我們都不是聖人，可是我們可以努力做一個更好的人。每次妳做一件好事，都是在塑造自己成為更好的人，下次就很有可能再做好事。這是很重要的。」

「而且，妳改變的不只是這個時空的行為。在未來分支出去的所有時空裡，妳的行為也都會改變。只要妳成為一個更好的人，那麼，從此刻分支出去的無數時空裡就會有更多個更好的妳。」

更好的娜特。「謝謝妳。」娜特說。「這就是我想找的答案。」

歐奈拉早就料到，娜特和史考特見面的時候，氣氛一定很怪，只是沒想到氣氛比她預期中更怪。過去這幾個月，史考特只跟親人和朋友說話，除此之外，他幾乎不跟任何人說話。先前在公開場合，他會展現出另一個他，但現在，他連裝個樣子都有困難。此刻，他即將再度見到還活著的羅德利克，這種期待令他心情更緊張。而娜特看起來心不在焉，令歐奈拉有點意外，因為再過幾分鐘，她就要發大財了。

娜特把平宇訊架設在茶几上。歐奈拉切換到視訊影像，看到顯示幕上出現莫洛的臉。沒多久，另一個她出現了，看起來和她一樣緊張。有那麼一會兒，歐奈拉很想撤銷這筆買賣，因為她擔心史考特會受到更大的傷害。但問題是，她知道他們絕對不肯放過這個機會。她比了個手勢叫史考特坐到她旁邊的沙發上，而同一時間，顯示幕裡的另一個她也正朝旁邊比了個手勢。接著，歐奈拉把平宇訊轉過去對著史考特。

顯示幕上那張臉看起來比從前更熟悉親切。一方面是因為那是羅德利克的臉，另一方面則是因為羅德利克傷心了好幾個月，看起來很憔悴，那模樣就像歐奈拉每天看到的史考特。史考特和羅德利克一定也都感覺對方看起來更親切熟悉，因為他們同時大哭起來。歐奈拉從來不曾像此刻這樣，感覺這兩個男人真的是天生就註定要在一起，因為，當他們看著對方的臉，感覺就像看著自己。

史考特和羅德利克開始說話，兩個人同時說。歐奈拉不希望有陌生人聽到他們說什麼，於是就站起來說：「能不能讓他們私下說幾句話？」

娜特立刻點點頭，站起來準備走出去，可是歐奈拉忽然聽到另一邊的莫洛說話了。「等機器變成他們的，他們愛怎麼說就怎麼說。先把機器買下來再說。」

兩邊的歐奈拉幾乎同時開口問：「多少錢？」

莫洛說了一個數字，歐奈拉注意到娜特嚇了一大跳，彷彿那金額遠遠超乎她的想像。

史考特和羅德利克毫不猶豫。「付錢給他們吧。」

歐奈拉拉住史考特的手，眼睛看著他，彷彿在問：你確定嗎？他用力握握她的手，點點頭。先前他們曾經討論過這台平宇訊的合理價格是什麼。無論他和羅德利克多麼想跟對方說話，記錄板的資訊容量畢竟是有限的，不夠他們用一輩子。更何況，光是用文字訊息交談，他們絕對不會滿足。他們一定會想聽到對方的聲音，看到對方的臉，這樣一來，記錄板很快就會耗盡，然後，他們又要分離了。然而，史考特無論如何都還是想買下來，因為，只要能夠和羅德利克再次相見，就算只有片刻也值得了。對他來說，重要的是，就算離別時刻來臨，他們也不會措手不及。

歐奈拉站起來轉過去對娜特說：「跟我來，我把錢匯給妳。」她聽到另一個她也在跟莫洛說同樣的話。這時，顯示幕上羅德利克的臉不見了，變成莫洛的臉，接著變成一片黑。顯然，在錢匯進帳戶之前，莫洛不會讓平宇訊離開他的視線。

反過來，娜特很樂於把平宇訊留給史考特繼續用。她很不安的看著史考特，看了好一會兒，然後對他說：「我真的很遺憾，你失去了這麼多。」

「謝謝妳。」史考特邊說邊擦眼淚。

娜特跟著歐奈拉走進她的辦公室。歐奈拉把她的公務用手機解鎖，點出電子錢包。她和娜特把各自的帳號告訴對方，然後一起把手機放到桌上。歐奈拉輸入金額，點擊「傳送」鍵。然而，娜特並沒有點擊「接收」鍵。

「我想，一定有很多史考特的歌迷願意免費把平宇訊送給他，對不對？」娜特盯著手機螢幕。

歐奈拉點點頭，儘管娜特並沒有在看她。「對。」她說。「他確實有很多這樣的歌迷。」

「說不定有些人根本不是他的歌迷，但也都願意這樣做，是不是？」

「有可能。」歐奈拉本來想說，這世上還是有好人的，但她並沒有說出口，因為這種話無形中是在指責娜特不是好人，會冒犯到她。過了一會兒，歐奈拉說：「既然錢已經轉過去了，我想說說我觀察到的一些事，妳會介意嗎？」

「妳儘管說。」

「妳跟莫洛不一樣。」

「這話怎麼說？」

「我知道他為什麼會做這件事。」歐奈拉心裡想，該怎麼把話說得婉轉一點？「他把別人的悲傷痛苦當成賺錢的機會。」

娜特不得不點點頭。「沒錯，他確實是這樣。」

「可是妳並不是這樣的人，那麼，妳為什麼要做這件事？」

「人都需要錢。」

這時歐奈拉終於敢把心裡的話說出來了。「希望妳不要介意我這樣說。其實，想賺錢，還有很多比這更好的方法。」

「我不會介意。其實，我也在想同樣的事。」

歐奈拉一時不知道該說什麼。最後她終於說：「史考特很樂意付妳這些錢，因為妳為他做了這件事。不過，如果拿了這些錢讓妳心裡感到不安，妳並不一定要拿。」

娜特的手指一直懸在螢幕鍵盤上方。

⋯⋯⋯⋯⋯⋯

過去這幾個禮拜，黛娜幫霍勒赫做諮詢的時候，一直小心翼翼避免提到他刺破輪胎的事。他們多半在討論他怎麼找出自己的優點，不要太在意別人對他可能會有什麼看法。她感覺得到他們逐漸有進展，而且認為再過不久就可以和他討論那件事了。

這次諮詢，她有點驚訝霍勒赫一開始就說：「我一直在想，我是不是應該再回全景公司，請他們和另外幾個我連絡。」

「真的？為什麼？」

「因為我想知道，自從拿到上次的調查結果之後，他們當中是不是有人跟我一樣刺破輪胎洩忿。」

「是不是發生了什麼事讓你想這樣做？」

霍勒赫告訴她最近經理又找他麻煩的經過。「我真的很生氣，那種感覺就像我好想把東西全部砸爛。就是因為這樣，我才回想起那次我們曾經討論過，全景公司給我的調查報告就像醫院的檢驗報告一樣。我在想，說不定檢驗做得不夠徹底。」

「要是你知道有另一個你最近也刺破了輪胎，那就表示第一次檢驗的時候，有一個嚴重問題沒有檢驗出來，對不對？」

「我不知道。」霍勒赫說。「也許吧。」

黛娜決定要刺激他一下。「霍勒赫，我想給你一個建議。就算另外幾個時空的你最近沒有刺破經理的輪胎，也許你還是應該思考一下這個時空的你究竟有什麼問題。」

「可是，如果沒有先調查另外幾個時空的我，我怎麼會知道那是不是一時衝動？」

「那件事顯然違反你的本性。」黛娜說。「這點毫無疑問。不過，做那件事的人是你，並不是其他時空的你。」

「妳的意思是，我這個人很糟糕？」

「絕對不是這個意思。」她安慰他。「我知道你是一個好人，只不過，就算是好人也會有生氣的時候。你生氣了，然後就採取行動發洩怒氣。那並不是什麼嚴重問題，所以，認清自己性格中有這樣的一面，又有什麼關係呢？」

霍勒赫沈默了好一會兒，黛娜有點擔心自己窮追猛打過頭了。過了一會兒他說：「也許妳說得對，可是，最重要的就是要確認那件事違反自己的本性，不是嗎？性格中有這樣的黑暗面不是很不好嗎？」

「當然是。不過，就算做那件事違反你的本性，你還是必須承擔責任。」

他臉上閃過一絲恐懼。「妳的意思是，我必須把這件事告訴經理？」

「我說的不是法律上的責任。」黛娜安慰他。「我關心的並不是你的經理會不會發現。我所謂的承擔責任，意思是，你必須對自己承認，你做了不好的事，而且，未來再決定做什麼事的時候，要想想這件事。」

他嘆了口氣。「我真想把這件事拋到腦後，這樣不就好了嗎？」

「把這件事拋到腦後，你有比較開心嗎？如果我覺得你真的是這樣，我不會反對。但事實上，這件事耗費了你太多心力，而且讓你很苦惱，不是嗎？」

霍勒赫頭往下垂，點點頭。「妳說得對，確實是這樣。」他抬起頭看著她。「那現在我該怎麼辦？」

「你可以把這件事告訴雪倫啊，你覺得怎麼樣？」

他愣了好久。「我想……如果我也告訴她，另外幾個時空的我並沒有那樣做，說不定她就會明白那不是我的本性，那她就不會誤會我了。」

黛娜忍不住微微一笑。他終於突破障礙了。

新的城市。新的公寓。娜特還沒找到新工作，但現在還不急。不過，她很輕易就找到一個「匿癮會」的互助小組。她原本想去平宇訊互助小組最後一次，把一切告訴他們，可是仔細考慮之後，她越確定這樣做純粹只是對自己有好處，對別人沒有幫助。萊爾現在過得很好，要是讓他知道他們會成為朋友是因為她別有居心，他會很難過。小組其他成員也會很不好受。所以，最好還是讓他們繼續認為，他們認識的娜特真的就是他們認識的那樣。

那就是為什麼她現在參加的是「匿癮會」的互助小組。匿癮會小組的規模比平宇訊小組大得多，因為，平宇訊的誘惑遠遠比不上毒品。匿癮會就像一般的戒毒小組一樣，成員分為兩類，一種看起來根本不像吸毒的人，另一種一看就知道是毒蟲。她不知道這個小組的核心是什麼。是引導大家逐步戒毒，還是追求某種信仰？她甚至不太確定自己是否真的想常常來參加。她只是想先來聽聽看。

最先發言的是一個男人。他提到，有一次他吸毒過量，醒過來的時候發現女兒幫自己注射了解毒用的「納洛酮」。這樣的故事聽起來很難受，但娜特隱約有一種舒適自在的感覺，因為身邊的人都和她有同樣的經歷，她有歸屬感。接下來發言的是一個女人，再來是一個男人。還好，他們所說的經歷不會太可怕，令她鬆了一口氣。如果有人說的故事太嚇人，娜特可不想跟在後面發言。

小組的主持人是個男人，頭髮斑白，說話斯文。「我注意到今天有人是第一次來。想不想跟大家說幾句話？」

娜特舉起手，自我介紹了一下。「我已經好幾年沒參加這樣的小組了，也已經好久沒再碰那個。不過，最近我碰到一件事……呃，我的意思是，我並不是因為那件事覺得自己需要再參加聚會，免得老毛病又發作。我只是在想一些問題，很想找個地方跟大家聊聊。」

娜特說到這裡忽然沈默了。她已經很久沒有像這樣在小組裡跟大家分享。不過主持人看得出來她有話想說，所以就耐心等她。後來她終於又繼續說：「我傷害過一些人，而且很可能再也沒機會彌補了。不過，就是因為這樣，我開始覺得，如果我沒辦法對那些被我傷害最深的人好一點，那麼，我對其他人好不好，有那麼重要嗎？於是，我沒再碰那個，不過我還是繼續說謊騙人。當然，我並沒有做什麼十惡不赦的事，不再像從前吸毒的時候那樣傷害別人。我只是儘量把自己保護好，從來不去想這樣對不對。」

「不過最近，我……我忽然有機會去做一件事，一件真正對別人有幫助的事，而且，那並不是被我傷害過的人，只是一個傷心的人。本來我很容易就可以按照我平常作風去做，不過我忽然想到，如果我是個好人，我會怎麼做。於是我就那樣做了。」

「做了那件事，感覺很棒，不過，我的意思不是說應該頒個獎給我什麼的，因為有很多人自然而然就會對別人好，根本不需要猶豫。對他們來說，那是輕而易舉的，因為他們從前就做過很多小小的決定，對別人好。可是對我來說，那很不容易，因為我從前也做過很多小小的決定，自私自利。所以，為什麼對別人好會那麼難呢？問題就在我自己身上。我必須改變自己，或者說，我希望能夠改變自己。我不知道這個小組是不是適合討論這種問題的地方，不過，我第一個想到的就是這裡。」

「謝謝妳。」主持人說。「非常歡迎妳加入我們的聚會。」

另一個第一次來的人是個年輕人，看起來似乎才剛高中畢業。他自我介紹了一下，然後開始說。娜特轉過去看著他，聽他說話。

……………

黛娜回到家的時候，看到門外有個包裹。她一進門就拆開包裹，發現裡面是一台平板電腦，不過並不是包裝好的新商品。顯示幕上貼了一張紙條：「黛娜收」。她看看紙箱，發現上面沒有寄件人的姓名地址。

黛娜打開平板，看到顯示幕上只有六個影片檔案的捷徑圖示，每個檔名都是她的名字，後面再加幾個數字。她點開第一個檔案開始看。顯示幕上出現的是她的臉，畫質很差。不過，那並不是她，而是另一個時空的她，正在說從前的事。

「亞契老師闖進房間，看到我們正在數藥丸。她問我們這究竟是怎麼回事。我愣了一下，然後說藥丸是我的，凡妮莎完全不知情。她不太相信，因為我是個乖寶寶，從來沒惹過麻煩。不過我還是堅持說是我的，她只好相信了。後來，我被學校暫時停學，不過後果並沒有想像中那麼嚴重。接下來我被留校察看，也就是說，只要我不再惹麻煩，那件事就不會留下紀錄。換成是凡妮莎，後果會更嚴重，因為老師對她印象很差。」

「沒想到，凡妮莎開始避不見面。後來我終於找上她，問她為什麼，她說每次看到我她都會覺得很愧疚。我告訴她，沒什麼好愧疚的，我還是很想跟她在一起。可是她卻說我這樣只會令她更難受。我很氣她，她也對我很不滿。她開始和那些一天到晚惹麻煩的女孩鬼混，人生從此開始走下坡。後來，她在校園裡賣毒品被逮到，被學校退學，從此以後開始在監獄裡進進出出。」

「後來我一直在想，假如我當初沒說藥丸是我的，一切就不一樣了。假如我讓凡妮莎一起分攤罪過，她就不會因為愧疚而離開我。我們會繼續在一起，而她就不會開始和那些愛惹麻煩的女孩廝混，然後，她就會走上一條截然不同的人生道路。」

怎麼會這樣！黛娜手指在顫抖，點開第二個檔案。

是另一個不同時空的黛娜。「我們正在數藥丸的時候，有個老師突然闖進我們房間。我立刻坦白承認一切。我告訴老師，我和凡妮莎偷了爸媽的藥，準備用來開派對。結果，我們被學校停學，然後留校察看。我認為他們本來想用更嚴厲的手段處罰凡妮莎，可是沒辦法，因為他們必須公平對待我們。」

「沒想到，凡妮莎氣瘋了。她說我應該告訴老師，那些藥丸是我們撿到的。在機場的時候有人把藥丸塞進我們的旅行袋，我們剛剛才發現，正準備報告老師。她說，學校本來沒辦法懲罰我們，可是因為我坦白承認，害她被停學，討厭她的老師隨時可以整她。她說，她絕不會讓老師藉機欺負她。停學結束後，凡妮莎回到學校的時候喝得醉醺醺。這樣的狀況後來又出現好幾次，結果她就被退學了。後來，她開始一次又一次被警察逮捕。」

「後來我一直在想，要是當初我沒有坦白承認，一切就會不一樣。那種驚心動魄的場面應該足以讓凡妮莎心生警惕，從此不敢再惹麻煩。她之所以會開始胡作非為，純粹只是因為生我的氣。要不是因為這樣，她可能會進很好的大學，然後走上一條截然不同的人生道路。」

另外幾部影片裡並沒有出現她們數藥丸被逮到的場面，不過，後續的發展依然是類似的模式。在一部影片裡，黛娜介紹凡妮莎認識了一個男生，結果那男生害凡妮莎染上毒癮。黛娜感到非常愧疚。在另一部影片裡，凡妮莎到商店偷東西，輕易得逞，從此食髓知味，越偷越誇張。在所有的時空裡，無論她們做了什麼事，凡妮莎都同樣逐漸陷入自毀前途的模式，而黛娜也都因此責怪自己。

如果在某些時空裡，妳做了不一樣的事，但還是出現同樣的結果，那麼，這種結果就不會是妳造成的。

當年她撒了謊，說藥丸是凡妮莎的，但事實上，並不是因為她說謊才導致凡妮莎墮落，導致她必須背負責任。無論別人怎麼做，凡妮莎都註定會走上那條路。結果，黛娜耗費了好幾年的時間，花了好幾千塊，拚命想彌補自己的罪過，想改變凡妮莎的人生。也許，她再也不需要這樣做了。

黛娜查看了一下影片檔案的元資料，這些元資料記錄了影片檔案是從哪一台平宇訊取得的。結果她發現，所有的平宇訊都是十五年前啟動的。

她和凡妮莎去校外教學那一年，正好是十五年前。當時，資訊仲介這種行業才剛起步，而那個時代的平宇訊，記錄板容量比現在小得多。她萬分驚訝，竟然還有資訊仲介公司擁有那個年代的機種，而且機器裡的記錄板容量竟然還夠用來傳送影片檔案。這絕對是仲介公司手裡最值錢的機種，而傳送這些影片可能已經耗盡了記錄板的容量。

究竟是誰付的錢？那筆錢可是天文數字啊！

故事筆記

商人與鍊金術師之門

九〇年代中期，物理學家基普索恩（Kip Thorne）進行新書發表巡迴的時候，我去聽了他的一場演講，他在那場演講描述的是，我們可以在理論上創造出一種時光機器，而這種機器的運作原理服膺於愛因斯坦的相對論。我覺得那真是太有意思了。很多電影和電視影集都鼓勵我們把時光機器想成某種可以駕駛的交通工具，或是某種傳送器，可以用光束把你傳送到不同的時空。然而，索恩描述的更像是兩道相對的門，從其中一道門進去或出來的東西，經過一段固定不變的時間之後，就會再從另一道門進去或出來。所有交通工具式或傳送器式的時光機器假想引發的疑問，像是地球本身的運轉啦，還有為什麼我們沒看過時空旅行者從未來跑來等等，這種時光機器全都可以解答。更有趣的是，索恩還透過一串數學演算分析指出，你無法用這種時光機器改變過去，而且只有一條單一自洽的時間線是可能存在的。

大多數的時空旅行故事，都會假設過去可以被改變，而那些不可能被改變的往往都是悲劇。這種想要回到過去改變些什麼的渴望，我們心裡都懂，然而，我還是想試著寫寫看另一種時空旅行故事，這種我們面對過去的無能為力，並不盡然只會帶來悲傷的結果。我認為主角設定為穆斯林背景在這故事裡行得通，是因為伊斯蘭教信仰的基本教義之一，就是要接受自己的命運。另外我還無意間冒出個念頭，想到時空旅行故事的遞迴特性，應該可以和《天方夜譚》故事中有故事的形式混搭得很好，感覺就會是個非常有趣的實驗。

呼吸

這篇故事有兩個非常不一樣的靈感來源。第一個靈感來自菲利浦狄克（Phillip. K. Dick）的短篇〈電子螞蟻〉，我是在青少年時期讀到這篇故事的。故事的主角和往常一樣去看醫生做例行檢查，卻得知他其實是一台機器人，令他大為震驚。在這之後，他打開了自己的胸腔，看到裡面有一捲打孔紙帶，紙帶不斷從纏繞的捲軸上緩緩鬆開，那就是製造出他主觀經驗之所在。那幅景象，一個人真的在端詳著自己心智的畫面，一直都留在我的腦海中。

另一個靈感則是來自羅傑潘洛斯（Roger Penrose）的著作《皇帝新腦》，探討熵的那個章節。他在文中指出，我們攝取食物是因為我們需要食物所含的能量，這個描述是不正確的。能量守恆定理的意思，就是能量既無法被創造，也無法被消滅。我們一直都在發散能量，而且我們發散出能量的速率和吸收能量的速率幾乎是相等的，差別在於我們發散出來的熱能是高熵型態的能量，意思是它是一種失序的能量，而我們吸收的化學能量則是低熵型態的能量。也就是說，我們其實是在消耗秩序，然後產生出混亂。我們靠著增加宇宙的混亂而存活。這是因為宇宙是從高度秩序狀態開始的，在那個狀態下，我們根本就不可能存在。

這個概念本身非常簡單，但直到我讀到潘洛斯的闡述之前，從來沒看過有人用同樣簡單的方式解釋這個概念。所以，我想試試看自己能否用虛構的形式向讀者傳達。

天註定

「蒙地蟒蛇」有個喜劇小品，內容是說有個笑話實在太好笑，以致於每個聽過或讀過這笑話的人都活活笑死了。這個小品用的梗是個叫作「傷害性感覺母題」的古老意象：某個事物如此致命，光是看到或聽到，或是像這個版本一樣，只是理解了這個事物或概念，你就會死。在「蒙地蟒蛇」的小品裡，講英語的人可以背誦這個笑話的德語版給別人聽，只要他不懂自己在說什麼就不會有事。

這個梗的大多數版本都會牽涉到超自然元素，比如說，恐怖小說裡常常會有一本受到詛咒的書，讀到那本書的人都會發瘋。我很好奇有沒有可能寫出一個不含超自然元素的版本，然後我就想到了「生命無意義」這個論點，那是個相當有說服力的論點，應該符合這個意象所需的強度。像這樣的論點不會瞬間就對人起作用，需要足夠的時間才能完全沉浸進去，但這也就表示，人們可以反覆思量和琢磨，同時繼續把這個論點轉述給別人，擴散出去的範圍只會更廣更遠。

當然，即使是再怎麼滴水不漏的論點，還是不可能說服每個聽到這個論點的人，而這就是能夠與之抗衡的安全閥。論點畢竟還是太抽象了，很難對大部分的人造成動搖。然而，反過來說，一個可以直接用身體接觸的裝置，效果可就好得多了。

虛擬生物的生命週期

科幻小說裡充斥著一種人工智慧體，活像剛從宙斯的腦袋瓜裡蹦出來的雅典娜，一誕生就已經長得完整齊備，但我不相信意識會是那樣運作的。根據我們對人類心智的經驗，至少得花上二十年的馬步功夫，才塑造得出一個正常運作的人，而我看不出來教養一個人工智慧體有可能快到哪裡去。所以我想寫的故事，就是關於這二十年裡可能會發生些什麼事。

還有，我對人類和AI之間的情感關係這個概念也很感興趣，而我的意思不是說人類會對性愛機器人越來越癡迷。性並不會讓一段關係變得真切，願意為了維繫關係而付出心力的意志才會。有些情侶會在第一次大吵之後就分手；有些家長一逮到機會就推拖，為孩子做得越少越好；有些飼主只要覺得自己的寵物變得麻煩了，就無視牠們。在上述所有例子裡，人們就是不願意付出心力。擁有一段真正的關係，無論另一方是你的愛人、寵物或孩子，都需要你願意花心力平衡對方和你自己的需求。

我讀過不少關於AI的故事，人們在故事裡爭論AI是不是應該擁有法律權利，然而這些故事都只聚焦在哲學層面的大哉問，那些平凡瑣碎的現實問題都被草草含混過去了。這就像電影永遠只藉由一些盛大的浪漫場面來描繪愛情，然而要是真的從更長遠的角度看，愛情還代表著想辦法解決財務問題，還有把地上的髒衣服撿起來。所以，為AI們爭取法律權利固然是一大進步，但人們真的願意付出心力和AI們建立個體關係，也是同要重要的里程碑。

就算我們不在乎他們有沒有法律權利好了，還是有很多很好的理由對有意識的機器尊重以待。你不需要相信炸彈追蹤犬應該擁有投票權，也可以理解為什麼虐待牠們很糟糕。就算你只在乎牠們是不是能準確的偵測出炸彈也無所謂，好好對待牠們對你來說還是最有利的。無論我們是想要AI們勝任什麼樣的角色，員工、愛人或寵物都一樣，我認為，有人在他們的發展過程中關心他們，他們才能把自己的任務做得更好。

最後，容我引述茉莉葛洛斯（Molly Gloss）在一場演講裡說的話，那場演講談的是她當了媽媽以後，對她身為作家這件事造成了什麼影響。養育一個孩子，她說，「會迫使你每天都得和一些非常令人昏頭的問題保持連結，深切的、無可逃避的連結：愛是什麼，我們如何得到屬於自己的愛？這個世界為什麼充斥著邪惡、傷痛和失落？我們要如何找到尊嚴和寬容？是誰大權在握，為什麼他們能夠大權在握？解決衝突最好的方法是什麼？」如果我們真的想要把任何重大責任交付給一個AI，那它會需要有人給它這些問題的好答案。那可不是把康德的作品下載到電腦的記憶體就能解決的，它需要的，是和父母用心養育孩子同質量的教養和撫育。

戴西的專利機器保母

一般而言，我從來無法只圍繞著一個特定的主題寫故事，但在一些極罕見的特殊情況下，還是辦得到的。那時傑夫凡德米爾（Jeff VanderMeer）正在編纂一本文集，以博物館展覽目錄形式為概念，收錄各種想像出來的人造物，由藝術家們繪製出這些人造物的插圖，作家們則提供描述這些人造物的配圖敘文。藝術家葛瑞格布洛德摩爾（Greg Broadmore）提出了「機器保母」這個概念，一台「被設計來專門照顧一名人類嬰兒的亞機器人」，而那感覺正是我可以繼續深入鑽研的。

行為心理學家 B.F 史金納（B.F.Skinner）為女兒設計了一座特殊的育兒箱，後來一直有個迷思流傳，說他女兒在成長過程中心靈受創，最後自殺身亡。這個說法完全是假的，他的女兒後來健康快樂的長大成人了。然而另一方面，也有心理學家約翰 B 華生（John B. Watson）這樣的例子，這個被公認為行為心理學理論的創建者，給家長們的建議是：「當你禁不住誘惑想要寵愛你的孩子時，請切記，母愛是一種十分危險的工具。」他的觀點塑造了整個二十世紀前半葉的育兒觀。他相信自己的做法對孩子來說是最好的，然而，他的孩子在成年以後全都深受憂鬱症所苦，還有一半的孩子試圖自殺，而其中一個成功了。

真實的真相、感覺的真相

九〇年代晚期的時候，我聽過一個關於私人電腦未來發展的演講報告，那位講者指出，人們保存自己人生中每時每刻的永久影片記錄將成為可能。那是個大膽的斷言，在那個時候，硬碟要用來儲存影片還太消耗空間，但我意識到他說得沒錯：總有一天，你可以把所有一切都記錄下來，雖然當時我還不知道會是什麼形式，但我很確定這將對人類的精神樣貌造成非常深遠的影響。在理智層面，我們很清楚知道記憶是不可靠的，可是我們很少會需要和這個事實正面衝突。假如我們擁有了真正準確的記憶，那會對我們有什麼影響？

每隔個幾年，我都會被這個問題點醒一次，然後對此反省深思，但我從來沒想到要以此為主題建構起一個故事。關於記憶的可塑性，記憶學家們已經洋洋灑灑寫過許多論述，但我不想只是把他們說過的話重新整理一次。後來我讀到了瓦特翁格（Walter Ong）所著的《語意與文意：文字的科技進化》，一本關於書寫文字如何影響了口傳文化的書，雖然書中有些比較強烈的斷言有可質疑之處，這本書還是讓我大開眼界，同時也讓我想到，我們的認知系統最晚近一次所經歷的科技變革，和下一次即將到來的新變革，兩次變革似乎有某種呼應關係，是可以被描繪出來的。

大寂靜

其實總共有兩件作品都取名為〈大寂靜〉，但只有一件適合放進這本選集裡，且容我解釋一下來龍去脈。

二〇一一年的時候，我參與了一個名為「橋接隔閡」（Bridge the Gap）的研討會，這個研討會是為了促進藝術和科學之間的交流對話而成立。其中一位與會者是珍妮佛阿羅拉（Jennifer Allora），她是藝術家雙人組合「阿羅拉與卡札迪拉」（Allora and Calzadilla）的成員，他們創造的藝術形式是我完全不熟悉的，由表演藝術、雕塑和聲音融合而成，但是珍妮佛解釋他們所投身從事的概念給我聽的時候，讓我感到非常著迷。

到了二〇一四年，珍妮佛聯繫上我，討論起我和她和她的夥伴吉勒摩有沒有合作的可能性。他們想要創作一組多螢幕影像裝置，探討擬人論、科技還有人類和非人類世界之間的連結。他們的計畫是要把阿雷西博天文台電波望遠鏡的影片，和天文台附近森林裡瀕臨絕種的波多黎各鸚鵡的影片並置，問我能不能為第三面螢幕寫字幕，字幕的內容是從其中一隻鸚鵡的視角講述一個寓言，「一個以跨物種翻譯形式呈現的文本」。我猶豫了好一陣子，不光是因為我沒有影像藝術方面的經驗，也因為寓言不是我平常會寫的故事類型。但是在他們給我看了初步成形的影片之後，我決定放手一試，接下來的幾個星期，我們針對詞彙和語言的滅絕等等這些主題交換了很多想法。

最後完成的影片裝置，就取名為「大寂靜」，作為「阿羅拉與卡札迪拉」作品展的其中一部分在費城的「材料工作坊兼博物館」（The Fabric Workshop and Museum）展出。說老實話，當我看到作品的最終成果時，立刻就為早先所做的一個決定後悔了。珍妮佛和吉勒摩之前邀請過我親自造訪阿雷西博天文台，但我認為自己並不需要這麼做也能寫這篇文本，所以回絕了。當我看到阿雷西博天文台的影像放映在一整面牆那麼大的螢幕上的樣子，我真希望自己當時說了好。

二〇一五年的時候，藝術雜誌《e-flux》為第五十六屆威尼斯雙年展的特別專題向珍妮佛和吉勒摩邀稿，並建議他們將我們合作的文稿印刷出版。我本來沒有把這篇文稿當作可以獨立閱讀的作品來寫，但沒想到把它從原本的作品脈絡裡挪出來之後，還是相當不錯的。而這就是〈大寂靜〉這個短篇故事的來由。

宇宙的中心

現在我們所說的「年輕地球創造論」，在很久以前曾經是一般常識。一六〇〇年代以前，大家都認為這世界是不久前才創造出來的。可是後來，自然科學家開始仔細觀察四周的環境，他們找到一些線索足以顯示這種說法有問題。在過去的四百年裏，這種線索越來越多，而且可以交叉比對，形成牢不可破的論證，徹底駁倒了「年輕地球創造論」。有時候我會想，如果「年輕地球創造論」是真的，那這個世界會是什麼模樣？

我很容易就可以想像到某些現象，像是沒有年輪的樹，或是沒有骨端線的骨骸。然而，當我仰望夜空，這問題就會變得更難回答。大多數當代天文學家的見解都是以哥白尼原則為依據。他們認為，我們不是宇宙的中心，而我們也不可以從地球的角度觀察宇宙。這正好和「年輕地球創造論」背道而馳。就連愛因斯坦的相對論也是哥白尼原則的延伸。相對論的假設是，無論你移動的速度有多快，物理還是不變的。在我看來，如果宇宙真的是為了人類被創造出來的，那麼，相對論就不可能成立。物理會隨著不同的情況而改變，而這應該是很容易察覺的。

焦慮是因為自由令我們眼花撩亂

談到自由意志，很多人會說，如果你採取某個行動，你就必須為那個行動負起道德責任，而另一方面，如果你能夠選擇怎麼做一件事，那麼在同樣的狀況下，你也可以選擇另一種做法。然而，這句話究竟是什麼意思？長久以來，哲學家一直為這個問題爭執不休。有些人提到，一五二一年，馬丁路得曾經為自己的行為向教會提出抗辯。據說他當時說的話是：「這就是我立場，我只能這樣做。」意思是，他別無選擇。然而，這是不是代表他的行為不值得讚揚？反過來，如果他說「我本來可以有別的選擇」，我們當然不會覺得那更值得讚揚。

量子力學有一種解釋叫做平行宇宙論，很多人認為那代表我們的宇宙會分支出近乎無限的不同版本。對這種說法，我抱持的態度是不可知。不過我認為，主張平行宇宙論的人如果不要太強調這種理論的影響，那麼反對的人應該會比較少。舉例來說，有些人認為，如果真的有平行宇宙，那我們做任何決定都會變得毫無意義，因為不管你做了什麼決定，永遠都會有另一個宇宙的你做出相反的決定，導致你承擔的道德責任變得毫無意義。

不過，就算真的有平行宇宙，我還是深信我們的決定不會變得毫無意義。如果我們說，人一生中所做的無數決定會顯示出他的人格，那麼，無數平行宇宙中的他所做的決定也同樣顯示出他的人格。如果你有機會看到不同平行宇宙的馬丁路德，我認為你不太可能會看到不敢違抗教會的馬丁路德，而那就足以顯示他是什麼樣的人。

國家圖書館出版品預行編目資料

呼吸－姜峯楠第二本小說集／姜峯楠
Ted Chiang著；陳宗琛譯　初版
臺北市：鸚鵡螺文化，2020.01
面；公分。－－(SFMaster002)
譯自：Exhalation
ISBN (平裝)

SFMaster 002

呼吸－姜峯楠第二本小說集

Exhalation

作　　者—姜峯楠
Ted Chiang
譯　　者—陳宗琛
選 書 人—陳宗琛
美術總監—Nemo

出版發行—鸚鵡螺文化事業有限公司
新北市鶯歌區建國路85號11樓之7
電話：(02)86776481
傳真：(02)86780481
郵撥帳號—50169791號
戶　　名—鸚鵡螺文化事業有限公司
電子信箱—nautilusph@yahoo.com
總 經 銷—大和書報圖書股份有限公司
ISBN　　(平裝)
定　　價—新台幣399元
初版首刷—2020年1月
初版八刷—2023年4月